Cuidado Com o Que Deseja

Do autor:

O Quarto Poder
O Décimo Primeiro Mandamento
O Crime Compensa
Filhos da Sorte
Falsa Impressão
O Evangelho Segundo Judas
Gato Escaldado Tem Nove Vidas
As Trilhas da Glória
Prisioneiro da Sorte

As Crônicas de Clifton
Só o Tempo Dirá
Os Pecados do Pai
O Segredo Mais Bem Guardado
Cuidado Com o Que Deseja

JEFFREY ARCHER

Cuidado Com o Que Deseja

AS CRÔNICAS DE CLIFTON
(VOLUME 4)

Tradução:
Milton Chaves de Almeida

1ª edição

BERTRAND BRASIL
Rio de Janeiro | 2017

Copyright © Jeffrey Archer 2014
Publicado originalmente pela Macmillan, um selo da Pan Macmillan, divisão da Macmillan Publisher Lmited. Os direitos morais do autor foram assegurados.

Título original: *Be Careful What You Wish For*

Texto revisado segundo o novo
Acordo Ortográfico da Língua Portuguesa

2017
Impresso no Brasil
Printed in Brazil

CIP-BRASIL. CATALOGAÇÃO NA PUBLICAÇÃO
SINDICATO NACIONAL DOS EDITORES DE LIVROS, RJ

A712c
Archer, Jeffrey, 1940-
Cuidado com o que deseja / Jeffrey Archer; tradução de Milton Chaves de Almeida. – 1ª ed. – Rio de Janeiro: Bertrand Brasil, 2017.
23 cm. (As crônicas de Clifton; 4)

Tradução de: Be careful what you wish for
Sequência de: O segredo mais bem guardado
ISBN 978-85-286-2257-7

1. Ficção inglesa. I. Almeida, Milton Chaves de. II. Título.

17-43714

CDD: 823
CDU: 821.111-3

31/07/2017   02/08/2017

Todos os direitos reservados pela:
EDITORA BERTRAND BRASIL LTDA.
Rua Argentina, 171 – 2º andar – São Cristóvão
20921-380 – Rio de Janeiro – RJ
Tel.: (21) 2585-2000 – Fax: (21) 2585-2084

Não é permitida a reprodução total ou parcial desta obra, por quaisquer meios, sem a prévia autorização por escrito da Editora.

Atendimento e venda direta ao leitor:
mdireto@record.com.br ou (21) 2585-2002

A
GWYNETH

Meus agradecimentos pelos conselhos inestimáveis e
pela ajuda no trabalho de pesquisa:

Simon Bainbridge, Eleanor Dryden, professor Ken Howard,
da Royal Academy, Cormac Kinsella, National Railway
Museum, Bryan Organ, Alison Prince, Mari Roberts,
doutor Nick Robins, Shu Ueyama,
Susan Watt e Peter Watts.

OS BARRINGTON

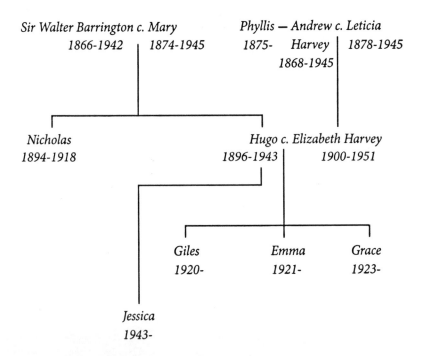

OS CLIFTON

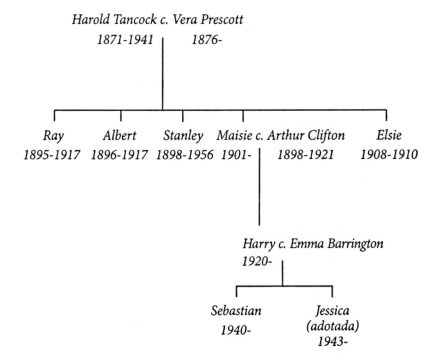

Prólogo

SEBASTIAN SE AGARROU firme ao volante quando o caminhão de trás bateu com uma força considerável no para-choque traseiro e lançou o pequeno carro alguns metros para a frente, arrancando a placa do veículo e atirando-a pelos ares, a grande altura. Sebastian ainda tentou adiantar-se mais alguns metros, mas não tinha como acelerar mais sem que colidisse com o caminhão da frente e acabasse sendo imprensado entre os dois, como se fosse uma sanfona.

Alguns segundos depois, quando o motorista do caminhão de trás investiu contra a traseira do carro com uma força muito maior, os garotos foram atirados violentamente para a frente pela segunda vez, fazendo seu veículo ficar apenas meio metro atrás do caminhão da frente. Somente quando o caminhão da retaguarda os atingiu pela terceira vez, as palavras de Bruno "Tem certeza de que sabe o que está fazendo?" lucilaram no pensamento de Sebastian. Nisso, Sebastian olhou de relance para o banco do carona, onde viu que o amigo, lívido de pavor, se mantinha agarrado com ambas as mãos ao painel, antecipando outros impactos.

— Eles estão tentando nos matar! — gritou o amigo. — Pelo amor de Deus, Seb, faça alguma coisa!

Sebastian lançou um olhar desamparado para as faixas da pista contrária, nas quais viu um fluxo constante de veículos seguindo na direção oposta.

Quando o caminhão da frente começou a reduzir a velocidade, Sebastian concluiu que, se quisessem mesmo ter alguma chance de sobrevivência, ele precisaria tomar uma decisão e teria que fazer isso rápido. Olhou de relance outra vez para o lado oposto da estrada, procurando desesperadamente por uma brecha no trânsito pela qual pudesse passar. Ao ser atingido de novo pelo caminhão, viu que não tinha mesmo opção.

Ele girou brusca, firme e rapidamente o volante para a direita, atravessou desembestado o gramado entre as pistas e ficou cara a cara com o fluxo de veículos. Em seguida, pisou fundo no acelerador, rezando para que chegassem à segurança dos amplos terrenos baldios que se estendiam adiante antes que um dos carros os atingisse em cheio.

Um carro e um caminhão frearam bruscamente, manobrando para evitar o choque com o pequeno MG que cruzava a pista bem na frente deles a toda velocidade. Por um instante, Sebastian imaginou que conseguiriam sair incólumes, até ver a árvore assomando bem à sua frente. Ele tirou o pé do acelerador e virou o volante para a esquerda, mas era tarde demais. A última coisa que Sebastian ouviu foi o grito de Bruno.

HARRY E EMMA

1957–1958

1

Harry Clifton foi acordado pelo som de um telefone tocando.
Estivera no meio de um sonho, mas não conseguia se lembrar do que era. Talvez aquele persistente som metálico fosse só parte dele. Virou-se com relutância na cama e, piscando, olhou para os pequenos ponteiros de um verde fosforescente do relógio de cabeceira: 6h43. Ele sorriu. Somente uma pessoa pensaria em lhe telefonar tão cedo. Pegou o aparelho e disse baixinho, com um tom sonolento exagerado:
— Bom dia, querida.
Não houve resposta imediata, e Harry chegou a pensar, por alguns momentos, que talvez a telefonista do hotel tivesse passado a ligação para o quarto errado. Já estava prestes a repor o fone no gancho quando ouviu alguém soluçar do outro lado da linha.
— É você, Emma?
— Sim — respondeu ela.
— O que aconteceu? — perguntou Harry num tom de voz de consolo.
— Sebastian morreu.
Harry não respondeu de imediato, porque agora queria acreditar que ainda estava mesmo sonhando.
— Mas como é possível? — conseguiu perguntar por fim. — Falei com ele ontem mesmo.
— Morreu hoje de manhã — disse Emma, indicando que só conseguia articular umas poucas palavras por vez.
Harry se colocou sentado, de súbito plenamente desperto.
— Num acidente de carro — prosseguiu Emma, entre soluços.
Harry tentou permanecer calmo enquanto esperava que ela contasse com exatidão o que havia acontecido.
— Eles estavam indo para Cambridge juntos.

— Eles? — perguntou Harry.
— Sebastian e Bruno.
— Bruno está vivo?
— Sim. Mas foi internado num hospital em Harlow, e os médicos não têm certeza se conseguirá passar dessa noite.

Harry jogou o cobertor para trás com força e apoiou os pés no carpete. Além de transtornado, estava morrendo de frio.

— Vou pegar um táxi para o aeroporto imediatamente e partir no primeiro voo de volta para Londres.

— Eu vou direto para o hospital — avisou Emma. O silêncio em seguida fez Harry pensar que talvez a ligação houvesse caído. Contudo, pouco depois, ouviu-a dizer baixinho: — Eles precisam que alguém vá lá identificar o corpo.

Emma repôs o fone no gancho, mas levou algum tempo até que conseguisse reunir forças para se levantar. Conseguiu a custo atravessar a sala, apoiando-se em várias peças de mobília, como um marinheiro em meio a uma tempestade. Quando abriu a porta da sala de estar, deparou com Marsden em pé no corredor, a cabeça baixa. Ela nunca o tinha visto demonstrar uma vez que fosse o menor traço de emoção diante de um membro da família; quase não reconheceu aquela figura enfraquecida firmando-se na lareira. A fachada costumeira de compostura fora substituída pela realidade cruel da morte.

— Mabel preparou uma mala para a senhora, madame — disse ele, gaguejando. — E, com sua permissão, eu gostaria de levá-la de carro ao hospital.

— Obrigada, Marsden, isso é muito atencioso de sua parte — agradeceu Emma enquanto ele abria a porta da frente da mansão.

Marsden a segurou pelo braço quando começaram a descer a escada em direção ao carro. Era a primeira vez que ele estabelecia contato físico com a patroa. Assim que ele abriu a porta, ela entrou e se sentou lenta e pesadamente no assento forrado de couro, como se fosse idosa. Logo depois, Marsden ligou o motor, engatou a primeira marcha e partiu para a longa viagem para Princess Alexandra Hospital, em Harlow.

De súbito, ainda no carro, Emma percebeu que não havia telefonado nem para o irmão, Giles, nem para a irmã, Grace, informando-os do que havia acontecido. Decidiu que o faria à noite, quando talvez estivessem sozinhos. Não era uma notícia que ela gostaria de dar com estranhos por perto. Foi então que sentiu uma forte pontada de dor na boca do estômago, como uma facada. Quem teria forças e coragem para dizer a Jessica que ela nunca mais veria o irmão? Será que voltaria a ser a mesma garota alegre que vivia correndo em volta de Seb, seu irmão querido, como um cãozinho obediente e amoroso abanando o rabinho com uma adoração indomável? Ela não poderia ser informada da notícia por outra pessoa, o que significava que Emma teria de voltar para casa o mais brevemente possível.

Marsden entrou com o carro no pátio do posto de serviços local, onde geralmente enchia o tanque nas tardes de sexta-feira. Quando o frentista da bomba de gasolina viu que a senhora Clifton estava no banco traseiro do Austin A30 verde, segurou de leve a borda da pala do boné em cumprimento. Ela, no entanto, não respondeu, e o jovem ficou se perguntando se havia feito algo errado. De qualquer forma, encheu o tanque e depois levantou o capô para checar o óleo. Assim que concluiu o serviço, voltou a tocar a ponta do boné, mas Marsden simplesmente partiu, sem dizer nada, tampouco dando ao rapaz os costumeiros seis *pence* de gorjeta.

— O que foi que deu neles? — disse em voz baixa enquanto observava o carro desaparecer de vista.

Assim que voltaram para a estrada, Emma tentou lembrar-se com exatidão das palavras que o diretor de admissões da faculdade Peterhouse tinha usado para hesitantemente transmitir a triste notícia. *Lamento ter de informar, senhora Clifton, que seu filho morreu num acidente de carro.* Além do que estava na afirmação, o senhor Padgett não parecia saber muito a respeito do ocorrido. Mas, por outro lado, conforme ele mesmo explicou, estava somente repassando a mensagem.

A mente de Emma fervilhava de perguntas. Afinal, por que seu filho viajara para Cambridge de carro, tendo em vista que, apenas alguns dias antes, ela lhe havia comprado uma passagem de trem? Quem estivera dirigindo? Sebastian ou Bruno? Estariam correndo muito? Teria um dos pneus estourado? O acidente teria sido causado por outro carro? Eram muitas as perguntas, e ela duvidava que alguém pudesse responder a todas.

Alguns minutos após a ligação do diretor de admissões, a polícia telefonara para perguntar se o senhor Clifton poderia ir ao hospital para identificar o corpo. Emma explicara que seu marido estava em Nova York, em uma turnê publicitária do último livro dele. Talvez ela não tivesse aceitado ir ao hospital se soubesse que o marido estaria de volta à Inglaterra no dia seguinte. Dava graças a Deus naquele momento por ele estar voltando de avião e não ter de passar cinco dias numa travessia do Atlântico, sofrendo sozinho.

Enquanto Marsden atravessava cidades desconhecidas, como Chippenham, Newbury, Slough, a figura de Dom Pedro Martinez interrompeu várias vezes os pensamentos de Emma. Teria sido aquilo uma tentativa de se vingar pelo que havia acontecido em Southampton apenas algumas semanas antes? Mas, se a outra pessoa no carro era Bruno, o filho de Martinez, isso não fazia sentido. Emma voltou a pensar em Sebastian quando Marsden saiu da Great West Road, a estrada ligando Londres a Avonmouth, cidade próxima a Bristol, e seguiu para o norte, na direção da A1, a estrada que se estende entre Londres e Edimburgo, a mesma pela qual Sebastian passara fazia apenas algumas horas. Emma lembrou-se de ter lido em algum lugar que, em situações de tragédia pessoal, tudo o que se desejava era a capacidade de voltar ao passado. Com ela, não era diferente.

A viagem transcorreu sem demora para ela, pois foram raros os momentos em que não ficou pensando em Sebastian. Lembrou-se do dia em que ele nasceu, com Harry na prisão do outro lado do mundo, e dos primeiros passos vacilantes do filho, aos 8 meses e 4 dias de vida, bem como da sua primeira palavra, "mais", e do primeiro dia de escola, quando ele saltou do carro às pressas, antes mesmo que Harry tivesse tempo de parar o veículo. Também se recordou dos dias no internato da Beechcroft Abbey, especialmente da ocasião em que o diretor quisera expulsá-lo da escola, mas acabara concedendo perdão ao Seb quando o rapaz ganhara uma bolsa de estudos em Cambridge. Tantas perspectivas boas pela frente, tanta possibilidade de conquistas, tudo reduzido a cinzas numa questão de segundos. Por fim, lembrou-se do erro terrível que cometera ao deixar o chefe de gabinete de ministros persuadi-la de que Seb deveria participar dos planos do governo de levar Dom Pedro Martinez aos tribunais. Se ela tivesse se recusado a atender à solicitação de Sir Alan Redmayne, seu único filho ainda estaria vivo. Se, se...

Quando chegaram à periferia de Harlow, Emma olhou de relance pela janela e viu uma placa indicando o caminho para o Princess Alexandra Hospital. Procurou concentrar-se no que seria esperado dela. Alguns minutos depois, Marsden passou com o carro pelos portões de ferro batido que nunca eram fechados, até parar diante da entrada principal do hospital. Emma saiu do veículo e se dirigiu para a porta principal, enquanto Marsden seguiu à procura de uma vaga para estacionar.

Na recepção, identificou-se perante a recepcionista, cujo sorriso radiante foi substituído por um semblante de pesar.

— Poderia fazer a gentileza de aguardar um momento, senhora Clifton? — solicitou a atendente enquanto pegava um telefone. — Vou avisar ao senhor Owen que está aqui.

— Senhor Owen?

— O médico especialista de plantão quando seu filho foi internado hoje de manhã.

Emma assentiu e começou a andar de um lado para outro do corredor, substituindo pensamentos confusos por lembranças confusas. *Quem, por que, quando...* Só parou de andar ante a aproximação de uma enfermeira de colarinho engomado e elegantemente vestida.

— Senhora Clifton? — perguntou ela, recebendo em seguida um gesto afirmativo de Emma. — Por favor, acompanhe-me.

A enfermeira conduziu Emma por um corredor com paredes verdes, sem que nenhuma das duas dissesse uma palavra sequer. Mas também o que uma e outra poderiam dizer naquela situação? Pararam diante de uma porta com uma placa onde se lia "Sr. William Owen, Membro da Real Sociedade de Medicina". A enfermeira bateu, abriu-a e se afastou para que Emma entrasse.

Um homem calvo, alto e magro, com o semblante pesaroso e sombrio de agente funerário, se levantou da mesa, levando Emma a se perguntar se aquele rosto sorria de vez em quando.

— Boa tarde, senhora Clifton — disse ele antes que a conduzisse até a única cadeira confortável no recinto. — Lamento o fato de conhecê-la em circunstâncias tão tristes — acrescentou.

Emma sentiu pena do pobre homem. Quantas vezes por dia ele repetiria as mesmas palavras? Pelo que via naquele rosto, percebeu que não devia ser nada fácil.

— Infelizmente, precisaremos preencher e assinar muitos documentos, mas lamento dizer também que o médico-legista solicitará uma identificação formal antes que iniciemos esse trabalho.

Emma abaixou a cabeça e desatou a chorar, desejando, tal como Harry sugerira, tê-lo deixado se encarregar daquela tarefa insuportável. O homem se levantou de um pulo, agachou-se ao lado dela e disse:

— Sinto muito, senhora Clifton.

Harold Guinzburg não poderia ter sido mais atencioso e prestativo.

O editor de Harry tinha feito uma reserva na primeira classe do primeiro voo para Londres. Harold achou que, pelo menos assim, Harry faria uma viagem confortável, embora não fosse capaz de imaginar como o pobre homem conseguiria dormir. E, ainda que tivesse uma boa notícia para lhe dar, achou que a ocasião não era adequada, preferindo simplesmente pedir a Harry que transmitisse a Emma seus mais sentidos pêsames.

Quando, quarenta minutos depois, Harry deixou o Pierre Hotel, deparou com o motorista de Harold em pé na calçada, esperando para levá-lo ao aeroporto de Idlewild. Preferiu seguir viagem na traseira da limusine, pois não se sentia disposto a falar com ninguém. Por reflexo, pensou em Emma e na situação difícil que a esposa devia estar enfrentando. Não gostava da ideia de ela ter de identificar o corpo do filho. Mas achou também que talvez os funcionários do hospital recomendassem a Emma que aguardasse o retorno do marido para que ele mesmo fizesse o reconhecimento.

Harry nem chegou a pensar no fato de que estaria entre os primeiros passageiros a fazer a travessia do Atlântico num voo sem escalas, na medida em que só conseguia pensar no filho e na ansiedade do garoto em ir para Cambridge, onde iniciaria o primeiro ano letivo. E, depois disso... presumira que, com o talento natural de Seb para idiomas, o filho iria querer ingressar no Ministério das Relações Exteriores ou talvez tornar-se tradutor, quem sabe até lecionar, ou...

Depois que o Comet decolou, Harry recusou uma taça de champanhe oferecida por uma aeromoça sorridente, que, afinal, não sabia que ele não tinha nenhum motivo para sorrir. Não explicou por que não comeria nada nem dormiria durante o voo. Durante a guerra, quando estava atrás das linhas inimigas, Harry se treinou para permanecer acordado por 36 horas seguidas, sobrevivendo apenas à base da adrenalina produzida pelo medo. Portanto, sabia que não conseguiria dormir enquanto não visse o filho pela última vez, e talvez por muitas noites depois disso: a adrenalina produzida pelo desespero.

―

O médico conduziu Emma em silêncio por um corredor sombrio, até que pararam diante de uma porta hermeticamente fechada, com a palavra *Necrotério* grafada com letras pretas, fixadas sobre a superfície áspera de uma vigia envidraçada. O senhor Owen abriu a porta e se afastou para que Emma entrasse. A porta se fechou sozinha, com um som abafado. Com a súbita mudança de temperatura, Emma começou a tremer de frio, mas logo depois pousou o olhar numa espécie de cama de aço no meio do recinto. Notou também os visíveis contornos do corpo do filho por baixo do lençol.

Em pé junto à cabeceira da cama metálica, havia um assistente, absolutamente calado.

— Está pronta, senhora Clifton? — perguntou Owen com delicadeza.

— Sim — respondeu Emma com firmeza, embora quase encravando as unhas nas palmas das mãos.

Owen fez um sinal com a cabeça, e o assistente puxou a parte do lençol que cobria o tronco do defunto, expondo-lhe o rosto cheio de cicatrizes e contusões graves, feição que Emma reconheceu imediatamente. Soltando um grito, ela caiu de joelhos na sala e começou a soluçar convulsivamente.

Owen e seu assistente não se surpreenderam com a previsível reação de uma mãe pela primeira vez diante do filho morto, mas ficaram chocados quando ela disse baixinho:

— Este não é Sebastian.

2

Assim que o táxi parou na frente do hospital, Harry surpreendeu-se ao ver Emma em pé diante da entrada, claramente à espera dele. Mas se surpreendeu ainda mais quando ela correu ao seu encontro, uma expressão de alívio estampada no rosto.

— Seb está vivo! — gritou muito antes de se aproximar do marido.

— Mas você me disse... — começou a falar quando Emma atirou os braços em torno do pescoço dele.

— A polícia se enganou. Eles supuseram que era o dono do carro que estava dirigindo e que, portanto, o Seb estava no banco do carona.

— Então quer dizer que Bruno estava no banco do carona? — perguntou Harry baixinho.

— Sim — respondeu Emma, sentindo-se um tanto culpada.

— Percebe o que isso significa? — indagou Harry, soltando-a.

— Não. Aonde está querendo chegar?

— A polícia deve ter dito a Martinez que foi o filho *dele* que sobreviveu, apenas para ele descobrir depois que, na verdade, quem morreu no acidente foi Bruno, não Sebastian.

— Pobre homem — lamentou Emma, baixando a cabeça enquanto entravam no hospital.

— A menos que... — começou a dizer Harry, mas preferiu não completar a frase. — E o Seb, como está? — perguntou em voz baixa.

— Qual o estado dele?

— É grave, receio. O senhor Owen me disse que poucos ossos no corpo de Seb não sofreram fraturas. Parece que ficará internado por vários meses e talvez passe o resto da vida numa cadeira de rodas.

— Só agradeça a Deus por ele estar vivo — concluiu Harry, enlaçando a esposa com um dos braços. — Vão me permitir vê-lo?

— Sim, mas apenas por alguns minutos. E fique sabendo, querido, que, com o corpo todo engessado e enfaixado, talvez você não o reconheça — advertiu Emma, pegando-o em seguida pela mão e subindo com o marido para o primeiro andar, onde encontraram uma mulher de uniforme azul-escuro, movendo-se atarefadamente de um lado para o outro, enquanto procurava se manter atenta ao estado dos pacientes e dava ordens esporádicas à equipe.

— Sou a Srta. Puddicombe — apresentou-se, estendendo a mão para cumprimentá-los.

— Chame-a de enfermeira — disse Emma baixinho.

— Bom dia, enfermeira.

Sem mais nenhuma palavra, a diminuta mulher os levou à Enfermaria Bevan, onde os visitantes viram duas fileiras de camas bem-arrumadas, todas ocupadas. A senhorita Puddicombe continuou em frente, só parando quando chegou ao leito de um paciente na extremidade oposta do recinto. Então fechou a cortina do compartimento de Sebastian Arthur Clifton e se retirou. Harry ficou olhando fixamente para o filho, cuja perna esquerda estava suspensa por um sistema de polias, enquanto a outra, engessada também, jazia estendida na cama. A cabeça do rapaz estava toda enfaixada, deixando apenas um dos olhos descoberto, com o qual conseguiu fitar os pais, sem, no entanto, mover os lábios.

Quando Harry se abaixou para beijar o filho na testa, as primeiras palavras de Sebastian foram:

— Como o Bruno está?

— Lamento ter de interrogá-los depois de tudo — disse o inspetor-chefe Miles. — Não faria isso se não fosse absolutamente necessário.

— E por que é necessário? — questionou Harry, bem familiarizado com detetives e seus métodos de obter informações.

— Ainda não estou convencido de que aquilo que aconteceu na A1 foi um acidente.

— O que está querendo insinuar? — perguntou Harry, olhando diretamente para o detetive.

— Não estou querendo insinuar nada, senhor, mas nossos colegas da perícia fizeram uma inspeção meticulosa do veículo e acham que algumas coisas simplesmente não se encaixam.

— Por exemplo? — perguntou Emma.

— Para início de conversa, senhora Clifton — explicou Miles —, ainda não conseguimos entender por que seu filho atravessou o gramado central quando é óbvio que correria o risco de ser atingido em cheio por um veículo vindo na direção contrária.

— Será que o carro não teve um problema mecânico? — sugeriu Harry.

— Foi a primeira coisa que nos ocorreu — respondeu Miles. — Contudo, embora o carro tenha ficado muito danificado, nenhum dos pneus estourou e a barra de direção permaneceu intacta, o que quase nunca acontece nesse tipo de acidente.

— Mas isso não serve muito para provar que foi criminoso — objetou Harry.

— Realmente não, senhor — concordou Miles. — E, se fosse apenas por isso, eu não teria solicitado ao médico-legista que levasse o caso ao Ministério Público. Mas uma testemunha apresentou provas bastante inquietantes.

— E o que ele disse?

— Ela — corrigiu Miles, consultando seu caderno de anotações. — Uma tal senhora Challis nos contou que um cupê MG conversível a ultrapassou e logo depois estava prestes a passar por três caminhões seguindo em comboio pela faixa interna da pista, quando, de repente, o caminhão da dianteira passou para a faixa do meio, embora não houvesse nenhum veículo na frente dele. Isso significa que o motorista do MG teve de frear bruscamente. Em seguida, o terceiro caminhão passou também para a faixa do meio, igualmente sem nenhum motivo aparente, enquanto o caminhão do meio do comboio se manteve sob velocidade constante, não dando ao MG nenhuma chance para fazer uma ultrapassagem ou buscar refúgio na faixa interna da pista. A senhora Challis observou ainda que os três caminhões mantiveram o MG encurralado nessa posição por um tempo considerável — prosseguiu o detetive —, até que o motorista, sem mais nem menos, atravessou o canteiro central, ficando por instantes no caminho dos carros vindo na direção contrária.

— O senhor conseguiu interrogar algum dos três motoristas? — perguntou Emma.

— Não. Ainda não conseguimos localizar nenhum deles, senhora Clifton. E não é por falta de tentativa.

— Mas a sua hipótese é simplesmente impensável — rebateu Harry. — Afinal, quem iria querer matar dois garotos inocentes?

— Eu concordaria com o senhor se não tivéssemos descoberto recentemente que Bruno Martinez não havia planejado acompanhar seu filho na viagem para Cambridge.

— E como conseguiu descobrir isso?

— Porque a namorada dele, uma tal de senhorita Thornton, nos procurou e informou que tinha combinado de ir ao cinema com Bruno naquele dia, mas cancelou o encontro em cima da hora porque tinha ficado resfriada — explicou o inspetor, que, em seguida, tirou uma caneta do bolso, virou uma página do caderno e olhou diretamente para os pais de Sebastian antes de lhes perguntar: — Algum dos senhores tem alguma razão para crer que alguém queria fazer mal a seu filho?

— Não — respondeu Harry.

— Sim — afirmou Emma.

3

— Só faça questão de que o serviço seja terminado dessa vez — advertiu Dom Pedro Martinez, quase aos gritos. — Não deve ser lá muito difícil — acrescentou enquanto se sentava na cadeira. — Ontem de manhã, eu mesmo consegui entrar no hospital tranquilamente, sem que ninguém me barrasse. À noite, então, deve ser muito mais fácil.

— Como quer que eu me livre do garoto? — perguntou Karl friamente.

— Corte o pescoço dele — respondeu Martinez. — Bastarão um jaleco branco, um estetoscópio e um bisturi. Mas veja primeiro se está afiado mesmo.

— Talvez não seja prudente cortar o pescoço — alertou Karl. — É melhor sufocá-lo com um travesseiro para que suponham que morreu em consequência dos ferimentos.

— Não. Quero que o jovem Clifton tenha uma morte lenta e dolorosa. Aliás, quanto mais lenta, melhor.

— Entendo como se sente, chefe, mas acho que não devemos dar mais motivos para que o detetive retome as investigações.

— Tudo bem então — concordou Martinez após certa relutância, parecendo desapontado. — Mas que a morte se consuma da forma mais lenta possível.

— Acha que devo envolver Diego e Luis nisso?

— Não. Mas quero que eles compareçam ao enterro, como amigos de Sebastian, para que depois me digam como foi. Quero ficar sabendo que os parentes sofrerem tanto quanto eu quando soube que não tinha sido Bruno o sobrevivente.

— Mas que tal... — começou a dizer Karl quando o telefone na mesa do patrão tocou.

Dom Pedro atendeu.

— Sim?
— Um tal de coronel Scott-Hopkins está na linha — informou a secretária. — Deseja falar com o senhor a respeito de um assunto pessoal. Disse que é urgente.

Todos os quatro haviam reorganizado seus compromissos, de modo que pudessem comparecer ao escritório do chefe de gabinete de ministros na manhã seguinte.

Sir Alan Redmayne, o chefe de gabinete, tinha cancelado a reunião com M. Chauvel, o embaixador francês, com quem havia planejado conversar sobre as consequências do possível retorno de Charles de Gaulle ao Palácio do Eliseu.

O deputado Sir Giles Barrington não participaria da reunião semanal do Gabinete Paralelo,* pois, como explicou o senhor Gaitskell, o líder da oposição, precisava tratar de um problema de família urgente.

Harry Clifton não autografaria exemplares de seu último livro, *O sangue é mais denso do que a água*, numa sessão na Hatchards, em Piccadilly. No entanto, ele havia autografado antecipadamente cem exemplares para tentar amenizar a situação com o gerente, que não conseguira esconder a própria decepção, sobretudo depois de saber que Harry alcançaria o primeiro lugar na lista dos mais vendidos no domingo.

Quanto a Emma, ela tinha adiado uma reunião com Ross Buchanan, na qual conversariam sobre as ideias do presidente do Conselho Administrativo para a construção de um novo transatlântico de luxo que, caso a diretoria apoiasse, se tornaria parte da linha Barrington.

Os quatro se sentaram em volta de uma mesa oval no escritório do chefe de gabinete.

— Que bom que o senhor pôde nos receber com tanta presteza — comentou Giles da outra extremidade da mesa, levando Sir Alan a assentir. — Mas tenho certeza de que Vossa Excelência compreenderá

---

* Os membros mais importantes da oposição que ocuparão cargos ministeriais se ela vencer a eleição. (*N. do T.*)

que o senhor e a senhora Clifton estão preocupados com a possibilidade de que a vida do filho ainda esteja correndo perigo.

— Também tenho tal preocupação — afirmou Redmayne — e gostaria de dizer como me senti consternado ao saber do acidente de seu filho, senhora Clifton. Sobretudo por achar que sou parcialmente culpado pelo ocorrido. Entretanto, asseguro-lhes que não fiquei sem fazer nada quanto a isso. No último fim de semana, conversei com o senhor Owen, o inspetor Miles e o médico-legista local, os quais cooperaram ao máximo. E concordo com Miles quando ele afirma que não existem provas suficientes para atestar que Dom Pedro Martinez teve algum envolvimento no acidente.

— A irritação demonstrada por Emma diante de tais palavras fez Sir Alan acrescentar depressa: — Todavia, geralmente provas e convicção plena são duas coisas muito diferentes, e, depois que eu soube que Martinez desconhecia o fato de que seu filho estava no carro na ocasião, cheguei à conclusão de que talvez ele pense na possibilidade de atacar de novo, por mais irracional que isso possa parecer.

— Olho por olho — observou Harry.

— Talvez o senhor tenha razão — disse o chefe de gabinete. — Está claro que ele não nos perdoou por aquilo que vê como um roubo de oito milhões de libras que lhe pertenciam por direito legítimo, ainda que fossem falsificadas. E, embora talvez ainda não tenha descoberto que o governo esteve por trás da operação, não há dúvida de que acredita que Sebastian tenha sido o responsável direto pelo que aconteceu em Southampton. Aliás, lamento muito que, na ocasião, eu não tenha levado a sério a sua compreensível preocupação.

— Agradeço ao menos por isso — disse Emma. — Mas, agora, não é o senhor que precisa ficar o tempo todo preocupado com a questão de quando e onde Martinez fará um novo ataque. E qualquer um pode entrar naquele hospital e sair de lá como se fosse uma estação rodoviária.

— Concordo — disse Redmayne. — Eu mesmo fiz isso ontem à tarde. — Essa revelação provocou um silêncio momentâneo entre os presentes, permitindo ao chefe de gabinete prosseguir: — Contudo, asseguro-lhe, senhora Clifton, que desta vez tomei as medidas necessárias para que seu filho esteja protegido de qualquer tipo de perigo.

— Pode revelar ao senhor e à senhora Clifton o motivo de tanta confiança? — perguntou Giles.

— Não. Não posso.

— Por que não? — questionou Emma.

— Porque, como precisei envolver o ministro do Interior e o ministro da Defesa desta vez, estou moralmente obrigado a manter sigilo pelo Conselho da Coroa.

— Mas que absurdo é esse? — indignou-se Emma. — Vossa Excelência deveria procurar não se esquecer de que é a vida de meu filho que está em jogo.

— É que, se algo sobre esta questão se tornar público — explicou Giles, virando-se para a irmã —, ainda que daqui a 50 anos, será importante demonstrar que nem você nem Harry sabiam que ministros da Coroa estavam envolvidos.

— Agradeço, Sir Giles — disse o chefe de gabinete.

— Só conseguirei engolir essas mensagens cifradas pomposas que vocês dois ficam trocando entre si — avisou Harry — se me derem a garantia de que a vida de meu filho não está mais correndo perigo, pois, caso aconteça mais alguma coisa a Sebastian, Sir Alan, haverá um único culpado nesta história.

— Aceito sua advertência, senhor Clifton. Todavia, posso mesmo garantir que Martinez não representa mais nenhuma ameaça para Sebastian, nem para nenhum outro membro da família. A bem da verdade, levei ao limite as regras justamente por saber que esse risco e a consecução de nossos objetivos valem muito mais do que a vida de Martinez.

Ainda assim, Harry pareceu cético e, embora Giles aparentemente confiasse na palavra de Sir Alan, concluiu que teria de se tornar primeiro-ministro se quisesse que o chefe de gabinete de ministros revelasse a razão de sua confiança. Talvez nem assim.

— Entretanto — prosseguiu Sir Alan —, não devemos esquecer que Martinez é um homem inescrupuloso e traiçoeiro. Portanto, não tenho dúvida de que vai querer se vingar de alguma forma. E, desde que aja dentro da lei, não haverá muita coisa que possamos fazer com relação a isso.

— Mas pelo menos estaremos preparados desta vez — disse Emma, entendendo aonde o chefe de gabinete queria chegar.

O coronel Scott-Hopkins bateu à porta do número 44 da Eaton Square quando faltava um minuto para as 10 horas. Alguns instantes depois, a porta da frente foi aberta por um verdadeiro gigante, diante do qual o comandante do SAS, o Grupo de Operações Especiais britânico, parecia pequeno como um anão.

— Meu nome é Scott-Hopkins. Tenho um encontro com o senhor Martinez.

Karl cumprimentou o convidado com uma ligeira inclinação do corpo e abriu a porta apenas o suficiente para que entrasse na residência. Conduzindo o coronel pelo corredor, mais adiante, bateu à porta do escritório do patrão.

— Entre.

Quando o coronel entrou, Dom Pedro se levantou da mesa e olhou para o convidado com desconfiança. Afinal, não fazia ideia do motivo pelo qual o membro do SAS precisava ter uma conversa urgente com ele.

— Aceita um café, coronel? — perguntou Dom Pedro depois que os dois haviam se cumprimentado com um aperto de mãos. — Ou talvez alguma bebida mais forte?

— Não. Obrigado, senhor. Ainda é um pouco cedo para mim.

— Então, sente-se, por favor, e diga-me por que quis encontrar-se comigo com tanta urgência — comentou Martinez, fazendo uma pausa em seguida. — Afinal, tenho certeza de que o senhor sabe que sou um homem ocupado.

— Sei perfeitamente como tem estado ocupado, senhor Martinez, então irei direto ao assunto.

Dom Pedro tentou não demonstrar nenhum tipo de reação enquanto se recostava na cadeira e continuava a fitar o coronel.

— Meu objetivo básico é fazer tudo para que Sebastian Clifton tenha uma vida longa e tranquila.

A arrogante máscara de confiança de Martinez se desfez de imediato, mas ele logo se recompôs, aprumando-se abruptamente na cadeira.

— O que está querendo insinuar com isso? — indagou aos gritos, segurando firme um dos braços da cadeira.

— Acho que sabe muito bem, senhor Martinez. Contudo, permita-me deixar clara minha posição. Estou aqui para ter certeza de que a família Clifton não sofrerá mais nenhum tipo de mal.

Dom Pedro se levantou da cadeira de um pulo e apontou o dedo em riste para o coronel.

— Sebastian Clifton era o melhor amigo de meu filho!

— Não tenho dúvida de que era, senhor Martinez. Mas minhas instruções não poderiam ser mais claras, e elas são, basicamente falando, ordens para advertir-lhe que, se Sebastian ou qualquer outro membro da família for vítima de mais um *acidente*, seus filhos, Diego e Luis, serão postos no próximo avião de volta para a Argentina, e não na primeira classe, mas no compartimento de carga, em duas caixas de madeira.

— A quem você acha que está ameaçando?! — bradou Martinez, com os punhos cerrados.

— Um mafioso sul-americano de quinta categoria que, só por ter algum dinheiro e morar na Eaton Square, acha que pode andar por aí fazendo-se passar por cavalheiro.

Dom Pedro apertou um botão embaixo do tampo da mesa. Instantes depois, a porta se abriu com violência, e Karl apressou-se pelo escritório.

— Ponha este homem para fora — ordenou ele, apontando para o coronel — enquanto ligo para o meu advogado.

— Bom dia, tenente Lunsdorf — disse o coronel quando Karl começou a avançar em sua direção. — Como ex-membro da SS, talvez entenda a frágil situação em que seu patrão se encontra. — Karl estacou de imediato. — Portanto, permita-me dar-lhe um conselho. Nossos planos para você, caso o senhor Martinez descumpra as nossas condições, não envolvem uma deportação para Buenos Aires, onde muitos de seus ex-colegas estão mofando hoje em dia; não, para você, temos em mente outro destino, onde você encontrará vários cidadãos que sentirão imenso prazer em depor a respeito da função que exerceu como um dos homens de maior confiança de Himmler e do fato de que não mediu esforços para arrancar informações deles.

— Você está blefando — observou Martinez. — Não vai se safar desta.

— Como o senhor sabe pouco a respeito dos britânicos, Dom Pedro... — comentou o coronel enquanto se levantava da cadeira e se dirigia para a janela. — Permita-me que lhe apresente alguns dos espécimes típicos da raça humana de nossa ilha.

Martinez e Karl foram também até a janela e olharam para fora. Numa das extremidades da rua, havia três homens de pé os quais nem o diabo gostaria de ter como inimigos.

— Esses são três de meus colegas de maior confiança — explicou o coronel. — Um deles ficará vigiando-os dia e noite, só esperando que deem um passo em falso. À esquerda, está o capitão Hartley, que, infelizmente, foi expulso do serviço militar por ter despejado gasolina na esposa e no amante dela, enquanto os dois pombinhos dormiam tranquilamente em seu ninho de amor, e depois ateou fogo em ambos. Claro que, após sair da prisão, ele teve dificuldade de conseguir emprego, por isso fiz questão de tirá-lo das ruas e dar um novo sentido à vida dele.

Hartley sorriu cordialmente para os homens na rua, como se soubesse que falavam sobre ele.

— O sujeito do meio é o cabo Crann, carpinteiro de profissão. Ele adora serrar coisas, e não só madeira, mas ossos também. Parece que isso não faz nenhuma diferença para ele. — Com a boca ligeiramente aberta e o olhar perdido, viram que Crann estava olhando para um ponto vago na direção deles. — Mas confesso — continuou o coronel — que meu favorito é o sargento Roberts, um psicopata registrado. Quase sempre inofensivo, mas, infelizmente, nunca conseguiu de fato readaptar-se à vida de cidadão comum depois da guerra. — O coronel virou-se em seguida para Martinez. — Talvez eu nunca devesse ter contado a ele que o senhor fez fortuna colaborando com os nazistas, mas, obviamente, foi assim que o senhor conheceu o tenente

Lunsdorf. Esse detalhe talvez não repasse a Roberts, a menos que os senhores me deixem muito irritado, pois saibam também que a mãe do sargento era judia.

Quando Dom Pedro se afastou da janela, viu Karl olhando de modo fixo para o coronel, com jeito de que ficaria muito contente se pudesse estrangulá-lo, embora aparentemente reconhecendo que a hora e o lugar não eram apropriados.

— Fico muito feliz com a oportunidade de ter podido contar com a atenção dos senhores — agradeceu Scott-Hopkins debochadamente —, pois agora estou ainda mais convicto de que entenderam o que é melhor para cada um. Bom dia, cavalheiros. E podem deixar que conheço a saída.

4

— Temos muitos assuntos para tratar hoje, senhores — disse o presidente. — Portanto, agradeceria muito se meus colegas de diretoria dessem contribuições sucintas e objetivas.

Emma passara a admirar o jeito profissional e objetivo com que Ross Buchanan se conduzia na presidência das reuniões de diretoria da Barrington Shipping Company. Viu que ele nunca demonstrava predileção por nenhum diretor e sempre escutava, com o máximo de atenção, a todos os que manifestassem uma opinião diferente da dele. De vez em quando, mas só de vez em quando, alguém conseguia persuadi-lo a mudar de ideia. Ross tinha também a capacidade de apresentar um resumo de um debate complexo sem deixar de fora o ponto de vista de nenhum colega. Emma sabia que alguns membros da diretoria achavam um tanto ríspido o seu jeito escocês, mas ela reconhecia nisso apenas um traço positivo do pragmatismo que o caracterizava e, às vezes, perguntava-se quais poderiam ser as diferenças e semelhanças de sua própria postura nas relações com os colegas se um dia ela se tornasse presidente da empresa. Logo depois, porém, abandonou tal pensamento, passando a concentrar-se no assunto mais importante da agenda. Na noite anterior, com Harry fazendo o papel de presidente, Emma tinha ensaiado o que pretendia dizer na reunião.

Quando Philip Webster, o diretor jurídico-administrativo, terminou de ler a ata da última reunião e deu conta de todas as questões levantadas pelos colegas, o presidente passou a tratar do primeiro assunto da agenda: uma proposta para que a diretoria iniciasse um processo de licitação para a construção do *Buckingham*, um transatlântico de luxo que aumentaria a frota de navios da Barrington.

Buchanan havia conseguido convencer a diretoria de que esse era o único caminho que poderiam trilhar se quisessem que a Barrington continuasse uma das principais empresas de navegação do país. Vários dos membros da diretoria assentiram em concordância.

Assim que o presidente concluiu a apresentação da proposta, solicitou a Emma que manifestasse seu ponto de vista. Ela começou argumentando que, considerando o fato de o momento ser de uma alta recorde na taxa de juros bancária, achava que a empresa deveria procurar consolidar sua posição no mercado, não se arriscar a fazer um investimento tão elevado em algo que, na opinião dela, tinha apenas cinquenta por cento de chance de dar certo.

O senhor Anscott, um diretor honorário designado para o cargo por Sir Hugo Barrington, o finado pai de Emma, afirmou, por sua vez, que era hora de seus dirigentes fazerem muitos investimentos, para que, no fim das contas, não ficassem a ver navios em relação à concorrência. Ninguém riu da observação. Já o contra-almirante Summers achava que eles não deveriam tomar uma decisão tão radical sem a aprovação dos acionistas.

— Mas somos nós que estamos na ponte de comando — disse Buchanan ao almirante —, e, portanto, cabem a nós as decisões.

— O almirante ficou de cara amarrada, mas não fez mais nenhum comentário; seu voto falaria por si mesmo.

Emma escutou com grande interesse a opinião de todos os membros da diretoria, logo percebendo que os diretores estavam divididos. Um ou dois ainda não haviam se decidido, mas ela achou que, se chegassem a votar, a visão do presidente prevaleceria.

Uma hora depois, a diretoria ainda estava longe de tomar uma decisão, com alguns diretores simplesmente repetindo argumentos anteriores, o que deixava Buchanan claramente irritado. Mas Emma sabia que ele acabaria tendo que seguir em frente, pois havia outros importantes assuntos a abordar.

— Sou obrigado a dizer — advertiu o presidente em seus argumentos finais — que não podemos adiar muito mais essa tomada decisão e, portanto, sugiro que voltemos a nossos lares e pensemos com muito cuidado na posição que devemos assumir com relação a esta questão. A bem da verdade, o futuro da empresa está em jogo. Proponho que, na próxima reunião, votemos para saber se devemos mesmo iniciar o processo de licitação ou abandonar o projeto.

— Ou pelo menos adiar sua execução para uma ocasião mais propícia — sugeriu Emma.

Embora com relutância, o presidente passou a tratar de outros assuntos e, como os itens na agenda eram muito menos controvertidos, quando Buchanan perguntou se havia mais alguma coisa para ser discutida, a atmosfera de acalorados debates já fora substituída por um ambiente mais ameno.

— Há uma informação que considero meu dever informar à diretoria — disse o diretor jurídico-administrativo. — Acho que os senhores não devem ter deixado de notar que o preço de nossas ações vem aumentando constantemente nas últimas semanas, e imagino que tenham se perguntado por que isso vem acontecendo, considerando que nem fizemos nenhum anúncio importante nem divulgamos previsões de lucro recentemente. Bem, ontem esse mistério foi solucionado quando recebi uma carta do gerente da agência do Midland Bank da St. James's, em Mayfair, informando-me que um de seus clientes passou a ser dono de 7,5% das ações da empresa e que, por isso, indicaria alguém para representá-lo na diretoria.

— Vou tentar adivinhar — atalhou Emma. — Esse alguém é ninguém menos do que o major Alex Fisher.

— Infelizmente é verdade — confirmou o presidente, baixando a guarda, numa atitude atípica.

— E ganhará um prêmio quem conseguir adivinhar quem o bom major representará? — perguntou o almirante.

— Não, nenhum — respondeu Buchanan —, pois os senhores não adivinhariam. Mas confesso que, assim como os senhores, quando eu soube da notícia, achei que tinha sido nossa velha amiga, Lady Virginia Fenwick, a compradora das ações. Porém, o gerente do Midland me garantiu que essa senhora não é cliente do banco. Quando insisti no assunto, tentando induzi-lo a revelar o nome do proprietário das ações, ele me disse polidamente que não tinha autorização para divulgar essa informação, um jargão do setor bancário que significa "isso não é da sua conta".

— Não vejo a hora de saber qual será a decisão do major na votação da proposta de construção do *Buckingham* — disse Emma com um sorriso irônico —, pois podemos ter certeza de uma coisa: ainda que não saibamos quem ele representa, certamente essa pessoa não quer o melhor para a Barrington.

— Pode estar certa também, Emma, que eu preferiria que esse verme desprezível não fosse o fator decisivo em nenhuma situação — observou Buchanan.

Emma ficou atônita.

Ela sabia que outra das admiráveis qualidades do presidente era a capacidade para pôr de lado quaisquer divergências, por mais graves que fossem, assim que as reuniões da diretoria terminavam.

— E então, quais as últimas notícias sobre Sebastian? — perguntou enquanto tomava um drinque com Emma antes do almoço.

— A chefe das enfermeiras se diz muito satisfeita com a recuperação dele. Fico feliz em dizer que vejo melhoras significativas toda vez que visito o hospital. Tiraram o gesso da perna esquerda. Além disso, agora ele tem visão nos dois olhos e uma opinião para tudo, desde algo como por que acha que o tio Giles é o homem certo para substituir Gaitskell como líder do Partido Trabalhista até por que parquímetros não passam de mais um artifício do governo para arrancar um pouco mais do nosso dinheiro ganho com tanto sacrifício.

— Concordo com ele em ambos os sentidos — disse Ross. — Vamos torcer para que esse entusiasmo todo seja o prelúdio de uma recuperação completa.

— Parece que o médico acha que é mesmo o caso. O senhor Owen me disse que a medicina moderna conseguiu rápidos avanços durante a guerra, pois muitos soldados precisaram ser operados sem que houvesse tempo para se conhecer a opinião de outros colegas da área médica. Trinta anos atrás, Seb teria ficado numa cadeira de rodas para o resto da vida, mas hoje não é bem assim.

— Ele ainda tem esperança de iniciar os estudos em Cambridge no período letivo do fim do ano?

— Acho que sim. Seb recentemente recebeu uma visita de seu orientador, que lhe disse que poderia iniciar os estudos na Peterhouse em setembro. Chegou até a lhe dar alguns livros para ler.

— Bem, ele não poderá dizer que tem muita distração para evitar os estudos.

— É curioso você comentar isso — comentou Emma —, pois, recentemente, ele começou a ser interessar muito pela situação da empresa, o que acho um tanto surpreendente. Aliás, Seb lê as atas de todas as reuniões da diretoria de cabo a rabo. Chegou até a comprar dez ações, o que lhe dá o direito legal de acompanhar todos os nossos passos. E posso garantir, Ross, que não ele tem nenhum receio de expressar seus pontos de vista, nem mesmo com relação à proposta de construção do *Buckingham*.

— Sem dúvida, influenciado pela conhecida opinião da mãe sobre o assunto — observou Buchanan, sorrindo.

— Não. E é isso que me parece estranho. Outra pessoa parece estar aconselhando-o nesse sentido.

Emma caiu na gargalhada.

Sentado na extremidade oposta da mesa, Harry levantou a cabeça e parou de ler o jornal.

— Como não vi nada ligeiramente engraçado no *The Times* até agora, poderia me contar onde achou algo tão cômico?

Emma tomou um gole de café antes de voltar a ler o *The Daily Express*.

— Parece que Lady Virginia Fenwick, a única filha do nono conde de Fenwick, deu entrada num processo de divórcio contra o conde de Milão. O colunista William Hickey informa que Virginia receberá como indenização a quantia de 250 mil libras esterlinas e ficará com o apartamento deles na Lowndes Square, bem como com a propriedade rural do casal em Berkshire.

— Um retorno financeiro nada mau por um trabalho de dois anos.

— E, é claro, Giles também é mencionado.

— Ele sempre será quando Virginia for manchete de jornais.

— Sim, mas foi algo bem lisonjeiro, para variar — observou ela, voltando a concentrar-se no jornal. — "O primeiro marido de Lady Virginia, Sir Giles Barrington, representante da área portuária de Bristol no parlamento, está bem cotado para fazer parte do gabinete de ministros caso o Partido Trabalhista vença a próxima eleição."

— Acho improvável.
— Que Giles faça parte do gabinete de ministros?
— Não. Que os trabalhistas vençam a próxima eleição.
— "O parlamentar tem se mostrado um orador extraordinário entre os líderes da bancada da oposição" — prosseguiu Emma — "e, recentemente, noivou com a doutora Gwyneth Hughes, professora-assistente da King's College, em Londres." Gwyneth está linda na foto, Virginia está horrível.
— Virginia não vai gostar disso — comentou Harry, retomando a leitura do *The Times*. — Mas não há muita coisa que ela possa fazer a respeito agora.
— Não tenha tanta certeza — advertiu Emma. — Acho que esse escorpião ainda não perdeu completamente o ferrão.

Harry e Emma partiam de carro de Gloucestershire todos os domingos para visitar Sebastian em Harlow, sempre levando Jessica, considerando que ela nunca perdia a oportunidade de se encontrar com o irmão mais velho. Sempre que Emma dobrava à esquerda, depois que passavam pelos portões da Manor House para iniciar a longa viagem até o Princess Alexandra Hospital, ela se lembrava da primeira vez que fizera a viagem, quando achara que o filho tinha morrido. Emma dava graças a Deus por não ter telefonado a Grace ou Giles e também por Jessica estar acampando nas montanhas de Quantocks com a Associação das Bandeirantes quando veio o telefonema. Somente o pobre Harry tivera de passar um dia inteiro acreditando que nunca mais veria o filho.

Jessica considerava a visita a Sebastian o ponto alto da semana. Assim que chegava ao hospital, mostrava-lhe sua última obra de arte e, depois que cobrira cada centímetro dos gessos com imagens da Manor House, dos membros da família e dos amigos, passava a decorar as paredes do hospital. A chefe das enfermeiras pendurava cada quadro novo trazido por Jessica no corredor externo à enfermaria, mas admitiu que não demoraria muito para que alguns precisassem ser transferidos para as paredes da escada que conduzia ao andar de baixo. Só restava a Emma torcer para que Sebastian recebesse alta antes que os presentes de Jessica chegassem à área da recepção. Ficava sempre um tanto constrangida quando a filha dava de presente à enfermeira-chefe o último fruto de seu esforço.

— Não vejo razão para ficar constrangida — observou a senhorita Puddicombe. — A senhora deveria ver algumas das pinturas grosseiras que pais corujas me dão de presente, esperando que eu as pendure em minha sala. De mais a mais, quando Jessica se tornar membro da Real Academia de Artes, venderei todos eles e construirei uma nova enfermaria com o dinheiro arrecadado.

Ninguém precisava dizer a Emma quanto sua filha era talentosa, porque ela sabia que a senhorita Fielding, professora de artes de Jessica na escola Red Maids, tinha planos para inscrevê-la para pleitear uma bolsa de estudos na Slade School of Fine Art e parecia confiar num bom resultado.

— É um tremendo desafio, senhora Clifton, ter de ensinar alguém muito mais talentosa ou mais dotada do que eu — explicou-lhe a senhorita Fielding em certa ocasião.

— Não deixe que ela saiba disso.

— Mas todos nós sabemos — retrucou a senhorita Fielding — e temos perspectivas de coisas maiores no futuro. Não será surpresa para ninguém quando oferecerem a ela uma vaga na Royal Academy Schools, a primeira conseguida por uma aluna daqui.

Jessica parecia não fazer ideia de seu talento raro, além de ignorar também muitas outras coisas. Emma lembrou-se de que advertira Harry várias vezes se tratar apenas de uma questão de tempo até que a filha adotiva acabasse descobrindo quem era seu verdadeiro pai e sugerira que seria melhor que a menina soubesse a verdade por intermédio de um membro da família, em vez de pela boca de um estranho. Harry parecia estranhamente receoso em oprimi-la com o fardo de conhecer a verdadeira razão pela qual a tinham escolhido, muitos anos atrás, naquele orfanato, ignorando outras candidatas mais claramente promissoras. Giles e Grace haviam se oferecido para explicar a Jessica como todos eles eram filhos do mesmo pai, Sir Hugo Barrington, e por que sua mãe fora responsável pela morte prematura dele.

Assim que Emma parou o Austin A30 no estacionamento do hospital, Jessica saiu do carro em disparada, com seu último quadro debaixo do braço, e um Cadbury, uma barra de chocolate ao leite, na outra mão, correndo até o leito de Sebastian. Emma achava que não existiria alguém capaz de amar seu filho mais do que ela, mas, se esse alguém existisse, seria Jessica.

Alguns minutos depois, quando Emma entrou na enfermaria, ficou ao mesmo tempo surpresa e encantada ao encontrar Sebastian fora da cama pela primeira vez, sentado numa poltrona. Assim que viu a mãe, ele se levantou com alguma dificuldade, procurou manter-se firmemente em pé e a beijou nas bochechas; outra melhora. Perguntou-se quando as mães costumam parar de beijar os filhinhos e chega o tempo em que jovens rapazes passam a beijar suas mães.

Como Jessica tratou de contar detalhadamente ao irmão o que andara fazendo durante a semana, Emma sentou-se ao pé da cama e ficou escutando alegremente a filhinha relatar suas aventuras e descobertas pela segunda vez. Assim que a menina parou de falar, fazendo uma pausa longa o bastante para que Sebastian se manifestasse, ele se virou para a mãe e disse:

— Reli a ata da última reunião da diretoria hoje de manhã. A senhora sabe muito bem que o presidente organizará um referendo interno na próxima reunião e que, desta vez, a senhora não poderá deixar de tomar uma decisão com relação ao projeto de construção do *Buckingham*.

Emma não respondeu de imediato. Ficou observando Jessica virar-se e começar a retratar um senhor idoso que estava dormindo na cama ao lado.

— Eu faria a mesma coisa se estivesse em seu lugar — continuou Sebastian. — Mas quem a senhora acha que vencerá?

— Ninguém vencerá — respondeu Emma —, pois, independentemente do resultado, a diretoria continuará dividida até que fique demonstrado quem tinha razão.

— Vamos torcer para que isso não aconteça; por ora, acho que vocês têm um problema muito mais grave a tratar, e isso exigirá que a senhora e o presidente trabalhem em harmonia.

— Fisher?

Sebastian assentiu.

— E só Deus sabe qual será o voto dele quando chegar a hora de decidirem se devem ou não construir o *Buckingham*.

— Fisher votará no que Dom Pedro Martinez disser para ele votar.

— Como a senhora pode ter certeza de que foi Martinez, não Lady Virginia, que comprou aquelas ações? — perguntou Sebastian.

— De acordo com William Hickey, colunista do *The Daily Express*, Virginia está passando por mais um conturbado processo de divórcio. Portanto, pode estar certo de que ela concentrará esforços no valor da pensão que pode arrancar do conde de Milão, antes que decida como gastá-la. Em todo caso, tenho motivos pessoais para crer que Martinez esteja por trás do último episódio envolvendo compra de ações.

— Também acabei chegando a essa conclusão — disse Sebastian —, pois uma das últimas coisas que Bruno me contou, quando estávamos no carro a caminho de Cambridge, foi que seu pai se encontrara com um major e, durante a conversa que mantiveram, ele havia ouvido por acaso mencionarem o nome Barrington.

— Se isso for verdade — atinou Emma —, Fisher apoiará o presidente, talvez simplesmente por nenhum outro motivo que não seja vingar-se de Giles por ele tê-lo impedido de tornar-se membro do parlamento.

— Ainda que Fisher o apoie, não pense que ele vai querer que a execução do projeto de construção do *Buckingham* transcorra sem problemas. Longe disso. Acabará mudando de lado sempre que visualizar uma oportunidade de prejudicar as finanças da empresa a curto prazo ou a reputação a longo prazo. Perdoe-me o clichê, mas ninguém muda da água para o vinho. Basta lembrar que o principal objetivo dele é justamente o contrário do seu: a senhora quer que a empresa prospere, ele quer que ela vá à falência.

— E por que iria querer uma coisa dessas?

— Acho que a senhora sabe muito bem a resposta — respondeu Sebastian, esperando a reação da mãe, mas Emma simplesmente mudou de assunto.

— Como é possível que, de uma hora para outra, você tenha se tornado tão sábio?

— É que recebo lições diárias aos pés do trono de um especialista iluminado. Além do mais, sou seu único discípulo — acrescentou Sebastian, sem maiores explicações.

— E o que seu especialista me aconselharia a fazer se eu quisesse que a diretoria me apoiasse e votasse contra o projeto de construção do *Buckingham*?

— Ele já bolou um plano que lhe asseguraria a vitória na votação na próxima reunião.

— Isso não será possível enquanto a diretoria continuar tão dividida.

— Ah, será, sim — rebateu Sebastian —, mas somente se a senhora se dispuser a tentar vencer Martinez com suas próprias armas.

— O que você tem em mente?

— Desde que a família continue a ser dona de 22% das ações da empresa — explicou Sebastian —, a senhora tem o direito de indicar mais duas pessoas para ocupar cargos na diretoria. Portanto, basta cooptar o tio Giles e a tia Grace, pois, assim, poderão apoiá-la quando chegar a hora da votação. Dessa forma, não terá como perder.

— Eu jamais faria isso — afirmou Emma.

— Por quê, quando há tanta coisa em jogo?

— Se agisse de tal modo, minaria a posição de Ross Buchanan como presidente da empresa. Se ele perdesse uma votação tão importante porque a família se uniu contra ele, não lhe restaria escolha a não ser abdicar do cargo. E acho que outros diretores fariam a mesma coisa.

— Mas isso talvez se revelasse o melhor desfecho da situação atual da empresa em longo prazo.

— Talvez, mas eles precisam ver que venci a disputa no dia da decisão, sem ter de recorrer a uma espécie de manipulação da votação. Só mesmo alguém como Fisher usaria esse tipo de truque sujo.

— Querida mãezinha, ninguém conseguiria admirá-la mais do que eu pelo fato de a senhora procurar sempre trilhar o caminho do bem, mas, quando se lida com os Martinez da vida, precisamos entender que eles, sem princípios morais, sentirão sempre imenso prazer em seguir pelo caminho do mal. Aliás, tenho certeza de que ele rastejaria pela sarjeta imunda mais próxima se achasse que isso lhe asseguraria a vitória na votação.

Seguiu-se um longo silêncio, até que, por fim, o rapaz disse, muito baixinho:

— Mamãe, quando acordei pela primeira vez após o acidente, vi Dom Pedro ao pé da cama. — Emma estremeceu de pavor. — Ele estava sorrindo e disse: "Como tem passado, meu garoto?" Sacudi a cabeça, e só então ele percebeu que eu não era Bruno. Jamais me esquecerei do jeito que me olhou antes que ir embora. — Emma permaneceu em silêncio. — Mamãe, não acha que chegou a hora de a senhora me dizer por que Martinez está tão determinado a arruinar nossa família? Afinal, não foi muito difícil deduzir que ele pretendia matar a mim na A1, não a seu próprio filho.

5

— *O senhor é sempre muito impaciente, sargento Warwick* — queixou-se o médico-legista enquanto examinava o corpo com mais atenção.
— *Mas poderia ao menos me dizer há quanto tempo exatamente o corpo está na água?* — perguntou o detetive.
Harry estava riscando a palavra "exatamente" e "há", bem como alterando "está" para "ficou", quando o telefone tocou. Ele largou a caneta e tirou o fone do gancho.
— Alô — disse um tanto bruscamente.
— Harry, é o Harold Guinzburg. Parabéns, você é o número oito da lista nesta semana. — Harold telefonava todas as quintas-feiras à tarde para informar a Harry o lugar que ele ocuparia na lista de best-sellers no domingo. — São nove semanas seguidas entre os quinze mais vendidos.
Harry ocupara o quarto lugar na lista no mês anterior, a posição mais alta que já alcançara, e, embora não confessasse isto nem mesmo a Emma, continuava a torcer para conseguir fazer parte do seleto grupo de escritores britânicos que haviam chegado ao topo da lista em ambos os lados do Atlântico. Seus dois últimos livros do gênero policial, com o protagonista William Warwick, tinham alcançado o primeiro lugar na lista na Grã-Bretanha, mas, nos Estados Unidos, isso ainda não havia acontecido.
— São as cifras de venda tudo o que realmente importa — observou Guinzburg, quase como se estivesse lendo o pensamento de Harry. — E, de qualquer forma, estou confiante de que você subirá ainda mais na lista quando a edição em brochura for publicada em março. — Harry não deixou de atentar para o fato de que ele disse "subirá ainda mais", em vez de "se tornará o primeiro da lista". — E como vai Emma?

— Preparando um discurso, expondo as razões pelas quais acha que a empresa não deveria construir um novo transatlântico de luxo no momento atual.
— Não me parece material para um best-seller — comentou Harold.
— E Sebastian, como está indo?
— Por enquanto, numa cadeira de rodas. Mas o médico me garantiu que não será por muito tempo. E vão até lhe permitir deixar o hospital pela primeira vez na semana que vem.
— Bravo! Isso significa que seu filho poderá ir para casa?
— Não. A chefe das enfermeiras não quer que ele faça uma viagem tão longa ainda; talvez apenas um pulo até Cambridge, para uma visita ao preceptor e um chá com a tia.
— Essa coisa está me parecendo pior do que escola. Ainda assim, não é possível que demore tanto para que finalmente ele consiga dar umas escapadinhas.
— Ou ser expulso do hospital. Não sei o que acontecerá primeiro.
— E por que iriam querer expulsá-lo?
— Porque uma ou outra enfermeira fica cada vez mais interessada no Seb a cada curativo que desfaz, e ele não faz nada para desencorajá-las.
— A dança dos sete véus — observou Harold, fazendo Harry soltar uma risada. — Ele ainda espera ir para Cambridge em setembro?
— Que eu saiba, sim. Mas Sebastian mudou tanto depois do acidente que nada mais me surpreenderia.
— Como assim?
— Ainda não consegui entender direito. O fato é que ele amadureceu de uma forma que eu não teria achado possível um ano atrás. E acho que descobri por quê.
— Parece intrigante.
— Certamente. Eu lhe passarei os detalhes na próxima vez que for a Nova York.
— Vou ter de esperar tanto assim?
— Sim, porque é como meu jeito de escrever: não tenho a menor ideia do que acontecerá quando viro a página.
— Mas agora me fale daquela nossa garotinha; igual a ela, só existe uma em um milhão.

— Até você nessa?

— Diga a Jessica que pendurei em meu escritório o quadro que ela fez da Manor House no outono, ao lado de um Roy Lichtenstein.

— Quem é Roy Lichtenstein?

— O artista de Nova York mais festejado atualmente, mas acho que essa febre não vai durar muito tempo. Em minha opinião, Jessica, como desenhista, é muito superior. Por favor, diga-lhe que, se pintar um quadro de Nova York no outono para mim, darei a ela uma obra de Lichtenstein como presente de Natal.

— Será que Jessica pelo menos ouviu falar nele?

— Antes que eu desligue, posso perguntar como está indo o último romance com William Warwick?

— Estaria indo muito mais rapidamente se não ficassem me interrompendo o tempo todo.

— Desculpe — disse Harold. — Não me contaram que você estava escrevendo.

— A verdade é que Warwick se viu diante de um problema insuperável. Ou, para ser mais exato, eu me vi.

— Alguma coisa que eu possa ajudar?

— Não. É por isso que você é editor, e eu, escritor.

— Mas que tipo de problema? — insistiu Harold.

— Warwick achou o corpo da ex-esposa no fundo de um lago, mas estava razoavelmente convicto de que a assassinaram antes de ter sido atirada na água.

— E qual é o problema?

— O meu ou o de William Warwick?

— O de Warwick primeiro.

— Fizeram que ele ficasse esperando pelo menos 24 horas para finalmente pôr as mãos no laudo do legista.

— E o seu?

— Eu tenho 24 horas para decidir o que tem de estar no laudo.

— E Warwick sabe quem matou a ex-esposa?

— Não tem certeza ainda. Existem cinco suspeitos no momento, e todos não só têm um bom motivo para isso... mas também um álibi.

— Mas presumo que você sabe quem foi, não?
— Não, ainda não — confessou Harry. — E, se não sei, o leitor também não saberá.
— Isso não é um pouco arriscado?
— Com certeza. Mas torna a coisa muito mais emocionante e desafiadora, tanto para mim quanto para o leitor.
— Não vejo a hora de ler o primeiro rascunho.
— Nem eu.
— Desculpe. É melhor deixá-lo voltar ao seu cadáver de ex-esposa no lago. Telefonarei dentro de uma semana, para saber se você descobriu quem a jogou lá.

Quando Guinzburg desligou, Harry repôs o fone no gancho e ficou olhando para a folha de papel em branco à sua frente. Tentou se concentrar.

— *Então, o que acha, Percy?*
— *É cedo demais para apresentar uma avaliação precisa. Precisarei levá-la para o laboratório e realizar mais alguns testes antes de dar um parecer autorizado.*
— *Para quando posso esperar ter em mãos seu laudo preliminar?* — perguntou Warwick.
— *Você é sempre tão impaciente, William...*

Harry olhou para cima. Subitamente descobriu quem tinha cometido o assassinato.

———

Embora Emma não houvesse aceitado a sugestão de Sebastian de recrutar Giles e Grace para a diretoria de modo a ganhar a votação crucial, ainda assim considerava um dever manter os irmãos atualizados da situação da empresa. Emma se orgulhava de representar a família na diretoria, mesmo sabendo muito bem que nenhum dos irmãos se importava muito com o que acontecia a portas fechadas na Barrington, desde que recebessem os dividendos trimestrais.

Giles estava preocupado com suas responsabilidades na Câmara dos Comuns, as quais haviam se tornado ainda mais estressantes depois que Hugh Gaitskell o convidara para integrar o Gabinete Paralelo, visando ocupar a pasta do bloco econômico europeu. Portanto, sua base eleitoral raramente o via, apesar do fato de que esperavam que cuidasse das atribuições de um cargo sem muita importância e, ao mesmo tempo, visitasse regularmente, na condição de possível futuro ministro, os países que tinham o poder de decidir se deveriam permitir ou não que a Grã-Bretanha entrasse para a Comunidade Econômica Europeia. Todavia, fazia vários meses que os candidatos do Partido Trabalhista se achavam na dianteira das pesquisas de intenção de voto e, por isso, parecia cada vez mais provável que Giles se tornaria ministro na próxima eleição. Portanto, deveria fazer todo o possível para evitar distrair-se ou desconcentrar-se por problemas em sua base eleitoral.

Harry e Emma ficaram contentíssimos quando Giles finalmente anunciou o noivado com Gwyneth Hughes, embora não na coluna social do *The Times*, mas no pub Ostrich, no coração de sua base eleitoral.

— Quero vê-lo casado antes da próxima eleição — afirmou Griff Haskins, seu chefe de campanha. — E, se Gwyneth estiver grávida já na primeira semana da campanha, melhor ainda.

— Que romântico — observou Giles, soltando um suspiro.

— Não quero romance — rebateu Griff. — Quero é fazer de tudo para que você continue na Câmara dos Comuns após a próxima eleição, pois, se não estiver mais lá, com certeza não fará parte do gabinete de ministros.

Giles teve vontade de rir, mas sabia que Griff tinha razão.

— Já marcaram a data? — perguntou Emma, que veio de outra parte do recinto para se juntar a eles.

— Do casamento ou das eleições?

— Do casamento, seu tolo.

— Dia 17 de maio, no cartório de Chelsea — respondeu Giles.

— Bem diferente da igreja de St. Margaret, Westminster, mas, desta vez, pelo menos Harry e eu poderemos alimentar a esperança de receber um convite.

— Convidei Harry para ser meu padrinho — informou Giles. — Mas, com relação a você, não sei bem o que vou fazer — acrescentou com um sorriso.

~

A ocasião poderia ser melhor, mas a única chance que Emma teve de encontrar a irmã foi na véspera da votação decisiva. Ela já tinha entrado em contato com os diretores que com certeza apoiariam sua posição, bem como com um ou outro que pareciam um tanto indecisos. Mas queria também dizer a Grace que ainda não conseguira prever qual seria o resultado da votação.

Grace se interessava ainda menos do que Giles pelo futuro da empresa e, em uma ou duas ocasiões, chegara a esquecer-se de descontar o cheque referente aos dividendos trimestrais. Como havia sido recentemente nomeada chefe das orientadoras de doutorado da Faculdade de Newnham, saía muito pouco dos arredores de Cambridge. Emma conseguia de vez em quando convencer a irmã a visitar Londres para assistir a um espetáculo na Royal Opera House, mas ela só aceitava se fosse à tarde e, mesmo assim, afirmava ter tempo apenas para uma janta rápida depois, antes de pegar o trem de volta para Cambridge. É que não gostava, conforme ela mesma dizia, de dormir na cama de estranhos. Por um lado, muito sofisticada, mas, por outro, bastante provinciana, observara a mãe delas em certa ocasião.

A produção de Luchino Visconti de *Dom Carlo*, de Verdi, provara-se irresistível, e Grace chegou a estender um pouco mais a visita após o jantar, prestando toda atenção na explicação detalhada de Emma sobre as consequências de investirem, num único projeto, uma quantia tão significativa das reservas de capital da empresa. Grace apenas beliscava a salada em silêncio, emitindo comentários esporádicos, mas sem dar opinião de fato, pelo menos até o nome do major Fisher ser mencionado na conversa.

— Uma fonte confiável me informou que ele vai se casar também daqui a uma semana — revelou Grace, pegando a irmã de surpresa.

— Mas quem iria querer se casar com aquela criatura desprezível?

— Susie Lampton, aparentemente.

— E conheço esse nome de onde?

— Ela estudava em Red Maids quando você era chefe das monitoras, mas, como estava duas séries abaixo, é improvável que se lembre dela.

— Só do nome mesmo — confirmou Emma —, então é sua vez de me pôr a par de tudo.

— Susie já era uma beldade aos 16 anos e sabia disso. Os garotos simplesmente paravam quando ela passava e ficavam encarando, boquiabertos. Depois que concluiu os estudos em Red Maids, ela pegou o primeiro trem para Londres e conseguiu ingressar em uma agência de modelos importante. Assim que começou a desfilar, Susie não fez questão de esconder de ninguém o fato de que estava à caça de um marido rico.

— Se esse é mesmo o caso, Fisher não me parece uma presa das boas.

— Talvez ele não fosse naquela época, mas agora que ela tem 30 e poucos anos e seus dias de modelo terminaram, é bem possível que um diretor da Barrington Shipping Line, protegido de um milionário argentino, acabe sendo mesmo sua última chance.

— É possível que ela esteja assim tão desesperada?

— Ah, sim — respondeu Grace. — Foi abandonada duas vezes, uma delas no altar, e me disseram que já torrou o dinheiro que a justiça determinou que lhe fosse dado como indenização após um processo por isso. Chegou a penhorar o anel de casamento. Pelo visto, ela não conhece o senhor Micawber, um dos personagens de Dickens.

— Pobre mulher — compadeceu-se Emma em voz murmurante.

— Não precisa se compadecer por Susie. Ela tem um grau de astúcia que você não verá no programa curricular de nenhuma universidade — explicou Grace, tomando logo depois o restante do café. — E, veja bem, nem sei de qual dos dois sinto mais pena, pois não consigo acreditar que essa relação irá durar muito. — Ela olhou para o relógio. — Preciso ir. Não posso me dar o luxo de perder o próximo trem.

Sem mais nenhuma palavra, deu um beijo rápido nas bochechas da irmã, deixou o restaurante e fez sinal para um táxi.

Emma sorriu quando viu a irmã desaparecer de vista no banco de um táxi preto. Talvez a sociabilidade não estivesse entre os pontos mais fortes da personalidade de Grace, mas não havia no mundo uma mulher que Emma admirasse mais. Achava que várias das gerações passadas e presentes dos alunos de Cambridge iriam beneficiar-se muito de serem instruídos pela chefe das orientadoras de Newnham.

Quando Emma pediu a conta, notou que a irmã tinha deixado uma nota de uma libra sobre o prato de acompanhamentos; não era mesmo uma mulher que gostava de ficar devendo favores a ninguém.

O padrinho entregou ao noivo um anel de casamento simples. Giles, por sua vez, pôs o anel no dedo anelar da mão esquerda da senhorita Hughes.

— Eu os declaro marido e mulher — declarou o escrivão. — Agora, o senhor pode beijar a noiva.

O beijo de Sir Giles em Lady Barrington foi saudado com uma salva de palmas, e a festa que se seguiu foi no Cadogan Arms, na King's Road. Giles parecia determinado a deixar patente aos olhos de todos o total contraste entre seu primeiro casamento e o atual.

Quando Emma entrou no pub, avistou Harry conversando com o chefe de campanha de Giles, que sorria de orelha a orelha.

— Um candidato casado consegue muito mais votos do que um candidato divorciado — explicava Griff a Harry, esvaziando em seguida sua terceira taça de champanhe.

Grace estava conversando com a noiva, que tinha sido, não muito tempo antes, uma de suas orientandas de doutorado. Gwyneth lembrava a ela que conhecera Giles na festa de aniversário que Grace organizara para si mesma.

— Meu aniversário foi apenas uma desculpa para dar aquela festa — revelou Grace, sem fornecer maiores explicações.

Emma voltou a concentrar a atenção em Harry, notando que Deakins havia se juntado ao grupo e que, com certeza, ambos estavam trocando relatos sobre suas diferentes experiências como padrinhos de casamento de Giles. Emma não conseguia lembrar se Algernon era agora professor de Oxford; ele certamente parecia um, mas, por outro lado, ele o parecia desde que tinha 16 anos. Ainda que não ostentasse aquela barba desleixada na época, o terno devia ser o mesmo de sempre.

Emma sorriu ao ver Jessica sentada no chão com as pernas cruzadas, desenhando, no lado avesso de uma toalha de mesa, o retrato de Sebastian conversando com o tio. O jovem havia obtido permissão de deixar o hospital para comparecer à festa, sob a estrita condição de que estivesse de volta antes das seis da noite. Giles, por sua vez, inclinava-se diante do sobrinho, ouvindo atentamente o que ele tinha a dizer. Emma nem precisou tentar adivinhar o assunto da conversa.

— Mas e se Emma for derrotada na votação? — dizia Giles.

— Barrington não declarará lucros no futuro próximo, de modo que você não poderá mais trabalhar sempre com a suposição de que receberá dividendos trimestrais.

— E existe alguma boa notícia nisso tudo?

— Sim, se no fim das contas ficar provado que Ross Buchanan tinha razão em relação aos benefícios de construção do transatlântico de luxo, e sabemos que ele é um executivo com um tino comercial aguçado, então a Barrington saboreará a perspectiva de um futuro brilhante. E o senhor poderá assumir seu lugar no gabinete de ministros sem se preocupar com a necessidade de sobreviver apenas com o salário ministerial.

— Devo dizer que estou encantado com esse seu forte interesse pelo negócio da família. Só torço para que continue assim depois de ir para Cambridge.

— Pode ter certeza — assegurou Sebastian —, pois minha maior preocupação é com o futuro da empresa. Só torço para que o negócio da família ainda exista quando eu estiver pronto para assumir o cargo de presidente.

— Acha mesmo possível a Barrington ir à falência? — perguntou Giles, parecendo apreensivo pela primeira vez.

— Parece pouco provável, mas não ajuda o fato de que o major Fisher tenha sido indicado mais uma vez para um cargo na diretoria, pois tenho certeza de que seu interesse pelo futuro da empresa é totalmente contrário ao nosso. Aliás, se ficar comprovado que Dom Pedro Martinez é mesmo o seu protetor, não saberei dizer ao certo se a sobrevivência da Barrington faz parte do plano de longo prazo.

— Acredito que Ross Buchanan e Emma acabarão se revelando adversários capazes de enfrentar Fisher e até mesmo Martinez.

— É possível. Mas lembre-se de que eles nem sempre estão em concordância, e com certeza Fisher procurará aproveitar-se disso. E, ainda que consigam frustrar os planos de Fisher no curto prazo, bastará que ele espere alguns anos para receber tudo de bandeja.

— Aonde você está querendo chegar? — perguntou Giles.

— Todo mundo sabe que Ross Buchanan pretende aposentar-se num futuro não muito distante. Aliás, disseram-me que, recentemente, ele comprou uma propriedade em Perthshire convenientemente situada próxima a três campos de golfe e dois rios, fato que lhe permitirá desfrutar seus passatempos favoritos. Portanto, não demorará muito para que a empresa precise procurar um novo presidente.

— Mas, caso Buchanan se aposentasse mesmo, não acha que, certamente, Emma seria a opção mais sensata para assumir o lugar? Afinal de contas, ela é membro da família, e nós ainda controlamos 22% das ações da empresa.

— Porém, até lá, é possível que Martinez tenha adquirido também 22% das ações, ou talvez até mais, pois sabemos com certeza que ele compra ações sempre que são postas à venda. Portanto, podemos supor que, quando houver necessidade de se escolher um presidente para a empresa, ele terá outro candidato em mente.

6

Quando Emma entrou na sala da diretoria naquela manhã de sexta-feira, não se surpreendeu ao ver que a maioria dos colegas diretores já estava presente. Afinal, somente a morte seria uma justificativa aceitável para que algum deles não participasse daquela reunião; era o que Giles teria classificado como uma votação urgente determinada pelo líder do partido.

O presidente estava conversando com o contra-almirante Summers. Já Anscott, também nada surpreendentemente, estava absorto numa conversa com um colega de partidas de golfe, Jim Knowles, os quais já tinham informado a Emma que apoiariam a posição do presidente na votação. Emma juntou-se a Andy Dobbs e David Dixon, que tinham deixado claro que apoiariam a posição dela.

Philip Webster, o diretor jurídico-administrativo da empresa, e Michael Carrick, o diretor financeiro, estavam examinando o projeto do engenheiro naval responsável pela construção do transatlântico de luxo, o qual fora estendido na mesa da sala da diretoria ao lado de algo que Emma nunca tinha visto antes, uma maquete do *Buckingham*. Ela precisava admitir que parecia muito atraente; e meninos gostavam de brinquedos.

— Vai ser uma votação apertada — dizia Andy Dobbs a Emma quando a porta da diretoria se abriu e viram entrar na sala o décimo diretor da empresa.

Alex Fisher continuou parado na porta por alguns instantes. Parecia nervoso, como um novato na escola no primeiro dia de aula se perguntando se os outros garotos iriam se dignar a falar com ele. Então, o presidente deixou imediatamente seu grupo de conversas e atravessou a sala para cumprimentá-lo. Emma viu Ross apertar a mão do major com toda formalidade, e não como se estivesse cumprimentando um colega respeitado. Afinal, no que se referia a Fisher, ela e ele eram da mesma opinião.

Quando o relógio de pêndulo localizado num dos cantos da sala começou a soar informando que eram 10 horas, as conversas cessaram imediatamente e os diretores assumiram seus lugares ao redor da mesa. Fisher, como se estivesse tomando chá de cadeira numa festa de igreja, permaneceu em pé até restar um único assento vazio, como se estivessem brincando de jogo das cadeiras. Sentou-se discretamente no lugar que sobrara, de frente para Emma, mas não olhou na direção dela.

— Bom dia — disse o presidente assim que todos haviam se acomodado. — Os senhores permitiriam que eu iniciasse esta reunião dando primeiramente as boas-vindas ao major Fisher, que acabou de retornar às nossas fileiras?

— Claro, claro! — aventurou-se a dizer abafadamente apenas um dos diretores, mas um que não fizera parte da diretoria na primeira vez em que Fisher trabalhara ali.

— Logicamente, como esta será a segunda vez que o major cumprirá uma missão junto à diretoria, ele deve estar acostumado com nossas normas, bem como com a lealdade que esperamos de cada um dos membros da diretoria que representa esta grande empresa.

— Obrigado, senhor presidente — retrucou Fisher. — E eu gostaria de dizer quanto estou feliz por ter voltado para a diretoria. Asseguro-lhe que sempre farei o que for o melhor para a Barrington.

— Fico feliz também por ouvir isso — disse o presidente. — Contudo, é meu dever avisar-lhe, tal como faço com todos os novos membros da diretoria, que é proibido por lei aos diretores comprar ou vender ações da empresa sem primeiramente informar à Bolsa de Valores, bem como ao diretor jurídico-administrativo.

Se Fisher percebeu a farpa disparada contra ele, deu a impressão que ela não atingiu o alvo, pois o major apenas meneou afirmativamente a cabeça e sorriu, embora o zeloso senhor Webster houvesse registrado as palavras do presidente na ata da reunião. Emma ficou satisfeita; pelo menos tudo estava devidamente registrado dessa vez.

Assim que a ata da última reunião foi lida e aprovada, o presidente disse:

57

— Os membros da diretoria devem ter notado que, em nossa agenda de trabalho, temos um único assunto para tratarmos na reunião de hoje. Como os senhores sabem, acho que chegou a hora de tomarmos uma decisão que será fundamental, e acredito que não estou exagerando, para o futuro da Barrington, talvez até mesmo para o futuro de um ou dois de nós que atualmente servimos à empresa.

Ficou claro que vários diretores foram tomados de surpresa pelas palavras iniciais de Buchanan, o que os levou a sussurrar entre si. Foi como se Ross tivesse atirado uma granada bem no meio da mesa da sala da diretoria, deixando implícita a ameaça de que, caso ele não vencesse o referendo, pretendia se demitir da presidência.

O problema de Emma era que não tinha uma granada semelhante como forma de contra-ataque. Por várias razões, ela não podia ameaçar exonerar-se do cargo, principalmente porque nenhum outro membro da família manifestava o menor desejo de assumir o lugar dela na diretoria. Sebastian já tinha comentado que, se a mãe não vencesse o referendo, poderia muito bem demitir-se da diretoria, e depois ela e Giles poderiam vender suas ações, decisão que lhes proporcionaria a dupla vantagem de gerar um vultoso ganho financeiro para a família e, ao mesmo tempo, frustrar os planos maléficos de Martinez.

De repente, Emma sentiu vontade de olhar para o retrato de Sir Walter Barrington, parecendo ouvir o bisavô dizer-lhe: "Não faça nada de que venha a se arrepender um dia, criança."

— Façamos tudo, senhores, para termos uma discussão intensa e aberta — prosseguiu Ross Buchanan. — E espero que todos os diretores expressem suas opiniões sem receio ou favoritismo — acrescentou, atirando em seguida a segunda granada. — Com isso em mente, sugiro que a senhora Clifton inicie o debate, não apenas porque ela se opõe ao meu plano de construção do novo transatlântico na conjuntura atual, mas também porque não devemos nos esquecer de que detém 22% das ações da empresa e de que foi seu ilustre antepassado, Sir Joshua Barrington, que a fundou, mais de cem anos atrás.

Emma vinha torcendo para que fosse uma das últimas a se manifestar no debate, pois sabia muito bem que o presidente apresentaria os argumentos e as considerações finais, momento da reunião em que talvez as palavras dela já tivessem perdido parte da força. No entanto, estava determinada a expor seus argumentos da forma mais convincente possível.

— Obrigada, senhor presidente — agradeceu, olhando para suas anotações. — Permita-me começar dizendo que, independentemente do resultado da discussão de hoje, sabemos que todos aqui esperam que o senhor continue a comandar esta empresa ainda por muitos anos.

Essa observação de abertura foi seguida por audíveis "isso mesmo, isso mesmo" ao redor da mesa, levando Emma a sentir que, pelo menos, havia conseguido repor o pino de segurança numa das granadas.

— Conforme observado pelo presidente, meu bisavô fundou esta empresa há mais de cem anos. Ele era um homem com o dom excepcional de identificar uma grande oportunidade pelos caminhos da vida e, ao mesmo tempo, com idêntica habilidade, evitar cair em atoleiros. Eu gostaria muito de contar com a visão de Sir Joshua, pois assim poderia dizer aos senhores — observou ela, apontando para a maquete do engenheiro naval — se nosso projeto é uma oportunidade ou um atoleiro.

"Tenho sérias reservas com relação a ele porque acho que significa apostar todas as fichas numa coisa só. Arriscar uma parcela tão grande dos recursos financeiros da empresa num único empreendimento pode se revelar uma decisão de que talvez nos arrependamos no futuro. Afinal de contas, o futuro do ramo de transatlânticos de luxo parece estar passando por uma fase de instabilidade e mudanças. Tanto que duas grandes empresas de navegação declararam que tiveram prejuízos este ano, citando a rápida expansão da indústria de aeronaves de passageiros como a causa das dificuldades. E não é coincidência o fato de que a queda no número de passageiros de nossos transatlânticos seja diretamente proporcional ao aumento do número de passageiros de avião no mesmo período. Os fatos são fáceis de entender: os empresários querem chegar às reuniões o mais rapidamente possível e depois voltar para casa com a mesma rapidez. É uma situação perfeitamente compreensível. Podemos até não gostar da migração de serviços do público, mas seríamos tolos se ignorássemos as consequências do fenômeno a longo prazo.

"Acredito, portanto, que devemos nos ater ao tipo de negócio que deu à Barrington a merecida fama mundial: o transporte de carvão, carros, veículos de transporte pesados, alimentos e outros produtos, e deixar que outros setores do ramo de transportes dependam de passageiros para sobreviver. Estou certa de que, se continuarmos a operar só com nossas naves de transporte de carga essenciais, providas apenas com uma dúzia de cabines de passageiros, a empresa sobreviverá a estes tempos turbulentos e continuará a apresentar lucros consideráveis ano após ano, podendo dar assim aos nossos acionistas um excelente retorno em troca de seus investimentos. Enfim, não quero apostar todo o dinheiro que esta empresa tem administrado tão cuidadosamente ao longo dos anos na extravagância de um público inconstante."

"Bem, chegou a minha vez de jogar uma granada", pensou Emma, virando a página de suas anotações.

— Meu pai, Sir Hugo Barrington, e não existe um quadro sequer nas paredes desta sala para nos lembrar de seu papel como administrador da empresa, quase conseguiu, no espaço de alguns anos, destruir totalmente essa empresa. Foi necessário que Ross Buchanan empregasse toda a sua capacidade e engenhosidade para recuperar nosso patrimônio, façanha pela qual lhe devemos ser eternamente gratos. Todavia, em minha opinião, a última proposta me parece ir longe demais e, portanto, espero que a diretoria a rejeite, optando por permanecermos restritos às características tradicionais do nosso negócio, que nos serviram tão bem no passado. Assim sendo, sugiro que a diretoria vote contra esta resolução.

Emma ficou encantada quando viu um ou dois dos membros mais antigos da diretoria, que antes se viam indecisos, menearem afirmativamente a cabeça. Buchanan solicitou que os outros diretores se manifestassem, e, uma hora depois, todos tinham apresentado suas opiniões, com exceção de Alex Fisher, que permanecia em silêncio.

— Major, agora que o senhor ouviu a opinião dos colegas, não gostaria de apresentar seus pontos de vista perante a diretoria?

— Senhor presidente — disse Fisher —, ao longo do mês passado, li com cuidado as detalhadas atas de reuniões anteriores da diretoria registrando este assunto, e agora só tenho uma certeza: não podemos mais adiar e devemos tomar uma decisão hoje, a favor ou contra a adoção do projeto. — Fisher esperou que os "realmente, realmente" passassem para então prosseguir: — Ouvi com grande interesse o que meus colegas de diretoria tinham a dizer, principalmente a senhora Clifton, que defendeu seu ponto de vista com uma dose considerável de eloquência e fundamentação, lembrando a ligação de longa data da família com a empresa. Contudo, antes que me decida a dar meu voto, gostaria de saber por que o presidente se acha tão convicto de que devemos seguir adiante com o projeto de construção do *Buckingham* na conjuntura atual, pois ainda preciso me convencer de que é mesmo um risco que vale a pena correr e não algo totalmente fora de propósito, conforme observado pela senhora Clifton.

— Muito sábio — comentou o almirante.

Emma chegou a se perguntar se talvez não houvesse feito falso juízo de Fisher e, na verdade, ele só quisesse mesmo o melhor para a empresa. Mas logo se lembrou do que Sebastian dissera: ninguém muda da água para o vinho.

— Obrigado, major — respondeu Buchanan.

Emma não tinha dúvida de que, apesar das palavras bem escolhidas e bem enunciadas, Fisher já estava decidido, seguindo à risca as instruções de Martinez. Todavia, ela continuava sem ter a mínima ideia de quais seriam.

— Os membros da diretoria estão bem cientes de meus firmes pontos de vista acerca do assunto — disse o presidente enquanto olhava de relance para setes tópicos listados numa única folha de papel. — Acredito que a decisão que tomaremos hoje é óbvia. Deverá a empresa dar um passo adiante na expansão dos negócios, avançando por mares nunca dantes navegados, ou será melhor que seus dirigentes se contentem apenas em se manter à tona? Acho que não preciso lembrar aos senhores que a Cunard lançou recentemente dois novos navios de passageiros, que a P&O está construindo o *Canberra* em Belfast e que a Union-Castle está adicionando o *Windsor Castle* e o *Transvaal Castle* à sua frota sul-africana; nós, no entanto, parecemos satisfeitos em assistir a tudo de braços cruzados, enquanto nossos concorrentes, como piratas saqueadores, assumem o controle dos altos-mares.

"Não haverá uma ocasião melhor para que a Barrington entre no setor de transporte de passageiros, com navios operando como cruzeiros tanto no verão como no inverno. A senhora Clifton tem razão ao afirmar que o número de nossos passageiros está diminuindo, e está certa, mas isso ocorre porque nossa frota ficou ultrapassada e não oferecemos mais um serviço que nossos clientes não consigam obter de outras empresas, a um preço mais competitivo. E, caso nos decidamos hoje a não fazer nada, preferindo aguardar o momento certo para agirmos, conforme propõe a senhora Clifton, com certeza outros se aproveitarão de nossa ausência no mercado e nos deixarão no porto a ver navios, como simples espectadores acenando para as naves.

"Agora, é claro, conforme observado pelo major Fisher, que o projeto é arriscado, mas riscos representam justamente o que grandes empreendedores como Sir Joshua Barrington sempre estiveram dispostos a correr. E permitam-me destacar também que este projeto não envolve o risco financeiro a que a senhora Clifton se refere — acrescentou ele, apontando para a maquete do transatlântico no centro da mesa —, pois temos condições de cobrir uma grande parte das despesas de construção desse magnífico navio recorrendo a nossas reservas atuais, sem precisarmos de vultosos empréstimos bancários para financiá-lo. Além do mais, tenho a sensação de que Joshua Barrington aprovaria o projeto."

Buchanan fez uma pausa, percorrendo a mesa com o olhar, para encarar cada um dos colegas da diretoria.

— Acredito que estamos hoje diante de uma escolha difícil: não fazer nada e, na melhor das hipóteses, nos contentarmos em ficar de braços cruzados, ou decidirmos este referendo em favor do futuro e darmos a esta empresa uma chance de continuar na vanguarda do mundo dos transportes marítimos, tal como tem feito no último século. Portanto, peço à diretoria que apoie minha proposta e se decida pelo investimento no futuro.

Apesar das palavras empolgantes do presidente, Emma ainda não tinha certeza de qual seria o resultado da votação. Mas então veio o momento em que Buchanan optou por tirar o pino de segurança da terceira granada.

— Solicitarei agora que o diretor jurídico-administrativo peça a cada um dos diretores que informe se é a favor ou contrário à proposta.

A decisão caiu como uma bomba sobre Emma, pois ela presumira que, em conformidade com o tradicional procedimento da empresa, o referendo interno seria decidido por meio de voto secreto, que lhe daria mais chance de conseguir uma maioria de votos. Contudo, entendeu que, se fizesse alguma objeção naquele momento, sua atitude poderia ser vista como um sinal de fraqueza e acabaria beneficiando Buchanan.

O senhor Webster tirou uma folha de papel de uma pasta mantida na frente dele e leu a resolução em voz alta:

— Solicitamos aos membros da diretoria que se preparem para participar de uma votação que objetiva firmar nossa decisão acerca de uma proposta apresentada pelo presidente e secundada pelo diretor-executivo: a de seguirmos em frente com a construção de um novo transatlântico de luxo, o *Buckingham*, no momento atual.

Emma tinha solicitado que as três últimas palavras fossem acrescentadas ao texto da proposta, pois esperava que servissem para persuadir alguns dos membros mais conservadores da diretoria a optar por dar tempo ao tempo.

O diretor jurídico-administrativo abriu o livro de atas de reunião da empresa e leu um por um, em voz alta, os nomes dos dirigentes:

— Senhor Buchanan.

— A favor da proposta — respondeu o presidente sem hesitar.

— Senhor Knowles.

— A favor.

— Senhor Dixon.

— Contra.

— Senhor Anscott.

— A favor.

Enquanto isso, Emma assinalava com um tique ou um "x" cada nome de sua lista. Viu que até ali não houvera surpresas.

— Almirante Summers.

— Contra — disse, com idêntica firmeza.

Emma quase não conseguiu acreditar no que ouviu. O almirante tinha mudado de ideia, e assim, se todos os demais diretores permanecessem firmes na posição de se oporem ao projeto, ela não perderia.

— Senhora Clifton.
— Contra.
— Senhor Dobbs.
— Contra.
— Senhor Carrick.

O diretor financeiro pareceu hesitar. Ele havia dito a Emma que era contra o projeto como um todo, visto que tinha certeza de que os custos aumentariam muito e que, apesar das garantias e empolgadas assertivas de Buchanan, a empresa acabaria tendo de contrair grandes empréstimos bancários.

— A favor — respondeu murmurando o senhor Carrick.

Emma praguejou baixinho quando ouviu o voto do colega. Pôs em seguida um "x" ao lado do nome de Carrick e, após mais uma verificada na lista, viu que havia cinco votos a favor e cinco contra. Logo depois, todos se viraram para o mais novo membro da diretoria, que detinha o voto de Minerva.

Ross Buchanan e Emma estavam prestes a saber qual teria sido o voto de Dom Martinez, embora não o porquê.

DOM PEDRO MARTINEZ

1958–1959

7

— Por apenas um voto?

— Sim — respondeu o major.

— Então, a compra daquelas ações já se provou um bom investimento.

— O que quer que eu faça agora?

— Continue a apoiar o presidente por enquanto, pois não demorará muito para que ele volte a precisar de seu apoio.

— Não sei se entendi.

— Nem precisa entender, major.

Dom Pedro levantou-se da mesa e caminhou em direção à porta, saindo para o corredor. A reunião havia terminado. Fisher pôs-se rapidamente atrás dele.

— E como tem sido sua vida de casado, major?

— Não poderia estar melhor — mentiu Fisher, cuja companheira logo o fizera saber que a vida de casado era bem mais dispendiosa que a de solteiro.

— Fico contente por saber disso — disse Martinez enquanto entregava um envelope ao major.

— O que é isto? — perguntou Fisher.

— Uma pequena gratificação por ter conseguido levar a cabo o golpe — respondeu Martinez enquanto Karl abria a porta da frente.

— Mas ainda estou em dívida com você — observou Fisher, pondo o envelope num bolso em seguida.

— E estou certo de que me retribuirá na mesma moeda — retrucou Martinez, notando que havia um homem sentado num banco no outro lado da rua, fingindo que lia o *The Daily Mail*.

— Ainda quer que eu volte a Londres antes da próxima reunião da diretoria?

— Não, mas, assim que souber a quem foi dado o contrato de construção do *Buckingham*, telefone para mim.

— Você será o primeiro a saber — prometeu Fisher.

Bateu continência de mentirinha para o patrão antes de partir marchando na direção da Sloane Square. O homem sentado no outro lado da rua não o seguiu, mas, em todo caso, o capitão Hartley sabia exatamente para onde o major estava indo. Dom Pedro sorriu quando voltou a entrar na residência.

— Karl, diga ao Diego e ao Luis que quero falar com eles imediatamente, e precisarei de você também.

O mordomo cumprimentou o patrão com uma ligeira mesura, sempre mantendo as aparências toda vez que havia alguém vigiando. Dom Pedro voltou para o escritório, onde se sentou à mesa, sorriu e começou a pensar na reunião de que tinha acabado de participar. Dessa vez seus planos não seriam frustrados. Afinal, estava tudo muito bem preparado para acabar não apenas com um Clifton, mas com a família inteira. Ele não pretendia contar ao major, todavia, qual seria o próximo golpe. Tinha a impressão de que, apesar das constantes gratificações, seu parceiro poderia intimidar-se quando sob ataque ou pressionado. Além do mais, talvez houvesse um limite com relação até onde o sujeito estaria disposto a ir. Dom Pedro não precisou esperar muito para ouvir os convocados batendo à porta, e logo os únicos três homens em que ele confiava entraram no escritório. Os dois filhos se sentaram no lado oposto da mesa, fato que o fez lamentar-se de que o caçula não pudesse estar presente. Isso o deixou ainda mais resoluto para seguir em frente. Karl permaneceu em pé.

— A reunião da diretoria não poderia ter sido melhor — informou ele. — Com a diferença de apenas um voto a favor, concordaram em seguir adiante com o projeto de construção do *Buckingham*, com um empate decidido justamente pelo voto do major. A próxima coisa que precisamos saber é qual dos estaleiros conseguirá o contrato para construir o navio. Enquanto não soubermos, não poderemos seguir com a segunda parte de meu plano.

— E, considerando que esse plano pode acabar se revelando bastante caro — atalhou Diego —, o senhor tem ideia de como financiaremos toda a operação?

— Sim — respondeu Dom Pedro. — Pretendo assaltar um banco.

⁓

O coronel Scott-Hopkins entrou no Clarence pouco antes do meio-dia. O pub ficava apenas a algumas centenas de metros da Downing Street e tinha fama de ser muito frequentado por turistas. O oficial se dirigiu ao balcão e pediu uma caneca de cerveja e um gim-tônica duplo.

— São três xelins e seis *pence*, senhor — disse o atendente.

O coronel pôs dois florins no balcão, pegou as bebidas e foi para um recesso num canto afastado do bar, onde ficariam resguardados de olhares curiosos. Pôs as bebidas numa pequena mesa de madeira coberta de marcas de canecas de cerveja e guimbas de cigarro e deu uma olhada no relógio. Seu chefe raramente se atrasava, embora, nesse tipo de trabalho, fosse comum surgirem problemas de última hora. Mas não foi o caso dessa vez, pois o chefe do gabinete de ministros entrou no pub alguns minutos depois e seguiu direto para o recanto.

— Bom dia, senhor — disse o oficial, levantando-se da mesa. Ele jamais pensaria na ideia de chamá-lo de Sir Alan; seria íntimo demais.

— Bom dia, Brian. Como só disponho de alguns minutos, talvez seja melhor que me coloque logo a par de tudo.

— Está claro que Martinez e seus filhos Diego e Luis, juntamente com Karl, estão trabalhando em equipe. Contudo, desde a ocasião em que me encontrei com Martinez, nenhum deles chegou sequer a se aproximar do Princess Alexandra Hospital, em Harlow, nem fez nenhuma visita a Bristol.

— É bom saber — disse Sir Alan enquanto pegava o copo de bebida. — Mas isso não significa que Martinez não esteja trabalhando em outro plano. Ele não é um homem que desista com tanta facilidade.

— E o senhor tem toda razão. Contudo, embora ele não esteja mesmo indo a Bristol, não significa que Bristol não esteja indo até ele.

Intrigado, o chefe de gabinete de ministros levantou uma das sobrancelhas.

— Alex Fisher está trabalhando agora em tempo integral para Martinez — explicou o coronel. — Ele voltou a ser integrado à diretoria da Barrington e presta conta de suas atividades diretamente ao patrão em Londres uma vez por semana, às vezes duas.

O chefe de gabinete tomou um gole do gim-tônica duplo enquanto pensava nas implicações das palavras do coronel. A primeira coisa a fazer seria comprar algumas ações da Barrington Shipping, de forma que lhe enviassem uma cópia da ata da próxima reunião da diretoria.

— Mais alguma coisa?

— Sim. Martinez marcou hora para um encontro com o presidente do Banco Central da Inglaterra na próxima quinta-feira, às onze horas da manhã.

— Então estamos prestes a descobrir quantas notas de cinco libras esterlinas falsificadas o maldito homem ainda tem.

— Mas achei que tínhamos destruído todas elas em Southampton em junho do ano passado...

— Eram só as que estavam escondidas no interior da estátua de Rodin. Mas ele tem trazido clandestinamente pequenas quantias de Buenos Aires nos últimos dez anos; iniciou essa operação muito antes de descobrirmos o que vem fazendo.

— E por que o presidente do banco simplesmente não se recusa a ter qualquer tipo de contato com o sujeito? Todos sabemos que as cédulas são falsas.

— Porque o presidente é um tolo arrogante e simplesmente se recusa a acreditar que alguém é capaz de fazer cópias perfeitas de uma de suas preciosas notas de cinco libras. Portanto, pelo visto, Martinez está prestes a trocar as lâmpadas queimadas por outras, novinhas em folha, e não há nada que eu possa fazer com relação a isso.

— Eu poderia muito bem assassiná-lo, senhor.

— O presidente ou Martinez? — indagou Sir Alan, sem muita certeza de que Scott-Hopkins estivesse brincando ou não.

O coronel sorriu, indicando que, para ele, não fazia a menor diferença.

— Não, Brian, não posso autorizar que Martinez seja assassinado enquanto não tiver uma justificativa legal, pois, na última vez que verifiquei, falsificação não é punível com pena de morte.

Dom Pedro estava sentado à mesa, tamborilando impacientemente com os dedos num mata-borrão enquanto esperava o telefone tocar.

A reunião da diretoria tinha sido marcada para as 10 horas e geralmente acabava por volta do meio-dia. Já eram 12h20, contudo, e ele ainda não tinha recebido nenhuma notícia de Fisher, apesar de ter ordenado que ele ligasse assim que a reunião terminasse. Logo se lembrou de que Karl tinha recomendado que Fisher só tentasse entrar em contato com o patrão quando estivesse longe da Barrington, de modo que tivesse certeza de que nenhum membro da diretoria testemunharia a ligação.

Karl o aconselhara também a escolher um local de encontro que nenhum dos colegas de diretoria pensasse em frequentar. Fisher havia escolhido o Lord Nelson, não apenas porque ficava a quase dois quilômetros do estaleiro da Barrington, mas também porque estava situado na baixa zona portuária: um pub especializado em cervejas amargas, com ocasionais estoques de cidra e que não precisava armazenar caixas de xerez Harvey's Bristol Cream. Porém, o mais importante era uma cabine telefônica logo em frente.

Finalmente, o telefone na mesa de Dom Pedro tocou. Ele tirou o fone do gancho antes que o aparelho soasse pela segunda vez. Karl havia aconselhado a Fisher também que não se identificasse quando telefonasse de uma cabine telefônica pública, tampouco perdesse tempo com conversa fiada, fazendo tudo para conseguir transmitir a mensagem em menos de um minuto.

— Harland & Wolff, Belfast.

— Deus é pai — disse Dom Pedro.

Ambos desligaram o telefone. Estava claro que não havia algo mais que tivesse sido discutido na reunião da diretoria que Fisher não pudesse esperar para relatar no dia seguinte, quando viajaria para Londres. Depois que Dom Pedro repôs o fone no gancho, olhou para os três homens do outro lado da mesa. Todos sabiam qual seria a tarefa seguinte.

— Entre.

O chefe dos caixas abriu a porta e se pôs de lado para permitir que o banqueiro da Argentina entrasse no gabinete do presidente. Martinez entrou trajando terno listrado com duas fileiras de botões, camisa branca e gravata de seda, tudo comprado de um alfaiate na Savile Row. Chegou ao recinto acompanhado por dois guardas uniformizados carregando um grande baú surrado e ostentando as iniciais *BM*. À retaguarda da trupe, vinha um cavalheiro esguio, trajando um elegante paletó preto com colete cinza, calças listradas e gravata escura com listras azul-claras, evidenciando para mortais inferiores que ele e o presidente do banco tinham estudado na mesma escola.

Os guardas puseram o baú no centro do gabinete enquanto o presidente saía da mesa e cumprimentava Dom Pedro com um aperto de mão. Ele ficou olhando fixamente para o objeto quando o visitante destravou os fechos e abriu a tampa. E então os cinco homens presentes na sala cravaram o olhar em fileiras e mais fileiras de maços de cédulas de cinco libras esterlinas impecavelmente empilhados.

Pouco depois, o presidente se virou para o chefe dos caixas e disse:

— Somerville, estas notas devem ser contadas e recontadas. E depois, se o senhor Martinez concordar com o resultado da contagem, você deverá destruí-las.

O chefe dos caixas movimentou a cabeça num gesto afirmativo. Em seguida, um dos guardas baixou a tampa e voltou a travar os fechos, os guardas levantaram o baú devagar e saíram do gabinete, acompanhando o chefe dos caixas. O presidente só voltou a falar depois que os ouviu fecharem a porta:

— Não acha que talvez seja melhor tomarmos um pouco de Bristol Cream, meu velho, enquanto esperamos a confirmação da contagem?

Dom Pedro tinha levado algum tempo para se acostumar com "meu velho", um tratamento carinhoso, e até uma maneira de reconhecer que a pessoa fazia parte da turma, mesmo sendo estrangeira.

O presidente encheu dois copos com o refinado xerez, entregando um ao visitante.

— Saúde, meu velho!

— Saúde, meu velho! — imitou Dom Pedro.

— Surpreende-me o fato — observou o presidente após uma bebericada — de que você mantém uma parte tão grande de seu patrimônio em dinheiro vivo.

— Esse dinheiro ficou guardado numa caixa-forte em Genebra nos últimos cinco anos, e teria permanecido lá se o governo de seu país não tivesse resolvido emitir novos tipos de cédulas.

— A decisão não foi minha, meu velho. Aliás, recomendei que não fizessem isso, mas o tolo do chefe de gabinete de ministros, escola errada e universidade ruim — murmurou o presidente entre um gole e outro —, teimou em afirmar que os alemães andaram falsificando notas de cinco libras durante a guerra. Eu lhe disse que isso era simplesmente impossível, mas ele não me deu ouvidos. Parece que se acha mais esperto do que o Banco Central da Inglaterra. Eu lhe disse também que, caso minha assinatura estivesse nas cédulas da moeda corrente inglesa, a quantia indicada nela seria honrada integralmente.

— Eu não poderia esperar menos que isso de você — comentou Dom Pedro, arriscando um sorriso falso.

Depois disso, os dois homens acharam difícil fixar-se num assunto com o qual ambos conseguissem sentir-se à vontade. Somente polo (não o aquático), Wimbledon e a externada ansiedade deles para que chegasse logo o dia 12 de agosto (do início da temporada de caça ao galo silvestre) serviram para entretê-los por tempo suficiente para que o presidente servisse a ambos uma segunda dose de xerez, e ele não conseguiu esconder o alívio quando o telefone finalmente tocou. Pôs o copo na mesa, atendeu à ligação e tratou de ouvir tudo com bastante atenção. Então pegou uma caneta Parker num bolso interno do paletó e anotou um número. Em seguida, pediu ao chefe dos caixas que o repetisse.

— Obrigado, Somerville — agradeceu o presidente antes de repor o fone no gancho. — Tenho a satisfação de informar que nossos números conferem, meu velho. Não que eu tivesse qualquer dúvida disso — acrescentou depressa.

Em seguida, ele abriu a primeira gaveta da mesa, pegou um talão de cheques e discriminou a quantia de "Dois milhões, cento e quarenta e três mil, cento e trinta e cinco libras" em letras cursivas de um estilo antiquado, mas elegante. E não pôde resistir ao impulso de acrescentar a expressão "somente para depósito" antes de assiná-lo. Sorriu quando entregou o cheque a Dom Pedro, que procurou ver se estava tudo certo para então retribuir o sorriso.

Dom Pedro teria preferido receber a quantia em forma de letra de câmbio, mas um cheque com a assinatura do presidente do Banco Central da Inglaterra serviria muito bem. Afinal, assim como as cédulas de cinco libras esterlinas, ali constava também a assinatura dele.

8

Os três partiram do número 44 na Eaton Square em ocasiões diferentes no período da manhã, mas todos rumo ao mesmo destino.

Luis foi o primeiro a aparecer. Ele se dirigira a pé para a estação do metrô da Sloane Square, embarcando num trem da Circle Line, uma das linhas que cobrem o perímetro urbano de Londres, com destino a Hammersmith, onde fez baldeação para a linha de Piccadilly. Mas o cabo Crann nunca o perdera de vista.

Diego pegou um táxi para a rodoviária de Victoria, onde embarcou num ônibus para o aeroporto, sendo seguido.

Luis facilitou as coisas para que Crann seguisse todos os seus passos, mas estava se limitando a obedecer às ordens do pai. Em Hounslow West, ele saiu do metrô e pegou um táxi para o Aeroporto de Londres, onde, no salão de embarque, deu uma olhada no painel de aviso de partidas para confirmar que seu avião partiria dali a pouco mais de uma hora. Feito isso, foi comprar um fascículo da última edição da *Playboy* na W. H. Smith e, como não tinha bagagem e, portanto, não precisaria fazer o *check-in*, seguiu lentamente para o portão de embarque número cinco.

O ônibus de Diego o deixou na frente do terminal de embarque quando faltavam alguns minutos para as 10 horas. Ele também deu uma olhada no painel de aviso de partidas e ficou sabendo que seu voo para Madri decolaria com um atraso de quarenta minutos. Mas isso não teria nenhuma importância. Logo depois, foi ao Forte's Grill, onde pediu um café com um sanduíche de presunto e sentou-se perto da entrada do estabelecimento, de modo que ficasse bem visível para todos.

Karl abriu a porta da frente do número 44 alguns minutos depois que o avião de Luis tinha decolado com destino a Nice. Ele partiu na direção da Sloane Street, levando consigo uma bolsa cheia da Harrods. Durante a caminhada, parou fingindo dar uma olhada na vitrine de uma loja, na verdade para observar as imagens refletidas no vidro, um velho truque que lhe permitiria saber se estava sendo seguido. Constatou que realmente estava, pelo mesmo homenzinho de roupas surradas que o vinha seguindo sorrateiramente fazia um mês. Quando Karl chegou à Harrods, estava ciente de que seu perseguidor se achava apenas a alguns passos atrás dele.

Ao se dirigir para a porta do estabelecimento, um porteiro de cartola trajando sobretudo verde abriu a porta para Karl e bateu continência. O funcionário da loja se orgulhava da capacidade de reconhecer clientes assíduos.

Assim que entrou, Karl iniciou uma rápida travessia pelo departamento de armarinhos, acelerando o passo ao passar pela seção de artigos de couro e praticamente correndo ao alcançar a parte da loja com uma fileira de seis elevadores. Notou que apenas um deles estava com a porta gradeada aberta. Embora já estivesse lotado, ele deu um jeito de se enfiar espremido na cabine. O homem que o seguia quase conseguiu alcançá-lo e enfiar-se no elevador também, mas o ascensorista fechou a porta gradeada antes que ele conseguisse entrar. O perseguido chegou a sorrir para o perseguidor enquanto o elevador desaparecia de vista.

Karl só saiu ao chegar ao último andar do edifício. Em seguida, atravessou às pressas a seção de produtos elétricos e móveis, bem como a livraria e a galeria de arte, até alcançar a escada de alvenaria na extremidade norte da loja, a qual quase ninguém usava. Desceu-a de dois em dois degraus, parando somente no térreo, atravessou rapidamente a seção de roupas masculinas, de perfumes e depois de canetas e papelaria, e chegou a uma porta lateral que dava saída para a Hans Road. Assim que pisou na calçada, fez sinal para o primeiro táxi que apareceu, entrou e se agachou, de maneira que ninguém o visse.

— Aeroporto de Londres — solicitou.

Esperou que o táxi passasse por dois semáforos antes de arriscar-se a olhar de relance pelo vidro traseiro do veículo. Não viu nem sinal do perseguidor, concluindo que não havia mais ninguém o seguindo, a não ser que o sargento Roberts estivesse montado numa bicicleta ou dirigindo um ônibus.

Por quinze dias Karl visitara a Harrods todas as manhãs, indo direto, quando lá chegava, para a praça de alimentação, localizada no térreo, e depois comprando alguns artigos antes de retornar para a Eaton Square. Mas não foi o caso dessa vez. Ele sabia que, embora houvesse se livrado do membro do SAS, não conseguiria realizar a façanha na Harrods uma segunda vez. E, considerando que no futuro talvez tivesse de viajar para o mesmo destino com alguma regularidade, eles descobririam com facilidade o local para onde estava se dirigindo. Portanto, estariam esperando-o quando ele desembarcasse do avião.

Assim que o táxi o deixou na frente do terminal Europa do aeroporto, Karl nem comprou um fascículo da *Playboy* nem tomou café, seguindo direto para o portão de número 18.

O avião de Luis aterrissou em Nice alguns minutos depois do voo de Karl decolar. Luis levava consigo, escondido no estojo de higiene pessoal, um maço de notas de cinco libras novas em folha, além de instruções que não poderiam ter sido mais claras: divirta-se e só volte depois de pelo menos uma semana. Uma tarefa nem um pouco penosa ou desagradável, mas era tudo parte do grande plano de Dom Pedro.

Já o avião de Diego entrou no espaço aéreo espanhol uma hora depois do previsto, porém, como seu compromisso com um dos principais importadores de carne do país só seria às quatro da tarde, ele tinha tempo de sobra. Sempre que viajava para Madri, Diego se hospedava no mesmo hotel, jantava no mesmo restaurante e ia ao mesmo bordel. O espião que o seguia também se hospedava no mesmo hotel e fazia suas refeições no mesmo restaurante, mas, sempre que Diego resolvia passar algumas horas no La Buena Noche, ele permanecia sozinho numa cafeteria do outro lado da rua. As idas ao bordel não constituiriam justificativa de reembolso de despesa que o coronel Scott-Hopkins consideraria engraçada.

Karl Lunsdorf nunca tinha ido a Belfast, mas, depois de várias noites de "bebidas por minha conta" no Ward's Irish House, em Piccadilly, deixou o pub pela última vez com respostas para quase todas as suas perguntas. Jurou também que nunca mais tomaria outra caneca de Guinness na vida.

Quando deixou o aeroporto, entrou num táxi e pediu ao motorista que o levasse ao Royal Windsor Hotel, no centro da cidade, onde reservara estada de três noites. Disse ao recepcionista que talvez ficasse hospedado lá por mais tempo, dependendo de como corresse o negócio de que fora tratar. Assim que entrou no quarto, trancou a porta, tirou suas coisas da bolsa da Harrods e tomou um banho de banheira. Em seguida, deitado, ficou pensando no que planejava fazer na manhã seguinte. Quase nem se mexeu enquanto não viu acenderem a iluminação das ruas. Então, resolveu dar mais uma olhada no mapa da cidade, de modo que, ao sair do hotel, não precisasse voltar a consultá-lo.

Deixou o quarto pouco depois das seis horas e desceu para o térreo pela escada. Nunca usava o elevador do hotel por considerá-lo um espaço pequeno e iluminado demais que tornaria fácil que hóspedes se lembrassem dele. Atravessou depressa o saguão, mas não com pressa demais, e foi dar na Donegall Road. Após ter percorrido uma centena de metros fingindo contemplar vitrines, sentiu-se confiante de que ninguém o seguia. Concluiu, pois, que se achava sozinho, mais uma vez, atrás das linhas inimigas.

Não seguiu direto para o destino, mas ficou entrando em ruas vicinais e voltando pelo mesmo caminho, de tal forma que uma caminhada que normalmente teria levado vinte minutos durou quase uma hora. Mas não estava com pressa. Quando, por fim, chegou à Falls Road, sentiu gotas de suor aflorando-lhe na testa. Ele sabia que o medo o acompanharia o tempo todo enquanto permanecesse nos quatorze quarteirões ocupados por católicos romanos. Achava-se, não pela primeira vez na vida, num lugar do qual não tinha certeza se poderia sair vivo.

Afinal, com quase um 1,90 metro de altura, bastos cabelos loiros e 95 quilos de peso, músculos em sua maioria, não era fácil para Karl passar despercebido. Portanto, o que fora uma vantagem quando ele era um jovem oficial da SS seria justamente o contrário nas próximas horas. E tinha apenas uma coisa a seu favor: o sotaque alemão. Os católicos que moravam na Falls Road odiavam mais os ingleses do que aos alemães, embora, em alguns casos, praticamente não houvesse diferença no ódio que sentiam por uns e outros. Afinal de contas, Hitler tinha prometido que reunificaria o norte e o sul da Irlanda assim que vencesse a guerra. Karl vivia se perguntando acerca do cargo que Himmler lhe teria dado se, tal como ele recomendara, a Alemanha tivesse invadido a Grã-Bretanha, em vez de ter cometido o erro desastroso de voltar-se para o leste e avançar em direção à Rússia. Achava que era uma pena que o Führer não tivesse estudado história mais a fundo. Em todo caso, Karl não tinha dúvida de que muitos dos que defendiam a causa da reunificação irlandesa não passavam de gângsteres e criminosos, vendo no patriotismo apenas uma desculpa esfarrapada para ganhar dinheiro. Aliás, um traço que o Exército Republicano Irlandês, o IRA, tinha em comum com a SS.

De repente, avistou a placa balançando ao sabor da brisa do início da noite. Se quisesse fazer meia-volta e retornar para o hotel, o momento era aquele. Mas não hesitou. Afinal, nunca se esqueceria de que fora Martinez que permitira que escapasse de sua terra, quando os tanques soviéticos estavam próximos o suficiente do Reichstag para disparar contra o edifício.

Resolveu, então, passar pela porta verde de acesso ao pub com a tinta descascando, sentindo-se tão despercebido quanto uma freira numa casa de apostas. Mas já tinha se conformado com a ideia de que não havia uma forma sutil de fazer o IRA saber que ele estava na cidade. O problema não era, pois, achar alguém que ele conhecia e se aproximar dessa pessoa... porque ele não conhecia ninguém ali.

Quando pediu uma dose de Jameson, uísque irlandês, Karl tratou de exagerar no sotaque alemão. Em seguida, pegou a carteira, tirou dela uma nota de cinco libras esterlinas novinha e a pôs no balcão. O atendente a olhou com desconfiança, sem certeza de que havia troco suficiente na gaveta da caixa registradora para dar ao freguês.

Karl tragou a primeira dose de uísque e pediu outra imediatamente. Afinal, precisava pelo menos tentar demonstrar que tinha algo em comum com eles. Sempre achava engraçado o fato de que muitas pessoas imaginavam que homens de estatura avantajada deviam ser grandes beberrões. Depois que tragou a última dose de uísque, passou os olhos pelo salão, mas não viu ninguém disposto a manter contato visual com ele. Calculou que devia haver umas vinte pessoas no bar, conversando, jogando dominó, tomando cerveja, todas fingindo que não tinham notado aquela presença contrastante.

Às 21h30, o barman tocou uma campainha e avisou em voz alta que era hora dos últimos pedidos da noite, o que levou vários deles a se dirigirem às pressas ao balcão para pedir a saideira. Mesmo então, nenhum dos presentes olhou para Karl com um pouco mais de atenção e muito menos se deu o trabalho de falar com ele. Ainda assim, permaneceu no estabelecimento por mais alguns minutos, mas, como continuou tudo na mesma, resolveu voltar para o hotel e tentar novamente no dia seguinte. Karl sabia que seriam necessários anos para que o tratassem como um nativo, se é que o fariam, mas contava com apenas alguns dias para ter a chance de cruzar com alguém que jamais pensaria em entrar naquele pub, mas a quem, pelo menos até a meia-noite, alguém diria que Karl havia estado ali.

Quando saiu do pub e voltou a caminhar pela Falls Road, percebeu que vários olhares pareciam observar cada um de seus movimentos. Instantes depois, notou que dois homens, mais bêbados do que sóbrios, atravessavam a rua sempre que ele o fazia. Resolveu diminuir o passo para fazer questão de que seus perseguidores vissem onde ele passaria a noite, de forma que depois pudessem repassar a informação aos superiores. Entrou tranquilamente no hotel, virou-se e os viu parados em meio às sombras na extremidade oposta do trecho da rua. Subiu para o terceiro andar pela escada e entrou no quarto, achando que, em seu primeiro dia na cidade, talvez não houvesse sido possível fazer mais do que deixá-los cientes de sua presença ali.

Karl devorou os biscoitos de cortesia deixados no aparador, bem como uma laranja, uma maçã e uma banana mantidas numa fruteira; para ele, era o bastante. Afinal, quando fugira de Berlim, em abril de 1945, sobrevivera bebendo as águas de rios lamacentos, recém--revolvidas por tanques e veículos de guerra pesados, e consumindo crua a carne de um coelho cuja pele chegara a comer também durante a travessia da fronteira com a Suíça. Naquela situação, nunca dormiu debaixo de um teto, tampouco caminhou por uma estrada, nem jamais ousou entrar numa cidade ou povoado durante o longo e sinuoso percurso até o litoral do Mediterrâneo, onde foi posto clandestinamente num navio a vapor mercante sem rota regular, como se fosse um saco de carvão. Dali em diante, foram mais cinco meses de viagem antes de desembarcar em Buenos Aires. Assim que chegou, saiu imediatamente à procura de Dom Pedro Martinez, levando consigo a última ordem que Himmler lhe dera antes de se suicidar: Martinez seria seu comandante a partir de então.

9

Karl se levantou tarde na manhã seguinte. Como sabia que não podia dar-se o luxo de ser visto em um refeitório cheio de protestantes, comprou um sanduíche de toucinho numa cafeteria na esquina da Leeson Street como café da manhã e em seguida se dirigiu lentamente para a Falls Road, cujas calçadas estavam repletas de fregueses, mães com carrinhos de bebê, crianças de chupeta na boca e padres de batina preta.

Chegou à porta do Volunteer instantes depois de o dono do estabelecimento ter aberto as portas. O sujeito reconheceu Karl imediatamente como o sujeito da nota de cinco libras, mas não o cumprimentou. Uma vez lá dentro, Karl pediu uma caneca de cerveja alemã e pagou pela bebida com o troco do sanduíche. Continuou bebendo até a hora de fechar, com apenas duas pausas para ir ao banheiro. Seu almoço foi um pacote de batatas fritas Smith temperadas com o sal de um pequeno sachê azul. Até o início da noitinha, conseguira enganar o estômago com três desses pacotes, que serviram apenas para fazê-lo querer beber ainda mais. Moradores da área entravam e saíam do estabelecimento quase o tempo todo, e Karl notou que alguns não permaneciam lá para tomar nem sequer um único drinque, o que o deixou um pouco mais esperançoso. Olhavam evitando olhar. No entanto, com a passagem das horas, ninguém falava nem sequer olhava na direção dele.

Quinze minutos depois de avisar que era o momento dos últimos pedidos, o barman exclamou:

— Por favor, cavalheiros, é hora de fechar!

Karl achou que havia desperdiçado mais um dia. Enquanto se dirigia para a porta de saída do estabelecimento, chegou a pensar no plano B, que envolveria virar casaca e entrar em contato com os protestantes.

Contudo, assim que pôs os pés na calçada, um Hillman preto parou bem ao lado dele. Nisso, alguém no interior do veículo abriu a porta traseira num movimento impetuoso e, antes que ele pudesse reagir, dois homens o agarraram, jogaram-no violentamente no assento traseiro e fecharam a porta com força. Então, o carro partiu em disparada.

Quando Karl levantou a cabeça, viu um jovem que, com certeza, ainda não tinha idade para votar apontando uma arma para a cabeça dele. Preocupou-se com o fato de que o rapaz estava com mais medo do que ele próprio, tremendo tanto que parecia provável que a arma acabaria disparando mais por acidente do que de propósito. Ele poderia ter desarmado o jovem em questão de segundos, mas, como isso não serviria aos seus objetivos, não opôs resistência quando o homem mais velho, sentado do outro lado do banco traseiro, amarrou as mãos de Karl nas costas e depois vendou seus olhos com um cachecol. O mesmo sujeito procurou verificar se ele estava armado e tirou sua carteira com habilidade do bolso. Karl ouviu o homem assobiar enquanto contava as notas de cinco libras.

— Existem muitas outras de onde estas vieram — comentou Karl.

A afirmação provocou uma discussão acalorada num idioma que ele presumiu que devia ser a língua materna dos dois. Chegou a ter a impressão de que um deles queria matá-lo, mas torceu para que o sujeito mais velho se sentisse tentado com a possibilidade de conseguir mais dinheiro. Essa perspectiva deve ter sido a vencedora, pois Karl logo parou de sentir o cano da arma encostado em sua cabeça.

De repente, seus sequestradores entraram com o carro à direita e, momentos depois, à esquerda. Quem estavam tentando enganar? Karl sabia que simplesmente voltavam pelo mesmo caminho de onde tinham vindo; não se arriscariam a sair do reduto católico.

O carro parou bruscamente, uma das portas se abriu e Karl foi atirado para fora do veículo. Pensou consigo mesmo que, se ainda estivesse vivo cinco minutos depois, chegaria à idade de receber aposentadoria. Alguém o agarrou pelos cabelos e o obrigou a se levantar. Um empurrão no meio das costas o fez atravessar uma porta aberta num impulso violento. Karl sentiu o cheiro de carne queimada propagando-se de um recinto nos fundos, mas achou que a ideia de lhe dar algo para comer não fazia parte do plano.

Ele foi praticamente arrastado por um lance de escadas e levado para um recinto com cheiro de dormitório, onde o fizeram sentar-se numa cadeira de madeira dura e desconfortável. A porta se fechou com violência, e ele foi deixado sozinho. Talvez. Presumiu que devia estar num esconderijo e que alguém mais graduado ou mais experiente, talvez até um comandante regional, decidiria o que deveriam fazer com ele.

Não conseguiu saber por quanto tempo o deixaram esperando. A sensação era de que estava ali havia horas, com cada minuto transcorrido parecendo mais longo do que o anterior. Mas aí, de repente, alguém abriu a porta com força, e ele ouviu pelo menos três homens entrarem no quarto. Um deles começou a andar ao redor da cadeira.

— O que você veio fazer aqui, inglês? — inquiriu o sujeito que circundava a cadeira.

— Não sou inglês — respondeu Karl. — Sou alemão.

Seguiu-se um longo silêncio.

— Então o que você quer aqui, Chucrute?

— Vim fazer uma proposta.

— Você colabora com o IRA? — perguntou outro deles, mais jovem, a voz claramente vibrante de fanatismo, mas sem nenhum sinal de autoridade.

— Não estou nem aí para o IRA.

— Então por que arriscou sua vida tentando entrar em contato conosco?

— Porque, como já disse, tenho uma proposta que talvez achem interessante. Então por que não mexe esse rabo e trata de buscar alguém com autoridade para tomar decisões sérias? Afinal, meu jovem, desconfio que sua mãe ainda está lhe ensinando a fazer as necessidades na privada.

Um forte soco estalou em sua boca, acompanhado por uma troca exaltada de opiniões, com vários deles falando raivosamente ao mesmo tempo. Karl sentiu um fio de sangue escorrer-lhe pelo queixo e se preparou para levar outro soco, mas nada aconteceu. Teve a impressão de que a opinião do homem mais velho tinha prevalecido. Instantes depois, três deles deixaram o recinto, o último batendo a porta. Porém, Karl sabia que não estava sozinho. Depois de ter permanecido com os olhos vendados por tanto tempo, ficou mais sensível à percepção de sons e cheiros ao seu redor. Passou-se pelo menos uma hora antes que voltassem a abrir a porta, quando um homem usando sapatos, em vez de botas, entrou no quarto. Karl sentiu que o sujeito se manteve a apenas alguns centímetros de distância.

— Como você se chama? — perguntou o sujeito, num tom de voz que indicava uma pessoa culta, praticamente sem sotaque.

Karl calculou que parecia ser alguém cuja idade variava entre 35 e 40 anos. Sorriu. Embora não pudesse vê-lo, esse era o homem com quem ele tinha vindo negociar.

— Karl Lunsdorf.

— E qual a razão de sua vinda a Belfast, senhor Lunsdorf?

— Preciso da ajuda de vocês.

— E de que tipo de ajuda o senhor precisa?

— Preciso de alguém que acredite em sua causa e trabalhe na Harland & Wolff.

— Tenho certeza de que o senhor sabe que pouquíssimos católicos conseguem trabalho na Harland & Wolff, que só emprega pessoas sindicalizadas. Lamento dizer que talvez sua viagem tenha sido inútil.

— Existem alguns católicos incorporados à empresa, depois de terem a vida rigorosamente investigada, claro, e que trabalham lá em áreas especializadas, como nas de elétrica, hidráulica e soldagem, mas somente nos casos em que os dirigentes não conseguem achar protestantes com as habilidades e qualificações necessárias.

— Está bem informado, senhor Lunsdorf. Contudo, ainda que conseguíssemos achar lá um homem que apoiasse a nossa causa, o que deveríamos esperar dele?

— A Barrington Shipping acabou de dar à Harland & Wolff um contrato...

— ...para construir um transatlântico de luxo chamado *Buckingham*.

— Agora eu é que digo que o senhor está bem informado — observou Karl.

— Longe disso — retrucou o homem de voz educada. — Acontece que publicaram o projeto do navio na primeira página dos nossos dois jornais locais um dia depois da assinatura do contrato. Portanto, senhor Lunsdorf, conte-me o que não sei.

— Os trabalhos de construção do navio começarão no próximo mês, com o dia de entrega do navio à Barrington marcado para 15 de março de 1962.
— E o que espera que sejamos capazes de fazer? Acelerar o processo de construção ou atrasá-lo?
— Paralisá-lo.
— Tarefa nada fácil, principalmente porque haverá muitos olhares desconfiados de pessoas sempre atentas.
— Faremos valer a pena para vocês.
— Por quê? — perguntou o sujeito de voz áspera.
— Posso dizer apenas que represento uma empresa rival que gostaria de ver a Barrington Shipping em dificuldade financeira.
— E como ganharemos o dinheiro? — indagou o homem com o tom de voz de pessoa culta.
— Por meio de resultados. O contrato estipula que a construção do navio deve ser executada em oito estágios, com datas específicas fixadas para o cumprimento de cada um deles. Por exemplo, o documento de conclusão do primeiro estágio tem de ser referendado por ambas as partes no máximo em 1º de dezembro deste ano. Proponho pagar a vocês mil libras esterlinas por dia de atraso de quaisquer dos estágios. Portanto, se um deles fosse atrasado por um ano, nós pagaríamos 365 mil libras.
— Sei quantos dias tem um ano, senhor Lunsdorf. Mas, se concordássemos em aceitar sua proposta, esperaríamos receber um adiantamento como sinal de "boa vontade".
— De quanto? — perguntou Karl, sentindo que estava falando de igual para igual pela primeira vez.
Os dois homens trocaram algumas palavras em voz baixa.
— Acho que um adiantamento de vinte mil libras ajudaria a convencer-nos de que o senhor está falando sério — disse o homem de voz culta.
— É só me passar os dados de sua conta bancária que transferirei a quantia amanhã de manhã mesmo.
— Entraremos em contato — disse o homem culto. — Mas não antes de analisarmos um pouco mais a sua proposta.
— Mas vocês não sabem onde moro.

— Número 44 da Eaton Square, em Chelsea, senhor Lunsdorf.
— Foi a vez de Karl silenciar. — E, caso concordemos em ajudá-lo, tenha o cuidado de não cometer o erro frequente de subestimar os irlandeses, tal como os ingleses têm feito durante quase um milênio.

— Como vocês perderam Lunsdorf de vista?
— Ele conseguiu despistar o sargento Roberts na Harrods.
— Às vezes, sinto vontade de fazer isso quando vou às compras com minha esposa — revelou o chefe de gabinete de ministros. — E quanto a Luis e Diego Martinez? Eles também conseguiram despistá-los?
— Não, mas acabamos descobrindo que ambos estavam atuando apenas como uma espécie de cortina de fumaça, mantendo-nos ocupados enquanto Lunsdorf tratava de escapar.
— Quanto tempo Lunsdorf ficou fora da cidade?
— Três dias. E voltou para a Eaton Square na sexta-feira à tarde.
— Ele não pode ter ido muito longe durante esse tempo. Se eu fosse um bom apostador, duvido que seriam remotas minhas chances de acertar que Lunsdorf foi a Belfast, considerando que, no mês passado, ele passou várias noites tomando Guinness no Ward's Irish House, em Piccadilly.
— E é em Belfast que estão construindo o *Buckingham*. Mas ainda não consegui descobrir o que exatamente Martinez anda aprontando — disse Scott-Hopkins.
— Nem eu, mas recentemente ele depositou mais de dois milhões de libras esterlinas na agência da St. James's do Midland Bank e começou a comprar imediatamente mais ações da Barrington. Não demorará muito para que tenha condições de pôr um segundo representante na diretoria.
— Talvez esteja planejando assumir o controle da empresa.
— E, no que diz respeito à senhora Clifton, a ideia de Martinez comandando o negócio da família seria bastante humilhante. Acabar com o bom nome da família...
— Mas Martinez poderia perder uma fortuna se tentasse fazer isso.

— Duvido. Esse homem terá um plano de emergência preparado, mas, assim como você, não faço a mínima ideia de qual seria.

— Há alguma coisa que possamos fazer?

— Não muita, a não ser esperar e torcer para que um deles cometa um erro — respondeu o chefe de gabinete, tomando o restante da bebida antes que acrescentasse: — É nessas ocasiões que eu gostaria de ter nascido na Rússia. A esta altura, seria o chefe da KGB e aí não teria de perder tempo procurando agir dentro da lei.

10

— Ninguém tem culpa — disse o presidente.
— Talvez, mas parece que nosso navio está sendo jogado de um desastre inexplicável para outro — observou Emma. Em seguida, ela começou a ler em voz alta uma longa lista de acidentes que tinha diante de si: — Um incêndio num cais de carga que interrompe a construção do navio por vários dias; uma caldeira de vapor cujas correias se partem enquanto ela está sendo descarregada e acaba parando no fundo das águas do porto; uma série de intoxicações alimentares que nos obrigam a enviar 73 eletricistas, bombeiros hidráulicos e soldadores para casa; uma greve ilegal...
— E qual é o resultado, presidente? — perguntou o major Fisher.
— Um atraso muito grande na execução do projeto — respondeu Buchanan. — Não existe nenhuma chance de concluirmos o estágio um até o fim do ano. Se as coisas continuarem assim, teremos enorme dificuldade de cumprir o cronograma original.
— E as consequências financeiras resultantes da falta de cumprimento de prazos? — perguntou o almirante.
— Até agora, o estouro de orçamento gira em torno de 312 mil libras — respondeu Michael Carrick, o diretor financeiro da empresa, depois de consultar seus números.
— Poderemos cobrir as despesas extras com nossas reservas ou precisaremos recorrer a algum empréstimo de curto prazo? — perguntou Dobbs.
— Há reservas mais que suficientes para cobrir o déficit inicial em nossa conta de capital social — observou Carrick. — Todavia, nos próximos meses, teremos de nos empenhar ao máximo para compensar o tempo perdido.
Emma grafou "ao máximo" no bloco de anotações diante dela.

— Talvez fosse prudente, nas atuais circunstâncias — ponderou o presidente —, adiarmos a divulgação da data de inauguração, pois está começando a parecer que teremos de rever nossas previsões iniciais, tanto no que se refere a prazos quanto no que diz respeito a custos.

— Quando o senhor era vice-presidente da P&O — começou Knowles —, enfrentou alguma vez uma série de problemas como estes? Ou será que tudo que está acontecendo é incomum?

— São fatos excepcionais. Aliás, nunca enfrentei este tipo de situação antes — confessou Buchanan. — Todo projeto de construção tem seus contratempos e surpresas, mas, geralmente, as coisas melhoram com o tempo.

— Nossa apólice de seguro cobre algum desses problemas?

— Conseguimos ser atendidos em alguns pedidos de indenização — explicou Dixon —, mas as empresas de seguro sempre impõem limites, e em um ou dois casos já os excedemos.

— Mas, certamente, alguns desses atrasos são responsabilidade direta da Harland & Wolff — observou Emma. — Podemos invocar as disposições de cláusulas penais do contrato.

— Gostaria que fosse tão fácil assim, senhora Clifton — lamentou o presidente —, mas a Harland & Wolff está contestando quase todos os nossos pedidos de indenização, argumentando não ter sido diretamente responsável por nenhum dos atrasos. O problema passou para a esfera da batalha judicial, exigindo a contratação de advogados e, por isso, ainda mais dispêndio de nossos recursos.

— Não está vendo um padrão nesses acontecimentos, presidente?

— Não estou certo se entendi o que o senhor quis dizer com isso, almirante.

— Equipamentos elétricos defeituosos fornecidos por uma empresa de Liverpool normalmente confiável, uma caldeira que acabou no fundo das águas do porto quando estava sendo descarregada de um navio costeiro de Glasgow, nossa equipe de trabalhadores sofrendo intoxicação alimentar que não se espalha para nenhuma outra parte do estaleiro, embora a comida dada a todos os trabalhadores fosse proveniente do mesmo fornecedor de Belfast...

— O que está insinuando, almirante?

— Em minha opinião, são muitas coincidências, todas acontecendo justamente num momento em que o IRA está começando a mostrar sua força.

— Acho que isso é um tremendo salto lógico — comentou Knowles.

— É possível que eu esteja mesmo dando muito peso a essas coisas — reconheceu o almirante —, mas, como nasci em County Mayo, como filho de pai de protestante e mãe católica, talvez isso esteja no sangue.

Emma olhou de relance para o lado oposto da mesa e viu Fisher fazendo anotações de modo frenético, mas ele largou a caneta assim que percebeu que estava sendo observado. Ela sabia que Fisher não era católico, assim como, aliás, Dom Pedro Martinez, cuja única crença se resumia à do interesse próprio. Afinal, se o argentino se mostrara disposto a vender armas para os alemães durante a guerra, o que o impediria de negociar com o IRA se isso servisse aos seus propósitos?

— Torçamos para que eu consiga apresentar um relatório mais positivo quando nos reunirmos outra vez no próximo mês — sugeriu o presidente, não parecendo muito convincente.

Terminada a reunião, Emma ficou surpresa quando viu Fisher deixar a sala às pressas, sem falar com ninguém; seria mais uma das coincidências do almirante?

— Posso ter uma palavrinha com você, Emma? — perguntou Buchanan.

— Eu volto já, presidente — respondeu ela antes de se lançar ao encalço de Fisher e vê-lo desaparecer pela escada após o corredor.

Por que ele simplesmente não pegou o elevador já à espera? Ela entrou no elevador e apertou o botão do térreo. Quando as portas se abriram, não saiu de imediato, mas ficou observando Fisher passar pela porta giratória e sair do edifício. Logo que alcançou a porta, viu Fisher entrando no carro. Demorou-se no edifício, observando o major seguir com o carro para o portão principal. Para surpresa de Emma, ele virou à esquerda, na direção da baixa zona portuária, e não à direita, na direção de Bristol.

Emma passou pela porta e correu para o carro. Quando alcançou o portão principal, olhou para a esquerda e viu o carro de Fisher a distância. Estava prestes a segui-lo quando um caminhão passou na frente dela. Praguejando, virou à esquerda e praticamente colou na traseira do caminhão. Uma série de veículos vindo na mão contrária impediu que ela fizesse uma ultrapassagem, e tinha percorrido apenas uns 800 metros quando localizou o carro de Fisher estacionado na frente do Lord Nelson. Ao se aproximar, viu o major em pé numa cabine telefônica na frente do pub, ligando para alguém.

Ainda colada na traseira do caminhão, Emma resolveu continuar avançando até não ver mais a cabine telefônica pelo retrovisor. Então fez meia-volta e retornou lentamente pelo mesmo caminho, parando no acostamento ao ver a cabine telefônica adiante, mas deixando o motor ligado. Não demorou muito para que o major saísse da cabine, voltasse para o carro e partisse. Achou melhor não segui-lo, observando-o até perdê-lo de vista. Afinal, sabia exatamente para onde ele estava indo.

Assim que, alguns minutos depois, Emma voltou a passar pelos portões do estaleiro, não se surpreendeu ao notar o carro do major estacionado no lugar de sempre. Ela foi de elevador para o quarto andar e seguiu direto até o refeitório, onde encontrou vários diretores em pé, incluindo Fisher, escolhendo comida de um longo bufê. Emma pegou um prato e juntou-se a eles, sentando-se em seguida ao lado do presidente.

— Queria falar comigo, Ross?

— Sim. Precisamos tratar de um assunto com urgência.

— Agora não — disse Emma enquanto Fisher se sentava bem na frente dela.

— Espero que isso seja mesmo importante, coronel, pois acabei de sair de uma reunião com o presidente da Câmara dos Comuns.

— Martinez contratou um novo motorista.

— E daí? — perguntou o chefe de gabinete de ministros.

— Ele costumava ser tesoureiro de um esquema de suborno de Liam Doherty.

— O comandante do IRA em Belfast?

— Ninguém menos.

— Qual o nome dele? — perguntou Sir Alan, pegando um lápis em seguida.

— Kevin Rafferty, conhecido como "Quatro Dedos".

— Por quê?

— Um soldado britânico foi longe demais durante um interrogatório, pelo que me disseram.

— Então você vai precisar de mais um homem em sua equipe.

— Nunca tomei chá num salão de hotel com palmeiras, claraboias e orquestra — disse Buchanan.

— Minha sogra, Maisie Holcombe, trabalhou no Royal Hotel — explicou Emma. — Contudo, naquela época, ela não deixava nem o Harry nem eu entrar em suas dependências. "Extremamente antiprofissional", costumava dizer.

— Sem dúvida, outra mulher muito à frente de seu tempo — observou Ross.

— E você só conhece a metade dessa história — retrucou Emma. — Mas deixemos a conversa sobre Maisie para outra ocasião. Primeiro, acho que lhe devo desculpas por me recusar a conversar com você durante o almoço ou pelo menos enquanto Fisher pudesse ouvir nossa conversa.

— Mas acha mesmo que ele tem algo a ver com nossos problemas atuais?

— Talvez não diretamente. Aliás, eu estava mesmo começando a achar que talvez ele tivesse mudado de vida, até hoje cedo.

— Mas ele não poderia ter sido mais cooperativo nas reuniões da diretoria.

— Concordo. Mas somente hoje de manhã descobri a quem ele realmente é leal.

— Não estou entendo mais nada — disse Ross.

— Você se lembra de que, no fim da reunião, disse que precisava conversar comigo, mas precisei dar uma escapulida?

— Sim, mas o que isso tem a ver com Fisher?

— Eu o segui e descobri que ele tinha deixado o edifício para dar um telefonema.

— Sem dúvida, a mesma atitude também de um ou dois dos outros diretores.
— Claro, mas estes devem ter telefonado nas dependências da empresa. Já Fisher saiu do edifício, partiu com o carro na direção da zona portuária e usou uma cabine telefônica na frente de um pub chamado Lord Nelson.
— Não conheço esse estabelecimento.
— Talvez seja por isso que ele o escolheu. O telefonema durou apenas alguns minutos, permitindo que voltasse a tempo para a Barrington e ainda pegasse o almoço, antes que alguém notasse sua ausência.
— E por que ele se esforçaria tanto para manter em segredo a identidade da pessoa para a qual telefonou?
— Por causa de algo que o almirante disse, o que fez Fisher julgar que deveria informar ao seu patrono imediatamente. Portanto, não podia correr o risco de deixar que ouvissem sua conversa.
— Não é possível que você acredite que, de alguma forma, Fisher esteja envolvido com o IRA.
— Fisher, não, mas Dom Pedro Martinez, sim.
— Que Dom Pedro?
— Acho que chegou a hora de lhe falar a respeito do homem que o major Fisher representa, da forma pela qual Sebastian o conheceu e da importância de uma estátua de Rodin chamada *O pensador*. Depois disso você começará a entender o que estamos enfrentando.

―

Algum tempo depois naquela noite, três homens embarcaram na barca Heysham com destino a Belfast. Um deles levava consigo uma mochila de campanha cilíndrica; outro, uma pasta; e o último, simplesmente nada. Não eram amigos, tampouco conhecidos. Na verdade, a única coisa que os reunia ali eram suas habilidades especiais e suas crenças.

Geralmente, a viagem para Belfast durava oito horas, durante as quais a maioria dos passageiros tentava dormir um pouco, mas não esses três homens. Eles seguiram para o bar, pediram três canecas de

Guinness, uma das poucas coisas que tinham em comum, e foram sentar-se no convés superior.

Haviam concordado que a melhor ocasião para realizar o trabalho seria por volta das três da madrugada, quando a maioria dos outros passageiros estaria dormindo, bêbada ou cansada demais para se importar com o que estivesse acontecendo. Na hora combinada, um deles se separou do grupo, passou por cima de uma corrente com a placa de aviso APENAS TRIPULAÇÃO e, sem fazer barulho, desceu a escada para o convés de carga do navio. Lá, apesar de cercado por grandes caixotes de madeira, conseguiu localizar o que estava procurando. Afinal, os caixotes apresentavam a clara indicação de que eram da Harland & Wolff. Com a ajuda da unha de um martelo, ele afrouxou todos os 116 pregos do lado oculto do caixote. Quarenta minutos depois, voltou a juntar-se aos sujeitos e disse-lhes que estava tudo pronto. Sem mais nenhuma palavra, os dois homens desceram para o convés de carga.

O maior deles, que, em função das orelhas e do nariz deformados, parecia um boxeador peso-pesado aposentado, e provavelmente era, extraiu os pregos do primeiro caixote e depois arrancou as tábuas, deixando exposto um painel elétrico com centenas de fios encapados nas cores vermelha, verde e azul. O equipamento, que seria instalado na ponte de comando do *Buckingham,* fora projetado para permitir ao capitão que mantivesse contato com todas as partes do navio, desde a casa de máquinas até a cozinha. Um grupo de engenheiros elétricos especializados tinha levado cinco meses para construir o notável equipamento. Mas um jovem aluno de pós-graduação da Queen's University de Belfast, munido com um doutorado em física e um alicate, levou apenas 27 minutos para desmantelá-lo. Ele se afastou para admirar o trabalho concluído, mas apenas até que o pugilista começasse a repor no lugar as tábuas retiradas de um dos lados do caixote. Depois que deram uma olhada ao redor para ver se ainda estavam sozinhos, o rapaz iniciou o trabalho no segundo caixote.

Neste, havia duas hélices de bronze cuidadosamente forjadas por uma equipe de artífices em Durham, um trabalho de qualidade que tinha levado seis semanas para ser concluído, com os criadores merecidamente orgulhosos do resultado final. Não obstante, o aluno de pós-graduação pegou sua pasta, tirou dela um frasco com ácido nítrico, destampou-o e despejou lentamente o conteúdo nos sulcos das roscas de encaixe das hélices. Quando, horas depois naquela manhã, o caixote fosse aberto, as hélices pareceriam prontas para a venda a um ferro-velho, não para instalação.

O conteúdo do terceiro caixote era aquele que o jovem físico estava mais ansioso para ver e, quando seu musculoso colega abriu um dos lados com um pé de cabra e revelou o prêmio, ele não ficou nem um pouco decepcionado. Afinal, o computador de navegação Rolex era o primeiro do tipo e seria apresentado com destaque em toda espécie de material publicitário da Barrington, explicando a possíveis clientes por que, no que dizia respeito a segurança, deveriam esquecer os serviços dos concorrentes, não hesitando em dar preferência ao *Buckingham*. Ele precisou, contudo, de apenas doze minutos para fazer com que a obra-prima passasse de singular a obsoleta.

No último caixote, estava embalado um magnífico timão feito de carvalho e latão, fabricado em Dorset, cujo manejo na ponte de comando orgulharia qualquer capitão. O jovem sorriu. Como seu tempo estava se esgotando e o timão não serviria para mais nada, ele o deixou intacto, preservando-o em todo o seu esplendor.

Assim que o colega terminou de repor a última tábua do caixote, os dois retornaram para o convés superior. Caso alguém houvesse tido a infelicidade de incomodá-los ao longo da última hora, teria sabido por que o ex-boxeador fora apelidado de "Demolidor".

Logo que reapareceram, o colega voltou a descer a escada em caracol. Restava-lhe pouco tempo. Com a ajuda de um lenço e um martelo, repôs cuidadosamente cada um dos 116 pregos. Estava trabalhando na recomposição do último caixote quando ouviu dois apitos da buzina do navio.

Assim que a barca atracou na Estação de Donegall, em Belfast, os três homens desembarcaram separadamente, a intervalos de quinze minutos cada um, ainda sem saberem os nomes uns dos outros e fadados a nunca mais se reencontrarem.

11

— Posso lhe assegurar, major, que eu jamais negociaria com o IRA em hipótese nenhuma — disse Dom Pedro. — Não passam de um bando de brutamontes assassinos, e quanto mais cedo forem trancafiados na prisão de Crumlin Road, melhor será para todos nós.

— Fico contente por ouvir isso — comentou Fisher —, pois, se achasse que o senhor vinha fazendo negócios com aqueles criminosos sem o meu conhecimento, eu teria de me exonerar do cargo imediatamente.

— E isso é a última coisa que eu desejaria que você fizesse — assegurou Martinez. — Não se esqueça, major, de que o vejo como o próximo presidente da Barrington, talvez num futuro não muito distante.

— Mas ninguém espera que Buchanan se aposente ainda.

— Isso poderia acontecer mais cedo, se ele por acaso achasse que deveria se exonerar do cargo.

— E por que faria isso, quando acabou de assinar um contrato para realizar o maior programa de investimentos da história da empresa?

— Ou o maior de seus fracassos. Afinal, se esse investimento acabar se revelando uma decisão insensata, depois que ele pôs a própria reputação em risco para conseguir o apoio da diretoria, o único possível culpado pelo fiasco será o homem que o propôs, considerando que a família Barrington foi contra o projeto desde o início.

— Talvez. Mas a situação precisaria piorar muito para que ele pensasse em se demitir.

— E pode ficar muito pior do que já está? — questionou Martinez, empurrando sobre o tampo da mesa, na direção do major, um exemplar do *The Daily Telegraph*.

Fisher fixou o olhar na manchete: *Polícia acredita que o IRA esteja por trás da sabotagem na barca Heysham.*

— Isso atrasará a construção do *Buckingham* mais seis meses. E não se esqueça de que tudo está acontecendo durante a administração de Buchanan. O que mais tem de dar errado para que ele comece a pensar em se demitir? Já digo que, se o preço das ações cair ainda mais, ele será demitido antes que tenha uma chance de tomar a decisão de se exonerar. Portanto, acho que você deveria começar a pensar seriamente na possibilidade de ocupar o lugar dele. Talvez não tenha uma oportunidade como essa de novo.

— Mas, ainda que Buchanan deixasse o cargo, o candidato mais cotado para substituí-lo seria a senhora Clifton. Afinal, foi a família dela que fundou a empresa, seus membros detêm 22% das ações, e ela é muito estimada pelos colegas de diretoria.

— Não tenho dúvida de que é a favorita entre possíveis candidatos, mas sabemos de casos de favoritos que caíram diante do primeiro obstáculo. Portanto, sugiro-lhe que continue a apoiar o atual presidente com o máximo de fidelidade, pois ele poderá tendo de dar o voto de Minerva — aconselhou Martinez, levantando-se. — Infelizmente, preciso ir; tenho uma reunião com o gerente de meu banco para tratar justamente deste assunto. Telefone para mim à noite. Talvez eu tenha alguma notícia interessante para você.

Assim que Martinez acomodou-se no banco traseiro de seu Rolls-Royce e o motorista entrou lentamente com o carro no tráfego matinal, ele disse:

— Bom dia, Kevin. Seus rapazes fizeram um ótimo trabalho na barca Heysham. Só gostaria de ter visto a cara dos que estavam esperando a carga quando os caixotes foram abertos na Harland & Wolff. E, então, qual é o seu próximo plano?

— Nenhum, pelo menos até que você pague as cem mil libras que ainda nos deve.

— Vou providenciar o pagamento ainda hoje de manhã. Na verdade, é uma das razões pelas quais estou indo ao banco.

— Fico contente por saber disso — disse Rafferty. — Seria uma pena se perdesse mais um de seus filhos logo depois da trágica morte de Bruno.

— Não me ameace! — protestou Martinez aos gritos.

— Não foi uma ameaça — retrucou Rafferty, parando o carro no semáforo seguinte. — E é só porque gosto de você que eu deixaria que escolhesse qual de seus filhos continuaria vivo.

Martinez voltou a encostar-se no banco e não tornou a abrir a boca durante a curta viagem, até que, por fim, o carro parou na frente do Midland Bank, na St. James's.

Sempre que Martinez subia a escada de acesso ao banco, tinha a sensação de que estava entrando em outro mundo, ao qual não se sentia nem um pouco integrado. Estava prestes a pegar na maçaneta para abrir a porta da agência quando, de repente, ela se abriu e um jovem o recebeu.

— Bom dia, senhor Martinez. O senhor Ledbury estava aguardando ansiosamente a sua chegada — disse o jovem e, sem mais nenhuma palavra, levou um dos mais importantes clientes do banco direto para o escritório do gerente.

— Bom dia, Martinez — cumprimentou o gerente enquanto Dom Pedro entrava na sala. — Até que estamos tendo um tempo ameno para esta época do ano.

Martinez levara algum tempo para acostumar-se com ideia de que, quando um inglês abandona a forma "senhor" ao se dirigir a uma pessoa, usando apenas seu sobrenome, na verdade está agindo de modo elogioso, pois a está tratando como se ela fosse um de seus pares. Mas alguém só poderia se considerar um amigo quando começam a chamá-lo pelo nome de batismo.

— Bom dia, Ledbury — retrucou Martinez, ainda sem saber o que dizer quanto à obsessão dos ingleses com o tempo.

— Aceita um café?

— Não, obrigado. Tenho outro encontro ao meio-dia.

— Sim, claro. Conforme nos instruiu, continuamos a comprar as ações da Barrington sempre que postas à venda. Tal como sabe muito bem, agora que você possui 22,5% das ações da empresa, tem o direito de nomear mais duas pessoas para que se juntem ao major Fisher na diretoria. Contudo, devo ressaltar que, caso seu total de ações se eleve para 25%, o banco terá o dever legal de informar à Bolsa de Valores que você pretende fazer uma oferta de compra da empresa.

— Isso é o que menos desejo — revelou Martinez. — Ter 22,5% das ações é mais que suficiente para o meu objetivo.

— Ótimo. Então, preciso apenas que me forneça os nomes dos dois novos diretores para representá-lo na diretoria da Barrington.

Martinez tirou um envelope de um bolso do paletó e o entregou ao gerente. Ledbury abriu-o, tirou dele o formulário de indicações e, depois que viu os nomes assinalados no documento, pareceu refletir por instantes. Embora surpreso, limitou-se a dizer:

— Como seu agente financeiro, devo explicar que espero que os transtornos pelos quais a Barrington vem passando ultimamente não acabem se tornando um problema sério para você.

— Nunca estive mais confiante no futuro da empresa — disse Martinez.

— Fico muito contente por saber disso, pois a aquisição de um grande número de ações consumiu uma parcela considerável de seu capital. Precisamos torcer para que o preço delas não caia ainda mais.

— Acho que você verá que, em breve, a empresa fará um anúncio que agradará tanto aos acionistas quanto ao centro financeiro.

— Que boa notícia. Há mais alguma coisa que eu possa fazer por você no momento?

— Sim — respondeu Martinez. — Gostaria que transferisse cem mil libras para uma conta em Zurique.

— Lamento informar à diretoria que resolvi me demitir do cargo de presidente da empresa.

A reação imediata dos colegas de Buchanan foi de choque e incredulidade, seguida rapidamente por protestos quase generalizados. Um dos diretores, contudo, permaneceu em silêncio: o único que não se surpreendeu com o anúncio, embora houvesse logo ficado claro que quase todos os outros membros da diretoria não queriam que Buchanan renunciasse. O presidente esperou que todos se acalmassem antes de prosseguir:

— A fidelidade dos senhores me comove, mas é meu dever informá-los de que um grande acionista deixou evidente que não tenho mais condições de contar com a confiança dele — explicou ele, enfatizando a palavra *dele*. — Ele comentou, e com toda razão, que usei todo o meu poder de influência no projeto de construção do *Buckingham*, atitude que, na opinião dele, foi uma falha de julgamento, na melhor das hipóteses, e uma irresponsabilidade, na pior. Já descumprimos o prazo de conclusão de dois estágios e que, atualmente, nossos gastos chegaram a dezoito por cento de nosso orçamento.

— Mais um motivo para que você permaneça na ponte de comando — observou o almirante. — O capitão deve ser a última pessoa a abandonar o navio quando a tempestade se aproxima.

— Só que, neste caso, acho que nossa única esperança está em minha decisão de abandonar o navio, almirante — retrucou Buchanan.

Um ou outro dos presentes abaixou a cabeça, e Emma lamentou que nada do que dissesse faria Buchanan mudar de ideia.

— Com base em minha experiência — prosseguiu ele —, posso dizer que, sempre que surge uma situação como a que estamos enfrentando, os poderes financeiros londrinos começam a procurar um novo líder para resolver o problema, alguém capaz de agir rapidamente. — Ross levantou a cabeça, fitou os colegas e acrescentou: — Acho que os senhores poderão encontrar na própria diretoria atual a pessoa certa para me substituir.

— Se designássemos a senhora Clifton e o major Fisher como vice-presidentes adjuntos — propôs Anscott —, talvez conseguíssemos acalmar os nervos de nossos patrões no centro financeiro de Londres.

— Lamento dizer, Anscott, que eles entenderiam essa medida como o que realmente significa: uma simples solução conciliatória temporária. Mas o fato é que se, no futuro, a Barrington precisar tomar mais dinheiro emprestado, seu novo presidente terá de ir ao banco não de chapéu na mão, mas de cabeça erguida, com confiança, a palavra mais importante no dicionário londrino.

— Será que não ajudaria, Ross — começou Emma, pela primeira vez dirigindo a palavra ao presidente usando seu nome de batismo numa reunião da diretoria —, se eu deixasse claro que minha família tem total confiança em sua administração e deseja que você permaneça como presidente?

— Isso me comoveria, claro, mas não teria impacto algum no centro financeiro de Londres, que consideraria tal atitude um simples gesto de boa vontade. Se bem que, pessoalmente falando, Emma, fico muito grato por seu apoio.
— E conte também sempre com o meu apoio — atalhou Fisher.
— Estarei do seu lado até o fim.
— Esse é justamente o problema, major. Se eu não deixar o cargo, aí é que poderá ser mesmo o fim, e isso eu não suportaria — advertiu o presidente, olhando em seguida ao redor da mesa, para ver se havia mais alguém querendo externar sua opinião. No entanto, parecia que todos haviam aceitado que a sorte fora lançada.
— Portanto, às cinco da tarde de hoje, após o fechamento da Bolsa de Valores, anunciarei que, por motivos pessoais, apresentei meu pedido de demissão do cargo de presidente da diretoria da Barrington Shipping. No entanto, com a permissão dos senhores, continuarei a cuidar dos assuntos diários da empresa, até que um novo presidente seja nomeado...

Ninguém apresentou objeções. A reunião foi dada por encerrada alguns minutos depois, e Emma não se surpreendeu quando viu Fisher deixar a sala de reuniões às pressas. Ele retornou em vinte minutos, a tempo de juntar-se aos colegas para o almoço.

—

— Caberá a você a cartada decisiva — disse Martinez, quando Fisher lhe relatou os detalhes do que havia acontecido na reunião da diretoria.
— E o que seria?
— Você é homem, e não existe uma única empresa de capital aberto no país que tenha uma mulher como presidente. Aliás, poucas contam com sequer uma mulher na diretoria.
— Emma Clifton costuma romper com a tradição — observou Fisher.
— Talvez seja o caso, mas você saberia dizer se existem alguns colegas de diretoria que talvez não suportassem a ideia de ter uma mulher como presidente da empresa?

— Não, mas...

— Mas?

— Sei que Knowles e Anscott votaram contra mulheres frequentarem as dependências do Royal Wyvern Golf Club em dias de jogo.

— Então lhes diga como admira a atitude moral deles, pois você teria feito a mesma coisa se fosse sócio do clube.

— Mas fiz isso; sou sócio — confessou o major.

— Então, temos dois votos garantidos. E quanto ao almirante? Afinal de contas, ele é solteirão.

— É uma possibilidade. Lembro-me de que ele se absteve de votar quando o nome de Emma foi proposto como membro da diretoria.

— Realmente, talvez mais um voto.

— Porém, mesmo que eles me apoiassem, teríamos apenas três votos, e estou quase convicto de que os outros quatro diretores apoiariam a senhora Clifton.

— Não se esqueça de que, um dia antes da realização da próxima reunião, indicarei mais dois diretores. Com isso, você terá seis votos, mais que suficiente para colocar as coisas a seu favor.

— Não se os Barrington resolvessem assumir todas as outras vagas na diretoria. Nesse caso, eu precisaria ainda de mais um voto para garantir a vitória, pois, se houvesse empate, estou razoavelmente convicto de que Buchanan daria seu voto de Minerva à senhora Clifton.

— Então, precisaremos ter outro diretor empossado até a próxima quinta-feira.

Ambos se calaram, até que, por fim, Martinez perguntou:

— Você conhece alguém que tenha uma pequena quantia sobrando, levando em conta o fato de que as ações estão baratas no momento? Alguém que não iria querer, de jeito nenhum, que a senhora Clifton se tornasse a próxima presidente da empresa?

— Sim — respondeu Fisher sem hesitar. — Conheço uma pessoa que detesta Emma Clifton ainda mais do que você, e ela recentemente recebeu uma grande indenização num processo de divórcio.

12

— Bom dia — disse Ross Buchanan — e bem-vindos a esta reunião extraordinária. Temos apenas um item em nossa agenda de hoje: a necessidade de indicarmos uma pessoa para o cargo de presidente da Barrington Shipping Company. Gostaria de iniciar a reunião dizendo que foi um privilégio ter sido o presidente dos senhores nos últimos cinco anos, ressaltando como me sinto triste por deixar o cargo. Contudo, por motivos que não preciso explicar mais uma vez, acho que é a hora certa para abdicar do cargo em favor de outra pessoa.

"Meu maior dever neste momento é apresentar aos colegas os acionistas presentes hoje aqui que têm direito de voto em reuniões gerais extraordinárias, conforme determinado pelo estatuto da empresa. Os membros da diretoria devem estar familiarizados com alguns sentados ao redor da mesa, enquanto outros talvez não sejam tão bem conhecidos. À minha direita, está o senhor David Dixon, o diretor-presidente, e, à minha esquerda, o senhor Philip Webster, o diretor jurídico-administrativo. À sua esquerda, está o diretor financeiro, senhor Michael Carrick. Sentado ao lado dele, temos presentes o contra-almirante Summer e depois a senhora Clifton, o senhor Anscott, o senhor Knowles, o major Fisher e o senhor Dobbs, todos diretores consultivos. Hoje, eles contam com a companhia de pessoas comuns ou representantes de empresas que detêm o controle de grandes parcelas das ações da Barrington, entre os quais estão o senhor Peter Maynard e a senhora Fisher, ambos membros da diretoria indicados pelo major Fisher, que agora representa o acionista detentor de 22,5% das ações da empresa."

Maynard abriu um largo sorriso, enquanto Susan Fisher abaixou a cabeça e corou quando todos os olhares se voltaram para ela.

— Representando a família Barrington e seus 22% das ações, estão o parlamentar Sir Giles Barrington e sua irmã, doutora Grace Barrington. As outras pessoas presentes que também satisfizeram os requisitos legais para votar nesta ocasião são Lady Virginia Fenwick.

— A mulher deu um tapinha nas costas de Fisher, de maneira que não deixasse dúvida de quem ela apoiaria. O presidente deu uma olhada em suas anotações antes de prosseguir: — E também o senhor Cedric Hardcastle, que representa o Farthings Bank, instituição detentora de sete por cento das ações da empresa atualmente.

Todos os sentados à mesa se viraram para ver a pessoa com a qual ninguém ali havia tido contato na vida. O homem estava usando terno cinzento, camisa branca e gravata de seda azul surrada. Muito provavelmente, não media muito mais que um metro e meio de altura e era totalmente calvo, exceto pelo tanto de cabelo grisalho na nuca, em forma de meia-lua, que mal chegava à parte inferior das orelhas. Seus grossos óculos com armação de tartaruga dificultava calcular sua idade. Cinquenta anos? Sessenta? Setenta, talvez? Quando ele tirou os óculos, Emma notou os olhos de um cinza-metálico e teve certeza de que o vira em algum lugar antes, mas não conseguia lembrar-se de onde.

— Bom dia, senhor presidente — disse, embora essas quatro palavras houvessem bastado para revelar o condado de onde provinha.

— Passemos agora a tratar do assunto em pauta — disse Buchanan. — Até as seis horas da noite de ontem, que era o prazo para a inscrição, duas pessoas permitiram que seus nomes fossem propostos como candidatas ao cargo de presidente do conselho: a senhora Emma Clifton, cujo nome foi sugerido por Sir Giles Barrington, proposta secundada pela doutora Grace Barrington, e o major Alex Fisher, cujo nome foi apresentado pelo senhor Anscott e apoiado pelo senhor Knowles. Ambos os candidatos farão agora, diante dos colegas da diretoria, uma exposição do que pensam do futuro da empresa. Solicito ao major Fisher que inaugure os pronunciamentos.

Fisher não se levantou.

— Acho que seria uma questão de educação permitir que a senhora fale primeiro — disse ele, sorrindo cordialmente para Emma.

— Muito gentil de sua parte, major — retrucou Emma —, mas julgo muito apropriado acatar a decisão do presidente e permitir ao senhor que se manifeste primeiro.

Fisher pareceu um tanto desconcertado, mas se recompôs rapidamente. Assim, após reorganizar suas anotações, levantou-se e deu uma boa olhada ao redor da mesa antes de começar a falar:

— Senhor presidente, colegas de diretoria, considero um grande privilégio ser considerado um possível candidato para ocupar o cargo de presidente do Conselho Administrativo da Barrington Shipping Company. Como alguém nascido e criado em Bristol, conheço esta grande empresa desde meus primeiros anos de vida, bem como sua história, sua tradição e sua reputação, que se tornaram parte da extraordinária herança de viagens e atividades marítimas de Bristol. Sir Joshua Barrington foi uma figura lendária, e Sir Walter, a quem tive o privilégio de conhecer — Emma ficou surpresa com a revelação, a menos que, com "conhecer" seu avô, ele queria dizer que o vira discursar como convidado especial, trinta anos atrás, na escola —, foi o responsável pela abertura do capital da empresa, dando a ela a reputação de uma das mais importantes instituições do ramo, não apenas neste país, mas também no mundo inteiro.

"Todavia, infelizmente, esta não é mais a nossa realidade, em parte porque o filho de Sir Walter, Sir Hugo, simplesmente não estava à altura do cargo. Embora nosso atual presidente tenha feito muita coisa para recuperar a reputação da empresa, uma série de acontecimentos recentes, de forma alguma causados por ele, fez alguns de nossos acionistas perderem a confiança na empresa. Acho que a decisão que precisam tomar hoje, caros colegas de diretoria — advertiu Fisher, olhando mais uma vez ao redor da mesa —, deve basear-se na questão de quem está mais preparado para lidar com essa crise de confiança. Considerando a situação atual, acho também relevante que mencione minhas credenciais quanto à necessidade de enfrentar batalhas. Afinal, servi ao meu país em Tubruq, na condição de jovem tenente, numa batalha classificada por Montgomery como uma das mais sangrentas da história. Tive a sorte de sobreviver àquela carnificina, ocasião em que fui condecorado em campanha."

Giles abaixou a cabeça e a cobriu com as mãos. Bem que ele gostaria de contar à diretoria o que realmente aconteceu quando o inimigo surgiu no horizonte das terras do norte da África, mas sabia que isso não ajudaria a causa da irmã.

— Minha batalha seguinte foi quando enfrentei, como candidato do Partido Conservador, Sir Giles Barrington na última eleição geral — disse Fisher, enfatizando a palavra "Conservador", pois achava que era improvável que, com exceção de Giles, algum dos presentes à mesa houvesse votado alguma vez na vida num candidato do Partido Trabalhista —, numa disputa pelo cargo de representante no parlamento do reduto eleitoral da zona portuária de Bristol, tradicionalmente Trabalhista, na qual fui derrotado por uma diferença de poucos votos e somente depois de três recontagens das cédulas eleitorais — acrescentou, dignando-se a sorrir para Giles.

Giles teve vontade de se levantar e arrancar o sorriso daquele rosto, mas conseguiu se controlar.

— Portanto, acho que posso dizer, com certa convicção, que experimentei o gosto da vitória e da derrota e que, citando Kipling, enfrentei ambos esses impostores com a mesma coragem. E agora — prosseguiu ele —, permitam-me falar sobre alguns dos problemas que nossa distinta empresa está enfrentando no momento atual. E reforço: no momento atual. Há pouco mais de um ano, tomamos uma importante decisão, na qual, gostaria de lembrar à diretoria, dei total apoio à proposta do presidente de construir o *Buckingham*. Contudo, desde então, sofremos uma série de desastres, alguns inesperados, enquanto outros deveriam ter sido previstos, os quais, em todo caso, atrasaram nosso programa. Como resultado, pela primeira vez na história da empresa, fomos obrigados a pensar em recorrer aos bancos em busca de empréstimo, de forma que o dinheiro nos ajudasse a atravessar estes tempos turbulentos. Gostaria também de dizer que, se eu for eleito presidente, incentivarei imediatamente a adoção de três mudanças. Primeiro, proporei à senhora Clifton que se torne vice-presidente do Conselho Administrativo, pois, assim, o centro financeiro de Londres não terá como duvidar de que a família Barrington continua totalmente empenhada no futuro da empresa, tal como tem feito por mais de um século.

Vários "sem dúvida, sem dúvida" foram ouvidos ao redor da mesa, levando Fisher a sorrir para Emma pela segunda vez desde que ele entrara para a diretoria da empresa. Giles admirou a ousadia do sujeito, pois ele certamente sabia que Emma nem sequer pensaria em retribuir a lisonja, já que acreditava que Fisher era responsável pelos problemas atuais da empresa, e com certeza jamais aceitaria trabalhar como vice-presidente para ele.

— Segundo — prosseguiu Fisher —, pegarei um avião para Belfast amanhã de manhã e me sentarei à mesa com Sir Frederick Rebbeck, presidente da Harland & Wolff, para renegociar as condições de nosso contrato, ressaltando que a empresa dele vem persistindo injustamente em negar responsabilidade por todos os lamentáveis transtornos que ocorreram durante a construção do *Buckingham*. E, por último, contratarei uma das melhores empresas de segurança para proteger todo equipamento que for enviado a Belfast em nome da Barrington, de modo que qualquer ato de sabotagem, como o realizado na barca Heysham, jamais volte a acontecer. Ao mesmo tempo, providenciarei novos contratos de seguros, documentos que não tenham páginas de cláusulas punitivas em letras miúdas. Por fim, gostaria de acrescentar que, se eu tiver a sorte de me tornar presidente, começarei a trabalhar hoje à tarde mesmo e só descansarei depois que o *Buckingham* estiver navegando em alto-mar e gerando para a empresa lucros consideráveis para compensar os investimentos.

Quando se sentou, Fisher recebeu uma intensa salva de aplausos, sorrisos e meneios de aprovação. Antes mesmo que os aplausos cessassem, Emma percebeu que havia cometido um erro estratégico permitindo ao oponente que se pronunciasse primeiro. Ele havia falado da maioria das questões de que Emma pretendia tratar, e agora se o falasse ela daria a impressão de que estava, na melhor das hipóteses, concordando com ele e, na pior delas, de que não tinha ideias próprias. Lembrava-se muito bem da ocasião em que Giles humilhara aquele mesmo homem no Colston Hall durante a recente campanha eleitoral, mas o homem que se apresentara na Barrington naquela manhã era bem diferente, e bastou uma olhada de relance para o irmão para que Emma confirmasse que seu irmão também fora pego de surpresa pela transformação.

— Senhora Clifton — propôs o presidente. — Não gostaria de apresentar suas ideias à diretoria agora?

Emma levantou-se um tanto trêmula enquanto sua irmã Grace erguia o polegar em sinal de positivo; o gesto a fez sentir-se como uma escrava cristã prestes a ser atirada aos leões.

— Senhor presidente, permita-me começar dizendo que o senhor tem hoje diante de si uma candidata relutante quanto à sucessão presidencial, pois, se eu pudesse escolher, o senhor permaneceria na presidência do Conselho Administrativo desta empresa. Somente quando decidiu exonerar-se do cargo, comecei a pensar na ideia de assumir o seu lugar e prosseguir com a longa tradição da família de manter laços estreitos com a empresa. Gostaria de iniciar minha exposição enfrentando a questão que alguns membros da diretoria talvez considerem minha maior desvantagem nesta disputa: o fato de que sou mulher.

O comentário provocou uma série de risadas, em parte repassadas de nervosismo, embora Susan Fisher lhe parecesse solidária.

— Sofro — prosseguiu Emma — com o fato de ser mulher vivendo num mundo dominado pelos homens e, sinceramente, não há nada que eu possa fazer a respeito. Compreendo que precisaríamos de uma diretoria corajosa para tornar uma mulher presidente da Barrington, principalmente na difícil situação que estamos enfrentando atualmente. No entanto, por outro lado, hoje a empresa precisa justamente de coragem e espírito inovador. A Barrington está numa encruzilhada, e caberá à pessoa que os senhores elegerem hoje escolher por qual das placas desse cruzamento deverá orientar-se para seguir em frente.

"Como os senhores sabem muito bem, quando a diretoria decidiu, no ano passado, que deveríamos ir adiante com a construção do *Buckingham*, eu me opus à ideia e votei contra a sua adoção. Portanto, é justo que informe à diretoria minha posição atual quanto à questão. Em minha opinião, não podemos sequer cogitar voltar atrás, pois isso resultaria em humilhação, e talvez até em ruína para a empresa. A diretoria tomou essa decisão de boa fé, e temos obrigações para com nossos acionistas, não podendo, portanto, simplesmente tirar o corpo fora agora e culpar outras pessoas; devemos, sim, fazer tudo ao nosso alcance para compensar todo tempo perdido e assim garantir o sucesso da empresa a longo prazo."

Emma baixou a cabeça para uma página com anotações que repetiam quase tudo que seu rival já havia dito. Prosseguiu, torcendo para que seu entusiasmo e sua firmeza naturais superassem o fato de que os colegas ouviriam pela segunda vez as mesmas ideias e opiniões.

Contudo, quando ela chegou à última linha do discurso, sentia que os membros da diretoria haviam perdido o interesse. Giles advertira à irmã que algo inesperado aconteceria naquele dia, e aconteceu mesmo. Fisher havia progredido muito.

— Gostaria de encerrar o discurso, senhor presidente, dizendo que seria um grande privilégio para esta Barrington que lhes fala ter a oportunidade de entrar para o rol de seus antepassados ilustres e presidir esta diretoria, principalmente num momento em que a empresa vem enfrentando dificuldades tão grandes. Sei que, com sua ajuda, conseguirei superá-las e recuperar o bom nome da Barrington, bem como sua reputação de empresa detentora de padrões de excelência e integridade financeira.

Emma sentou-se, imaginando que teria lido um "Poderia ter sido melhor" em seu boletim. Só torcia agora para que Giles estivesse certo com relação a outro de seus pronunciamentos: que todas as pessoas sentadas ali já haviam decidido em quem votariam muito antes do início da reunião.

Assim que os dois candidatos concluíram seu discurso, foi a vez de os membros da diretoria externarem sua opinião. A maioria deles quis opinar, mas não se viu muita clareza de visão ou originalidade durante a hora seguinte e, apesar de ter se recusado a responder à pergunta: "A senhora tornaria o major Fisher o vice-presidente do conselho?", Emma achou que o desfecho do episódio ainda era incerto. E assim foi até Lady Virginia manifestar-se em voz suave, pestanejando ligeiramente:

— Desejo fazer apenas uma observação, presidente. Não acredito que as mulheres foram postas na Terra para presidir diretorias, enfrentar sindicalistas, construir transatlânticos de luxo ou conseguir grandes empréstimos bancários no centro financeiro de Londres. Embora eu admire a senhora Clifton e tudo que ela realizou, apoiarei o major Fisher e torcerei para que ela aceite a generosa proposta do major de torná-la vice-presidente. Vim aqui com a mente aberta, disposta a lhe dar um voto de confiança, mas, infelizmente, ela não se mostrou à altura de minhas expectativas.

Emma não pôde deixar de admirar a ousadia de Virginia. Viu claramente que, muito antes de ter entrado na sala, ela havia decorado todas as palavras do roteiro, tendo ensaiado até as pausas dramáticas, embora houvesse conseguido passar a impressão, enquanto falava, de que não pretendera participar do debate até o último momento, quando se viu obrigada a fazer algumas observações. Só restou a Emma procurar saber quantos ali tinham-se deixado enganar. Certamente não Giles, que dava a impressão de estar com vontade de estrangular a ex-esposa.

Somente duas pessoas ainda não tinham opinado quando Lady Virginia voltou a sentar-se. O presidente, educado como sempre, disse:

— Antes de convocar os presentes para a votação, gostaria de saber se a senhora Fisher ou o senhor Hardcastle não desejam manifestar sua opinião.

— Não, obrigada, senhor presidente — respondeu Susan Fisher, nervosa e hesitante, voltando em seguida a baixar a cabeça.

O presidente olhou para o senhor Hardcastle.

— Muito gentil de sua parte o convite, presidente — comentou Hardcastle —, mas desejo apenas dizer que escutei com grande atenção a exposição de todos os pontos de vista, principalmente a dos dois candidatos, e, tal como Lady Virginia, já tomei uma decisão com relação a qual deles escolherei.

Fisher sorriu para o sujeito de Yorkshire.

— Obrigado, senhor Hardcastle — agradeceu o presidente. — A menos que alguém queira fazer mais alguma observação, chegou a hora de os membros da diretoria se prepararem para votar. — Ele fez uma pequena pausa, mas ninguém se manifestou. — O diretor jurídico-administrativo chamará agora os diretores pelo nome, um de cada vez. Então, senhores, digam o nome do candidato de sua escolha.

— Começarei pelos diretores executivos — disse Webster — antes de pedir aos demais diretores que deem seus votos. Senhor Buchanan?

— Não votarei em nenhum dos candidatos — disse o presidente. — Contudo, se a votação terminar empatada, darei meu voto, com base em minhas prerrogativas de presidente, à pessoa que acredito que deva me suceder.

Ross havia passado várias noites insone, pelejando com a própria consciência em torno da questão da pessoa que deveria escolher para sucedê-lo no cargo, acabando por se decidir em favor de Emma. Mas o convincente discurso de Fisher, comparado com a apresentação medíocre de Emma, o fez pensar melhor. E, como ainda não conseguira se persuadir de que deveria mesmo apoiar Fisher, decidira que se absteria de votar e deixaria que os colegas tomassem a decisão. Todavia, se a votação terminasse empatada, ele votaria em Fisher, ainda que relutantemente.

Emma, por sua vez, não conseguiu esconder a própria surpresa e decepção com a decisão de Ross de abster-se de votar. Já Fisher sorriu e riscou o nome de Ross Buchanan de sua lista, o qual, até então, havia estado na coluna de Clifton.

— Senhor Dixon?
— Senhora Clifton — respondeu o diretor-presidente, anunciando seu escolhido sem hesitar.
— Senhor Carrick?
— Major Fisher — disse o diretor financeiro.
— Senhor Anscott?
— Major Fisher — respondeu ele, deixando Emma decepcionada, mas não surpresa, pois sabia que isso significava que Knowles não votaria nela também.
— Sir Giles Barrington?
— Senhora Clifton.
— Doutora Grace Barrington?
— Senhora Clifton.
— Senhora Emma Clifton?
— Não votarei, presidente — respondeu ela. — Prefiro abster-me. Fisher meneou a cabeça, indicando que aprovava tal decisão.
— Senhor Dobbs?
— Senhora Clifton.
— Lady Virginia Fenwick?
— Major Fisher.
— Major Fisher?

— Votarei em mim mesmo, pois é um direito meu — respondeu Fisher, sorrindo para Emma, sentada do outro lado da mesa.

A decisão do major a fez pensar nas muitas vezes que Sebastian lhe implorara que não se abstivesse de votar, porque ele tinha certeza de que não haveria absolutamente nenhuma chance de Fisher agir como um cavalheiro.

— Senhora Fisher?

Susan olhou para o presidente, hesitou por alguns instantes e depois respondeu baixinho, nervosa:

— Senhora Clifton.

Alex se virou bruscamente para encarar a esposa, tomado de espanto. Mas, dessa vez, Susan não abaixou a cabeça. Ao contrário, olhou para Emma e sorriu. Esta, parecendo igualmente surpresa, ticou o nome de Susan em sua lista.

— Senhor Knowles?

— Major Fisher — disse ele sem hesitar.

— Senhor Maynard?

— Major Fisher.

Emma contou os tiques e as cruzes em seu bloco de anotações. Viu que Fisher liderava a contagem por seis a cinco.

— Almirante Summers? — solicitou o diretor jurídico-administrativo. Seguiu-se um silêncio que pareceu interminável para Emma, mas que, na verdade, durou apenas alguns segundos.

— Senhora Clifton — disse ele após algum tempo, levando Emma a prender a respiração, tamanha a surpresa. O velho almirante se curvou sobre a mesa e disse baixinho: — Nunca confiei em Fisher e, quando ele votou em si mesmo, vi que estava certo o tempo todo.

Emma não sabia se ria ou se dava um beijo nele, mas o diretor jurídico-administrativo interrompeu seus pensamentos.

— Senhor Hardcastle? — Mais uma vez, todos na sala voltaram a atenção para o desconhecido. — Poderia fazer a gentileza de manifestar sua decisão?

Fisher franziu o semblante. Seis votos no total. Concluiu que, se Susan tivesse votado nele, o voto de Hardcastle seria irrelevante. Ainda assim, estava confiante de que o homenzinho de Yorkshire o apoiaria.

Cedric Hardcastle pegou um lenço no bolso superior do paletó, tirou os óculos e poliu as lentes antes de falar:

— Prefiro me abster e deixar o presidente, que conhece ambos os candidatos bem mais do que eu, decidir qual é a pessoa certa para sucedê-lo no cargo.

Susan Fisher empurrou a cadeira para trás e saiu discretamente da sala da diretoria enquanto a pessoa escolhida como presidente assumia o seu lugar na cabeceira da mesa.

Até então, tudo havia corrido bem. No entanto, Susan sabia que a próxima hora seriam vitais para ela se quisesse concluir o restante do plano. Alex não fizera um comentário sequer quando ela se oferecera para levá-lo de carro até a reunião da diretoria de manhã, de forma que ele pudesse se concentrar em seu discurso. No entanto, ela não havia dito que não o levaria de volta para casa depois.

Durante algum tempo, Susan se conformara com o fato de que seu casamento era uma mentira; sequer conseguia se lembrar da última vez que ambos fizeram amor. Vivia se perguntando por que aceitara se casar com ele; a constante advertência da mãe não ajudara em nada: "Se você não tomar cuidado, minha filha, vai acabar na prateleira". Apesar disso, ela agora pretendia fazer uma boa limpeza nas prateleiras.

Alex Fisher não conseguiu se concentrar no discurso de posse de Emma, pois tentava pensar em como explicaria a Dom Pedro que a esposa votara contra ele.

Martinez havia proposto de início que Diego e Luis o representassem na diretoria, mas Alex o persuadira de que, se havia algo que poderia assustar mais os diretores do que a ideia de uma mulher na presidência do Conselho Administrativo, era a possibilidade de um estrangeiro assumir o controle da empresa.

Acabou decidindo simplesmente dizer a Dom Pedro que Emma vencera a eleição, sem mencionar que a esposa não tinha votado nele. Não se deu o trabalho de pensar no que aconteceria se algum dia Dom Pedro lesse a ata da reunião.

Susan Fisher estacionou o carro na frente do Arcadia Mansions, abriu a entrada da portaria com a chave, pegou o elevador para o terceiro andar e entrou no apartamento. Atravessou rapidamente o quarto, ajoelhou-se de súbito e puxou duas malas deixadas embaixo da cama. Em seguida, começou a esvaziar o guarda-roupa, tirando de lá seis vestidos, dois terninhos, várias saias e um vestido de gala, que imaginou se voltaria a usar algum dia. Depois disso, abrindo as gavetas da cômoda uma após a outra, recolheu meias, roupas íntimas, blusas e suéteres, peças que, em conjunto com as outras, praticamente encheram a primeira mala.

Ao se levantar, seus olhos depararam com uma aquarela do Lake District, pela qual Alex havia pagado uma quantia relativamente alta durante a lua de mel. Sentiu-se radiante quando viu que o quadro se encaixava perfeitamente no fundo da segunda mala. Em seguida, foi ao banheiro, onde recolheu todos os cosméticos, um roupão e várias toalhas, espremendo tudo em todos os espaços ainda disponíveis da segunda mala.

Da cozinha não havia muita coisa que desejasse levar, a não ser o aparelho de jantar Wedgwood, um presente de casamento dado pela mãe de Alex. Com todo cuidado, embrulhou cada uma das peças com páginas do *The Daily Telegraph* e as acomodou em sacolas de compras que achou embaixo da pia.

Resolveu deixar o aparelho de chá verde, do qual, na verdade, jamais gostara muito, até porque muitas peças estavam lascadas e não havia espaço sobrando na segunda mala.

— Socorro — disse em voz alta quando se deu conta de que havia ainda muita coisa que pretendia recolher para levar embora, mas que ambas as malas já estavam cheias.

Susan voltou para o quarto, subiu numa cadeira e pegou a velha mala de escola de Alex, deixada em cima do guarda-roupa. Arrastando-a até o corredor, abriu-lhe os fechos e prosseguiu com sua missão. Na sala de estar, viu na cornija da lareira um relógio portátil que Alex dizia ser uma relíquia de família, bem como três fotografias em molduras de prata. Depois de retirar as fotos e rasgá-las, colocou na mala apenas as molduras. Gostaria de ter levado o aparelho de televisão também, mas era grande demais e, além disso, sua mãe condenaria essa atitude.

Depois que o diretor jurídico-administrativo encerrou a reunião, Alex não foi almoçar com os colegas de diretoria. Deixou a sala às pressas, sem dirigir a palavra a ninguém, com Peter Maynard seguindo logo atrás. Alex havia recebido dois envelopes enviados por Dom Pedro, cada um contendo mil libras esterlinas. A esposa com certeza não receberia suas prometidas quinhentas libras. Assim que entraram no elevador, Alex tirou um dos envelopes do bolso.

— Pelo menos você cumpriu sua parte do acordo — disse ele, entregando-o a Peter.

— Obrigado — agradeceu Maynard, embolsando o dinheiro. — Mas o que deu em Susan? — perguntou enquanto a porta do elevador se abria no andar térreo. Alex não respondeu.

Logo que os dois deixaram a sede da Barrington, Alex não se surpreendeu ao ver que seu carro não estava mais no lugar de sempre, mas ficou intrigado quando encontrou outro carro desconhecido parado em sua vaga.

Um jovem com uma maleta estava parado de pé ao lado da porta da frente do carro. Assim que ele viu Alex, começou a caminhar em sua direção.

Por fim, exausta com tantos esforços, Susan entrou no escritório do marido, embora sem esperança de achar algo que valesse a pena acrescentar à sua pilhagem; no cômodo, encontrou apenas mais duas molduras, uma delas de prata e a outra de couro, além de um abridor de cartas que ela lhe dera no Natal. Todavia, como era apenas folheado a prata, decidiu que Alex poderia ficar com ele.

Seu tempo estava se esgotando, e ela sabia que o marido não demoraria muito a voltar, mas, quando estava prestes a deixar o apartamento, achou um grosso envelope com o nome do marido. Quando o abriu, quase não conseguiu acreditar no que viu: eram as quinhentas libras que Alex havia prometido dar a ela caso aceitasse participar da reunião e votar nele. Ela havia cumprido sua parte do acordo, ou, de qualquer jeito, metade dele, portanto, pôs o dinheiro na bolsa e sorriu pela primeira vez naquele dia.

Saiu do escritório, fechou a porta e deu mais uma rápida olhada no apartamento. Sentiu que havia se esquecido de alguma coisa, mas o que seria? Ah, sim, claro! Voltou correndo para o quarto, onde abriu um armário menor e sorriu pela segunda vez quando viu fileiras e mais fileiras de pares de sapatos de seus tempos de modelo. Sem pressa, pôs todos na velha mala escolar do marido. Já quase fechando a porta do armário, pousou o olhar por acaso numa caprichada fileira de sapatos de couro pretos e marrons, estes últimos com perfurações decorativas, todos bastante lustrosos, como se estivessem prontos para um desfile. Ela sabia que eram motivo de orgulho e alegria para Alex. Todos feitos sob medida na Lobb da St. James's e, tal como ele vivia dizendo-lhe, capazes de durar uma vida inteira.

Susan pegou o pé esquerdo de cada um dos pares e os pôs no velho baú de escola de Alex. Pegou também o pé direito de um chinelo, uma galocha e um tênis, até que finalmente se sentou na tampa da mala e prendeu as correias dos fechos.

Por fim, saiu para o corredor arrastando o baú, duas maletas e duas sacolas de compras e fechou a porta de uma casa para onde jamais voltaria.

——

— Major Alex Fisher?

— Sim.

O jovem entregou-lhe um grande envelope amarelo e disse:

— Fui instruído a entregar isso ao senhor. — Sem dizer mais nada, virou-se, retornou para o carro e partiu. O encontro durou menos de um minuto.

Confuso e nervoso, Alex abriu depressa o envelope, de onde tirou um documento com várias páginas. Quando viu, na capa, as palavras *Pedido de divórcio: Senhora Susan e Major Alex Fisher*, sentiu as pernas bambearem e agarrou o braço de Maynard em busca de apoio.

— Qual o problema, velho amigo?

CEDRIC HARDCASTLE

1959

13

Na viagem de trem de volta para Londres, Cedric Hardcastle tornou a pensar nos motivos que o fizeram participar de uma reunião de diretoria de uma empresa de transportes marítimos em Bristol. Tudo começou quando ele quebrou uma perna.

Durante quase 45 anos, Cedric levara um tipo de existência que o padre da paróquia local teria chamado de uma vida irrepreensível. Ao longo desse tempo, conseguiu construir uma reputação de homem honesto, justo e sagaz.

Aos 15 anos, depois de concluir o curso no Liceu de Huddersfield, Cedric fora trabalhar com o pai no Farthings Bank, na esquina da principal rua da cidade, em que, na época, só podiam abrir conta os cidadãos nascidos e criados em Yorkshire. Todos os empregados aprendiam o mais importante dos princípios filosóficos do banco logo nos primeiros dias: *Se você cuidar bem das moedas, as notas cuidarão bem de si mesmas.*

Aos 32 anos, Cedric tornou-se o gerente de agência mais jovem da história do banco, e seu pai, ainda um escriturário atendente, se aposentou bem a tempo de se safar de precisar chamar o próprio filho de "senhor".

Poucas semanas antes de ter completado 40 anos, Cedric foi convidado a entrar para a diretoria do Farthings, época em que todos começaram a especular que não demoraria muito para que o diretor se tornasse grande e importante demais para o banco do pequeno condado e, assim como Dick Whittington, acabasse rumando para o centro financeiro de Londres. Isso, no entanto, não era do feitio de Cedric; afinal, ele era em primeiro lugar um autêntico cidadão de Yorkshire. Casou-se com Beryl, uma jovem de Batley, e o filho deles, Arnold, foi concebido nas férias do casal em Scarborough e nasceu em

Keighley. Que ele nascesse no condado era fundamental se quisesse que o filho ingressasse no banco.

Quando Bert Entwistle, o presidente do Farthings, faleceu em decorrência de um ataque cardíaco aos 63 anos, não foi necessário que organizassem uma eleição para escolher a pessoa que deveria substituí-lo.

Depois da guerra, o Farthings se tornou um daqueles bancos frequentemente mencionados nas páginas de finanças dos jornais nacionais como "maduro para uma incorporação". No entanto, Cedric tinha outros planos e, assim, apesar de várias propostas de instituições maiores, todas recusadas sem discussão, o novo presidente iniciou um trabalho de ampliação e fortalecimento, abrindo novas agências, de tal forma que, alguns anos depois, foi o Farthings que começou a fazer incorporações. Durante três décadas, Cedric aplicou todo dinheiro de sobra, bem como todas as bonificações ou dividendos, na aquisição de ações do banco, de modo que, quando chegou aos 60 anos, era não apenas o presidente, mas também o acionista majoritário do Farthings, com 51% das ações.

Aos 60 anos, época em que a maioria dos homens começa a pensar em aposentar-se, Cedric comandava onze agências em Yorkshire, era um nome conhecido no centro financeiro de Londres e, com certeza, não estava à procura de um substituto no cargo de presidente.

Se tinha alguma decepção na vida, era seu filho, Arnold. O jovem tivera bom aproveitamento em no colégio na Leeds Grammar School, mas depois se rebelara, aceitando uma vaga em Oxford, em vez de uma bolsa para estudar na Universidade de Leeds. Mas o pior foi o rapaz não querer trabalhar com o pai no Farthings, preferindo estagiar como advogado em Londres. Tal escolha deixou Cedric sem ninguém a quem pudesse passar a direção do banco.

Pela primeira vez na vida, pensou em aceitar uma proposta de incorporação feita pelo Midland. Ofereceram-lhe uma quantia que permitiria passar o resto da vida jogando golfe na Costa del Sol, usando chinelo quase o dia inteiro, tomando Horlicks e só levantando depois das 10 horas. Porém o que quase ninguém além de Beryl parecia entender era que, para Cedric Hardcastle, ser banqueiro não era somente seu trabalho, mas também seu passatempo. E, enquanto ele detivesse a maior parte das ações do Farthings, o golfe, os chinelos e os Horlicks poderiam esperar mais alguns anos. Cedric certa vez disse à esposa que preferia bater as botas sentado à sua mesa de trabalho a tombar no 18º ponto de partida do campo de golfe.

Coincidência ou não, o fato é que, certa noite, ele quase acabou batendo mesmo as botas a caminho de Yorkshire. Mas nem mesmo Cedric teria conseguido prever a significativa mudança em sua vida quando ele se envolveu num acidente de carro na estrada A1 tarde da noite. Depois de uma série de longas reuniões na sede do banco no centro financeiro de Londres, exausto, ele deveria ter permanecido em seu apartamento na cidade. Porém sempre preferia fazer a viagem até Huddersfield para passar o fim de semana com Beryl. Acabou caindo no sono volante, e a próxima coisa em sua memória era acordar no leito de um hospital com ambas as pernas engessadas; a única coisa, aliás, que tinha em comum também com o jovem da cama ao lado.

Sebastian Clifton era tudo que Cedric condenava: um garoto sulista arrogante, desrespeitoso, indisciplinado, cheio de opiniões e cheio de pretensão, achando que o mundo tinha uma dívida para com ele. Assim, Cedric perguntou imediatamente à chefe das enfermeiras se ela poderia transferi-lo para outra enfermaria. A senhorita Puddicombe recusou-se, contudo, a atender à solicitação, mas acentuou que havia dois quartos particulares desocupados. No fim das contas, Cedric preferiu ficar ali mesmo; não era dado a desperdiçar dinheiro.

Durante as semanas seguintes aprisionado no hospital, Cedric não conseguiu ter certeza de qual deles teve mais influência sobre o outro. No início, as intermináveis perguntas do garoto sobre o setor bancário o irritaram, até que Cedric, por fim, entregou os pontos e se tornou uma espécie de tutor para Sebastian. Quando a enfermeira-chefe perguntou, Cedric viu-se forçado a reconhecer que, além de extremamente inteligente, era também uma pessoa a quem nunca se precisava explicar algo duas vezes.

— Não está contente por eu não tê-lo transferido? — provocou ela.

— Eu não diria que chega a tanto — respondeu Cedric.

Havia outra vantagem por ter se disposto a ser mentor de Sebastian: gostava muito das visitas semanais da mãe e da irmã do garoto, que considerava duas mulheres formidáveis, ambas com seus próprios problemas. Não demorou para que deduzisse que Jessica não podia ser filha consanguínea da senhora Clifton, e, quando Sebastian enfim lhe contou a história completa, ele disse apenas:

— Está na hora de contar a verdade a ela.

Ficou claro também para Cedric que a senhora Clifton estava passando por alguma crise relacionada com o negócio da família. Assim, toda vez que ela ia visitar o filho no hospital, Cedric se virava para o outro lado na cama e fingia dormir, mas, na verdade, com o consentimento de Sebastian, ficava escutando atentamente toda a conversa entre os dois. Jessica ia com frequência para o lado dele da cama para rascunhá-lo como seu novo modelo, obrigando-o a manter os olhos fechados.

Visitas ocasionais do pai de Sebastian, Harry Clifton, e de seus tios, Giles e Grace, ajudaram Cedric a pôr mais peças num colorido quebra-cabeça, o qual ia formando aos poucos uma nítida imagem da situação da família. Não foi difícil deduzir o que Martinez e Fisher tramavam, ainda que não tivesse certeza de seus motivos, em parte porque nem Sebastian parecia conhecê-los. Contudo, quando se tratava da votação para decidir se construiriam ou não o *Buckingham*, Cedric achou que o pressentimento da senhora Clifton, ou aquilo que as mulheres chamam de intuição feminina, podia acabar se revelando justificável. Assim, depois de ter consultado o estatuto da empresa, ele disse a Sebastian que, como Emma controlava 22% das ações, tinha o direito de pôr três representantes na diretoria, o que talvez bastasse para impedir que seguissem adiante com a execução do projeto. A senhora Clifton não seguiu o conselho e perdeu a votação por um único voto.

No dia seguinte, Cedric comprou dez ações da Barrington Shipping, visando acompanhar as deliberações da diretoria. Precisou de apenas algumas semanas para chegar à conclusão de que Fisher estava preparando o terreno para se tornar o próximo presidente. Se Ross Buchanan e a senhora Clifton tinham uma fraqueza em comum, era a ingênua crença de que todas as pessoas seguiriam seus mesmos valores morais. Só era lamentável que o major Fisher não tivesse valores e Dom Pedro não tivesse moral.

Cedric esquadrinhava regularmente o *The Financial Times* e o *The Economist* em busca de qualquer informação sobre os motivos que estavam mantendo as ações da Barrington em queda livre. Como aventara um artigo do *The Daily Express*, se o IRA estivesse envolvido nisso, então Martinez só podia ser mesmo a conexão. Porém, Cedric não conseguia entender por que Fisher se mostrava tão disposto a submeter-se a esse tipo de coisa. Será que precisaria tanto assim do dinheiro? Ele preparou uma lista de perguntas cujas respostas Sebastian solicitaria à mãe em suas visitas semanais e, desse modo, não demorou muito para que o grande financista ficasse tão bem informado a respeito dos procedimentos e das atividades diárias da Barrington Shipping Company quanto qualquer membro da diretoria.

Quando Cedric finalmente se recuperou do acidente e estava forte o bastante para receber alta do hospital e voltar a trabalhar, ele tomou duas decisões. Faria seu banco adquirir 7,5% das ações da Barrington Shipping, a quantidade mínima que lhe permitiria conquistar uma vaga na diretoria e o direito de voto para participar da eleição em que escolheriam o novo presidente. No dia seguinte, ao telefonar para seu corretor de valores, surpreendeu-se ao saber que outras pessoas também faziam o mesmo comprando ações da Barrington, claramente com o mesmo objetivo. Portanto, acabou tendo de pagar um valor mais alto do que aquele com o qual havia contado. Entretanto, embora tal comportamento fosse contrário ao seu costume, ele teve de concordar com Beryl: estava se divertindo muito.

Depois de vários meses como espectador, mal podia esperar para ser apresentado a Ross Buchanan, à senhora Clifton, ao major Fisher, ao almirante Summers e aos demais colegas de diretoria. No entanto, uma segunda decisão que tomou teve consequências mais amplas.

Pouco antes de Cedric receber alta, Sebastian foi visitado por seu orientador em Cambridge. O senhor Padgett deixou claro que, se o rapaz quisesse, poderia iniciar os estudos na Faculdade de Peterhouse em setembro.

Assim, em uma das primeiras cartas escritas por Cedric quando ele voltou para sua mesa de trabalho no centro financeiro de Londres, ofereceu a Sebastian um emprego de férias no Farthings Bank, antes que partisse para estudar em Cambridge.

―

Ross Buchanan saiu do táxi alguns minutos antes do encontro com o presidente do Farthings. Esperando por ele no saguão do número 127 da Threadneedle Street estava o secretário do senhor Hardcastle, que o conduziu ao gabinete do presidente, no quinto andar.

Cedric se levantou da mesa quando viu Buchanan entrar. O banqueiro cumprimentou o convidado com um vigoroso aperto de mão e o convidou a se sentar numa das duas confortáveis cadeiras perto da lareira. O nativo de Yorkshire e o natural da Escócia logo descobriram que tinham muitos interesses em comum, sobretudo uma preocupação com o futuro da Barrington Shipping.

— Eu soube que o preço das ações subiu um pouco recentemente — observou Cedric. — Talvez as coisas estejam começando a se acalmar.

— Parece que o IRA perdeu o interesse nos ataques constantes à empresa, o que deve ser um grande alívio para Emma.

— Não seria, talvez, porque os pagamentos cessaram? Afinal de contas, Martinez deve ter investido uma quantia considerável na compra de 22,5% das ações da empresa, tudo para acabar fracassando na tentativa de eleger o próximo presidente.

— Se esse for mesmo o caso, por que ele não vende as ações e enterra o assunto?

— Porque não há dúvida de que Martinez é um homem obstinado que se recusa a aceitar que perdeu. Também não acho que seja o tipo que se recolhe num canto com o rabo entre as pernas para lamber as próprias feridas. Aceitemos que ele deve estar simplesmente aguardando uma nova oportunidade para agir. Mas para fazer o quê?

— Não sei — respondeu Ross. — O homem é um poço de mistérios, quase impossível de sondar. Só sei que, em se tratando dos Barrington e dos Clifton, a coisa é pessoal.

— E isso não me surpreende, mas, no fim das contas, pode acabar sendo a causa de sua ruína. Afinal, ele deveria lembrar-se da máxima da máfia: quando há necessidade de se matar um rival, deve-se fazê-lo apenas por causa dos negócios, nunca por motivos pessoais.

— Jamais imaginaria que você pudesse ser um dos homens da máfia.

— Não se iluda, Ross. Havia uma máfia operando em Yorkshire muito antes de os italianos terem embarcado para Nova York. Nós não matamos nossos rivais, só não deixamos que atravessem a divisa do condado. — Ross sorriu. — Sempre que vejo alguém traiçoeiro como Martinez — continuou Cedric, voltando a falar com seriedade —, tento me pôr no lugar dessa pessoa e saber exatamente o que ela está tentando fazer. Porém, no caso de Martinez, sinto que há uma peça faltando. Achei que talvez você conseguisse completar esse quebra-cabeça.

— Não conheço toda a história — admitiu Ross —, mas o que Emma Clifton me contou daria um romance de Harry Clifton.

— São tantas reviravoltas assim? — perguntou Cedric, recostando-se na cadeira.

Ele não fez nenhuma interrupção até que Ross tivesse lhe contado tudo que sabia a respeito de um leilão na Sotheby's, uma estátua de Rodin em que haviam escondido oito milhões de libras esterlinas em cédulas falsas e um acidente na A1 que nunca fora suficientemente esclarecido.

— É bem possível, pois, que Martinez tenha feito apenas uma retirada estratégica — concluiu Ross —, mas não acho que ele tenha abandonado o campo de batalha.

— Se eu e você trabalhássemos juntos — sugeriu Cedric —, talvez conseguíssemos dar cobertura à senhora Clifton enquanto ela trabalha para recuperar o rico patrimônio da empresa e sua reputação.

— E qual é o plano? — perguntou Buchanan.

— Bem, para começar, eu desejaria que você aceitasse um cargo na diretoria do Farthings, como diretor consultivo.

— Estou lisonjeado.

— Não deveria. Você traria para o banco uma boa dose de experiência e conhecimento especializado em muitas áreas, principalmente na de transportes marítimos, e com certeza não há ninguém mais preparado para ficar de olho em nossos investimentos na Barrington. Portanto, por que não pensa na proposta e me avisa quando chegar a uma decisão?

— Nem preciso pensar — respondeu Buchanan. — Seria uma honra para mim entrar para a diretoria do banco. Afinal, sempre tive muito respeito pelo Farthings. "Se você cuidar bem das moedas, as notas cuidarão bem de si mesmas" é uma filosofia da qual vários outros estabelecimentos, cujo nome não citarei, poderiam se beneficiar — comentou ele, fazendo Cedric sorrir. — E, de qualquer forma — acrescentou Buchanan —, considero a questão da Barrington um assunto inacabado.

— Eu também — disse Cedric enquanto se levantava. Em seguida, atravessou o gabinete e apertou um botão embaixo da mesa. — Não gostaria de almoçar comigo no Rules? Seria uma oportunidade para me explicar por que mudou de ideia no último minuto e deu à senhora Clifton o voto de Minerva, quando estava claro que, antes, pretendia votar em Fisher.

Buchanan, estupefato, caiu em silêncio, que logo foi interrompido por uma batida à porta. Quando levantou a cabeça, viu o rapaz que o havia recebido no saguão.

— Ross, gostaria de lhe apresentar meu secretário.

14

Todos se levantaram quando o senhor Hardcastle entrou na sala. Sebastian levara algum tempo para se acostumar com o apreço que os funcionários do Farthings claramente demonstravam pelo presidente. Mas, quando se dormiu no leito vizinho ao de outra pessoa durante meses a fio e a viu de pijama, sem se barbear, urinando num penico e roncando durante o sono, é muito difícil tratá-la com reverência, embora, alguns dias após o primeiro contato deles, Sebastian passara a respeitar o banqueiro de Huddersfield.

O senhor Hardcastle fez sinal com a mão para que se acomodassem e sentou-se à cabeceira da mesa.

— Bom dia, cavalheiros — disse ele, relanceando os olhos pelos colegas. — Convoquei esta reunião porque ofereceram ao banco uma excelente oportunidade, que, se bem aproveitada, poderá gerar uma nova fonte de rendimentos que beneficiará o Farthings por muitos anos.

Aquilo conseguiu concentrar a atenção de toda a equipe.

— Recentemente, o fundador e presidente da empresa de engenharia japonesa Sony International entrou em contato com o banco, objetivando um empréstimo de curto prazo, com taxa de juros contratual pré-fixada, de dez milhões de libras esterlinas.

Cedric fez uma pausa para estudar as expressões faciais dos quatorze maiores executivos do banco sentados ao redor mesa. Variavam de indisfarçável repulsa a um grande entusiasmo diante do que consideravam uma tremenda oportunidade, com todas as nuances entre os dois extremos. Contudo, Cedric havia preparado a próxima parte da apresentação com extremo cuidado.

— Faz quatorze anos que a guerra acabou. No entanto, alguns dos senhores ainda devem achar que, como expressado de forma tão eloquente no editorial do *The Daily Mirror* desta manhã, jamais deveríamos cogitar negócios com esse "bando de japas belicosos". Mas talvez um ou dois dos senhores devem ter ficado sabendo também do sucesso do governo britânico quando assinou um contrato de parceria comercial com o Deutsche Bank para construir uma nova fábrica da Mercedes em Dortmund. Agora, estão nos oferecendo uma oportunidade semelhante. Eu gostaria de fazer uma pausa para pedir a cada um dos senhores que reflita sobre como será o mundo dos negócios daqui a quinze anos. Certamente não será mais como hoje, muito menos como quinze anos atrás. Continuaremos a alimentar e manifestar os mesmos velhos preconceitos ou seguiremos em frente e abraçaremos uma nova ordem mundial, que aceita o fato de que existe uma nova geração de japoneses que não deve ser condenada pelo passado? Se alguém nesta sala se sentir incapaz de lidar com a ideia de negociar com os japoneses porque acha que isso reabrirá feridas dolorosas, que deixe clara desde já sua posição, pois, sem seu apoio sincero, esse empreendimento não poderá ser bem-sucedido. A última vez que pronunciei essas palavras, entre dentes cerrados, foi em 1947, quando finalmente permiti a um sujeito de Lancaster que abrisse uma conta no Farthings.

As risadas ajudaram a diminuir a tensão no ambiente, mas Cedric não tinha dúvida de que ainda enfrentaria a oposição de alguns dos executivos mais graduados, além de clientes mais conservadores que poderiam cogitar transferir suas contas para outro banco.

— Por enquanto, tudo que posso lhes dizer — prosseguiu ele — é que o presidente e dois diretores da Sony International pretendem visitar Londres em aproximadamente seis semanas. Eles deixaram claro que não somos o único banco com o qual estão negociando, mas, ao mesmo tempo, me informaram que, no momento, somos a opção favorita deles.

— Mas por que a Sony sequer pensaria em nos escolher, presidente, quando existem vários bancos maiores especializados em negócios desse tipo? — perguntou Adrian Sloane, chefe do setor de mercado de câmbio.

— Talvez você não acredite, Adrian, mas, no ano passado, fui entrevistado pela *The Economist* e, na fotografia que tiraram em minha casa em Huddersfield, aparece um rádio transistorizado da Sony ao fundo. É com essas extravagâncias que se fazem fortunas.

— John Kenneth Galbraith — disse Sebastian.

Uma salva de aplausos ecoou no salão, vinda de alguns membros da equipe que normalmente nem pensariam em interromper o presidente, o que fez Sebastian corar, algo que raramente acontecia.

— É bom saber que temos pelo menos uma pessoa instruída na sala — disse o presidente. — Aproveitando o clima, voltemos ao trabalho. Se algum dos senhores quiser conversar a respeito do assunto em particular, não precisará marcar hora. Basta vir falar comigo.

Quando Cedric retornou para o gabinete, Sebastian seguiu-o e desculpou-se imediatamente pela observação espontânea.

— Não foi nada, Seb. Aliás, serviu para dissipar a tensão e, ao mesmo tempo, aumentar o seu prestígio entre os funcionários mais graduados. Vamos torcer para que sirva também para encorajar um ou outro a me contestarem no futuro. Mas passemos a um assunto mais importante. Preciso que me faça um serviço.

— Finalmente — disse Sebastian, que estava cansado de acompanhar clientes importantes para cima e para baixo nos elevadores e acabar tendo a porta fechada na cara quando eles entravam no gabinete do presidente.

— Quantos idiomas você fala?

— Cinco, incluindo o inglês. Mas meu hebraico está um pouco enferrujado.

— Então, você tem seis semanas para aprender um japonês razoável.

— E quem vai decidir se fui aprovado?

— O presidente da Sony International.

— Ah, então é sem pressão nenhuma.

— Jessica me disse que, quando vocês passaram as férias na Toscana, na casa de veraneio da família, você aprendeu italiano em três semanas.

— "Aprender" não é o mesmo que dominar — observou Sebastian. — Em todo caso, minha irmã costuma exagerar — acrescentou, olhando para um quadro de Cedric feito por Jessica diante de seu leito no Princess Alexandra Hospital, intitulado *Retrato de um moribundo*.

— Não tenho nenhum outro candidato em mente para essa missão no momento — disse Cedric, entregando-lhe um prospecto. — A Universidade de Londres está oferecendo três cursos de japonês: um para alunos iniciantes, um para intermediários e um para avançados. Portanto, você poderá cursar cada um deles durante duas semanas.

Cedric teve pelo menos a decência de achar graça na situação. O telefone da mesa tocou. Ele atendeu, manteve-se na escuta durante alguns instantes e depois disse:

— Jacob, que bom que retornou a ligação. Precisava ter uma conversinha com você sobre o projeto da mina na Bolívia, pois sei que é o principal financiador...

Sebastian deixou o gabinete, fechando a porta suavemente.

— Conhecer regras de etiqueta é fundamental para se entender a alma dos japoneses — disse o professor Marsh, levantando ligeiramente a cabeça para observar os rostos ansiosos de alunos acomodados em fileiras de assentos num plano inclinado. — É tão importante quanto dominar o idioma.

Sebastian logo descobrira que as aulas de japonês básico, intermediário e avançado eram ministradas em diferentes partes do dia, o que lhe possibilitava assistir a quinze aulas por semana. Isso, combinado com as horas que se dedicava à leitura e ao estudo de um número incontável de livros, além de a exercícios com um gravador e uma dúzia de fitas, mal lhe deixava tempo para comer ou dormir.

O professor Marsh tinha se acostumado a ver o mesmo rapazinho sentado na primeira fileira durante as aulas, fazendo anotações com grande interesse e rapidez.

— Vamos começar com a questão da reverência — disse o professor. — É importante entender que, nos círculos sociais e profissionais japoneses, a saudação entre os nipônicos revela muito mais coisas do que o aperto de mão para os britânicos. Afinal, não existem, a rigor, diferentes graus de apertos de mão, exceto os fortes e os fracos. Ou seja: o aperto de mão não revela a posição social das pessoas que se cumprimentam. Para os japoneses, porém, há uma série de preceitos quando se trata de cumprimentar alguém. No topo da pirâmide, somente o imperador não se curva para ninguém. Num encontro com uma pessoa do mesmo nível profissional, ambas se cumprimentam apenas com um meneio de cabeça — explicou o professor, fazendo um rápido movimento para a frente com a cabeça. — Mas, por exemplo, no encontro do presidente de uma empresa com seu diretor administrativo, o presidente apenas menearia a cabeça, enquanto o diretor o cumprimentaria com uma mesura, inclinando-se a partir da cintura. Caso um trabalhador encontre o presidente pelo caminho, ele deve inclinar-se ao máximo, de modo que os olhares de ambos não se cruzem, e talvez o presidente nem sequer o cumprimente, passando direto.

— Portanto — explicou Sebastian horas depois que retornara ao banco, à tarde —, se eu fosse japonês e o senhor, o presidente, eu me curvaria o mais possível para mostrar que sei qual é o meu lugar.

— Duvido — disse Cedric.

— E o senhor — continuou Sebastian, ignorando o comentário — me cumprimentaria com um abano de cabeça ou simplesmente passaria direto. Portanto, quando se encontrar com o senhor Morita pela primeira vez, como a reunião acontecerá em seu país, deverá permitir que ele o cumprimente primeiro com um aceno, retribuir em seguida, para depois trocarem cartões de visita. Se quiser impressioná-lo muito, entregue um cartão em inglês num dos lados e em japonês no verso. Quando o senhor Morita apresentar seu diretor administrativo, ele se curvará muito para cumprimentá-lo, mas o senhor deverá acenar com a cabeça. E, quando ele apresentar a terceira pessoa da comitiva, esta se curvará ainda mais para saudá-lo, enquanto o senhor, mais uma vez, apenas abanará a cabeça.

— Então, devo cumprimentá-los sempre com acenos. E existe alguma pessoa para quem eu deveria me curvar?

— Só o imperador, mas não acho que ele esteja querendo um empréstimo de curto prazo no momento. O senhor Morita verá que o senhor o está colocando acima de seus colegas, e, tão importante quanto isso, os colegas dele apreciarão o respeito que o senhor estará demonstrando pelo presidente.

— Acho que essa filosofia deveria ser posta em prática no Farthings imediatamente — comentou Cedric.

— E também tem a parte complicada que será o jantar — prosseguiu Sebastian. — No restaurante, o senhor Morita deverá fazer o pedido primeiro e ser o primeiro a ser servido, ainda que não possa começar a comer antes do senhor. Os subordinados, por sua vez, não poderão iniciar a refeição antes dele, mas terão de terminar de comer antes.

— Imagine se a pessoa estivesse num jantar para dezesseis colegas e fosse a menos importante...

— Ela teria uma indigestão — observou Sebastian. — Contudo, no fim do jantar, o senhor Morita só sairá da mesa depois que o senhor se levantar e convidá-lo a acompanhá-lo.

— E quanto às mulheres?

— Um campo minado — disse Sebastian. — Os japoneses não conseguem entender por que os ingleses se levantam quando uma mulher entra no salão, permitem que ela seja servida primeiro e só usam o garfo e a faca depois que suas esposas usam primeiro.

— Está querendo dizer que seria melhor deixar Beryl em Huddersfield?

— Seria prudente, considerando a situação.

— E se você participasse do jantar conosco, Seb?

— Eu teria de ser o último a fazer o pedido, a ser servido, a começar a comer e a deixar a mesa.

— Mais uma novidade para mim — disse Cedric. — A propósito, quando aprendeu tudo isso?

— Hoje de manhã — respondeu Sebastian.

—•—

Sebastian teria desistido do curso básico de japonês já no fim da primeira semana de aula se algo na sala não tivesse prendido sua atenção. Ele tentava se concentrar no que o professor Marsh dizia, mas não conseguia parar de olhar para trás de vez em quando, na direção dela. Embora fosse muito mais velha do que Sebastian, talvez com uns 30 anos de idade, ou até uns 35, era muito atraente, e os rapazes do banco haviam assegurado que, na maioria dos casos, mulheres que trabalhavam no centro financeiro de Londres preferiam homens mais jovens.

De repente, Sebastian virou-se e olhou para ela mais uma vez, mas a aluna se mantinha concentrada nas palavras do professor. Ou estaria apenas se fazendo de difícil? Achou que havia apenas uma forma de descobrir tudo.

Quando a aula finalmente terminou, ele a seguiu pelo corredor e viu que ela era tão atraente de costas quanto de frente. Uma saia justa e comprida deixava entrever que tinha belas pernas esguias, as quais ele seguiu com imenso prazer até a cantina. A confiança de Sebastian para tentar uma aproximação aumentou quando ela foi direto para o balcão, onde um atendente esticou imediatamente o braço e pegou uma garrafa de vinho branco. O rapaz sentou-se no banquinho ao lado dela.

— Deixe-me adivinhar: um copo de vinho seco para a dama, enquanto eu vou de cerveja.

A mulher sorriu.

— É pra já — comentou o barman.

— Meu nome é Seb.

— E o meu é Amy — retrucou ela, com um sotaque americano que o pegou de surpresa. Estaria prestes a descobrir se garotas americanas eram mesmo tão fáceis quantos os rapazes do banco diziam?

— E o que você faz quando não está estudando japonês? — perguntou Sebastian enquanto o barman punha dois drinques no balcão.

— São quatro xelins.

Sebastian deu ao rapaz duas meias coroas e disse:

— Fique com o troco.

— Acabei de me aposentar como aeromoça — respondeu ela.

"Melhor do que isso impossível", pensou Sebastian.

— E o que a fez largar o emprego?

— É que eles estão sempre à procura de funcionárias mais jovens.

— Mas não é possível que você tenha mais de 25 anos.

— Bem que eu gostaria — disse ela, antes de tomar um gole do vinho. — E você? O que faz?

— Trabalho num banco mercantil.

— Parece interessante.

— Certamente é — confirmou Sebastian. — Horas atrás, fechei um negócio com Jacob Rothschild para a compra de uma mina de estanho na Bolívia.

— Uau! Isso faz meu mundo parecer muito sem graça. Mas por que está aprendendo japonês?

— O chefe do departamento do Extremo Oriente acabou de ser promovido e faço parte da lista dos candidatos para substituí-lo.

— Você não é jovem demais para ocupar um cargo de tanta responsabilidade?

— O setor bancário é uma área para jovens mesmo — explicou Sebastian enquanto ela terminava a bebida. — Aceita mais um?

— Não, obrigada. Preciso fazer uma longa revisão. Acho melhor ir para casa se eu não quiser que o professor descubra amanhã que não sei nada.

— E eu não poderia ir com você, para fazermos a revisão juntos?

— Parece interessante — respondeu Amy. — Mas, como está chovendo, precisaremos pegar um táxi.

— Deixe comigo — disse ele, sorrindo afetuosamente para a moça.

Saiu do bar quase correndo, vendo-se subitamente debaixo de uma chuva torrencial. Levou algum tempo para achar um táxi e, quando finalmente fez sinal para um, torceu para que ela não morasse muito longe, pois só lhe restavam alguns trocados. Assim que se virou, viu a jovem atrás da porta de vidro e acenou para ela.

— Para onde, chefe? — perguntou o taxista.

— Ainda não sei, pois não faço ideia de onde a beldade mora — respondeu Sebastian, piscando para o motorista. Quando ele se virou, viu Amy correndo em direção ao táxi e abriu rapidamente a porta do banco traseiro, de modo que não se molhasse muito. Ela se sentou, e ele, já prestes a entrar no táxi, ouviu alguém dizer:

— Obrigado, Clifton. Muita gentileza chamar um táxi para minha mulher em meio a este tempo horrível. Até amanhã — despediu-se o professor enquanto fechava a porta do carro.

15

— Bom dia, senhor Morita. Muito prazer em conhecê-lo — disse Cedric, cumprimentando o empresário japonês com um elegante aceno de cabeça.

— É um prazer conhecê-lo também, senhor Hardcastle — respondeu o outro. — Permita-me apresentar-lhe meu diretor geral, senhor Ueyama. — Ele deu um passo à frente e curvou-se respeitosamente. Cedric retribuiu meneando mais uma vez a cabeça. — E meu secretário, senhor Ono. — Este o cumprimentou curvando-se ainda mais, mas Cedric apenas balançou rapidamente a cabeça de novo.

— Por favor, sente-se, senhor Morita — sugeriu Cedric, esperando que seu convidado se acomodasse antes de assumir seu lugar à mesa. — Espero que tenha feito uma boa viagem.

— Sim, obrigado. Consegui dormir algumas horas entre Hong Kong e Londres, e foi muito atencioso de sua parte enviar um carro e seu secretário para nos pegar no aeroporto.

— Foi um prazer. O hotel é confortável?

— Muito bom, obrigado. Aliás, muito bem localizado em relação ao centro financeiro de Londres.

— Fico feliz por ouvir isso. Que tal, então, passarmos aos negócios?

— Não, não, não! — protestou Sebastian, levantando-se de chofre. — Nenhum cavalheiro japonês pensaria em tratar de negócios enquanto não fosse oferecido chá. Em Tóquio, a cerimônia do chá seria realizada por uma gueixa e poderia durar trinta minutos ou mais, dependendo da importância do cliente. Logicamente, ele pode recusar a oferta, mas ainda esperará que seja feita.

— Eu me esqueci — disse Cedric. — Erro tolo, que não cometerei no dia do encontro. Graças a Deus que você estará lá para me socorrer caso eu o cometa.

— Mas não poderei fazer isso — advertiu Sebastian. — Ficarei sentado nos fundos da sala com o senhor Ono, onde tomaremos nota da conversa de vocês; nenhum de nós dois nem sequer pensará em interromper os patrões.

— E quando terei permissão de conversar com ele sobre negócios?

— Só depois que o senhor Morita tiver tomado o primeiro gole da segunda xícara de chá.

— Mas, durante a conversa antes de irmos aos negócios, devo mencionar algo sobre minha esposa e minha família?

— Não, a não ser que ele toque no assunto primeiro. Faz onze anos que é casado com a senhora Yoshiko, que o acompanha de vez em quando nas viagens ao exterior.

— Eles têm filhos?

— Três filhos pequenos: dois meninos, Hideo, com 6 anos, Masao, com 4, e uma menina, Naoko, com só 2 anos.

— Devo dizer a ele que meu filho é advogado e que, recentemente, se tornou conselheiro da rainha?

— Somente se o senhor Morita falar dos filhos dele primeiro, o que acho muito improvável.

— Entendo — disse Cedric. — Ou pelo mesmo acho que entendo. Você acha que os presidentes dos outros bancos vão se dar todo este trabalho também?

— Acho melhor que sim, se quiserem tanto esse contrato quanto o senhor.

— Fico muito agradecido, Seb. Mas como está indo no curso de japonês?

— Estava indo muito bem até dar uma de tremendo idiota dando em cima da esposa do professor.

Cedric não conseguiu parar de rir quando Sebastian contou a ele, tintim por tintim, o que acontecera na noite anterior.

— Encharcado, é?

— Até a alma. Não sei o que acontece quando tento falar com uma mulher; acho que não tenho o mesmo poder de atração dos outros rapazes do banco.

— Vou lhe dizer uma coisa a respeito desses rapazes: basta tomarem umas canecas de cerveja que fazem a pessoa acreditar que são capazes de dar lições de amor até ao James Bond. E posso dizer com certeza que, na maioria dos casos, é tudo conversa.

— O senhor passou pelo mesmo problema quando tinha a minha idade?

— Certamente que não — respondeu Cedric. — Mas conheci Beryl quando eu tinha 6 anos e, desde então, jamais olhei para outra mulher.

— Seis anos? — perguntou Sebastian, espantado. — O senhor é pior que minha mãe. Ela se apaixonou por meu pai quando tinha 10 anos e, depois disso, o pobre coitado jamais teve chance de olhar para outra mulher.

— Nem eu — confessou Cedric. — Beryl era a monitora da distribuição de leite na escola primária de Huddersfield e, se eu quisesse uma porção extra... Foi uma garotinha mandona aquela mulher. Aliás, pensando bem, ainda é. Mas eu jamais quis saber de outra mulher.

— E você não chegou sequer a olhar para outra?

— Olhar, sim, mas nunca passou disso. Até porque, se você achou uma mina de ouro, por que partir em busca de latão? — observou ele, fazendo Sebastian sorrir.

— Mas como vou saber que achei esse ouro?

— Você saberá, meu rapaz. Acredite em mim. Você saberá.

Sebastian passou as duas últimas semanas anteriores ao dia em que o avião do senhor Morita pousaria no Aeroporto de Londres assistindo a todas as aulas do professor Marsh, nas quais não voltou mais a nem olhar para a esposa dele. À noite, retornava para a casa de seu tio Giles na Smith Square e, após uma janta leve, quando abandonava o garfo e a faca para se alimentar com pauzinhos, ia para o quarto, onde lia, ouvia fitas e fazia mesuras frequentes diante de um espelho em que se via de corpo inteiro.

Na noite anterior àquela em que as cortinas seriam abertas, ele se sentiu pronto para o espetáculo. Bem, pelo menos em parte.

Giles estava se acostumando com a ideia de ser cumprimentado por Sebastian com mesuras todas as manhãs, assim que ele entrava na sala para tomar café.

— E o senhor tem que me cumprimentar com um ligeiro aceno da cabeça, pois, do contrário, não poderei me sentar — explicou Sebastian.

— Estou começando a gostar disto — disse Giles enquanto Gwyneth chegava para tomar café com eles. — Bom dia, querida — cumprimentou ele, levantando-se da mesa junto com Sebastian.

— Há um Daimler bem elegante estacionado na frente da casa — disse Gwyneth, sentando-se numa cadeira de frente para Giles.

— Sim — disse Sebastian. — O motorista vai me levar ao Aeroporto de Londres para pegar o senhor Morita.

— Ah, sim, claro. Hoje é o grande dia.

— Com certeza — concordou o rapaz, que tomou suco de laranja, levantou-se de um pulo, foi correndo até o corredor e deu mais uma olhada no espelho.

— Gosto da camisa — comentou Gwyneth enquanto passava manteiga numa torrada —, mas a gravata é um tanto... antiquada. Acho que a azul de seda que você usou em nosso casamento seria mais apropriada.

— Você tem razão — concordou Sebastian, subindo rapidamente para o andar superior, onde desapareceu quarto adentro.

— Boa sorte — disse Giles quando ele voltou a descer as escadas correndo.

— Obrigado — agradeceu Sebastian em voz alta, sem se virar enquanto saía da casa.

O motorista do senhor Hardcastle estava esperando em pé, parado ao lado da porta traseira do Daimler.

— Acho que vou com você na frente, Tom, já que vou voltar sentado no banco do carona.

— Fique à vontade — retrucou Tom, pondo-se atrás do volante.

— Diga-me — começou Sebastian enquanto o carro virava à direita, saindo da Smith Square e entrando na Marginal Norte do Tâmisa — quando você era jovem...

— Pera lá, rapaz. Tenho só 34 anos.

— Desculpe. Vou tentar de outra forma. Quando você era solteiro, quantas mulheres você... antes de se casar? Se é que me entende.

— Comi? — perguntou Tom.

— Sim — conseguiu responder por fim Sebastian, vermelho como um pimentão.

— Tendo problema com as garotas, é?

— Pode-se dizer que sim.

— Bem, não pretendo de jeito nenhum responder a essa pergunta, meu jovem, pois ela certamente me incriminaria — explicou o motorista, fazendo Sebastian rir. — Mas não foram tantas quanto eu gostaria que fossem e nem tantas quanto eu disse a meus colegas e amigos que havia comido.

— E como é a vida de casado? — perguntou Sebastian depois de outra risada.

— Com altos e baixos, assim como a Tower Bridge. Mas por que me pergunta, Seb? — perguntou Tom enquanto passavam pela Earl's Court. — Conheceu alguém especial?

— Bem que eu gostaria. Não. É que me sinto uma porta quanto a lidar com mulheres. Parece que estrago tudo sempre que conheço uma garota de quem gosto. De algum jeito eu sempre passo a impressão errada.

— O que não é nada bom quando você tem tudo a seu favor, não acha?

— O que quer dizer com isso?

— Você é um jovem de boa aparência, apesar de um tanto convencido, é instruído, se expressa bem, vem de uma boa família. Ora, o que mais quer?

— Mas não tenho grana.

— Pode ser. Mas tem potencial, e garotas gostam disso. Elas sempre acham que podem canalizar esse tipo de coisa em proveito próprio. Acredite: com relação a mulheres, você não terá problemas. Quando conseguir engatar, não vai parar mais.

— Você está na profissão errada, Tom. Deveria ter virado filósofo.

— Não me provoque, garoto. Não sou eu quem tem uma vaga garantida em Cambridge. Posso dizer: se eu pudesse, trocaria de lugar com você.

141

Aquilo nunca antes tinha ocorrido a Sebastian.

— Entenda bem: não estou me queixando. Tenho um bom emprego. O senhor Hardcastle é uma verdadeira joia de pessoa. Linda é uma boa mulher. Mas, se eu tivesse começado de onde você está, com certeza não seria motorista.

— E seria o quê?

— A esta altura, eu teria uma frota de carros, e você me chamaria de "senhor".

De repente, Sebastian sentiu um peso na consciência. Afinal, havia muita coisa a que não sabia dar o devido valor, jamais parando para refletir sobre as dificuldades que as outras pessoas enfrentavam na vida, nem em quanto talvez achassem que ele era privilegiado. Permaneceu em silêncio durante o resto da viagem, dolorosamente ciente de que o nascimento é o primeiro bilhete de loteria na vida de uma pessoa.

— É verdade que vamos pegar três japas no aeroporto?

— Veja como fala, Tom. Vamos pegar três cavalheiros japoneses.

— Não me leve a mal. Não tenho nada contra esses amarelinhos filhos da mãe. Faz sentido, né? Eles só foram pra guerra porque alguém mandou.

— Pelo visto, você é historiador também — observou Sebastian enquanto o motorista parava o carro na frente do aeroporto internacional. — Abra a porta traseira e deixe o motor ligado quando me vir de novo, Tom, pois esses três cavalheiros são muito importantes para o senhor Hardcastle.

— Vou ficar bem aqui, em posição de sentido — prometeu Tom. — Até pratiquei bem a reverência, sabia?

— No seu caso, você terá que se curvar muito — advertiu Sebastian, sorrindo.

―――

Embora o painel de aviso de chegadas indicasse que o avião dos japoneses estava dentro do horário, Sebastian chegou ao local uma hora adiantado. Comprou um café numa cafeteria pequena e lotada e depois um exemplar do *The Daily Mail*, em que leu a matéria sobre dois macacos que os americanos tinham enviado ao espaço, os quais haviam acabado de retornar para a Terra em segurança. Chegou a ir ao banheiro duas vezes, olhou-se três vezes no espelho para ver como estava a gravata — Gwyneth tinha razão — e andou vezes incontáveis de um lado para o outro do saguão do aeroporto, ensaiando em japonês a saudação: "Bom dia, senhor Morita. Bem-vindo à Inglaterra", seguida por uma reverência acentuada.

— O voo 1027, da Japan Airlines, procedente de Tóquio, acabou de aterrissar — anunciou um funcionário do aeroporto pelo sistema de alto-falantes, com uma entonação de voz formal e excelente dicção.

Quando ouviu o anúncio, Sebastian escolheu imediatamente um lugar do lado de fora do portão de desembarque, onde teria uma boa visão dos passageiros que saíam da alfândega. Mas não tinha previsto que um grande número de empresários japoneses desembarcaria do voo 1027, e também não tinha ideia da aparência do senhor Morita e de seus colegas.

Toda vez que três passageiros passavam pelo portão juntos, Sebastian dava alguns passos à frente imediatamente, curvava-se bastante e apresentava-se em seguida. Só conseguiu acertar na quarta vez, mas ficou tão agitado e confuso que acabou dando as boas-vindas aos visitantes em inglês.

— Bom dia, senhor Morita. Bem-vindo à Inglaterra — disse, antes de saudá-lo com a reverência. — Sou o secretário do senhor Hardcastle e estou com um carro esperando lá fora para levá-lo ao Savoy.

— Obrigado — agradeceu o homem, revelando imediatamente um inglês muito superior ao japonês de Sebastian. — Foi muito atencioso o senhor Hardcastle ter se dado tanto trabalho.

Uma vez que Morita não fez nenhuma menção de que lhe apresentaria os dois colegas, Sebastian tratou de conduzi-los para o carro. Ficou aliviado quando viu Tom em posição de sentido ao lado da porta traseira aberta do veículo.

— Bom dia, senhor — disse Tom, curvando-se o máximo que pôde, mas Morita e os colegas entraram no carro sem retribuir ao cumprimento.

Quando Sebastian se sentou no banco da frente, o motorista partiu, entrando no rio de carros fluindo lentamente em direção a

Londres. Clifton se manteve em silêncio durante toda a viagem para o Savoy, enquanto o senhor Morita ficou conversando baixinho com os colegas em sua língua materna. Quarenta minutos depois, o Daimler parou na frente do hotel. Três porteiros se precipitaram na direção da traseira do carro e começaram a retirar a bagagem do porta-malas.

Assim que Morita saiu do veículo, Sebastian saudou-o mais uma vez, curvando-se bastante.

— Estarei de volta às 11h30, senhor — disse em inglês —, de forma que possa chegar a tempo à sua reunião com o senhor Hardcastle, ao meio-dia.

O senhor Morita se dignou a cumprimentar o gerente do hotel com um meneio da cabeça quando o homem se aproximou e disse, curvando-se em seguida:

— Bem-vindo de volta ao Savoy, Morita-san.

Sebastian só voltou a entrar no carro quando Morita havia desaparecido pelas portas giratórias do hotel.

— Temos de voltar para o escritório o mais rápido possível.

— Mas recebi ordens para permanecer aqui — objetou Tom, sem sair do lugar —, para o caso de o senhor Morita precisar usar o carro.

— Não dou a mínima para as ordens que lhe deram — disse Sebastian. — Nós vamos voltar para o escritório agora mesmo. Portanto, pé na tábua.

— Qualquer coisa, a culpa é sua — advertiu Tom, em seguida avançando velozmente pela contramão e voltando a transitar pela Strand.

Vinte minutos depois, eles pararam diante da sede do Farthings.

— Dê meia-volta e deixe o motor ligado — solicitou Sebastian. — Volto o mais rapidamente possível.

Ele saiu às pressas do carro, entrou correndo no edifício, seguiu rápido para o elevador mais próximo e, quando chegou ao quinto andar, voou pelo corredor, entrando abruptamente no gabinete do presidente, sem bater. Adrian Sloane se virou e nem tentou ocultar o próprio desagrado com o fato de terem interrompido sua reunião com o presidente de forma tão brusca.

— Acho que lhe dei ordens para que permanecesse no Savoy — disse Cedric.

— Mas o que tenho a dizer é importante, presidente, e só disponho de alguns minutos para contar tudo.

Sloane pareceu ainda mais contrariado quando Hardcastle lhe pediu que os deixasse a sós e voltasse alguns minutos depois.

— Então, qual é o problema? — perguntou a Sebastian assim que a porta se fechou.

— O senhor Morita terá uma reunião com executivos do Westminster Bank às três da tarde de hoje, e outra com os do Barclays às 10 horas amanhã. Ele e seus assessores estão preocupados com o fato de que o Farthings não tenha feito muitos empréstimos a empresas antes e, portanto, o senhor terá de convencê-los de que é capaz de arcar com um empréstimo tão alto. Aliás, eles sabem tudo a seu respeito, incluindo o fato de que abandonou os estudos aos 15 anos.

— Então, ele sabe inglês — concluiu Cedric. — Mas como conseguiu tais informações? Não acredito que tenham sido repassadas espontaneamente.

— Não foram. Mas eles não sabem que falo japonês.

— E vamos deixar que continuem sem saber — disse Cedric. — Poderá ser útil depois. Mas, por enquanto, é melhor você voltar para o Savoy, rápido.

— Mais uma coisa — disse Sebastian enquanto se dirigia para a porta. — Não é a primeira vez que o senhor Morita se hospeda no Savoy. Aliás, o gerente do hotel o cumprimentou como se ele fosse um hóspede costumeiro. E acabei de lembrar que eles esperam conseguir três ingressos para assistir à peça *My Fair Lady*, mas lhes disseram que estão esgotados.

O presidente pegou o telefone e ordenou:

— Procure saber em qual teatro está sendo exibida a peça *My Fair Lady* e ponha o responsável pela bilheteria na linha.

Sebastian saiu às pressas do gabinete e avançou pelo corredor, torcendo para que o elevador estivesse no último andar. Não estava; pareceu-lhe uma eternidade até que retornasse, e ainda foi parando em todos os andares na descida. Sebastian saiu do edifício correndo, entrou rápido no carro, deu uma olhada no relógio e avisou:

— Temos 26 minutos para chegarmos ao Savoy.

Durante a viagem de volta ao hotel, Sebastian não conseguiu lembrar-se da última vez que vira um tráfego tão lento. Todos os semáforos pareciam mudar para o vermelho justamente quando estavam se aproximando. Além do mais, por que as faixas de pedestres estariam tão cheias de gente atravessando as ruas àquela hora da manhã?

Tom chegou ao Savoy Place quando o relógio indicava 11h27, mas deparou com uma verdadeira frota de limusines paradas na frente do hotel, deixando os passageiros na entrada. Como Sebastian não podia dar-se o luxo de esperar, e com as palavras do professor Marsh: *Os japoneses nunca se atrasam para uma reunião e consideram um insulto se a pessoa não chegar ao local do encontro a tempo* martelando-lhe a mente, ele saiu às pressas do carro e disparou correndo pela rua, na direção do hotel.

"Por que não usei o telefone do hotel?", perguntou-se, muito antes de ter alcançado a entrada principal. Mas era tarde demais para se preocupar com isso. Ele passou apressado pelo porteiro e atravessou as portas giratórias com tal ímpeto que uma mulher que saía pelo outro lado chegou à rua com muito mais rapidez do que pretendera.

No saguão, olhou para o relógio do hotel. Eram 11h29. Sebastian atravessou o saguão rapidamente, deu uma olhada na gravata diante de um espelho e respirou fundo. Quando o relógio emitiu duas badaladas, as portas dos elevadores se abriram, e ele viu sair de um deles o senhor Morita e os dois colegas. O homem dignou-se a sorrir para Sebastian, mas, também, ele devia presumir que fazia pelo menos meia hora que ele estava ali.

16

Sebastian abriu a porta para que o senhor Morita e os dois acompanhantes entrassem no gabinete do presidente.

Quando Cedric atravessou a sala para recebê-los, sentiu-se alto pela primeira vez na vida. Estava prestes a se curvar quando Morita estendeu a mão para cumprimentá-lo.

— É um grande prazer conhecê-lo — disse Cedric, cumprimentando-o com um aperto de mão enquanto se preparava para se curvar pela segunda vez, mas Morita se virou e disse:

— Permita-me que lhe apresente meu diretor geral, senhor Ueyama. — O homem se adiantou e cumprimentou Cedric com um aperto de mão também. O presidente teria apertado a mão do senhor Ono se ele não estivesse ocupado segurando uma grande caixa.

— Por favor, sente-se — disse Cedric, tentando voltar a orientar-se pelas linhas do roteiro.

— Obrigado — agradeceu Morita. — Mas, primeiro, devo dizer que é uma honrosa tradição japonesa trocar presentes com um novo amigo. — Nesse momento, o secretário do empresário japonês deu alguns passos à frente e entregou a caixa ao senhor Morita, que a repassou a Cedric.

— Quanta gentileza — disse Cedric, com certo constrangimento, enquanto os três visitantes permaneciam em pé, dando mostras claras de que esperavam que ele abrisse o presente.

O presidente se demorou, tirando primeiramente da caixa a fita azul, presa a ela num laço muito caprichado, e depois o papel de presente dourado, enquanto tentava pensar em algo que pudesse dar a Morita em troca. Teria de sacrificar seu Henry Moore? Olhou de relance para Sebastian, movido mais por esperança do que pela certeza de que seria socorrido, mas o rapaz parecia igualmente constrangido. Esse protocolo devia ter sido abordado numa das poucas aulas a que faltara.

Cedric tirou a tampa da caixa e, com um engasgo, tirou cuidadosamente dela um lindo e delicado vaso em tons de preto e turquesa. Sebastian, em pé nos fundos da sala, deu um passo adiante, mas não disse nada.

— Magnífico — falou Cedric. Em seguida, substituiu o vaso de flores da mesa pelo requintado vaso oval. — Sempre que vier ao meu gabinete, senhor Morita, verá o vaso em minha mesa.

— Sinto-me muito honrado — afirmou Morita, curvando-se pela primeira vez.

Sebastian deu mais um passo à frente, acabando por ficar apenas a um metro de distância de Morita. Em seguida, virou-se para o presidente.

— Permitiria que eu fizesse uma pergunta ao nosso honrado convidado, senhor?

— Claro — respondeu Cedric, esperando estar prestes a ser socorrido.

— O senhor poderia dizer o nome do ceramista autor da peça, Morita-san?

— Shoji Hamada — respondeu Morita, sorrindo.

— É uma grande honra receber um presente feito por um dos grandes artistas vivos de seu país. Tivesse nosso presidente sabido dessa tradição, ele teria dado ao senhor um presente semelhante, plasmado pelas mãos de um dos melhores ceramistas ingleses, que escreveu um livro sobre o trabalho do senhor Hamada — comentou Sebastian, percebendo que horas intermináveis de conversa com Jessica tinham finalmente dado bons frutos.

— Senhor Bernard Leach — observou Morita. — Tenho a felicidade de ter três peças dele em minha coleção.

— Todavia, nosso presente, escolhido por nosso presidente, embora não tão valioso quanto o seu, será dado ao senhor com as bênçãos do mesmo espírito de fraternidade.

Cedric sorriu. E ficou ansioso para saber que presente seria.

— Nosso presidente conseguiu três ingressos para a apresentação desta noite de *My Fair Lady* no Theatre Royal, na Drury Lane. Com sua permissão, senhor, passarei no hotel às sete para pegá-los de carro e levá-los ao teatro, onde o espetáculo começará às 19h30.

— Seria impossível pensar num presente melhor — observou Morita, agradecido. Em seguida, virando-se para Cedric, acrescentou: — Sinto-me pequeno diante de tanta solicitude e generosidade.

Cedric acolheu o elogio curvando-se para o empresário japonês, mas entendeu que não era adequada a hora para informar a Sebastian que ele já tinha telefonado para o teatro e que o atendente havia lhe dito que os ingressos para as duas próximas semanas estavam esgotados. O mesmo atendente acrescentara, porém, com voz lânguida:

— Mas o senhor poderia entrar na fila, e talvez consiga comprar ingressos de pessoas que tenham desistido.

E era justamente isso que ele mandaria Sebastian fazer, nem que o rapaz precisasse ficar lá durante o resto do dia.

— Por favor, sente-se, senhor Morita — disse Cedric, tentando se recompor. — Não gostaria de uma xícara de chá?

— Não, obrigado. Mas, se possível, aceito uma xícara de café.

Cedric pensou com tristeza nos seis diferentes tipos de chá provenientes da Índia, do Ceilão e da Malásia que, dias antes, naquela semana, ele mesmo havia comprado na Carwardine, todos os seis rejeitados com uma simples frase. Em todo caso, apertou um botão no telefone, rezando intimamente para que sua secretária tivesse o hábito de tomar café.

— Senhorita Clough, queira, por gentileza, providenciar café. — E depois de repor o fone no gancho se dirigiu ao empresário japonês: — Espero que tenha tido uma viagem agradável.

— Infelizmente, muitas escalas. Torço para que chegue logo o dia em que possamos viajar direto de Tóquio para Londres sem nenhuma.

— Será maravilhoso — comentou Cedric. — O hotel é confortável?

— Só me hospedo no Savoy, de onde se chega facilmente ao centro financeiro de Londres.

— Sim, claro — concordou Cedric, sentindo-se embaraçado de novo.

O senhor Morita inclinou-se, olhou para a fotografia na mesa de Cedric e perguntou:

— Seu filho e sua esposa?

— Sim — respondeu Cedric, sem saber se deveria entrar em detalhes.

— Esposa responsável pela distribuição de leite na escola e filho conselheiro da rainha.

— Sim — confirmou Cedric, impotente.

— Meus filhos — disse Morita, pegando a carteira num bolso do paletó e tirando dela duas fotografias, que colocou em cima da mesa, diante de Cedric. — Hideo e Masao estão frequentando uma escola em Tóquio.

Depois que olhou bem para as fotos, Cedric achou que havia chegado a hora de rasgar o roteiro.

— E sua esposa?

— A senhora Morita não pôde vir à Inglaterra desta vez, pois nossa filhinha, Naoko, está com catapora.

— Sinto muito — disse Cedric, ouvindo em seguida alguém bater suavemente à porta e vendo a senhorita Clough entrar no gabinete carregando uma bandeja com café e biscoitos amanteigados. Cedric estava prestes a tomar seu primeiro gole de café, enquanto se perguntava sobre o que mais poderiam conversar, quando Morita sugeriu:

— Não acha que já poderíamos tratar de negócios?

— Sim, claro — respondeu Cedric, pondo a xícara de lado.

Em seguida, abriu um envelope deixado sobre a mesa e procurou rememorar os pontos mais importantes que havia destacado na noite anterior.

— Para começar, gostaria de dizer, senhor Morita, que empréstimos com taxa de juros contratual pré-fixada não é o tipo de operação em que o Farthings se firmou para construir sua reputação. Contudo, uma vez que desejamos estabelecer uma relação duradoura com sua notável empresa, gostaríamos que o senhor nos desse uma oportunidade de mostrarmos nossa capacidade de enfrentar novos desafios — explicou, recebendo de Morita um aceno afirmativo da cabeça. — Considerando que a quantia solicitada pelo senhor é de dez milhões de libras esterlinas, com um prazo de liquidação do empréstimo de cinco anos, tendo examinado os números de seu fluxo de caixa e levando em conta a atual taxa de câmbio do iene, consideramos realista um porcentual...

Naquele momento, sentindo que tinha voltado a pisar num terreno bem conhecido, Cedric relaxou pela primeira vez. Quarenta minutos depois, ele havia apresentado suas ideias e respondido a todas as perguntas do senhor Morita. Sebastian achou que seu patrão não poderia ter se saído melhor.

— Que tal, então, providenciarmos a preparação de um contrato agora, senhor Hardcastle? Nunca duvidei de que o senhor era o homem certo para nos prestar este serviço, antes mesmo desta minha viagem de Tóquio para cá. Depois de sua exposição, estou ainda mais convicto disso. Ainda tenho duas reuniões com presidentes de outros dois bancos, mas simplesmente representam uma forma de dar aos nossos acionistas a garantia de que estamos levando alternativas em conta. Se você cuidar bem dos rins, os ienes cuidarão bem de si mesmos.

Ambos riram da observação.

— O senhor não teria um tempinho — propôs Cedric — para almoçar comigo? Um restaurante japonês acabou de ser inaugurado no centro financeiro e, como tem recebido excelentes avaliações da crítica especializada, achei...

— E pode continuar achando, senhor Hardcastle, pois não viajei milhares de quilômetros para almoçar num restaurante japonês. Não. Prefiro levá-lo ao Rules, onde podemos saborear um bom rosbife com uma torta de Yorkshire, em minha opinião, tudo muito apropriado para um homem de Huddersfield — refutou o magnata japonês com certa jovialidade, levando ambos a cair na gargalhada.

Alguns minutos depois, assim que se prepararam para deixar o gabinete do presidente, Cedric se demorou por alguns segundos para murmurar ao pé do ouvido de Sebastian:

— A ideia foi boa, mas, como estão esgotados os ingressos para a apresentação de hoje à noite de *My Fair Lady*, você terá que passar o resto do dia na fila de desistências. E vamos torcer para que não chova e não volte a ficar encharcado — acrescentou antes que se juntasse ao senhor Morita no corredor.

Sebastian despediu-se deles com uma mesura quando Cedric e seus convidados entraram no elevador e desceram para o térreo. Permaneceu no quinto andar por mais alguns minutos e só pegou o elevador quando teve certeza de que estavam a considerável distância do hotel, a caminho do restaurante.

Logo que saiu do banco, Sebastian chamou um táxi.

— Theatre Royal, Drury Lane — solicitou, e quando, vinte minutos depois, o motorista parou o veículo na frente do teatro, a primeira coisa que ele notou foi a extensão da fila de desistências. Em todo caso, pagou ao motorista, entrou no teatro e se dirigiu à bilheteria.

— Suponho que você não deva ter três ingressos para hoje à noite, certo? — perguntou.

— Supôs corretamente, querido — respondeu a mulher sentada na cabine. — Logicamente, você pode ficar na fila de desistências, mas, sinceramente, não acho que haverá muitas antes do Natal. Esse espetáculo só tem desistências quando o comprador do ingresso morre.

— Mas não me importo com o preço.

— É o que todos dizem, querido. Aparecem pessoas na fila alegando que é para comemorar o aniversário de 21 anos, o quinquagésimo aniversário de casamento... Um sujeito ficou tão desesperado que chegou a me pedir em casamento.

Sebastian saiu do teatro e ficou parado na calçada. Deu mais uma olhada na fila, que lhe pareceu ter aumentado ainda mais nos últimos minutos, e tentou pensar numa alternativa para solucionar o problema. Acabou se lembrando de uma coisa que tinha lido num dos romances do pai. Achou que seria melhor tentar ver se funcionaria tão bem para ele quanto havia funcionado para William Warwick.

Desceu a rua a passos lentos, em direção à Strand, desviando-se dos carros do trânsito vespertino, e chegou ao Savoy Place alguns minutos depois. Assim que entrou no edifício, seguiu direto para a recepção, onde pediu à recepcionista que lhe informasse o nome do chefe da portaria.

— Albert Southgate — respondeu ela.

Sebastian agradeceu e atravessou o saguão, dirigindo-se à mesa do porteiro, como se fosse um hóspede.

— Albert está por aqui? — perguntou ao porteiro.

— Acho que ele foi almoçar, senhor, mas vou verificar — respondeu o funcionário do hotel, seguindo para um recinto nos fundos.

— Bert, um cavalheiro gostaria de falar com você.

Sebastian não teve que esperar muito até que um homem mais velho se apresentasse, trajando um longo casaco azul enfeitado com galões dourados nos punhos, áureos botões lustrosos e duas fileiras de medalhas de campanha militar, uma das quais o jovem Clifton conhecia o significado. O homem olhou para Sebastian com desconfiança e perguntou:

— Em que posso ajudá-lo?

— Estou com um problema — disse Sebastian, ainda se perguntando se deveria arriscar aquilo. — É que, certa vez, meu tio, Sir Giles Barrington, me disse que, se algum dia eu me hospedasse no Savoy e precisasse de algo, deveria ter uma palavrinha com Albert.

— O cavalheiro que ganhou a Cruz Militar em Tubruq?

— Sim — respondeu Sebastian, tomado de surpresa.

— Poucos conseguiram sobreviver àquela coisa. Realmente terrível. Como posso ajudar?

— Sir Giles está precisando de três ingressos para *My Fair Lady*.

— Quando?

— Hoje à noite.

— Você deve estar brincando.

— E ele não está nem aí para o preço.

— Espere aqui. Vou ver o que posso fazer.

Sebastian viu Albert sair do hotel, atravessar a rua e desaparecer de vista, enquanto avançava rumo ao Theatre Royal. O jovem Clifton ficou andando de um lado para o outro do saguão, lançando de vez em quando olhares ansiosos para a Strand, mas somente meia hora depois o chefe dos porteiros voltou, trazendo consigo um envelope. Logo que entrou no hotel, o porteiro o entregou a Sebastian.

— Três assentos especiais, na fileira F, no centro da plateia, próximo ao palco.

— Fantástico. Quanto lhe devo?

— Nada.

— Não entendi — comentou Sebastian.

— O gerente de bilheteria pediu que mandasse lembranças a Sir Giles; o irmão dele, sargento Harris, morreu em Tubruq.

Sebastian ficou envergonhado.

— Muito bom, Seb. Você salvou o dia. Agora, sua última tarefa de hoje será providenciar para que o Daimler fique o tempo todo na frente do Savoy, pelo menos até que tenhamos certeza de que o senhor Morita e os acompanhantes estejam confortavelmente instalados na cama.

— Mas o hotel fica apenas a algumas centenas de metros do teatro.

— O que pode ser uma boa distância se estiver chovendo, como você aprendeu em seu breve encontro com a esposa do professor Marsh. Além do mais, pode ter certeza de que, se não fizermos esse esforço, outra pessoa o fará.

Sebastian saiu do carro e entrou no Savoy às 18h30. Em seguida, atravessou o saguão e seguiu para os elevadores, onde ficou esperando pacientemente. Pouco depois das sete, o senhor Morita e os outros dois homens apareceram. Sebastian os cumprimentou, inclinando-se bastante, e entregou o envelope com os ingressos.

— Obrigado, meu jovem — agradeceu Morita.

Os japoneses atravessaram o saguão e deixaram o hotel, passando pelas portas giratórias.

— O motorista levará os senhores ao Theatre Royal no carro do presidente — disse Sebastian enquanto Tom abria a porta traseira do Daimler.

— Não, obrigado — agradeceu Morita. — A caminhada nos fará bem — explicou e, sem mais nenhuma palavra, os três partiram na direção do teatro. Sebastian tornou a saudá-los com uma mesura acentuada e se juntou a Tom, parado diante do carro.

— Por que não vai para casa? — sugeriu o motorista. — Não precisa ficar aqui; se começar a chover, eu os levo de carro ao teatro e depois os busco lá.

— Mas eles podem querer jantar fora depois do espetáculo ou até ir a uma casa noturna. Você conhece alguma?

— Depende do que você esteja querendo dizer.

— Acho que não é *isso*. Mas, em todo caso, vou ficar aqui até que, nas palavras do senhor Hardcastle, eles estejam confortavelmente instalados na cama.

Não choveu, nem um pingo sequer, e, quando chegaram as dez da noite, Sebastian já sabia tudo a respeito da vida de Tom, incluindo a escola que frequentara, onde ficara alojado durante a guerra e o lugar em que trabalhara antes de ter se tornado motorista de Hardcastle.

Tom estava contando sobre o desejo de sua esposa de passar as próximas férias com ele em Marbella quando Sebastian disse, espantado:

— Ó, meu Deus! — Logo depois, abaixou-se com discrição no assento do carro para se esconder enquanto dois homens elegantemente vestidos passavam pela porta do veículo, entrando ambos no hotel em seguida.

— O que está fazendo?

— Evitando ser visto por alguém que eu esperava não ver de novo.

— Parece que o espetáculo acabou — observou Tom enquanto inúmeras pessoas começaram a sair aos montes do teatro, enchendo a Strand de gente. Alguns minutos depois, Sebastian avistou os três homens que estava incumbido de acompanhar caminhando na direção do hotel. Pouco antes que o senhor Morita alcançasse a entrada, Sebastian saiu do carro e inclinou-se para saudá-lo.

— Espero que tenha gostado do espetáculo, Morita-san.

— Não poderia ter sido melhor — respondeu Morita. — Fazia muitos anos que eu não ria tanto, e a música foi simplesmente maravilhosa. Agradecerei ao senhor Hardcastle pessoalmente quando me encontrar com ele amanhã de manhã. Por favor, senhor Clifton, vá para casa, pois não precisarei mais do carro esta noite. Lamento tê-lo mantido acordado até tarde.

— Foi um prazer, Morita-san — disse Sebastian, que permaneceu na calçada, de onde ficou observando os três entrarem no hotel, atravessarem o saguão e se dirigirem para o setor de elevadores. Sentiu o coração disparar quando viu dois homens se aproximarem, inclinarem-se para saudar Morita e depois trocarem apertos de mão com ele. Sebastian não arredou pé. Ficou olhando os dois conversarem com Morita durante alguns segundos. Logo depois, o empresário japonês dispensou os colegas e seguiu para o American Bar na companhia dos sujeitos. Sebastian sentiu uma vontade louca de entrar no hotel para observar tudo mais de perto, mas sabia que não podia arriscar-se tanto. Em vez disso, retirou-se discretamente, embora com relutância, e entrou no carro.

— Está tudo bem? — perguntou Tom. — Parece pálido como um defunto.

— A que horas o senhor Hardcastle vai dormir?

— Onze, onze e meia. Depende. Mas sempre podemos saber se ele ainda está acordado, pois, se estiver, a luz de seu escritório fica acesa.

Sebastian deu uma olhada no relógio. Eram 22h43.

— Então, vamos ver se ele ainda está acordado.

Tom seguiu com o carro para a Strand, atravessou a Trafalgar Square, percorreu a Mall inteira até a Hyde Park Corner e parou no número 37 da Cadogan Place pouco depois das onze da noite. A luz no escritório residencial do presidente ainda estava acesa. Com certeza, ele estava verificando as disposições do contrato que esperava assinar com os japoneses na manhã seguinte.

Sebastian saiu lentamente do carro, subiu a escada e tocou a campainha. Alguns instantes depois, a luz da antessala se acendeu e Cedric abriu a porta.

— Lamento incomodá-lo tão tarde assim, presidente, mas temos um problema.

17

— A primeira coisa que você precisa fazer é contar a verdade a seu tio — aconselhou Cedric. — E quero dizer toda a verdade mesmo.

— Vou contar tudo a ele ainda hoje, assim que chegar em casa.

— É importante que Sir Giles saiba o que você fez em nome dele, pois vai querer enviar uma carta de agradecimento ao senhor Harris do Theatre Royal, bem como ao chefe da portaria do Savoy.

— Albert Southgate.

— E *você* também precisa enviar a ambos uma carta de agradecimento.

— Sim, claro. E peço desculpas mais uma vez, senhor. Acho que o decepcionei, afinal, tudo isso acabou se revelando uma perda de tempo.

— Na verdade, raramente esse tipo de experiência é absoluta perda de tempo. Toda vez que fazemos uma proposta de serviço, ainda que percamos a licitação ou a disputa, sempre aprendemos algo que nos poderá ser útil na oportunidade seguinte.

— E o que aprendi?

— Em primeiro lugar, japonês, sem falar em mais duas ou três coisas das quais tenho certeza de que se beneficiará em algum momento futuro.

— Mas o tempo que o senhor e seus assessores gastaram nesse projeto... além da grande quantia em dinheiro do banco.

— Não terá sido diferente no caso do Barclays ou do Westminster. Se você consegue uma média de sucesso de um em cada cinco projetos como esse, isso é considerado normal...

O telefone tocou. Cedric atendeu e, logo depois, respondeu:

— Sim, pode mandá-lo entrar.

— Devo ir, senhor?

— Não. Fique. Gostaria que conhecesse meu filho — explicou o presidente. Pouco depois, a porta se abriu, e entrou uma pessoa que só poderia ser mesmo um rebento de Cedric Hardcastle: um homem talvez uns três centímetros mais alto do que o presidente, mas com o mesmo sorriso cordial, ombros largos e quase totalmente careca, embora com um resto de cabelo em forma de meia-lua ligeiramente mais denso, estendendo-se de orelha a orelha e dando a impressão de que era um frade do século XVII. Além disso, dotado também, tal como Sebastian veria em breve, da mesma perspicácia e lucidez mental.

— Bom dia, papai. Que bom vê-lo novamente. — E o mesmo sotaque de Yorkshire.

— Arnold, este é Sebastian Clifton, um jovem que vem me ajudando nas negociações com a Sony.

— Prazer em conhecê-lo, senhor — disse Sebastian enquanto se cumprimentavam com um aperto de mão.

— Sou um grande admirador...

— Dos livros de meu pai?

— Não. Nem posso dizer que li um deles na vida. Já lido com detetives demais durante o dia para ler histórias sobre eles à noite.

— Então deve ser de minha mãe, a primeira presidente de uma empresa de capital aberto.

— Não. Quem me assombra é sua irmã Jessica. Que talento — acrescentou, meneando positivamente a cabeça em direção ao quadro com o retrato do pai feito pela jovem. — E o que ela anda fazendo agora?

— Acabou de se matricular na Slade, em Bloomsbury, onde está prestes a iniciar o primeiro ano letivo.

— Então devo sentir pena dos pobrezinhos da turma que ela frequentar.

— Por quê?

— Porque vão adorá-la ou odiá-la, pois bem rápido descobrirão estar muito abaixo do nível dela. Mas tratemos de questões mais triviais — propôs Arnold, virando-se para o pai. — Preparei três cópias do contrato, conforme acordado entre as partes, e assim que vocês as tiverem assinado, o senhor terá noventa dias para levantar o empréstimo de dez milhões de libras, com prazo de pagamento de cinco anos, a uma taxa de 2,25%, sendo o 0,25 a parte que lhe cabe na transação. Devo dizer também que...

— Não se dê o trabalho — interrompeu-o Cedric —, pois tenho a impressão de que não estamos mais na disputa por esse contrato.

— Mas, quando falei com você ontem à noite, papai, me pareceu confiante.

— Digamos que as coisas mudaram desde então e esqueçamos o assunto — disse Cedric.

— É uma pena ouvir isso — comentou Arnold, que recolheu as cópias do contrato e estava prestes a pô-las de volta na pasta quando viu a peça pela primeira vez. — Nunca pensei que você tivesse tanta sensibilidade estética, papai, mas isto aqui é simplesmente magnífico — observou, pegando o vaso japonês com cuidado. Ele examinou a peça com mais atenção, antes que desse uma olhada na base. — E feito por ninguém menos que uma das joias do tesouro cultural japonês.

— Até você? — comentou Cedric.

— Shoji Hamada — observou Sebastian.

— Onde o comprou?

— Não comprei — respondeu Cedric. — Foi um presente do senhor Morita.

— Bem, pelo menos não acabou de mãos vazias nesta negociação — disse Arnold quando, de repente, ouviram alguém bater à porta.

— Entre — falou Cedric, imaginando quem poderia ser... Quando a porta se abriu, ele viu Tom entrar preocupado no gabinete. — Achei que tivesse mandado você ficar no Savoy.

— Não tem motivo. Conforme ordenado pelo senhor, eu estava esperando na frente do hotel às 9h30, mas o senhor Morita não apareceu. E, como ele é uma pessoa que nunca se atrasa, resolvi ter uma conversa com o porteiro, que me informou que os três hóspedes japoneses tinham feito check-out e deixado o hotel de táxi, pouco depois das nove horas.

— Jamais imaginei que isso pudesse acontecer — disse Cedric. — Devo estar perdendo o jeito para os negócios.

— Não se pode ganhar todas, papai, tal como você mesmo vive me dizendo — advertiu Arnold.

— Mas parece que os advogados ganham sempre, mesmo quando perdem — redarguiu o pai.

— De qualquer forma, vou lhe dizer o que farei — disse Arnold. — Em troca deste enfeitezinho barato e insignificante, esquecerei a vultosa comissão que não ganhei.

— Caia fora!

— E vou mesmo. Está claro que não há mais nada para fazer aqui.

Arnold estava guardando os contratos na pasta de couro quando a porta se abriu e viram o senhor Morita e seus dois companheiros entrarem no gabinete, no exato momento em que vários sinos na Square Mile começavam a badalar onze horas.

— Espero não ter me atrasado — disse o senhor Morita enquanto apertava a mão de Cedric.

— Chegou na hora exata — respondeu ele.

— E você — disse Morita, olhando para Arnold — só pode ser o filho ingrato de um grande pai.

— Isso mesmo, senhor — confirmou Arnold enquanto se cumprimentavam com um aperto de mão.

— Preparou os contratos?

— Certamente, senhor.

— Então, vocês só precisam de minha assinatura, e depois seu pai poderá prosseguir com seu trabalho — comentou Morita. Arnold voltou a tirar os contratos da pasta e os pôs sobre a mesa. — Mas, antes que eu os assine, quero dar um presente a meu novo amigo, Sebastian Clifton, motivo pelo qual precisei deixar o hotel tão cedo hoje.

Nesse momento, o senhor Ono deu alguns passos à frente e entregou uma pequena caixa a Morita, que, por sua vez, a deu a Sebastian.

— Nem sempre um bom rapaz, mas, como dizem os britânicos, tem o coração no lugar certo.

Sebastian não disse nada enquanto desamarrava a fita vermelha e tirava o papel de presente prateado em volta da caixa, antes de destampá-la. Assim que o fez, tirou dela um pequenino vaso esmaltado, em tons de carmesim e amarelo, e não conseguia parar de olhar para a peça.

— Por acaso, o senhor não estaria precisando de um advogado? — perguntou Arnold.

— Só se esse advogado conseguisse dizer o nome do ceramista sem olhar na base da peça.

Sebastian passou o vaso para Arnold, que ficou contemplando-o, admirando-se da técnica do artista em cambiar o vermelho gradualmente para o amarelo, gerando listras alaranjadas, antes de arriscar um palpite:

— Bernard Leach?

— Não é um filho tão inútil assim, afinal — comentou Morita.

Ambos riram da observação, enquanto Arnold repassava a refinada peça a Sebastian, que disse:

— Não sei como agradecer, senhor.

— Mas, quando agradecer, não deixe de fazê-lo na minha língua materna.

Sebastian ficou tão surpreso que quase deixou o vaso cair.

— Não sei se entendi bem, senhor.

— Claro que entendeu e, se você deixar de responder em japonês, não terei escolha a não ser dar essa obra de presente ao filho de Cedric.

Todos se calaram, tomados subitamente pela expectativa de ouvirem Sebastian expressar-se na língua nipônica.

— *Arigatou gozaimasu. Taihenni kouei desu. Isshou taisetsuni itashimasu.*

— Muito impressionante. Precisa refinar um pouco mais os detalhes, ao contrário das obras de sua irmã, mas, ainda assim, impressionante.

— Mas como, Morita-san, o senhor descobriu que eu sabia falar seu idioma, já que nunca disse uma palavra sequer em japonês em sua presença?

— Aposto que foi por causa dos três ingressos para *My Fair Lady* — arriscou Cedric.

— O senhor Hardcastle é um homem sagaz, e foi por isso que o escolhi para me representar.

— Mas, enfim, como conseguiu? — repetiu Sebastian.

— Os ingressos foram uma coincidência grande demais — respondeu Morita. — Pense nisso, Sebastian, enquanto trato de assinar o contrato — acrescentou o japonês, tirando em seguida uma caneta tinteira do bolso superior do paletó e entregando-a a Cedric. — O senhor deve assinar primeiro, pois, do contrário, os deuses não abençoarão nossa aliança.

Morita ficou observando enquanto Cedric assinava as três vias do contrato, antes que, pouco depois, registrasse nelas sua própria assinatura. Em seguida, os dois se inclinaram à guisa de saudação e depois se cumprimentaram com um aperto de mão.

— Preciso correr para o aeroporto, onde embarcarei num avião para Paris. Os franceses estão me causando muitos problemas.

— Que tipo de problemas? — perguntou Arnold.

— Infelizmente, nada em que você poderia me ajudar. Estou com quarenta mil rádios transistorizados presos num armazém da alfândega. As autoridades aduaneiras francesas estão se recusando a permitir que eu os distribua entre meus fornecedores até que todas as caixas sejam abertas e inspecionadas. Atualmente, estão conseguindo verificar apenas duas por dia. A ideia é me atrasar o máximo possível, de forma que meus concorrentes franceses acabem conseguindo vender seu produto de qualidade inferior a consumidores impacientes. Mas tenho um plano para derrotá-los.

— Gostaria muito de saber qual — disse Arnold.

— Muito simples. Construirei uma fábrica na França, empregarei funcionários do próprio país e distribuirei meus produtos de qualidade superior sem precisar me aborrecer com autoridades alfandegárias.

— Os franceses descobrirão o que o senhor planeja fazer.

— Com certeza, mas, até lá, todos serão como Cedric e vão querer ter um rádio da Sony em sua sala de estar. Bem, não posso perder o avião, mas, antes de partir, gostaria de ter uma conversa em particular com meu novo sócio. — Arnold despediu-se de Morita com um aperto de mão, antes que ele e Sebastian deixassem o gabinete.

— Cedric — disse Morita, sentando-se à mesa, no lado oposto ao do presidente —, você já teve algum contato com um homem chamado Dom Pedro Martinez? Ele veio me procurar após o espetáculo ontem à noite, na companhia de um tal de major Fisher.

— Só conheço Martinez por sua má reputação. Contudo, conheci pessoalmente o major Fisher, que o representa na diretoria da Barrington Shipping Company, da qual também sou diretor.

— A visão que tenho desse Martinez é de um sujeito bem desagradável, enquanto Fisher me parece uma pessoa fraca e desconfio até que dependente de Martinez para seu sustento.

— Descobriu isso depois de apenas uma reunião?

— Não. Depois de vinte anos lidando com homens dessa espécie. Mas esse é astuto e pérfido, alguém que você não deveria subestimar. Desconfio que, para Martinez, até a vida é um produto sem muito valor.

— Sou-lhe grato pelas observações, Akio; porém, mais grato ainda por demonstrar preocupação.

— Posso lhe pedir um pequeno favor em troca, antes de partir para Paris?

— Tudo que quiser.

— Gostaria que Sebastian continuasse a ser o elo entre nossas duas empresas. Isso nos ajudará a poupar muito tempo e evitar muitos problemas.

— Bem que eu gostaria de lhe fazer esse favor — disse Cedric —, mas o rapaz vai para Cambridge em setembro.

— Você frequentou alguma universidade, Cedric?

— Não. Abandonei os estudos aos 15 anos e, após algumas semanas de férias, fui trabalhar com o meu pai no banco — explicou o presidente.

Morita assentiu.

— Nem todos nascem para a vida universitária, e essa experiência pode até ser detrimental para alguns. Acho que Sebastian descobriu sua vocação e, com você como mentor, talvez seja até a pessoa certa para substituí-lo no futuro.

— Mas ele é muito jovem — observou Cedric.

— E sua rainha também, mas ela subiu ao trono aos 25 anos. Cedric, estamos vivendo num admirável mundo novo.

GILES BARRINGTON

1963

18

— Tem certeza de que quer mesmo ser o líder de bancada do partido? — perguntou Harry.
— Não. Não quero — respondeu Giles. — Quero ser primeiro-ministro, mas terei de trabalhar durante algum tempo na bancada se quiser alimentar esperanças de pôr as mãos nas chaves da residência oficial do primeiro-ministro, na Downing Street.
— Você pode até ter conseguido preservar seu assento no último pleito — observou Emma —, mas seu partido foi derrotado com uma vitória esmagadora na eleição geral. Estou começando a me perguntar se o Partido Trabalhista poderá mesmo chegar a vencer outra eleição no futuro. Ele me parece mais destinado a ser o eterno partido da oposição.
— Sei que as coisas podem parecer assim agora — replicou Giles —, mas tenho certeza de que, quando chegar a época da próxima eleição, os eleitores estarão fartos dos conservadores e começarão a achar que chegou a hora de mudanças.
— E, com certeza, o caso Profumo não os ajudou em nada — comentou Grace.
— Quem decide o próximo líder do partido?
— Boa pergunta, Sebastian — respondeu Giles. — Somente meus colegas da Câmara dos Comuns, todos os 258 deles.
— É um eleitorado minúsculo — observou Harry.
— Sim, mas a maioria deles faz sondagens em suas bases eleitorais para saber quem os eleitores comuns preferem ter como líder de partido; no que se refere a eleitores sindicalizados, eles votam no homem apoiado pelo sindicato. É provável que todos os membros de sindicatos do setor marítimo de distritos eleitorais como Tyneside, Belfast, Glasgow, Clydesdale e Liverpool me apoiem.

— "No homem" — repetiu Emma. — Isso significa que, entre os 258 membros do Partido Trabalhista no parlamento, não existe uma única mulher que possa alimentar esperanças de ser líder do partido?

— Talvez Barbara Castle decida fazer parte da lista dos elegíveis, mas, sinceramente, ela não tem chance alguma. Em todo caso, francamente, Emma, existem mais mulheres nas bancadas do Partido Trabalhista na câmara do que nas do Conservador. Portanto, se uma mulher chegar à Downing Street algum dia, aposto que será uma socialista.

— Mas por que alguém iria querer ser líder do Partido Trabalhista? Deve ser o cargo mais ingrato do país.

— E também um dos mais emocionantes — observou Giles. — Afinal, quantas pessoas têm chance de fazer algo realmente importante, melhorar a vida de outras e deixar um valioso legado para a geração seguinte? Não se esqueça de que, como nasci em berço de família rica e aristocrática, talvez esteja na hora de dar algo de bom em troca.

— Uau — disse Emma. — Eu votaria em você.

— Com certeza, todos nós vamos apoiá-lo — concordou Harry.

— Mas não sei se podemos fazer muita coisa para influenciar 257 deputados com os quais nunca tivemos contato e provavelmente nunca teremos.

— Mas não é esse tipo de apoio que estou procurando. Quero algo mais pessoal, pois devo advertir a todos vocês sentados em volta desta mesa que tenham certeza de que a imprensa começará a vasculhar a vida de cada um. Reconheço que talvez estejam fartos disso e não posso culpá-los por isso.

— Desde que sempre digamos a mesma coisa em público — observou Grace — e reconheçamos como estamos felicíssimos com o fato de Giles estar concorrendo ao cargo de líder do partido e como sabemos que ele é o homem certo para isso e que estamos confiantes de que ele vencerá a disputa, acabarão logo se cansando e passarão a ocupar-se com outras coisas, não?

— Será justamente aí que eles começarão a bisbilhotar nossas vidas à procura de novidades — advertiu Giles. — Portanto, se alguém quiser confessar que se envolveu em algo mais sério do que uma simples multa por estacionamento proibido, a hora é agora.

— Tenho alguma esperança de que meu próximo livro alcance o primeiro lugar na lista dos best-sellers do *The New York Times* — disse Harry. — Então devo avisá-lo de que William Warwick terá um caso com a esposa do chefe de polícia. Se você achar que isso poderá prejudicar sua chance de vencer a disputa, Giles, eu posso muito bem atrasar a publicação da obra para depois eleição.

Todos riram na sala.

— Sinceramente, querido — disse Emma —, William Warwick deveria ter um caso com a esposa do prefeito de Nova York, o que lhe daria uma chance muito maior de chegar ao primeiro lugar nos Estados Unidos.

— Até que não é má ideia — reconheceu Harry.

— Mas, falando sério agora — prosseguiu Emma —, talvez esteja na hora de dizer a todos que a Barrington está lutando muito para não afundar e que, pelo visto, nos próximos doze meses, as coisas não vão melhorar muito mais.

— E qual é a extensão da dificuldade? — perguntou Giles.

— A construção do *Buckingham* está com um atraso de mais de um ano e, embora não tenhamos tido nenhum revés sério recentemente, a empresa precisou de um grande empréstimo junto aos bancos. Se fosse possível demonstrar que nosso saldo devedor é maior que nosso patrimônio líquido, os bancos poderiam exigir o pagamento integral do empréstimo e talvez chegássemos até a decretar falência. Em tese, essa é a pior das hipóteses, mas não é impossível.

— E quando poderia acontecer?

— Não seria num futuro próximo — disse Emma —, a menos que, logicamente, Fisher achasse que lavar nossa roupa suja em público iria beneficiá-lo.

— Martinez não lhe permitirá agir de tal modo enquanto for dono de uma grande parcela das ações da empresa — observou Sebastian.

— Mas isso não significa que ele vai ficar de braços cruzados, assistindo a tudo comodamente, se você decidir participar da disputa.

— Concordo — retrucou Grace. — E ele não é a única pessoa que ficaria muito feliz se conseguisse tirá-lo da disputa.

— Quem você tem em mente? — perguntou Giles.

— Principalmente Lady Virginia Fenwick. Afinal, a mulher sentirá imenso prazer em dizer a todos os parlamentares com os quais ela cruzar não só que você é divorciado, mas também que a trocou por outra.

— Virginia só conhece deputados do Partido Conservador, e eles já tiveram um ministro divorciado. E não se esqueça — acrescentou Giles, segurando a mão de Gwyneth — de que agora vivo um casamento feliz com essa outra mulher.

— Sinceramente — observou Harry —, acho que vocês deveriam preocupar-se mais com Martinez do que com Virginia, pois está claro que ele continua à procura de uma chance para prejudicar nossa família, tal como o próprio Sebastian descobriu quando começou a trabalhar no Farthings. E, Giles, como você é uma presa muito mais valiosa do que o Seb, aposto que Martinez fará tudo que for possível para impedir que se torne primeiro-ministro.

— Se eu decidir entrar na disputa — disse Giles —, não poderei ficar a vida inteira em eterno estado de alerta, pensando no que Martinez pode estar tramando. No momento, preciso me concentrar em alguns rivais que podem afetar meus interesses de forma muito mais imediata.

— E quem é seu maior rival? — perguntou Harry.

— Harold Wilson é o favorito entre os candidatos nas casas de apostas.

— O senhor Hardcastle quer que ele vença — observou Sebastian.

— E por quê, pelo amor de Deus? — perguntou Giles.

— Não tem nada a ver com Deus — respondeu Sebastian. — O candidato é melhor para os interesses imediatos dele. Afinal, ambos nasceram em Huddersfield.

— Muitas vezes, um detalhe aparentemente tão insignificante assim pode fazer ou as pessoas o apoiarem ou se oporem a você — comentou Giles, suspirando.

— Talvez Harold Wilson tenha alguma sujeira que a imprensa se interesse em explorar — observou Emma.

— Que eu saiba, nenhuma — comentou Giles —, a menos que se possa incluir aí um diploma de pós-graduação em Oxford e um primeiro lugar num concurso para o serviço público.

— Mas ele não lutou na guerra — comentou Harry. — Portanto, sua Cruz Militar poderia ser uma vantagem.

— Denis Healey também ganhou uma Cruz Militar e talvez participe da disputa.

— Ele se acha inteligente demais para ter alguma chance de comandar o Partido Trabalhista — observou Harry.

— Ora, com certeza esse não será o seu problema, Giles — afirmou Grace, levando o irmão a sorrir com amargura, enquanto a família caía na gargalhada.

— Acho que existe um problema que talvez Giles tenha de enfrentar... — advertiu Gwyneth, atraindo todos os olhares, pois se mantivera calada até então. — Como sou a única pessoa nesta sala que vem de fora — observou —, alguém que passou a fazer parte da família por casamento, talvez veja as coisas de um ponto de vista diferente.

— Fato que torna suas opiniões muito relevantes — comentou Emma. — Portanto, fique à vontade e diga mesmo aquilo que a está deixando preocupada.

— Mas lamento dizer que, se eu fizer isso, posso ajudar a reabrir uma ferida ainda não totalmente cicatrizada — explicou ela com certa hesitação.

— Não deixe que isso a impeça de nos dizer o que pensa — incentivou-a Giles, segurando a mão da esposa.

— Vocês têm alguém na família, ausente desta sala, que é, em minha opinião, uma bomba relógio ambulante.

Seguiu-se um longo silêncio, até que, por fim, Grace disse:

— Você tem razão, Gwyneth, pois, se um jornalista acabar descobrindo que a garotinha que Harry e Emma adotaram é meia-irmã de Giles e tia de Sebastian, e ainda que o pai da menina foi assassinado pela mãe dela depois de ter roubado as joias dela e então a abandonado, a imprensa fará a festa.

— E não nos esqueçamos de que depois a mãe cometeu suicídio — observou Emma baixinho.

— O mínimo que podem fazer é contar a verdade à pobrezinha — advertiu Grace. — Afinal de contas, agora ela está na Slade, tem certa independência e, por isso, a imprensa não teria dificuldade em achá-la. E se ela conseguisse localizar a jovenzinha antes que vocês tivessem lhe contado...

— Não é tão fácil assim — observou Harry. — Como todos nós sabemos muito bem, Jessica sofre de crises de depressão e, apesar de ter um talento inquestionável, vive perdendo a autoconfiança. E, como faltam apenas algumas semanas para ela fazer as provas semestrais, não seria a ocasião ideal para lhe contarmos.

Giles achou melhor não lembrar ao cunhado que fazia uma década então que ele o tinha advertido de que nunca haveria a ocasião ideal para isso.

— Eu poderia conversar com ela — propôs Sebastian.

— Não — disse Harry com firmeza. — Se alguém fizer isso, serei eu.

— E o mais depressa possível — advertiu Grace.

— Façam o favor de me informar quando tratarem dessa questão — solicitou Giles, em seguida acrescentando: — Acham que têm mais alguma bomba com a qual eu deva me preocupar? — Outro clima de silêncio perdurou no ambiente antes que Giles voltasse a falar: — Bem, então obrigado a todos por me terem concedido seu tempo. Eu os comunicarei de minha decisão final antes do fim de semana. Devo ir agora, pois preciso voltar para a câmara. Afinal, é lá que estão os eleitores. Se eu decidir participar da disputa, nós nos veremos muito pouco nas próximas semanas, já que estarei ocupado cumprimentando eleitores, fazendo discursos intermináveis, visitando distritos eleitorais longínquos e passando todas as horas livres noturnas que sobrarem pagando drinques para membros do Partido Trabalhista no Annie's Bar.

— Annie's Bar? — perguntou Harry, surpreso.

— O mais famoso da Câmara dos Comuns, frequentado principalmente por membros do Partido Trabalhista. Portanto, é para lá que estou indo agora.

— Boa sorte — desejou Harry.

Os membros da família se levantaram e o aplaudiram enquanto ele saía da sala.

— Ele tem alguma chance de vencer a disputa?

— Ah, sim — respondeu Fisher. — É muito popular entre os eleitores comuns das bases do partido, embora Harold Wilson seja o favorito dos membros eleitos do parlamento, e eles são os únicos que têm direito de voto.

— Então, vamos fazer uma grande doação ao fundo de campanha de Wilson, em dinheiro vivo se necessário.

— Isso será a última coisa que precisaremos fazer — avisou Fisher.

— Por quê? — perguntou Diego.

— Porque ele a devolveria.

— E por que faria isso? — questionou Dom Pedro.

— Porque não estamos na Argentina, e, se a imprensa descobrisse que um estrangeiro andou financiando a campanha de Wilson, ele não apenas perderia a eleição, mas também seria forçado a se retirar da disputa. Aliás, além de devolver o dinheiro, ele divulgaria o fato de que fez isso.

— Mas como alguém pode vencer uma eleição sem dinheiro?

— O candidato não precisa de muito dinheiro se o eleitorado dele é composto por apenas 258 membros do parlamento, a maioria dos quais passa a maior parte do tempo no mesmo edifício. Ele pode ter de comprar alguns selos, enviar umas cartas, fazer alguns telefonemas, pagar umas bebidas de vez em quando no Annie's Bar. Tendo feito isso, o candidato terá mantido contato com quase todos os seus eleitores.

— Então, se não podemos ajudar Wilson a vencer a eleição, o que faremos para que Barrington perca a disputa? — perguntou Luis.

— Se são 258 eleitores, com certeza conseguiríamos subornar alguns — asseverou Diego.

— Mas não com dinheiro — advertiu Fisher. — Esses homens se interessam apenas por privilégios.

— Privilégios? — repetiu Dom Pedro. — Mas do que você está falando?

— Na tentativa de se eleger, o candidato pode insinuar, em meio aos membros mais jovens, que líderes do partido estão pensando na possibilidade de lhes conceder um lugar na bancada, e, com relação a membros mais velhos que estejam em vias de se aposentar na eleição geral seguinte, argumentar que a experiência e a sabedoria deles poderiam ser muito bem-vindas na Câmara dos Lordes. E, quanto aos que não alimentam nenhuma esperança de ocupar um alto cargo no governo, mas que ainda estarão na política após a eleição seguinte, um líder do partido sempre tem cargos que precisam ser preenchidos.

Conheci um parlamentar que não queria outra coisa que não fosse tornar-se chefe do Serviço de Bufê da Câmara dos Comuns, pois, nesse cargo, poderia escolher os vinhos incluídos no cardápio.

— Entendi; então, se não podemos dar dinheiro a Wilson nem subornar os eleitores, deveremos trazer à tona de novo toda aquela lama a respeito da família Barrington — sugeriu Diego.

— Não tem por que, pois a imprensa está sempre muito disposta a fazer esse tipo de coisa sem nem precisar de incentivo — observou Fisher. — E, além disso, os jornalistas vão se cansar após alguns dias, a menos que arranjemos alguma novidade em que possam fincar as garras. Não. Precisamos pensar em algo que com certeza se tornará manchete, servindo ao mesmo tempo para arruiná-lo de vez.

— Parece óbvio que você andou pensando muito na questão, major — disse Dom Pedro.

— Devo admitir que sim — confirmou Fisher, parecendo um tanto envaidecido. — E acho que descobri uma forma de finalmente afundar Barrington.

— Então diga logo!

— Existe uma coisa da qual os políticos nunca conseguem se recuperar. Mas, para que eu arruíne Barrington, precisarei montar uma pequena equipe, e a coordenação das ações e dos acontecimentos terá de ser perfeita.

19

Griff Haskins, o chefe de campanha eleitoral do Partido Trabalhista da zona portuária de Bristol, chegou à conclusão de que precisaria parar de beber se quisesse que Giles tivesse alguma chance de tornar-se líder do partido. Antes de cada nova eleição, Griff sempre ficava sem beber durante um mês, mas, pelo menos durante outros trinta dias depois, encharcava-se de bebida, dependendo de eles terem conseguido vencer ou não a disputa eleitoral. No entanto, considerando que no último pleito seu correligionário representante do distrito eleitoral da zona portuária de Bristol tinha assegurado de novo, com uma maioria de votos ainda maior, um assento nas bancadas verdes do parlamento, ele achou que merecia uma noite de folga aqui ou ali.

O telefonema de Giles não veio em boa hora, quando, na manhã seguinte à noite de bebedeira, o parlamentar lhe telefonou para avisá-lo de que iria participar da eleição para a escolha do líder do partido no parlamento. E como o chefe de campanha estava tentando se recuperar de uma ressaca na ocasião, ligou para o correligionário uma hora depois, querendo confirmar se tinha ouvido bem aquilo que o colega havia dito na primeira ligação. E constatou que era verdade.

Griff resolveu ligar imediatamente para Penny, sua secretária, que estava de férias em Cornwall, e para a mais experiente das integrantes de seu comitê de campanha, a senhorita Parish, que confessou que, morrendo de tédio, só se reanimava durante campanhas eleitorais. Ele disse a ambas que, se quisessem trabalhar na campanha do próximo primeiro-ministro, que o esperassem na plataforma sete da estação de Temple Meads às 16h40.

Às cinco horas, os três estavam acomodados num vagão da terceira classe de um trem com destino a Paddington. Por volta do meio-dia do dia seguinte, Griff tinha montado um escritório na Câmara dos

Comuns e outro na residência de Giles na Smith Square. Mas ele ainda precisava recrutar mais um voluntário para a equipe.

Sebastian disse a Griff que teria imenso prazer em cancelar as férias de quinze dias para ajudar o tio Giles na eleição, e Cedric concordou em estender esse período para trinta dias, pois o rapaz só teria a ganhar com a experiência, embora Sir Giles fosse a segunda opção de Cedric como candidato para ocupar o cargo.

A primeira tarefa de Sebastian foi montar um gráfico com dados dos 258 membros do Partido Trabalhista com o direito de eleger o líder do partido e depois pôr um tique ao lado do nome de cada um deles, visando mostrar o grupo a que pertenciam: os que com certeza votariam em Giles, tique vermelho; os que certamente votariam em outro candidato, tique azul; e os nomes dos indecisos — o grupo mais importante de todos — tique verde. Embora a ideia do gráfico tivesse sido de Sebastian, Jessica foi a autora do trabalho final.

Na primeira contagem, viram que Harold Wilson tinha 86 votos dados como garantidos, George Brown, 57, Giles, 54 e James Callaghan, 19, restando 42 decisivos votos de indecisos. Giles percebeu que sua primeira tarefa seria livrar-se de Callaghan e depois ultrapassar Brown no número de intenções de voto, pois Griff calculou que, se o parlamentar representante de Belper desistisse da disputa, a maioria de seus eleitores transferiria sua intenção de voto para Giles.

Após uma semana de campanha, ficou claro para eles que Giles e Brown estavam praticamente empatados no segundo lugar, separados um do outro pela diferença de apenas um ponto percentual. Constataram também que, embora Wilson liderasse com folga, todos os especialistas em política concordavam em um ponto: se Brown ou Barrington desistisse de concorrer, a eleição seria bastante disputada.

Griff não parou de transitar pelos meandros do poder em busca de apoio, feliz em organizar reuniões particulares de seu candidato com todo membro que se dizia indeciso. Vários deles se manteriam assim até o último momento, pois nunca haviam desfrutado de tanta atenção na vida, se bem que se mostrassem também muito propensos a acabar votando no candidato com mais chances de vitória. A senhorita Parish, por sua vez, não largava o telefone, e Sebastian se transformou nos olhos e ouvidos de Giles, empenhando-se em idas e vindas constantes entre a Câmara dos Comuns e a Smith Square para manter todos sempre informados e atualizados.

Durante a primeira semana de campanha, Giles fez 23 discursos, ainda que poucos passassem de um simples parágrafo nos jornais do dia seguinte, nunca na primeira página. Faltando apenas uma semana para a eleição e com Wilson começando a parecer o vencedor do pleito, Giles concluiu que chegara a hora de se arriscar e se afastar um pouco da política oficial do partido. Até Griff se surpreendeu com a reação da imprensa na manhã seguinte, quando Giles apareceu na primeira página de todos os jornais, incluindo a do *The Daily Telegraph*.

"Existem muitas pessoas neste país que são incapazes de trabalhar um dia que seja em favor da nação", Giles havia dito a uma plateia formada por dirigentes sindicais. "Se a pessoa se acha em boas condições físicas, saudável e recusa três empregos num período de seis meses, ela deveria perder o seguro-desemprego automaticamente."

Essas palavras não foram recebidas com uma intensa salva de aplausos pela plateia, e a reação inicial dos colegas de parlamento foi negativa, levando os rivais a repetir, a todo momento, que ele tinha "dado um tiro no próprio pé". Todavia, conforme os dias foram passando, mais e mais jornalistas começaram a aventar a ideia de que o Partido Trabalhista tinha finalmente achado um líder promissor que vivia no mundo real, alguém que deixava claro o desejo de que seu partido governasse o país, em vez de viver condenado a ser eternamente a oposição.

No fim de semana, os 258 membros do Partido Trabalhista com assentos no parlamento retornaram para suas bases eleitorais, onde descobriram que havia ocorrido um súbito aumento no apoio ao deputado da zona portuária de Bristol. Uma pesquisa de opinião feita na segunda-feira confirmou a situação e serviu para pôr Barrington apenas alguns pontos atrás de Wilson nas preferências eleitorais, com Brown caindo para um distante terceiro lugar, e James Callaghan permanecendo em quarto. Na terça-feira, Callaghan abandonou a disputa e disse a seus eleitores que iria votar em Barrington.

Quando, à noite, Sebastian atualizou o quadro com os dados dos candidatos, viram que William tinha 122 intenções de voto e Giles 107, com 29 eleitores ainda indecisos. Griff e a senhorita Parish precisaram de apenas 24 horas para identificar os 29 parlamentares que, por diferentes motivos, continuavam em cima do muro. Entre eles, estavam membros da influente Sociedade Fabiana, que representavam onze votos decisivos. Tony Crosland, o chefe do grupo, solicitou uma reunião particular com os dois principais candidatos, mandando informar que estava ansioso para conhecer a opinião deles a respeito de assuntos relacionados com a Europa.

Giles achou que tinha se saído bem na reunião com Crosland, mas, sempre que verificava os números no gráfico, via que Wilson continuava na liderança. Todavia, quando a disputa entrou na semana final, a imprensa começou a incluir a expressão "pau a pau" nas manchetes. Giles sabia que precisaria de um considerável golpe de sorte se quisesse ultrapassar Wilson nas intenções de voto nos últimos dias da disputa. E ele veio na forma de um telegrama enviado a seu gabinete na segunda-feira da última semana de campanha.

Autoridades do Mercado Comum Europeu convidaram Giles para fazer o discurso de abertura da convenção anual em Bruxelas, apenas três dias antes da eleição do líder do partido. No convite, não mencionaram, porém, que Charles de Gaulle havia desistido do discurso inaugural em cima hora.

— É sua grande chance — afirmou Griff — não apenas de brilhar no palco da política internacional, mas também de conquistar os onze votos do pessoal da Sociedade Fabiana. Isso poderia ser decisivo.

O tema escolhido por eles para o discurso foi "A Grã-Bretanha está preparada para fazer parte do Mercado Comum?". E Giles tinha uma posição firme e clara quanto a essa questão.

— Mas quando terei tempo para preparar um discurso tão importante assim?

— Depois que o último membro do Partido Trabalhista tiver ido dormir e antes que o primeiro deles acorde na manhã seguinte.

Giles teria rido da resposta, mas sabia que Griff estava falando sério.

— E quando vou dormir?

— No avião, na viagem de volta de Bruxelas.

⁓

Griff sugeriu que Sebastian o acompanhasse na viagem a Bruxelas, enquanto ele e a senhorita Parish permaneceriam em Westminster, mantendo-se de olhos atentos nos indecisos.

— Seu avião partirá do Aeroporto de Londres às 14h20 — informou Griff —, mas não se esqueça de que, como em Bruxelas será uma hora mais cedo, aterrissará por volta das 16h10 lá, fato que lhe dará tempo para chegar ao local da conferência na hora.

— E não acha que é um cronograma meio apertado? — perguntou Giles. — Afinal, meu discurso será às seis da noite.

— Eu sei, mas não posso me arriscar a deixar que fique perdendo tempo no aeroporto, a menos que ele esteja cheio de parlamentares que ainda não se decidiram em quem votar. Por outro lado, como a sessão em que você discursará deverá durar cerca de uma hora, ela terminará por volta das sete horas, dando-lhe tempo suficiente para pegar o voo das 20h40 de volta para Londres, onde a diferença de fuso horário o beneficiará. Pegue um táxi assim que chegar aqui, pois quero que esteja de volta à câmara às dez da noite, para participar do polêmico debate em torno do Projeto de Lei do Fundo de Pensão.

— E o que espera que eu faça enquanto isso?

— Continue a elaborar seu discurso, pois tudo dependerá dele.

Giles aproveitou todo o tempo livre para aprimorar o discurso, apresentando rascunhos à equipe e depois a seus principais eleitores. Quando, pouco após a meia-noite, ele o pronunciou pela primeira vez em sua residência na Smith Square, diante de uma plateia formada apenas por um homem, Griff se disse satisfeito. Grande elogio.

— Amanhã de manhã, mandarei distribuir cópias protocoladas do discurso com alguns cortes entre os membros mais importantes da imprensa. Isso lhes dará tempo para preparar editoriais e matérias aprofundadas que serão publicadas nos jornais no dia seguinte. E acho que talvez seja sensato deixar que Tony Crosland veja um dos primeiros rascunhos para que se sinta integrado ao grupo, com acesso a informações privilegiadas e também parte integrante do processo decisório. Com relação a jornalistas preguiçosos que se darão o trabalho de ler apenas superficialmente o discurso, destaquei o trecho com mais possibilidade de alcançar as manchetes.

Giles virou algumas páginas do texto, até chegar ao trecho marcado por Griff. *Não quero ver a Grã-Bretanha envolvida em mais uma guerra na Europa. A nata da juventude de muitas nações derramou sangue no solo europeu, e não apenas nos últimos cinquenta anos, mas nos últimos mil. Juntos, devemos fazer todo o possível para que guerras europeias sejam vistas apenas nas páginas de livros de História, de modo que nossos filhos e netos possam tomar conhecimento de nossos erros e jamais repeti-los.*

— Mas por que escolheu logo esse trecho? — perguntou Giles.

— Porque alguns dos jornais não somente publicarão o discurso na íntegra, como também não resistirão ao impulso de acentuar que seu rival não foi alvo de uma única bala atirada com raiva.

Giles ficou radiante quando recebeu uma mensagem manuscrita de Tony Crosland na manhã seguinte, dizendo que tinha gostado muito do discurso e que estava ansioso para ver a reação da imprensa no dia seguinte.

Quando horas depois, à tarde, Giles embarcou no voo da BEA com destino a Bruxelas, acreditou pela primeira vez que poderia tornar-se de fato o próximo líder do Partido Trabalhista.

20

Assim que o avião pousou no aeroporto de Bruxelas, Giles surpreendeu-se ao ver Sir John Nicholls, o embaixador britânico, parado ao lado de um Rolls-Royce diante da escada de desembarque.

— Li o seu discurso, Sir Giles — disse o embaixador enquanto o motorista saía com eles do aeroporto antes que qualquer outro passageiro tivesse chegado ao posto de verificação de passaportes — e, embora diplomatas devam procurar evitar emitir opiniões, sinto-me na obrigação de dizer que achei suas palavras um sopro de renovação. No entanto, não tenho certeza de como seu partido se posicionará a respeito disso.

— Espero que onze dos integrantes o achem tão bom quanto o senhor.

— Ah, então é para eles que o discurso é dirigido — constatou Sir John. — Demorei a entender.

A segunda surpresa de Giles ocorreu quando o carro parou na frente do edifício do parlamento europeu, onde ele foi recebido por uma multidão de autoridades, jornalistas e fotógrafos, todos esperando a chegada do homem que faria o discurso inaugural. Sebastian saiu rapidamente do banco do carona e abriu a porta traseira para Giles, algo que nunca fizera antes.

O presidente do parlamento europeu, Gaetano Martino, se adiantou e trocou um aperto de mão com Giles, antes de apresentá-lo à sua equipe. No caminho para o auditório, Giles cruzou com várias outras importantes personalidades políticas europeias, todas lhe desejando boa sorte, e não estavam se referindo ao discurso.

— Por gentileza, espere aqui — solicitou o presidente depois que eles subiram no palco — enquanto pronuncio algumas palavras de abertura e depois passarei a vez ao senhor.

Giles dera uma última revisão em seu discurso no avião, tendo feito apenas uma ou duas alterações, e quando finalmente o entregou a Sebastian, sabia-o quase totalmente de cor. Então, resolveu dar uma espiada através das longas cortinas negras e viu na plateia pelo menos mil das mais importantes personalidades europeias esperando para ouvi-lo. Em seu último discurso em Bristol, durante a campanha da eleição geral, ele falara para uma plateia formada por apenas 37 pessoas, incluindo Griff, Gwyneth, Penny, a senhorita Parish e seu cãozinho cocker spaniel.

Enquanto esperava nervoso nos bastidores, Giles ouviu o senhor Martino dizer que ele era um daqueles raros políticos que não apenas diz o que pensa, mas também não deixa os resultados da última pesquisa de opinião serem a bússola de sua conduta moral. Teve a impressão de que chegou a ouvir Griff dizer "isso mesmo, isso mesmo", num tom de reprovação.

— ...e estamos prestes a ouvir o pronunciamento do próximo primeiro-ministro da Grã-Bretanha. Senhoras e senhores, Sir Giles Barrington.

Sebastian se pôs ao lado de Giles, a quem entregou o discurso e disse baixinho:

— Boa sorte, senhor.

Enquanto se dirigia para o centro do palco, Giles foi alvo de prolongados aplausos. Ao longo dos anos, ele havia se acostumado com os flashes de fotógrafos entusiasmados e até com o chiado de câmeras de televisão, mas nunca tinha passado por uma experiência daquelas. Ele apoiou o discurso no leitoril, deu um passo atrás e esperou que a plateia silenciasse.

— Existem poucos momentos na história — disse Giles — que moldam o destino de uma nação, e a decisão da Grã-Bretanha de se candidatar a uma vaga no Mercado Comum deve ser, com certeza, um deles. Logicamente, o Reino Unido continuará a exercer seu papel no palco do mundo, mas esse terá de ser realista, pois precisará aprender a lidar com o fato de que não comandamos mais um império no qual o sol nunca se põe. Acho que chegou a hora de a Grã-Bretanha aceitar o desafio de exercer esse novo papel em conjunto com novos parceiros, num trabalho de equipe entre irmãos, relegando animosidades passadas aos anais da História. Não quero ver nunca mais a Grã-Bretanha envolvida em outra guerra europeia. A nata da juventude de muitas nações derramou o próprio sangue no solo europeu, e não apenas nos últimos cinquenta anos, mas nos últimos mil também. Juntos, devemos fazer todo o possível para que guerras europeias sejam vistas apenas nas páginas de livros de História, de modo que nossos filhos e netos possam tomar conhecimento de nossos erros e jamais repeti-los.

A cada nova salva de aplausos, Giles relaxava um pouco mais, e assim, ao chegar à parte final do discurso, achou que a plateia inteira estava sob o feitiço de suas palavras.

— Quando eu era criança, Winston Churchill, um verdadeiro europeu, visitou minha escola em Bristol para a entrega de prêmios por aproveitamento escolar. Eu mesmo não ganhei nenhum, quase a mesma coisa, aliás, que tenho em comum com o grande homem. — A plateia gargalhou. — Mas foi por causa do discurso dele naquele dia que resolvi entrar para a política, e foi por causa de minha experiência na guerra que ingressei no Partido Trabalhista. Aliás, vale lembrar que Sir Winston Churchill disse o seguinte: "Atualmente, nosso país está diante de um daqueles grandes períodos da história em que talvez peçam ao povo britânico que decida o destino do mundo livre." Sir Winston e eu somos de partidos diferentes, mas, quanto a isso, certamente estamos de acordo.

Giles levantou a cabeça e olhou para a plateia lotada, elevando a voz a cada nova frase proferida.

— Nós, neste auditório, somos provenientes de diferentes países; porém, chegou a hora de trabalharmos como se fôssemos de uma única nação, não em prol de nossos interesses egoístas, mas em favor das gerações que ainda nem sequer nasceram. Permitam-me terminar a mensagem dizendo que, independentemente daquilo que o futuro nos reserva, os senhores podem ter certeza de que me dedicarei de corpo e alma a esta causa.

Giles deu um passo atrás quando todos no auditório se levantaram, e somente depois de vários minutos teve condições de deixar o palco. Mesmo então, parlamentares, autoridades governamentais e simpatizantes o cercaram enquanto se retirava do auditório.

— Temos mais ou menos uma hora para chegar ao aeroporto — avisou Sebastian, tentando aparentar calma. — Há alguma coisa que precisa que eu faça até lá?

— Ache um telefone para entrarmos em contato com Griff e procure saber se já houve algum tipo de reação ao discurso em nosso país. Quero ter certeza de que isto não é apenas uma simples miragem — explicou Giles com as mãos trêmulas, enquanto agradecia às pessoas os parabéns e os votos de sucesso. Chegou até a dar alguns autógrafos. Para ele, mais uma novidade.

— O Palace Hotel fica no outro lado da rua — observou Sebastian.
— Poderíamos telefonar de lá para o escritório.

Giles abanou afirmativamente a cabeça, concordando com a ideia, enquanto prosseguia se retirando lentamente do local. Precisou de mais vinte minutos para tornar a alcançar a escada de acesso ao parlamento, onde finalmente se despediu do presidente.

Ele e Sebastian atravessaram rapidamente a larga alameda e se dirigiram para o ambiente relativamente calmo do Palace Hotel. Lá, Sebastian deu o número a uma recepcionista, que ligou para Londres e, quando ouviu a voz no outro lado da linha, disse:

— Espere que vou passar a ligação, senhor.

Assim que Giles atendeu, foi surpreendido pela voz eufórica de Griff, que falou:

— Acabei de assistir à edição das 6 na BBC. Você é a principal notícia da edição. O telefone não parou de tocar, com todos querendo algum tipo de contato ou entrevistá-lo. Quando voltar para Londres, terá um carro esperando-o no aeroporto para levá-lo direto para a ITV, onde Sandy Gall o entrevistará no noticiário noturno, mas não fique muito tempo lá, pois a BBC quer que você tenha uma conversa com Richard Dimbleby no *Panorama*, às 22h30. Não existe nada que a imprensa goste mais do que ver um azarão virar o placar no fim do jogo. Onde está agora?

— Estou prestes a partir para o aeroporto.

— Não poderia ser melhor. Telefone assim que chegar.

Giles desligou o telefone e sorriu para Sebastian.

— Vamos precisar pegar um táxi.

— Acho que não — replicou Sebastian. — O carro do embaixador acabou de chegar e está estacionado na frente do hotel, esperando para nos levar até o aeroporto.

De repente, enquanto os dois atravessavam o saguão do hotel, um homem estendeu a mão para cumprimentar o parlamentar, dizendo:

— Meus parabéns, Sir Giles. Excelente apresentação. Vamos torcer para que seja fator decisivo nessa disputa.

— Obrigado — agradeceu Giles, que viu o embaixador parado ao lado do carro enquanto era cumprimentado pelo homem.

— Meu nome é Pierre Bouchard. Sou o vice-presidente da Comunidade Econômica Europeia — apresentou-se outro homem, querendo cumprimentá-lo também.

— Sim, claro — disse Giles, parando para um aperto de mão. — Estou ciente, *monsieur* Bouchard, do trabalho incansável que o senhor tem feito para ajudar a Grã-Bretanha em sua candidatura para se tornar membro efetivo da CEE.

— Que bom ouvir isso — retrucou Bouchard. — O senhor não teria um tempinho para tratarmos de um assunto em particular?

Giles olhou de relance para Sebastian, que verificou o relógio.

— Dez minutos. Nada mais. Vou avisar o embaixador.

— Acho que o senhor conhece meu bom amigo Tony Crosland — disse Bouchard enquanto levava Giles para o bar.

— Sem dúvida. Dei a ele uma cópia do discurso ontem.

— Tenho certeza de que ele gostou. Afinal, é tudo em que a Sociedade Fabiana acredita. O que gostaria de beber? — perguntou Bouchard quando iam entrando no bar.

— Uísque escocês, com muita água.

— Para mim também — disse Bouchard, virando-se para o atendente e meneando afirmativamente a cabeça.

Giles sentou-se num banco e, quando olhou em volta de si, viu um grupo de dirigentes políticos reunidos num canto, examinando cópias do discurso. Um deles tocou levemente a testa com uma das mãos, batendo continência de mentirinha para Giles, que sorriu.

— É extremamente importante saber — advertiu Bouchard — que De Gaulle fará tudo para impedir que a Grã-Bretanha se torne membro do Mercado Comum.

— "Só por cima do meu cadáver", se é que me lembro bem de suas palavras — disse Giles enquanto pegava sua bebida.

— Vamos torcer para que não precisemos esperar tanto assim.

— É como se o general não houvesse perdoado os britânicos por terem vencido a guerra.
— À sua saúde — desejou Bouchard antes que tomasse um gole da bebida.
— Saúde — tornou Giles.
— Não devemos nos esquecer de que De Gaulle tem seus próprios problemas, principalmente...

De repente, Giles teve a sensação de que iria desmaiar. Chegou a agarrar-se ao balcão, tentando firmar-se, mas o salão parecia girar. Ele deixou o copo cair, resvalou pelo banco e desabou no chão.

— Meu Deus! — exclamou Bouchard, ajoelhando-se ao lado dele.
— O que houve com você? — indagou, tentando saber o que estava acontecendo. E levantou a cabeça quando um homem sentado num dos cantos do salão correu para tentar ajudar.
— Sou médico — disse o homem enquanto se abaixava. Logo depois, afrouxou a gravata de Giles e desabotoou-lhe o colarinho, colocando dois dedos estendidos no pescoço e, em seguida, solicitando com urgência ao atendente: — Chame uma ambulância! Ele teve um ataque cardíaco!

Dois ou três jornalistas foram correndo para o bar. Um deles começou a fazer anotações enquanto o balconista pegava o telefone e discava rapidamente três números.

— Sim? — responderam do outro lado da linha.
— Precisamos de uma ambulância. E rápido, pois um de nossos clientes teve um ataque cardíaco!
— Doutor — disse Bouchard, levantando-se e dirigindo-se ao homem ajoelhado ao lado de Giles —, vou ficar lá fora esperando a ambulância; quero mostrar para onde os socorristas precisam se dirigir.
— Você sabe o nome desse homem? — perguntou um dos jornalistas enquanto Bouchard saía do salão.
— Não faço ideia — respondeu o atendente do bar.

O primeiro fotógrafo entrou correndo no bar vários minutos antes da chegada da ambulância, e Giles teve de aguentar mais uma vez os clarões de flashes, embora não estivesse completamente ciente do que estava acontecendo. À medida que a notícia se espalhou, vários outros jornalistas que estavam no centro de convenções, enviando para a redação cópias de suas matérias sobre a boa acolhida do discurso de Sir Giles, abandonaram os telefones e se encaminharam às pressas para o Palace Hotel.

Sebastian estava conversando com o embaixador quando ouviu a sirene, mas não deu muita importância ao fato, até que viu a ambulância parar na frente do hotel e dois socorristas elegantemente uniformizados saírem do veículo e entrarem rapidamente no hotel, empurrando uma maca com rodinhas.

— Você não acha que... — tentou dizer Sir John, mas Sebastian já subia às pressas as escadas ara o hotel. Ele parou quando viu os socorristas carregando a maca em sua direção. E bastou uma olhada no paciente para que seus piores receios se confirmassem.

Quando puseram a maca na traseira da ambulância, Sebastian entrou de um ímpeto no veículo, gritando:

— Ele é meu patrão! — Um dos socorristas apenas abanou positivamente a cabeça, enquanto o outro tratou de fechar as portas.

Sir John seguiu a ambulância em seu Rolls-Royce. Quando chegou ao hospital, apresentou-se na recepção, perguntando se Sir Giles Barrington ia ser atendido por um médico.

— Sim, senhor. Ele vai ser atendido na sala de emergência pelo doutor Clairbert. Se fizer a gentileza de sentar-se e esperar, Excelência, tenho certeza de que o médico o deixará a par da situação do paciente assim que tiver concluído o atendimento.

Griff voltou a ligar a televisão para assistir ao noticiário da BBC das sete da noite, embalado pela esperança de que o discurso de Giles ainda fosse a principal notícia da edição.

Realmente, Giles ainda era a notícia mais importante da ocasião, mas Griff levou algum tempo até acreditar que o homem na maca era mesmo o colega. Estarrecido, sentou-se pesadamente na cadeira. Afinal, estava na política havia muito tempo para não saber que Sir Giles Barrington não tinha mais chances de chegar a líder do Partido Trabalhista.

Um homem que pernoitara no quarto 437 do Palace Hotel entregou a chave na recepção, deu baixa na hospedagem e pagou a conta em dinheiro. Em seguida, pegou um táxi para o aeroporto e, uma hora depois, embarcou para Londres no mesmo avião em que tinham feito reserva para Sir Giles. Quando chegou, entrou numa fila de táxi e, ao ser atendido, sentou-se no banco traseiro e disse:

— Número 44 da Eaton Square.

―

— Estou intrigado, embaixador — disse o doutor Clairbert depois de ter examinado o paciente pela segunda vez. — Não consigo descobrir nada de errado no coração de Sir Giles. Aliás, ele está em excelente forma para um homem da sua idade. Contudo, só terei certeza depois de receber todos os testes do laboratório, e isso significa que passará a noite aqui, apenas para que tenha plena convicção do seu estado.

―

Na manhã seguinte, Giles ocupou as páginas de todos os grandes jornais do país, tal como Griff esperava que acontecesse.

Porém, as manchetes das primeiras edições, "Pau a Pau" (do *The Express*), "Imprevisível" (do *The Mirror*), "Nascimento de um Estadista?" (*The Times*), tinham sido substituídas rapidamente. A primeira página do *The Daily Mail*, por exemplo, resumia bem a situação: "Ataque cardíaco acaba com as chances de Barrington de liderar o Partido Trabalhista".

―

A edição de todos os jornais de domingo apresentou um longo esboço biográfico do novo líder da oposição.

Uma fotografia de Harold Wilson com 8 anos de idade, em pé na frente da residência oficial do primeiro-ministro, no número 10 da

Downing Street, ostentando o melhor de suas roupas domingueiras e usando um quepe, foi publicada na primeira página da maioria dos jornais do país.

―

Giles voltou para Londres de avião na segunda-feira de manhã, acompanhado por Gwyneth e Sebastian.

Quando chegaram ao Aeroporto de Londres, não havia um único jornalista, fotógrafo ou cinegrafista esperando para cumprimentá-lo. Seu caso era coisa do passado. Gwyneth os levou de carro para a Smith Square.

— Qual a recomendação do médico assim que fosse para casa? — perguntou Griff.

— Ele não recomendou nada — respondeu Giles. — Está mais é querendo entender por que fui parar no hospital, para começo de conversa.

―

Foi Sebastian quem chamou a atenção de seu tio para uma matéria na página onze do *The Times*, escrita por um dos jornalistas que estiveram no bar do Palace Hotel quando Giles caiu desfalecido no chão.

Matthew Castle resolvera permanecer em Bruxelas por mais alguns dias, onde pretendia fazer investigações, pois não estava totalmente convicto de que Sir Giles havia sofrido mesmo um ataque cardíaco, embora tivesse visto todo o incidente acontecer diante de seus olhos.

Ele destacou as seguintes questões na matéria: 1) Pierre Bouchard, o vice-presidente da CEE, não havia estado em Bruxelas para ouvir o discurso de Sir Giles naquele dia, porque estava no enterro de um velho amigo em Marselha; 2) o atendente do bar que chamara uma ambulância por telefone discou apenas três números e não deu à suposta pessoa do outro lado da linha um endereço para o socorro; 3) o St. Jean Hospital não tinha nenhum registro de alguém que houvesse telefonado do Palace Hotel pedindo uma ambulância e não conseguiu identificar os dois socorristas que levaram Sir Giles na maca; 4) o homem que deixou o bar para ficar esperando a ambulância lá fora jamais retornou, e ninguém pagou a conta das duas bebidas solicitadas; 5) o homem do bar que alegou ser médico e afirmou que Sir Giles tinha sofrido um ataque cardíaco nunca mais foi visto; 6) o barman não apareceu para trabalhar no dia seguinte.

Talvez tudo não passasse de uma série de coincidências, aventou um jornalista, mas, se não tivesse acontecido, será que o Partido Trabalhista teria agora outro líder que não Giles?

―

Griff voltou para Bristol na manhã seguinte e, como provavelmente só haveria outra eleição pelo menos dali a um ano, passou o mês seguinte enchendo-se de bebida.

JESSICA CLIFTON

1964

21

— Eu deveria entender o que isto representa? — indagou Emma, observando o quadro mais de perto.

— Não há nada para entender, mamãe — respondeu Sebastian.

— Esse não é o xis da questão.

— Então, qual é? Afinal me lembro muito bem do tempo em que Jessica costumava retratar pessoas. Pessoas que eu reconhecia.

— Ela passou dessa fase, mamãe; agora, está entrando numa fase de abstracionismo.

— Para mim, essas coisas não passam de borrões.

— É porque a senhora não consegue observar o quadro com a mente aberta. Ela não quer mais ser Constable ou Turner.

— Então, quem quer ser?

— Jessica Clifton.

— Mesmo que você esteja certo, Seb — observou Harry, olhando *Bolha Um* mais de perto —, todos os artistas, até mesmo Picasso, admitiram que foram influenciados por outros. Portanto, por quem Jessica é influenciada?

— Peter Blake, Francis Bacon. Além disso, ela admira um americano chamado Rothko.

— Nunca ouvi falar em nenhum deles — confessou Emma.

— E, provavelmente, eles nunca ouviram falar em Edith Evans, Joan Sutherland ou Evelyn Wangh, que vocês dois admiram tanto.

— Harold Guinzburg tem um Rothko no escritório — comentou Harry. — Ele me disse que a peça lhe custou dez mil dólares, que, lembrei a ele, é mais do que o meu último adiantamento.

— O senhor não deve pensar dessa forma — advertiu Sebastian. — Uma obra de arte vale aquilo que a pessoa estiver disposta a pagar por ela. Afinal, se isso é válido no caso de seus livros, por que não seria válido no caso de um quadro?

— Atitude típica de um banqueiro — comentou Emma. — Nem vou falar o que Oscar Wilde disse sobre a questão do preço e do valor das coisas, ou você me acusará de ser antiquada.

— A senhora não é antiquada, mamãe — disse Sebastian, enlaçando-a pelos ombros com um dos braços. Emma sorriu. — A senhora é definitivamente pré-histórica.

— Mas só tenho 40 anos — protestou Emma, levantando a cabeça para fitar o filho, que não conseguia parar de rir. — Mas isto é realmente o melhor que Jessica consegue fazer? — perguntou, voltando a se concentrar no quadro.

— É o trabalho de graduação dela, que será determinante para que consiga ou não uma vaga no curso de pós-graduação da Royal Academy Schools em setembro. E Jessica poderá até ganhar algum dinheiro com ele.

— Esses quadros estarão à venda? — perguntou Harry.

— Ah, sim. A exposição de obras de graduandos é a primeira oportunidade para que muitos jovens artistas exibam suas obras em público.

— Quem será que compra esse tipo de coisa? — indagou Harry, olhando em volta do recinto, cujas paredes estavam cobertas com quadros a óleo, aquarelas e desenhos.

— Acho que pais corujas — respondeu Emma. — Pelo visto, todos nós, incluindo você, Seb, teremos de comprar uma das obras de Jessica.

— A senhora não precisa me convencer disso, mamãe. Estarei de volta às sete da manhã, quando a exposição abrir, com meu talão de cheques na mão. Já até escolhi um: *Bolha Um*.

— É muito generoso da sua parte.

— A senhora não entende mesmo, mamãe.

— Então, onde está nossa futura Picasso? — perguntou Emma, olhando em volta do salão e ignorando a observação do filho.

— Provavelmente, com o namorado.

— Eu não sabia que Jessica estava namorando — disse Harry, surpreso.

— Acho que ela pretende apresentá-lo a vocês hoje à noite.
— E o namorado faz o quê?
— É artista também.
— Mais jovem ou mais velho do que Jessica? — perguntou Emma.
— Da mesma idade. O rapaz é da classe dela, mas, sinceramente, não é do nível dela.
— Muito engraçadinho — comentou Harry. — Qual o nome dele?
— Clive Bingham.
— E você o conheceu pessoalmente?
— Sim. É bem difícil ver um sem o outro, e estou sabendo que ele a pede em casamento pelo menos uma vez por semana.
— Mas ela é jovem demais para já estar pensando em casamento — comentou Emma em tom de espanto.
— A senhora não precisa ser um gênio da matemática, mamãe, para saber que, se tem 43 anos e eu tenho 24, a senhora só podia ter 19 anos quando nasci.
— Mas as coisas eram diferentes naquela época.
— Eu me pergunto se vovô Walter concordava com você naquela época.
— Claro que sim — disse Emma, tomando Harry pelo braço. — Ele adorava seu pai.
— E a senhora adorará Clive. Ele é um cara muito legal, e não tem culpa de não ser um grande artista, como a senhora poderá ver por si mesma — disse Sebastian, conduzindo os pais pelo salão para que vissem as obras do rapaz.

Harry ficou olhando para *Autorretrato* durante algum tempo, antes de dar sua opinião:

— Agora vejo por que você considera Jessica tão boa, pois não consigo acreditar que alguém comprará estes aqui.
— Felizmente, os pais dele são ricos; isso não será problema.
— Mas, considerando que Jessica nunca se interessou muito por dinheiro e que, pelo visto, ele não tem talento, qual a causa da atração entre ambos?
— Considerando que todas as alunas do curso retrataram Clive ao longo dos últimos três anos, claramente Jessica não é a única que o acha bonito.

— Não deve ser se ele for assim — comentou Emma, olhando com mais atenção para *Autorretrato* e fazendo Sebastian rir com o comentário.

— Talvez seja melhor esperar para vê-lo pessoalmente antes de passar julgamento. Mas acho bom que saiba desde já, mamãe, que, a julgar por seus critérios, talvez o considere um tanto desorganizado e até confuso. Mas, como bem sabemos, Jess vive querendo cuidar de todo bichinho sem dono com que topa pelo caminho, possivelmente porque ela mesma foi órfã.

— Clive sabe que ela foi adotada?

— Claro — respondeu Sebastian. — Jessica nunca esconde isso. Ela conta a todos que perguntam. Em uma escola de artes, isso é uma vantagem, quase um motivo de honra.

— E eles estão morando juntos? — perguntou Emma baixinho.

— Como são estudantes de artes, mamãe, acho que é bem possível.

Harry riu, mas Emma ainda pareceu chocada.

— Talvez seja muito surpreendente para a senhora, mamãe, mas Jess tem 21 anos, além de ser bonita e talentosa, e sei que Clive não é o único rapaz que a considera especial.

— Bem, estou ansiosa para conhecê-lo — disse Emma. — E, caso isto não acabe nos atrasando para assistir à entrega dos prêmios, acho melhor passarmos em casa para trocar de roupa.

— Já que a senhora tocou no assunto, mamãe, por favor não apareça aqui à noite com a aparência de presidente da Barrington Shipping Company, como se estivesse prestes a presidir uma reunião da diretoria, pois isso deixará Jessica constrangida.

— Mas sou presidente da Barrington.

— Hoje à noite não, mamãe. Hoje, será apenas a mãe de Jessica. Portanto, se tiver uma calça jeans, de preferência velha e desbotada, já estará muito bom.

— Mas não tenho uma calça jeans, nem velha, nem desbotada.

— Então venha usando algo que a senhora esteve pensando em doar para o bazar de caridade da igreja.

— Que tal meu macacão de jardinagem? — perguntou Emma, sem nem tentar esconder o sarcasmo.

— Perfeito. E o suéter mais velho que a senhora conseguir achar no baú, de preferência com buracos nos cotovelos.

— E que tipo de roupa acha que seu pai deveria usar na ocasião?

— Papai não é problema — disse Sebastian. — Ele vive parecendo um escritor desleixado e desempregado, então vai se encaixar perfeitamente.

— Não se esqueça, Sebastian, de que seu pai é um dos escritores mais respeitados...

— Mamãe, amo vocês dois. Admiro vocês dois. Mas esta noite é de Jessica. Então, por favor, não estrague a festa dela.

— Ele tem razão — concordou Harry. — Eu mesmo ficava mais preocupado com o chapéu que minha mãe usaria no dia da entrega de prêmios na escola do que com a possibilidade de eu ganhar o prêmio de melhor aluno em latim.

— Mas o senhor me disse, papai, que Deakins sempre ganhava o prêmio de melhor aluno em latim.

— Isso mesmo — confirmou Harry. — Deakins, seu tio Giles e eu estávamos na mesma classe, mas, assim como no caso de Jessica em relação aos colegas, Deakins estava em outro nível.

— Tio Giles, gostaria que conhecesse meu namorado, Clive Bingham.

— Olá, Clive — disse Giles, que havia tirado a gravata e desabotoado a camisa pouco antes de entrar no salão.

— O senhor é aquele deputado prafrentex, não é? — perguntou Clive enquanto se cumprimentavam com um aperto de mão.

Giles ficou atônito quando olhou para o jovem usando uma camisa amarela de bolinhas pretas desabotoada, com colarinho e golas grandes e moles, e uma calça jeans justa. Mas a juba de cabelos loiros e revoltos, os olhos azuis e um sorriso cativante o fizeram entender por que Jessica não era a única jovem da sala que vivia olhando para ele.

— Ele é fantástico — disse Jessica, dando em seguida um carinhoso abraço no tio —, e vai ser o líder do Partido Trabalhista.

— Agora, Jessica — começou a falar Giles —, antes que eu decida quais de seus quadros...

— Tarde demais — informou Clive. — Mas o senhor ainda pode comprar um dos meus.

— Mas quero uma obra original de Jessica Clifton para adicionar à minha coleção.

— Então o senhor vai se decepcionar; a exposição começou às sete, e todos os quadros de Jessica foram vendidos em questão de minutos.

— Não sei se fico deslumbrado com seu sucesso, Jessica, ou irritado comigo mesmo por não ter chegado antes — disse Giles, dando mais um abraço apertado na sobrinha. — Parabéns.

— Obrigada, mas dê uma olhada no trabalho de Clive. É muito bom também.

— E é por isso que ainda não vendi nenhum. Na verdade, até minha própria família não os compra mais — acrescentou o jovem enquanto Emma, Harry e Sebastian entravam no salão e começavam a atravessá-lo rapidamente para reunir-se ao grupo.

Giles nunca tinha visto a irmã usando roupas que não fossem extremamente elegantes, mas, naquela noite, ela dava impressão de que tinha acabado de sair do galpão de material de jardinagem. Harry parecia requintado em comparação. E aquilo era um furo no macacão de Emma? Roupas são uma das poucas armas das mulheres, ela lhe havia dito uma vez. Só que naquele momento não era o caso... E aí ele entendeu o porquê.

— Boa menina — sussurrou.

Sebastian apresentou os pais a Clive, e Emma foi obrigada a reconhecer que ele não era nada parecido com o autorretrato. "Sensual" foi a palavra que lhe veio à mente, se bem que houvesse achado o aperto de mão um pouco fraco. Voltou a atenção para os quadros de Jessica.

— Todos esses pontos vermelhos por acaso significam...?

— Vendidos — respondeu Clive. — Mas, como já expliquei a Sir Giles, a senhora descobrirá que não sofro do mesmo problema.

— Então não há mais nenhum quadro de Jessica à venda?

— Nenhum — respondeu Sebastian. — Eu bem que avisei, mamãe.

Ouviram alguém batendo num vidro na extremidade oposta do salão. Viraram-se todos e viram um cadeirante barbado tentando atrair a atenção dos presentes. Parecia desleixado, com roupas um tanto surradas, casaco de veludo cotelê marrom e calças verdes. O homem abriu um largo sorriso para os visitantes.

— Senhoras e senhores — disse ele —, poderiam dar-me alguns minutos de sua atenção? — Todos pararam de conversar e viraram-se para ficar de frente para ele. — Boa noite e bem-vindos à Exposição dos Graduandos da Slade School of Fine Art. Meu nome é Ruskin Spear e, como presidente da comissão julgadora, minha principal tarefa é anunciar os vencedores de cada categoria: desenhos, aquarelas e quadros a óleo. Pela primeira vez na história da Slade, o mesmo aluno conquistou o primeiro lugar em todas.

Emma ficou muito interessada em saber quem seria o jovem e notável artista, de forma que pudesse comparar o trabalho do vencedor com o de Jessica.

— Para ser sincero, acho que ninguém se surpreenderá, a não ser talvez a própria vencedora, ao saber que o astro da escola deste ano é Jessica Clifton.

Emma abriu um largo sorriso de orgulho ao ver todos no salão aplaudirem, enquanto Jessica simplesmente baixou a cabeça e manteve-se grudada em Clive. Apenas Sebastian compreendia os sentimentos da irmã naquele momento: enfrentando seus demônios íntimos, conforme ela mesma dizia. Jessica falava sem parar quando ficavam a sós, mas, toda vez que se tornava o centro das atenções, ela se retraía, como se fosse uma tartaruga recolhendo-se no próprio casco, para que ninguém a visse ou notasse.

— Peço a Jessica que se apresente para que eu lhe entregue um cheque de trinta libras e a Taça Munnings.

Clive deu uma leve cutucada na namorada, e todos aplaudiram quando, embora hesitante, ela se dirigiu para o local em que estava o presidente da comissão julgadora, a cada novo passo com as bochechas cada vez mais vermelhas. Assim que o senhor Spear lhe entregou o cheque e a taça, uma coisa ficou perfeitamente clara: não haveria um discurso de agradecimento. Jessica simplesmente pegou os prêmios e voltou correndo para Clive, tão exultante que dava a impressão de que ele mesmo tinha sido premiado.

— Tenho a satisfação de anunciar também que Jessica ganhou uma bolsa para estudar na Royal Academy Schools, onde poderá iniciar o curso de pós-graduação em setembro, e sei que meus colegas da RA estão ansiosos para vê-la estudando conosco na instituição.

— Só espero que toda esta adulação não lhe suba à cabeça — disse Emma baixinho a Sebastian enquanto se virava, vendo em seguida a filha segurando firme a mão de Clive.

— Não se preocupe com isso, mamãe. Ela deve ser a única pessoa no salão que não tem consciência de seu talento.

Nesse momento, um homem elegante, ostentando uma gravata-borboleta vermelha de seda e um moderno paletó com duplas fileiras de botões, apareceu ao lado de Emma.

— Permita-me que me apresente, senhora Clifton — disse ele, levando Emma a levantar a cabeça e sorrir para o estranho, perguntando-se se seria o pai de Clive. — Meu nome é Julian Agnew. Sou negociante de obras de arte e gostaria de dizer que admiro muito o trabalho de sua filha.

— Quanta gentileza, senhor Agnew. Conseguiu comprar algum dos quadros de Jessica?

— Comprei todos, senhora Clifton. A última vez que fiz isso foi com as obras de um jovem artista chamado David Hockney.

Emma não quis admitir que nunca tinha ouvido falar em David Hockney, e Sebastian apenas sabia alguma coisa a respeito dele porque Cedric tinha meia dúzia de quadros do artista pendurados nas paredes do escritório, mas, por outro lado, Hockney era cidadão de Yorkshire. Não que Sebastian estivesse prestando muita atenção no senhor Agnew, visto que sua mente estava centrada em outra coisa.

— Então, isso significa que nos será dada outra chance de comprarmos um dos quadros de minha filha? — perguntou Harry.

— Com certeza — respondeu Agnew —, pois estou planejando organizar uma exposição exclusivamente com obras de Jessica na próxima primavera. E espero que, até lá, ela tenha pintado mais algumas telas. É claro, enviarei ao senhor e à senhora Clifton um convite para estarem presentes na noite inaugural da exposição.

— Obrigado — agradeceu Harry. — Dessa vez, não chegaremos tarde.

O senhor Agnew os cumprimentou com uma mesura, virando-se e dirigindo-se para a porta sem dizer mais nada, claramente nada interessado em nenhum dos outros artistas cujas obras se espalhavam pelas outras paredes. Emma olhou para Sebastian e viu que ele estava olhando fixamente para os lados do senhor Agnew enquanto o homem atravessava o salão. Aí viu também a jovem que seguia ao lado do negociante e entendeu por que seu filho tinha ficado boquiaberto.

— Vai acabar entrando uma mosca aí, Seb.

Sebastian ficou constrangido, uma experiência rara que Emma adorava.

— Bem, acho melhor darmos uma olhada nos quadros de Clive — sugeriu Harry —, o que pode nos proporcionar a chance de conhecer seus pais também.

— Eles não se deram o trabalho de vir — disse Sebastian. — Jess me contou que os pais nunca vêm apreciar o trabalho dele.

— Que estranho — comentou Harry.

— Que triste — observou Emma.

22

— Gostei de seus pais — disse Clive —, mas seu tio Giles é especial. Eu poderia até votar nele, embora meus pais não aprovassem.
— Por que não?
— Ambos são conservadores ferrenhos. Mamãe não permitiria um socialista lá em casa.
— Lamento que eles não tenham vindo à exposição. Teriam ficado muito orgulhosos de você.
— Acho que não. Mamãe não aprovou a ideia de que eu fosse para a escola de artes, para começo de conversa. Queria que eu fosse para Oxford ou Cambridge e simplesmente não aceitava que não fosse bom o suficiente para isso.
— Então, talvez eles não me aceitem.
— Por que não a aceitariam? — indagou Clive, virando-se para encará-la. — Você é a aluna mais premiada da Slade de todos os tempos e, ao contrário de mim, lhe ofereceram uma bolsa de estudos na Royal Academy. Além disso, seu pai é um escritor de sucesso, sua mãe é presidente de uma empresa de capital aberto e seu tio faz parte do Gabinete Paralelo. Já o meu pai é presidente de uma empresa de patê de peixe, com esperança de se tornar o próximo delegado de polícia de Lincolnshire, o que só é possível porque meu avô fez fortuna com o comércio de patê de peixe.
— Mas, pelo menos, você sabe quem é o seu avô — disse Jessica, pousando a cabeça no ombro do rapaz. — Harry e Emma não são meus verdadeiros pais, embora tenham sempre me tratado como filha legítima. E, talvez porque Emma e eu sejamos parecidas, as pessoas acham que ela é mesmo minha mãe. E o Seb é o melhor irmão que uma garota poderia querer na vida. Contudo, na verdade sou órfã e não tenho ideia de quem são meus verdadeiros pais.

— Você já tentou descobrir?

— Sim, mas me disseram que o Dr. Barnardo observa a severa política de não divulgar nenhuma informação sobre os pais biológicos sem a permissão deles.

— Por que não pergunta a seu tio Giles? Se alguém sabe, com certeza ele sabe também.

— Porque, mesmo que saiba, não é possível que minha família tenha seus motivos para não me dizer quem são?

— Talvez seu pai tenha morrido na guerra, condecorado em campo de batalha depois de um ato heroico, e sua mãe pode ter morrido de tristeza.

— E você, Clive Bingham, é um romântico ultrapassado que deveria parar de ler Biggles e tentar se interessar pela leitura de *Nada de novo no front*.

— Quando se tornar uma artista famosa, vai querer que a chamem de Jessica Clifton ou Jessica Bingham?

— Por acaso está me pedindo em casamento de novo, Clive? Porque é a terceira vez nesta semana.

— Não é que você tem razão? Sim, estou. E estava pensando se não gostaria de ir a Lincolnshire comigo no fim de semana para conhecer meus pais e oficializar o pedido.

— Eu adoraria — concordou Jessica, atirando os braços em torno do pescoço de Clive.

— Mas, veja bem: vou precisar visitar uma pessoa antes que você vá comigo a Lincolnshire — avisou Clive. — Portanto, não faça as malas ainda.

— Foi muita gentileza me receber tão em cima da hora assim, senhor.

Harry estava impressionado. O rapaz chegou na hora marcada, usando paletó e gravata, com sapatos que brilhavam tanto que parecia que ele iria participar de um desfile militar. Como estava claramente nervoso, Harry tentou deixá-lo à vontade.

— Na carta, você me disse que queria conversar comigo a respeito de um assunto importante. Portanto, deve ser uma de duas coisas.

— Na verdade, é muito simples, senhor — disse Clive. — Eu gostaria de pedir a mão de sua filha em casamento.

— Mas que agradavelmente antiquado.

— Exatamente o que Jessica esperaria de mim.

— Vocês não acham que são muito jovens para pensar em casamento? Talvez devessem esperar mais um pouco, pelo menos até que Jessica conclua o curso de pós-graduação na RA.

— Com o devido respeito, permita-me observar que Sebastian me contou que o senhor era mais novo do que eu quando pediu a mão da senhora Clifton em casamento.

— É verdade, mas foi na época da guerra.

— Espero que eu não tenha que ir para a guerra, senhor, apenas para provar que amo sua filha — disse o rapaz, fazendo Harry soltar uma risada.

— Bem, como seu possível futuro sogro, acho que devo perguntar quais são suas perspectivas na vida. Jessica me disse que você não ganhou uma bolsa de estudos na RA.

— E tenho certeza de que isso não foi uma surpresa para o senhor.

— Então, o que você tem feito desde que concluiu o curso na Slade? — indagou Harry sorrindo.

— Trabalho numa agência de publicidade. No departamento artístico da Curtis Bell & Getty.

— E o salário é bom?

— Não, senhor. Meu salário é de apenas quatrocentas libras esterlinas por ano, mas meu pai complementa a renda com uma mesada de mil libras. Além disso, quando fiz 21 anos, meus pais me deram de presente o direito de receber o aluguel de um apartamento em Chelsea. Portanto, teremos mais do que o suficiente para viver.

— Você deve saber que a pintura é e sempre será a maior paixão de Jessica. E ela jamais permitirá que algo atrapalhe sua carreira, fato do qual nossa própria família se conscientizou no dia em que ela entrou em nossas vidas.

— Estou muito ciente disso, senhor, e farei tudo ao meu alcance para que Jessica realize suas ambições. Seria loucura não fazê-lo, considerando o talento dela.

— Fico feliz por saber que pensa desse modo — comentou Harry. — Mas, apesar do grande talento, existe uma insegurança naquela alma com a qual, às vezes, você terá que saber lidar com compaixão e compreensão.

— Estou ciente disso também, senhor. E é algo que até gosto de fazer por ela. Faz com que me sinta muito especial.

— Você poderia me dizer o que seus pais acham de querer casar-se com ela?

— Minha mãe é uma grande fã de seus livros, além de admiradora de sua esposa.

— Mas eles sabem que não somos os pais de Jessica?

— Ah, sim, mas, como bem observa meu pai, isso não é culpa dela.

— E você lhes disse que quer se casar com Jessica?

— Não, senhor, mas vamos a Louth neste fim de semana, quando pretendo informá-los do casamento, embora não ache que será uma surpresa para eles.

— Então tudo que me resta fazer é desejar a vocês dois toda a felicidade do mundo na vida de casados. Se existe uma jovem mais gentil e adorável no mundo, ainda não a conheci. Mas talvez todos os pais pensem dessa forma.

— Estou bastante ciente de que jamais serei bom o suficiente para ela, mas juro que não a decepcionarei.

— Tenho certeza disso — concordou Harry. — Mas devo adverti-lo de que existe o outro lado da moeda nesta história. Ela é uma jovem sensível e, se um dia deixar de confiar em você, acabará perdendo-a também.

— Eu jamais faria alguma coisa para deixar que isso acontecesse. Pode acreditar.

— Estou certo de que fala sério. Portanto, por que não me telefona se ela aceitar a proposta?

— Com certeza, senhor — respondeu Clive enquanto Harry se levantava da cadeira. — Mas, caso não receba um telefonema meu até domingo à noite, significa que ela recusou o pedido. De novo.

— De novo? — perguntou Harry.

— Sim. Já pedi Jessica em casamento várias vezes — confessou Clive —, e ela sempre recusou a proposta. Tenho a impressão de que existe algo que a preocupa e ela não quer tocar no assunto. Como suponho que talvez não seja eu o problema, estive pensando se talvez o senhor não poderia esclarecer a questão.

Harry hesitou durante algum tempo antes de responder:

— Vou almoçar com Jessica amanhã. Talvez seja bom você ter uma conversa com ela antes de viajarem para Lincolnshire e, com certeza, antes de dar a notícia a seus pais.

— Se acha mesmo necessário, senhor, claro que farei isso.

— Acho que pode ser prudente, levando em conta a situação — começou a advertir Harry quando sua esposa entrou na sala.

— Será que a ocasião é propícia para lhe dar os parabéns? — perguntou Emma, e Harry se perguntou se a esposa ficara escutando a conversa entre os dois. — Se for, minha felicidade seria imensurável.

— Ainda não, senhora Clifton. Mas vamos torcer para que o noivado seja oficializado no fim de semana. Se for, tentarei mostrar-me digno da confiança da senhora e do senhor Clifton — prometeu o rapaz, e, virando-se para Harry, acrescentou: — Foi muita gentileza ter me recebido, senhor.

Em seguida, os dois se cumprimentaram com um aperto de mão.

— Dirija com cuidado — aconselhou Harry, como se estivesse falando com o próprio filho.

Ele e Emma ficaram próximos à janela, observando Clive entrar no carro.

— Então, você finalmente decidiu revelar a Jessica quem é o verdadeiro pai dela?

— Clive me deixou sem opção — explicou Harry enquanto o carro desaparecia pela via de acesso e passava pelos portões da mansão da herdade. — E só Deus sabe como o jovem reagirá quando souber da verdade.

— Estou muito mais preocupada com a reação de Jessica — disse Emma.

23

— Detesto a A1 — queixou-se Jessica. — Sempre me traz muitas memórias ruins.

— Vocês conseguiram descobrir o que realmente aconteceu naquele dia? — perguntou Clive enquanto ultrapassava um caminhão.

Jessica olhou para a esquerda e depois voltou a olhar para a frente.

— O que você está fazendo?

— Apenas pensando — respondeu ela. — O laudo médico afirma que foi morte acidental. Mas sei que o Seb ainda se culpa pelo falecimento de Bruno.

— Mas isso não é justo com ele, como bem sabemos.

— Diga isso ao Seb — sugeriu Jessica.

— Aonde seu pai a levou para almoçar ontem? — perguntou Clive, tentando mudar de assunto.

— Tive de cancelar o encontro no último minuto. Meu orientador queria conversar comigo a respeito de quais quadros apresentarei na exposição de verão da RA. Papai, então, me levará para almoçar na segunda-feira, embora confesse que ele me pareceu desapontado.

— Talvez ele quisesse conversar com você a respeito de alguma coisa especial.

— Nada que não possa esperar até segunda-feira.

— Mas então qual foi o quadro que seu orientador escolheu?

— *Neblina Dois.*

— Ótima escolha!

— O senhor Dunstan parece confiante que a RA o escolherá.

— Foi o quadro que vi encostado na parede do apartamento pouco antes de partirmos?

— Sim. Eu tinha a intenção de dá-lo de presente à sua mãe no fim de semana, mas, infelizmente, todas as inscrições para a exposição precisam ser entregues até a próxima terça-feira.

— Ela ficará orgulhosa de ver o quadro de sua futura nora exposto ao lado de outras escolhidas pela RA.

— Mais de dez mil quadros são apresentados à RA todos os anos, mas, como somente algumas centenas deles são escolhidas para participar da exposição, não envie convites ainda — pediu Jessica, que virou o olhar para a esquerda e depois para a frente enquanto Clive ultrapassava outro caminhão. — Seus pais têm ideia de por que vamos visitá-los no fim de semana?

— Eu não poderia ter deixado isso mais claro com algo como "Quero que conheçam a garota com a qual passarei o resto de minha vida".

— Mas e se não gostarem de mim?

— Vão adorá-la. Mas e daí se não gostarem? Seria impossível para mim amá-la mais do que amo agora.

— Você é um doce — disse Jessica, inclinando-se e beijando-o na bochecha. — Mas eu me importaria se seus pais não tivessem certeza de que sirvo para você. Afinal, como filho único dos dois, é natural que eles sejam protetores, até um pouco ansiosos.

— Nada deixa minha mãe ansiosa. E papai só precisará conhecê-la para ser convencido.

— Eu gostaria de ter a autoconfiança de sua mãe.

— Ela não conseguiria deixar de ter, querida. Afinal, estudou na Roedean, onde a única coisa que ensinam às alunas é como se tornar noiva de um aristocrata. E, como ela acabou se casando com o rei do patê de peixe, ficará muito empolgada com a ideia de nossas famílias se unirem.

— Seu pai se importa com esse tipo de coisa?

— De jeito nenhum. Os funcionários da fábrica o chamam de Bob, o que mamãe desaprova. E os cidadãos locais o tornaram presidente de tudo que existe num raio de mais de trinta quilômetros de nossa casa, de instituições como o Clube de Sinuca de Louth até a Sociedade de Canto Coral de Cleethorpes, e olhe que o pobre homem é daltônico e não entende nada de canto.

— Não vejo a hora de conhecê-lo — disse Jessica enquanto Clive saía da A1 e começava a orientar-se pelas placas indicando o caminho para Mablethorpe.

Embora Clive ainda falasse sem parar, percebeu que Jessica ficava cada vez mais nervosa a cada quilômetro percorrido. E, quando passaram pelos portões de Mablethorpe Hall, ela não disse mais uma palavra sequer.

— Ah, meu Deus — Jessica falou por fim, enquanto continuavam a avançar pela via de acesso ladeada por fileiras de olmos altos e elegantes, a perder de vista. — Você não me disse que morava num castelo.

— Papai só comprou a propriedade porque pertenceu ao conde de Mablethorpe, que tentou tirar meu pai dos negócios na virada do século, embora eu desconfie que ele também queria impressionar minha mãe.

— Bem, eu estou impressionada — disse Jessica à medida que a mansão de três andares no estilo palladiano começava a avultar diante deles.

— Sim. Devo admitir que a pessoa tem mesmo que vender alguns potes de patê de peixe para comprar um casarão como este.

Jessica riu da observação, mas parou quando a porta principal da mansão se abriu e apareceu um mordomo, acompanhado por dois criados de libré, que desceram a escada às pressas para abrir o porta-malas do carro e descarregar as bagagens.

— Eu não trouxe bagagem nem para meio criado carregar — disse Jessica baixinho.

Clive abriu a porta do passageiro, mas ela não conseguiu nem se mexer. Pegando-a pela mão, com doçura ele a persuadiu a subirem juntos a escada. Pouco depois, entraram na mansão pela porta principal, e viram o senhor e a senhora Bingham esperando-os na antessala.

Jessica achou que suas pernas cederiam ao ver a mãe de Clive pela primeira vez, pois a mulher era muito elegante, requintadíssima e bastante segura de si. A senhora se adiantou para recebê-la, saudando-a com um sorriso cordial.

— É simplesmente maravilhoso poder finalmente conhecê-la! — disse com entusiasmo, beijando as faces da jovem. — Clive nos falou muito a seu respeito.

O pai de Clive deu um forte e caloroso aperto de mão em Jessica e comentou:

— Devo dizer, minha jovem, que Clive não exagerou. Você é mesmo tão linda quanto um quadro.

Clive soltou uma gargalhada.

— Espero que não, papai. O último quadro de Jessica se chama *Neblina Dois*.

Jessica não desgarrou da mão de Clive enquanto os anfitriões os conduziam para a sala de estar; só começou a relaxar quando viu um retrato do namorado, que ela havia pintado como presente de aniversário para ele, não muito depois de terem se conhecido, pendurado acima da cornija da lareira.

— Espero que você faça meu retrato um dia.

— Jessica não faz mais esse tipo de coisa, papai.

— Eu adoraria, senhor Bingham.

Quando Jessica se sentou ao lado de Clive no sofá, a porta da sala de estar se abriu, e o mordomo voltou a apresentar-se, seguido por uma criada carregando uma bandeja de prata onde havia um bule de chá de prata e dois grandes pratos com sanduíches.

— Pepino com tomate e queijo, madame — disse o mordomo.

— Mas, como pode ver, nada de patê de peixe — sussurrou Clive.

Embora nervosa, Jessica comeu tudo que lhe ofereceram, ao passo que a senhora Bingham ficou o tempo todo falando da vida agitada que levava, dizendo que nunca parecia ter tempo livre. Aparentemente, não notou quando Jessica começou a fazer um esboço do rosto do pai de Clive no verso do guardanapo, o qual pretendia terminar assim que estivesse sozinha no quarto.

— Teremos um jantar tranquilo esta noite, só entre nós da família — informou a anfitriã, em seguida oferecendo a Jessica mais um sanduíche. — Mas, para amanhã, planejei um jantar de comemoração, ainda que apenas com a presença de alguns amigos que não veem a hora de conhecê-la.

Clive apertou a mão de Jessica, ciente de que ela detestava ser o centro das atenções.

— É muita gentileza tanto trabalho, senhora Bingham.

— Por favor, pode me chamar de Priscilla. Não suportamos muita cerimônia nesta casa.

— E meus amigos me chamam de Bob — disse o senhor Bingham enquanto dava à esposa uma fatia de pão de ló.

Quando, uma hora depois, os anfitriões mostraram a Jessica o quarto em que ficaria hospedada, ela se perguntou por que se preocupara. Somente ao ver suas roupas retiradas da mala e penduradas no guarda-roupa começou a se desesperar.

— Qual o problema, Jess?

— Acho que conseguirei sobreviver a ter de mudar de roupa para o jantar hoje à noite, mas não tenho nada para vestir num jantar de gala amanhã.

— Eu não me preocuparia com isso, pois tenho o pressentimento de que mamãe pretende levá-la para fazer compras amanhã cedo.

— Mas não posso permitir que ela compre algo para mim quando eu mesma ainda não lhe dei um presente sequer.

— Acredite: minha mãe só quer exibi-la para os amigos e terá muito mais prazer nisso do que você. Considere qualquer presente só mais uma caixa de patê de peixe sendo vendida.

Jessica riu e quando, após o jantar, na hora de dormir, já ficara tão relaxada que falava sem parar, com imensa satisfação.

— Não foi tão ruim assim, foi? — perguntou Clive acompanhando-a até o quarto.

— Não poderia ter sido melhor — respondeu ela. — Simplesmente adorei seu pai, e sua mãe fez de tudo para que eu me sentisse em casa.

— Você já dormiu numa cama de dossel? — perguntou ele, enlaçando-a nos braços.

— Não, nunca — respondeu Jessica, empurrando-o em seguida.

— E onde você vai dormir?

— No quarto ao lado. Mas, como pode ver, existe uma porta ligando ambos, pois era aqui que a amante do conde dormia; portanto, virei para cá depois.

— Não, não virá — objetou Jessica de brincadeira. — Se bem que eu goste da ideia de ser amante de um conde.

— Sem chance — disse Clive, pondo-se de joelhos diante dela. — Você terá de se contentar em ser a senhora Bingham, a princesa do patê de peixe.

— Você não está me pedindo em casamento outra vez, está, Clive?

— Jessica Clifton, adoro você e quero passar o resto de minha vida a seu lado. E espero que me dê a honra de se tornar minha esposa.

— Claro que sim — disse Jessica, ajoelhando-se também e lançando os braços em volta do pescoço dele.

— Você tem de fingir que está hesitante e pensar na proposta durante algum tempo.

— Só pensei nisso nesses últimos meses.

— Mas achei...

— O problema nunca foi você, tolinho. Eu não poderia amá-lo mais do que amo, mesmo que quisesse. É que...

— É o quê?

— Quando se é órfã, é inevitável que se pergunte...

— Você é tão tola às vezes, Jess... Eu me apaixonei por você e não dou a mínima para o fato de quem são ou foram seus pais. Agora me solte, pois tenho uma pequena surpresa.

Jessica soltou o noivo, que tirou uma caixa de couro vermelha de um bolso. Ela abriu-a e soltou uma gargalhada quando viu um pote do patê de peixe Bingham. "O patê que até os pescadores comem."

— Acho melhor você ver o que tem dentro — sugeriu ele.

Jessica destampou o pote e enfiou o dedo no patê.

— Achhh... — disse, tirando de dentro da pasta, em seguida, um elegante anel vitoriano, com safiras e diamantes. — Nossa, é o tipo de coisa que não se acha em qualquer pote. É muito lindo — comentou depois de limpá-lo com lambidas.

— Era de minha avó. Betsy era uma jovem de Grimsby com a qual meu avô se casou quando trabalhava numa traineira, muito antes de ter feito fortuna.

— É lindo demais para mim — observou Jessica, que continuava a contemplar o anel.

— Betsy não teria pensado assim.

— Mas e sua mãe? Como ela se sentirá quando vir que estou usando-o?

— A ideia foi dela — disse Clive. — Agora, vamos lá embaixo dar a notícia a eles.

— Ainda não — falou Jessica, enlaçando-o nos braços.

24

Depois do café na manhã seguinte, Clive levou a noiva para um passeio pelas terras e dependências ao redor de Mablethorpe Hall, mas só conseguiram passear pelo jardim e à beira do lago, antes que a mãe de Clive pegasse Jessica e partissem às pressas para fazer compras em Louth.

— Lembre-se, toda vez que ouvir o ruído da caixa registradora, de considerar o presente só mais uma caixa de patê de peixe sendo vendida — recomendou Clive enquanto se sentava no banco traseiro do carro, ao lado da mãe.

Quando voltaram a Mablethorpe Hall para um almoço tardio, Jessica entrou na residência sobrecarregada de bolsas e caixas com dois vestidos, um xale de caxemira, um par de sapatos e uma bolsinha de gala preta.

— Para o jantar hoje à noite — explicou Priscilla.

Só restou a Jessica se perguntar quantas caixas de patê de peixe teriam de ser vendidas para cobrir aquelas despesas. Na verdade, ela estava muito grata à generosidade de Priscilla, mas, assim que os noivos ficaram a sós no quarto de Jessica, ela disse a Clive com firmeza:

— Não é o estilo de vida que eu estaria disposta a viver por muito tempo.

Após o almoço, Clive saiu com ela a passeio pelas partes da propriedade que a namorada ainda não conhecia, quase não voltando a tempo de participar do chá à tarde.

— Sua família fica sem comer às vezes? — perguntou Jessica. — Não sei como sua mãe se mantém tão esbelta.

— Ela não come; apenas belisca. Ainda não percebeu?

— Vamos dar uma olhada na lista de convidados para o jantar? — sugeriu Priscilla assim que o chá foi servido. — O bispo de Grimsby e sua esposa Maureen. — Ela levantou a cabeça antes de falar de novo: — Logicamente, acho que estamos todos de acordo que o bispo de Grimsby deva fazer a cerimônia.

— E que cerimônia seria essa, minha querida? — perguntou Bob, piscando para Jessica.

— Gostaria muito que você não me chamasse de "minha querida" — solicitou Priscilla. — É tão vulgar... — acrescentou, logo retomando a leitura da lista de convidados. — O prefeito de Louth, o vereador Pat Smith. Só não gosto dessa coisa de abreviar nomes de batismo. Quando meu marido se tornar delegado de polícia do condado no próximo ano, insistirei para que todos o chamem de Robert. E, por fim, minha velha amiga de escola, Lady Virginia Fenwick, filha do conde de Fenwick. Afinal, fomos debutantes no mesmo ano.

Jessica agarrou a mão de Clive para tentar parar de tremer. E não disse mais nenhuma palavra até que tivessem voltado para o ambiente seguro do quarto.

— Qual o problema, Jess? — perguntou Clive.

— Sua mãe não sabe que Lady Virginia foi a primeira esposa do tio Giles?

— Claro que sabe. Mas foi há muito tempo. Quem se importa com isso? Aliás, estou surpreso de você ter se lembrado dela.

— Só estive com ela uma vez, no dia do funeral da vovó Elizabeth, e não consigo me esquecer de que ela fez questão de que eu a tratasse por Lady Virginia.

— Ela ainda faz questão — disse Clive, tentando fazer parecer que o incidente não tinha muita importância. Mas acho que você verá que o temperamento de Lady Virginia se abrandou um pouco com o passar dos anos, embora eu reconheça que ela faz aflorar o que há de pior em minha querida mãe. Aliás, como sei que papai não a suporta, não se surpreenda se ele der uma desculpa qualquer para se retirar quando as duas ficarem juntas.

— Gosto de seu pai — disse Jessica.

— E ele a adora.

— Pare de jogar verde para colher maduro. Mas confesso que ele já fez o velho comentário de sempre: "Se eu fosse vinte anos mais jovem, meu garoto, você não teria a mínima chance".

— Que gentil.
— Não é gentileza; é sinceridade — asseverou Clive.
— Acho melhor eu ir me trocar; não quero que nos atrasemos para o jantar — advertiu Jessica. — Ainda não tenho certeza de qual dos dois vestidos devo usar — acrescentou enquanto Clive deixava o quarto. Experimentou os dois e ficou se olhando no espelho por um tempo considerável, indecisa, quando Clive voltou e pediu que o ajudasse a pôr a gravata-borboleta.
— Qual vestido acha que devo usar? — perguntou, incapaz de se decidir.
— O azul — disse Clive antes que voltasse para o próprio quarto.
Ela olhou-se mais uma vez no espelho, imaginando se haveria outra ocasião em que poderia usar algum deles. Concluiu que, com certeza, não seria no baile de formatura dos alunos de pós-graduação.
— Você está maravilhosa! — elogiou Clive assim que Jessica finalmente saiu do banheiro. — Que vestido!
— Foi sua mãe que escolheu — disse ela, girando para exibir-se melhor.
— É melhor irmos andando. Acho que ouvi um carro chegando pela via de acesso.
Jessica pegou o xale de caxemira, colocou-o em volta dos ombros e deu mais uma olhada no espelho antes de descer a escada de mãos dadas com o noivo. Entraram na sala de estar no exato momento em que alguém batia à porta principal da mansão.
— Ó, você está divina nesse vestido! — comentou Priscilla. — E o xale é simplesmente perfeito. Não acha, Robert?
— Sim, simplesmente perfeito, querida — concordou Bob.
Priscilla franziu o semblante quando o mordomo abriu a porta e anunciou:
— O bispo de Grimsby e a senhora Hadley.
— Milorde — saudou-o Priscilla —, que bom que o senhor pôde vir. Permita que lhe apresente a senhorita Jessica Clifton, que acabou de se tornar noiva de meu filho.
— Clive sortudo — disse o bispo, mas tudo em que Jessica conseguiu pensar foi em quanto gostaria de retratá-lo naquela esplêndida sobrecasaca preta, incluindo a camisa de clérigo púrpura e seu luzente colarinho branco.

Alguns minutos depois, o prefeito de Louth chegou. Priscilla fez questão de apresentá-lo aos convivas como Patrick Smith. Quando a mãe de Clive deixou a sala para receber seu último convidado, o prefeito disse a Jessica em voz baixa:

— Apenas minha mãe e Priscilla me chamam de Patrick. Só espero que você me chame de Pat.

E então Jessica ouviu uma voz da qual jamais se esqueceria:

— Querida Priscilla, há quanto tempo não nos vemos!

— Há muito tempo mesmo, querida!

— A gente simplesmente não visita o norte com a frequência que deveria, e temos tanta coisa para pôr em dia... — observou Virginia enquanto acompanhava a anfitriã até a sala de estar.

Depois que apresentou Virginia ao bispo e ao prefeito, Priscilla a conduziu pela sala para que conhecesse Jessica.

— E agora me permita apresentar-lhe a senhorita Jessica Clifton, que acabou de se tornar noiva de Clive.

— Boa noite, Lady Virginia. Acho que não se lembra de mim.

— Como poderia esquecer? Se bem que, na época, você tivesse apenas 7 ou 8 anos. Vejam só! — exclamou ela, dando um passo atrás, admirada. — Não é que se transformou numa jovem linda! Sabe, você me faz lembrar muito de sua querida mãe. — Jessica ficou atônita, mas isso não pareceu importar muito para a interlocutora. — E ouço dizerem coisas maravilhosas de seu trabalho na Slade. Seus pais devem estar muito orgulhosos de você.

Somente depois, muito depois, Jessica começou a se perguntar como Lady Virginia ficara sabendo de seu trabalho artístico. Em todo caso, encantou-se com comentários como "que vestido deslumbrante", "que anel magnífico" e "Clive é mesmo um rapaz sortudo".

— Mais um mito destruído — observou Clive enquanto entravam na sala de jantar de braços dados.

Mas Jessica não estava plenamente convicta e sentiu-se aliviada quando acabou sentando-se entre o prefeito e o bispo, enquanto Lady Virginia se acomodou à direita do senhor Bingham, na outra extremidade da mesa, longe o bastante para impedir que Jessica conversasse com ela. Depois de o prato principal ser recolhido — havia mais criados do que convidados na mansão —, o senhor Bingham, sentado à cabeceira da mesa, bateu em seu copo com uma colher e se levantou.

— Hoje — anunciou ele —, estamos acolhendo em nosso lar um novo membro da família, uma jovem muito especial, que honrou meu filho aceitando tornar-se sua esposa. Caros amigos — propôs ele, levantando o copo —, façamos um brinde a Jessica e a Clive.

Todos se levantaram e repetiram as palavras do anfitrião:

— A Jessica e a Clive. — Até Virginia levantou o copo, com Jessica perguntando-se se seria possível sentir-se mais feliz.

Depois de os convidados saborearem mais algumas taças de champanhe, o bispo se desculpou e disse que precisava ir, explicando que celebraria uma missa de manhã e, portanto, deveria reler o sermão. Priscilla acompanhou a ele e à esposa até a porta para se despedir de ambos. Alguns minutos depois, foi a vez de o prefeito agradecer aos anfitriões e se despedir, não sem antes parabenizar mais uma vez o feliz casal de noivos.

— Boa noite, Pat — disse Jessica ao prefeito, que a recompensou com um sorriso antes de partir.

Assim que o prefeito foi embora, o senhor Bingham voltou para a sala de estar e disse à esposa:

— Vou fazer a caminhada noturna com os cachorros, assim também deixarei as duas a sós. Suponho que devam ter muita coisa para pôr em dia, já que faz muito tempo que não se veem.

— Acho que é uma indireta para dizer que devemos nos retirar também — disse Clive, que deu boa noite à mãe e à Lady Virginia, saindo da sala e acompanhando Jessica até o quarto.

— Que vitória a nossa — disse Clive assim que fechou a porta. — Parece que conquistamos até a simpatia de Lady Virginia. Mesmo porque você está simplesmente deslumbrante nesse vestido.

— Tudo graças à generosidade de sua mãe — observou Jessica, dando-se mais uma olhada no longo espelho.

— E não se esqueça do patê de peixe do vovô.

— Mas onde está o lindo xale que sua mãe me deu? — indagou Jessica, olhando ao redor no quarto. — Deve ter ficado na sala de estar. Vou pegá-lo.

— Não pode esperar até amanhã de manhã?

— Claro que não — respondeu Jessica. — Nunca deveria tê-lo perdido de vista.

— Só espero que não fique conversando com aquelas duas, pois, provavelmente, já estão planejando os detalhes de nosso casamento.

— Volto já — prometeu Jessica enquanto deixava o quarto cantarolando. A jovem desceu a escada alegremente e se achava apenas a alguns metros da porta da sala de estar, então entreaberta, quando ouviu a palavra "assassino" e estacou.

— No laudo médico, consta que foi morte acidental, apesar de o corpo de Sir Hugo ter sido encontrado numa poça de sangue com um abridor de cartas fincado no pescoço.

— E acha que há motivos para se acreditar que Sir Hugo Barrington era pai dela?

— Não existe nenhuma dúvida. E, sinceramente, a morte dele de certo modo foi um alívio para a família, pois estava prestes a ser julgado por fraude. Se isso tivesse acontecido, sem dúvida a empresa teria ido à falência.

— Eu não fazia nem ideia dessa história.

— E isso não é nem a metade, querida, pois a mãe de Jessica cometeu suicídio para evitar ser acusada pelo assassinato de Sir Hugo.

— Simplesmente não consigo acreditar. Ela parecia uma jovem tão respeitável.

— Lamento dizer que as coisas não melhorariam muito se você investigasse com cuidado o lado Clifton da família. Como a mãe de Harry Clifton era uma prostituta bem conhecida, ele nunca teve muita certeza de quem foi seu verdadeiro pai. Numa situação normal, eu não teria mencionado nada disso — prosseguiu Virginia —, mas acho que você não poderia enfrentar um escândalo justamente neste momento.

— Por que justamente neste momento? — indagou Priscilla.

— Sim, justamente agora. Eu soube, de uma fonte confiável, que o primeiro-ministro está pensando em pleitear para Robert a concessão do título de cavaleiro, o que significa, logicamente, que passariam a chamá-la de Lady Bingham.

Priscilla pensou durante alguns segundos antes de dizer:

— Você acha que Jessica sabe a verdade a respeito dos pais? Clive nunca deu um indício sequer da possibilidade de um escândalo.

— Claro que sabe, mas ela nunca teve a intenção de contar a verdade a você ou a Clive. A vadiazinha estava alimentando a esperança de pôr um anel de ouro no dedo antes que o fato viesse a público. Você ainda não percebeu que ela vem tentando levar Robert pelo beiço? A promessa de fazer o retrato dele não passa de um golpe de mestre.

Jessica sufocou o primeiro soluço de um choro convulsivo, virou-se e subiu a escada correndo.

— Mas o que está acontecendo, Jess? — perguntou Clive quando ela entrou correndo no quarto.

— Lady Virginia estava dizendo à sua mãe que sou filha de uma assassina... que matou meu pai — contou entre soluços. — Que... que minha avó era prostituta e que só estou interessada em me apossar de seu dinheiro.

Clive a envolveu nos braços e tentou acalmá-la, mas ela estava inconsolável.

— Deixe isto comigo — disse ele, soltando-a e pondo o roupão. — Vou dizer à minha mãe que não dou a mínima para o que Lady Virginia acha, pois nada neste mundo vai impedir que me case com você. — Ele a envolveu nos braços mais uma vez, antes de sair do quarto. Desceu a escada pisando duro e foi direto para a sala de estar.

— Que monte de mentiras você vem espalhando a respeito de minha noiva? — perguntou, olhando direto para Virginia.

— É a mais pura verdade — respondeu a mulher calmamente. — Achei que era melhor que sua mãe soubesse antes que você se casasse, não depois, quando seria tarde demais.

— Mas afirmar que a mãe de Jessica era uma assassina...

— E não é tão difícil assim confirmar a verdade.

— E que a avó dela era uma prostituta?

— Lamento dizer que todo mundo sabe disso em Bristol.

— Ora, não estou nem aí — retrucou Clive. — Adoro Jess e que se danem as consequências, pois lhe garanto, Lady Virginia, que não vai me impedir de casar com ela.

— Clive, querido — atalhou a mãe com calma —, acho melhor você pensar um pouco mais, em vez de tomar uma decisão tão precipitada.

— Não preciso pensar para me casar com a criatura mais perfeita da Terra.

— Mas, se você se casar com essa mulher, com que recursos viveriam?

— Mil e quatrocentas libras por ano será mais que suficiente.

— Mas mil libras desse dinheiro é a mesada que ganha de seu pai, e quando ele souber...

— Então, teremos que nos virar com o meu salário. Afinal, parece que outras pessoas conseguem.

— Nunca lhe passou pela cabeça, Clive, de onde vêm essas quatrocentas libras?

— Sim. Da Curtis Bell & Getty, da qual ganho cada centavo de meu salário com meu próprio suor.

— Acredita mesmo que essa agência o empregaria se ela não tivesse a conta da Bingham's Fish Paste?

Clive silenciou durante algum tempo.

— Então, vou arranjar outro emprego — disse ele por fim.

— E onde acha que poderia morar?

— Em meu apartamento, claro.

— Mas por quanto tempo? É bom saber que o contrato de aluguel do apartamento na Glebe Place termina em setembro. E sei que seu pai pretende renová-lo, mas, considerando a situação atual...

— A senhora pode ficar com o maldito apartamento, mãe. Mas não prejudicará meu relacionamento com Jessica — asseverou Clive, dando as costas para as duas.

Em seguida, saiu da sala e fechou a porta devagar, mas subiu correndo a escada, esperando convencer Jessica de que nada tinha mudado entre os dois e sugerir que voltassem de carro para Londres imediatamente. Ele a procurou nos dois quartos, mas não a achou em lugar em nenhum. No entanto, viu que, na cama da noiva, havia dois vestidos, uma pequena bolsa de gala, um par de sapatos, um anel de noivado e um desenho do rosto de seu pai. Clive voltou correndo para o andar inferior, onde encontrou o pai em pé na antessala, incapaz de esconder a própria raiva.

— O senhor viu a Jessica?

— Sim, vi. Mas lamento informar que nada que eu dissesse seria capaz de impedi-la de partir. Ela me contou o que aquela mulher detestável falou, e quem pode culpar a pobre garota por não querer passar mais uma noite sequer nesta casa? Pedi a Burrows que a levasse de carro até a estação. Vista-se e vá atrás dela, Clive. Não a perca, pois nunca achará alguém como ela na vida.

Clive voltou correndo para o andar de cima enquanto o pai se dirigia para a sala de estar.

— Soube da notícia trazida por Virginia, Robert? — perguntou Priscilla quando ele ia entrando na sala.

— Com certeza — respondeu, virando-se para encarar Virginia. — Agora, escute bem, Virginia. Quero que saia desta casa imediatamente.

— Mas, Robert, eu estava apenas tentando ajudar minha amiga querida.

— Você sabe muito bem que não estava tentando fazer nada disso. Veio aqui com o único objetivo de arruinar a vida daquela jovem.

— Mas, Robert querido, Virginia é minha velha amiga...

— Só quando isso convém aos interesses dela. E você nem pense em tentar defender esta mulher, pois, do contrário, poderá ir com ela, e logo descobrirá quanto ela é sua amiga.

Virginia se levantou e caminhou lentamente em direção à porta.

— Lamento dizer, Priscilla, que não a visitarei mais.

— Então, pelo menos algo de bom resultou desta situação — observou Robert.

— Ninguém jamais falou comigo dessa maneira — disse Virginia, voltando-se para encarar seu adversário.

— Então, sugiro que releia o testamento de Elizabeth Barrington, pois ela com certeza sabia muito bem que tipo de pessoa você é. Agora, saia, antes que eu a ponha para fora.

O mordomo quase não conseguiu abrir a porta a tempo de permitir que Lady Virginia prosseguisse numa retirada apressada e raivosa.

Clive abandonou o carro na frente da estação e atravessou correndo a passarela para tentar alcançar logo a plataforma três. Chegou a ouvir o apito do guarda e, quando atingiu o último degrau da escada, o trem já estava partindo. Correu atrás da composição como se estivesse participando de uma final dos cem metros, e estava começando a emparelhar com ele, mas o trem ganhou velocidade justamente quando Clive alcançou o fim da plataforma. Esbaforido, curvou-se, apoiando as mãos nos joelhos, tentando recuperar o fôlego. Logo que o último vagão desapareceu de vista, ele se virou e iniciou a caminhada de volta pela plataforma. Chegando ao carro, já havia tomado uma decisão.

Clive entrou no veículo, ligou o motor e seguiu para o fim da via. Se virasse à direita, voltaria a Mablethorpe. Mas optou por virar à esquerda e foi se orientando pelas placas que o conduziriam à A1. Como sabia que o trem matinal parava em quase todas as estações entre Louth e Londres, com um pouco de sorte, ele estaria de volta ao apartamento antes que Jessica chegasse lá.

Passar pela porta principal trancada não foi problema para o invasor, e, embora o prédio fizesse parte de um condomínio moderno e elegante, o conjunto não era de padrão alto o bastante para empregar um porteiro noturno. O homem subiu a escada com cuidado, provocando rangidos ocasionais, mas nada que acordasse alguém às duas da madrugada.

Quando alcançou o patamar do segundo andar, localizou rapidamente o apartamento de número quatro. Antes de agir, olhou para ambos os lados do corredor, mas não viu nem sinal de morador. Dessa vez, demorou um pouco mais para que conseguisse violar as duas fechaduras. Assim que entrou no apartamento, fechou a porta devagarinho e acendeu a luz, pois sabia que não seria incomodado. Afinal, também sabia também onde ela passaria o fim de semana.

O invasor circulou pelo pequeno apartamento, sem se apressar na identificação de todos os quadros que estava procurando: sete na sala de estar, três no quarto, um na cozinha e, como prêmio inesperado, um grande quadro a óleo encostado na parede ao lado da porta, com um adesivo indicando "*Neblina Dois*. Para ser entregue à RA até terça-feira". Assim que transferiu todos para a sala de estar, eles os enfileirou num canto. E viu que não eram nada maus. Hesitou um pouco de tirar o canivete automático do bolso e executar as ordens do pai.

—

O trem chegou à estação de St. Pancras pouco depois das 2h40, quando Jessica havia decidido o que faria. Iria de táxi ao apartamento de Clive, onde recolheria os pertences e telefonaria a Seb, perguntando-lhe se poderia ficar na casa dele por alguns dias até que achasse um lugar para morar.

— Está tudo bem com você, querida? — perguntou o motorista enquanto ela se acomodava pesadamente no banco traseiro do táxi.

— Estou bem. Número 12 da Glebe Place, Chelsea — respondeu ela, sem mais lágrimas para derramar.

Quando o táxi parou na frente do bloco de apartamentos, Jessica deu ao motorista uma cédula de meia libra, tudo que ela tinha, e disse:

— O senhor faria a gentileza de esperar? Vou pegar o restante e voltarei o mais rápido possível.

— Claro, querida.

—

O invasor tinha quase concluído o trabalho, que estava adorando, quando achou ter ouvido um carro parar lá embaixo na rua.

Ele pôs o canivete em cima de uma mesa, foi para a janela e entreabriu a cortina a tempo de vê-la sair do banco traseiro do táxi e dizer algo ao motorista. Alarmado, voltou a atravessar a sala às pressas, apagou a luz e abriu a porta; mais uma rápida olhada em ambos os lados do corredor e, de novo, nem sinal de morador.

Tratou de descer a escada ligeiro e, ao abrir a porta na portaria, viu Jessica vindo em sua direção pela viela de acesso. Ela estava tirando a chave da bolsa quando o homem passou apressado; então olhou ao redor de si, mas não o reconheceu, fato que a surpreendeu, pois achava que conhecia todos os moradores do edifício.

Em todo caso, entrou no prédio e começou a subir a escada. Sentiu-se muito cansada quando alcançou o segundo andar e abriu a porta do apartamento número quatro. Precisava antes de tudo telefonar para Seb, informando-o acerca do que havia acontecido. Jessica acendeu a luz e dirigiu-se para o telefone, instalado no outro lado da sala, e foi quando viu seus quadros.

Clive entrou com o carro na Glebe Place vinte minutos depois, ainda embalado pela esperança de que talvez conseguisse chegar ao apartamento antes dela. Assim que se aproximou do prédio, olhou para cima e viu a luz do quarto acesa. "Jess está lá", pensou, com imenso alívio.

Estacionou o carro atrás de um táxi que ainda estava com o motor ligado. Estaria esperando por ela? Torceu para que não fosse o caso. Abriu a porta da frente e subiu a escada correndo. Logo que alcançou o segundo andar, viu a porta do apartamento escancarada e todas as luzes acesas. Entrou de um ímpeto e, assim que seus olhos pousaram nas obras, caiu de joelhos, sentindo-se violentamente atingido nas mais recônditas fibras do coração. Ficou olhando fixamente para as ruínas espalhadas ao seu redor. Todos os quadros de Jessica, aquarelas e pinturas a óleo pareciam ter sido estocados com uma faca muitas e muitas vezes, com exceção de *Neblina Dois*, onde havia um grande orifício com bordas irregulares, feito bem no meio da tela. O que a teria induzido a fazer algo tão irracional?

— Jess! — gritou, mas não ouviu resposta.

Ele se levantou e entrou lentamente no quarto, onde também não havia nenhum sinal dela. Então ouviu o som de uma torneira aberta e, virando-se abruptamente, viu um fio de água fluindo por baixo da porta do banheiro. Ele correu para lá, abriu a porta rapidamente e fitou, estarrecido, sua amada Jessica. A cabeça da jovem flutuava na água, mas o pulso, com dois cortes longos e profundos não mais derramando sangue, pendia frouxamente num dos lados da banheira, apoiado sobre a borda. Foi então que viu o canivete automático caído no chão, ao lado dela.

Ele tirou gentilmente da banheira o corpo sem vida da noiva e desabou no piso, segurando-a nos braços. Chorou convulsivamente, com um único pensamento fervilhando na mente: se ao menos não tivesse voltado ao andar de cima para se vestir, mas pegado o carro e seguido direto para a estação, Jessica ainda estaria viva.

A última coisa da qual se lembrava de ter feito foi ter pegado o anel de noivado no bolso e tê-lo posto no dedo dela.

25

Quando o bispo de Bristol olhou do púlpito para a congregação lotada de St. Mary Redcliffe, lembrou-se da intensa influência que Jessica Clifton exercera na vida de tantas pessoas durante sua breve vida. Afinal de contas, ele expunha com orgulho um retrato seu como decano de Truro no corredor de sua residência oficial. Então, olhou de relance para as anotações antes de começar a falar:

— Quando uma pessoa querida morre na faixa dos 70 ou 80 anos — observou —, nós nos reunimos para prantear a sua ausência. Externamos lembranças de suas longas vidas com carinho, respeito e gratidão, compartilhando anedotas e momentos felizes. Vertemos lágrimas, com certeza, mas, ao mesmo tempo, aceitamos o fato de que a morte faz parte da ordem natural das coisas. Mas, quando morre uma jovem e bela mulher, dotada de um raro talento, que fazia muitas pessoas mais velhas não duvidar em momento nenhum de que ela lhes superava, é inevitável que derramemos muito mais lágrimas, pois somente nos resta imaginar tudo o que poderia ter sido.

Emma tinha derramado tantas lágrimas desde que soubera da notícia que, àquela altura, estava mental e fisicamente exausta. Só lhe restava perguntar-se se havia algo que poderia ter feito para impedir que sua amada filha sofresse uma morte tão cruel e desnecessária. "Claro que havia", concluiu em pensamento. Ela deveria ter-lhe contado a verdade. Emma se sentia tão culpada quanto qualquer pessoa passível de culpa.

Harry, sentado ao lado da esposa na primeira fileira de bancos da igreja, havia envelhecido uma década em uma semana e não tinha dúvida de quem era o culpado por aquilo. A morte de Jessica o fazia lembrar-se constantemente de que ele deveria ter-lhe contado, anos atrás, por que a haviam adotado. Se o tivesse feito, ela com certeza estaria viva.

Giles estava sentado entre as duas irmãs, segurando as mãos delas pela primeira vez em anos. Ou seriam elas que estariam segurando as mãos dele? Grace, que não gostava de exibir muita emoção em público, chorou durante toda a missa.

Sebastian, sentado também ao lado do pai, não prestava atenção em nada do que o bispo dizia. Não acreditava mais num deus compassivo, soberanamente solícito e compreensivo, que dava com uma mão e tomava com a outra. Afinal, perdera a melhor amiga, a quem adorava, e achava que ninguém jamais poderia substitui-la.

Harold Guinzburg mantinha-se sentado discretamente nos fundos da igreja. Quando telefonara para Harry, não sabia que a vida dele tinha sido arrasada de uma hora para outra. Telefonara apenas para transmitir-lhe a feliz notícia de que seu último romance havia alcançado o topo da lista do *The New York Times* dos mais vendidos.

O editor deve ter ficado surpreso com a ausência de uma reação positiva por parte de seu escritor. Mas, por outro lado, como poderia saber que Harry não se importava mais com essas conquistas inúteis e que teria ficado contente se não tivesse vendido um único exemplar sequer, se, em vez disso, Jessica pudesse estar ali, em pé ao lado dele, e não ser posta prematura para descansar no leito de um sono eterno.

Depois que a cerimônia fúnebre terminou e foram todos embora para continuar suas vidas, Harry caiu de joelhos diante do túmulo da filha e permaneceu ali. Não seria nada fácil expiar seu pecado. Afinal, já se dera conta de que não viveria um dia, nem talvez uma hora sequer, sem que Jessica invadisse seus pensamentos, rindo, falando e conversando com alegria, caçoando e brincando com todos. Tal como o bispo, ele também se perguntava o que poderia ter sido. Teria se casado com Clive? Como teriam sido os netos? Ele viveria tempo suficiente para vê-la tornar-se membro da Royal Academy? Como desejou que fosse ela quem estivesse ajoelhada diante do túmulo dele, pranteando a sua perda.

— Perdoe-me — rogou em voz alta.

O que tornava as coisas ainda piores era que ele sabia que ela lhe teria perdoado.

CEDRIC HARDCASTLE

1964

26

— Durante toda a minha vida, meus colegas me consideraram cauteloso, enfadonho, impassível. Mas também muitas vezes ouvi dizerem que sou um homem competente e confiável. "Com Hardcastle, ninguém consegue sair muito da linha." Foi sempre assim. Nas partidas de críquete da escola, sempre me punham na posição de pegador de bolas e nunca me pediam que iniciasse a série de rebatidas. No teatro da escola, eu sempre atuava como o carregador da lança, nunca como rei. E, na época das provas, eu sempre passava em todas as matérias, mas nunca ficava entre os três melhores alunos. Embora talvez outros se sentissem magoados, até mesmo insultados com esses epítetos, eu ficava lisonjeado. Pois, se você procura se estabelecer na vida como alguém preparado e confiável para cuidar do dinheiro de outras pessoas, então, em minha opinião, essas são justamente as qualidades que devem desejar de você.

"À medida que fui envelhecendo, fiquei, ao contrário do que se poderia esperar, ainda mais enfadonho, que, aliás, é a reputação que gostaria de levar para o túmulo quando entregar a alma ao Criador. Portanto, talvez seja um choque para os colegas sentados ao redor desta mesa saber que pretendo ignorar todas as convicções e os princípios em que baseei minha vida inteira, mas talvez ainda mais surpreendente seja eu lhes dizer que os convido a fazer o mesmo."

As outras seis pessoas sentadas em volta da mesa não o interromperam, embora prestassem atenção em cada palavra.

— Com isso em mente, pedirei a cada um dos senhores que me ajude a destruir um homem inescrupuloso, corrupto e maligno, de modo que, quando tivermos acabado com ele, estará tão falido que jamais conseguirá prejudicar outra vez quem quer que seja.

"Pude acompanhar a distância as ações de Dom Pedro Martinez, conforme ele buscava destruir sistematicamente as vidas de duas famílias decentes às quais me associei. E devo dizer aos senhores que não estou mais disposto a ficar apenas assistindo a tudo e, assim como Pôncio Pilatos, simplesmente lavar as mãos e deixar que outros façam o trabalho sujo.

"Afinal, no outro lado da moeda do homem cauteloso, enfadonho e impassível, estão cunhados os traços de uma reputação conquistada em atividades no centro financeiro de Londres durante uma vida inteira. Agora, pretendo tirar proveito dessa reputação cobrando favores e dívidas que, como um esquilo, acumulei por décadas. Com isso em mente, gastei recentemente um tempo considerável na criação de um plano para destruir Martinez e sua família, mas não posso contar com um resultado triunfal trabalhando sozinho."

Como antes, nenhum dos sentados ao redor da mesa chegou sequer a pensar em interromper o presidente do Farthings.

— Nos últimos anos, observei até onde esse homem está disposto a ir para destruir as famílias Clifton e Barrington, as quais estão representadas aqui hoje. Testemunhei, em primeira mão, a tentativa dele de influenciar um promissor cliente deste banco, o senhor Morita, da Sony International, a tirar o Farthings da lista de licitantes de um importante contrato de empréstimo, simplesmente porque Sebastian Clifton era meu secretário. Conseguimos esse contrato, mas somente pela coragem do senhor Morita de enfrentar Martinez, enquanto eu mesmo não fiz nada. Alguns meses atrás, li uma matéria no *The Times* sobre o misterioso Pierre Bouchard e o ataque cardíaco que nunca aconteceu, mas que fez Sir Giles Barrington ser obrigado a abandonar a disputa pelo cargo de líder do Partido Trabalhista, e, então, eu também não tomei uma atitude. Mais recentemente, compareci ao enterro de uma jovem muito talentosa, criatura inocente que fez o meu retrato, o qual os senhores podem ver na parede ao lado de minha mesa. Durante o enterro, conclui que não posso mais ser um homem enfadonho e impassível, e, se para isso for necessário abandonar os hábitos de uma vida inteira, que assim seja.

"Nas últimas semanas, sem que Dom Pedro Martinez soubesse o que estive tramando, conversei sigilosamente com os banqueiros, corretores de valores e especialistas em finanças que trabalham para ele. Todos acharam que estavam lidando com aquele sujeito enfadonho do Farthings, que jamais pensaria em exceder-se no exercício de sua autoridade, muito menos passar de qualquer limite. Em todo caso, descobri que, ao longo dos anos, Martinez, na verdade um tremendo oportunista, correu vários riscos sérios e, ao mesmo tempo, não demonstrou quase nenhum respeito pela lei. Se eu quiser que meu plano dê certo, o grande segredo será identificar a ocasião em que ele esteja se arriscando demais. Mesmo então, se quisermos vencê-lo com suas próprias armas, talvez também precisemos correr alguns riscos de vez em quando.

"Acho que os senhores devem ter notado que convidei outra pessoa para participar de nossa reunião de hoje; alguém cuja vida não foi marcada por esse homem. Meu filho Arnold é advogado — disse Cedric, acenando com a cabeça para sua própria cópia esculpida e encarnada, sentada à sua direita — e, assim como eu, é considerado uma pessoa competente e confiável, e foi por isso que lhe pedi que atuasse como minha consciência e guia. Porque como, pela primeira vez em minha vida, pretendo dar um "jeitinho" na lei, quase a ponto de infringi-la, precisarei de uma pessoa que me represente que seja capaz de se manter imparcial, impassível e objetiva. Em suma, meu filho atuará como nossa bússola moral.

"Agora, pedirei a ele que revele o que tenho em mente, de modo que os senhores não tenham dúvida do risco que correrão se decidirem unir-se a mim nesta empreitada. Arnold."

— Senhoras e senhores, meu nome é Arnold Hardcastle e, para grande desgosto de meu pai, optei pela profissão de advogado, em vez de seguir a carreira de banqueiro. Considero um elogio quando ele diz que sou, tal como ele, competente e confiável, pois, se quisermos que esta operação dê certo, um de nós precisará dessas qualidades. Depois de ter estudado o programa de orçamento do governo, acredito que descobri uma forma de fazer o plano de meu pai funcionar, e, ainda que não vá infringir a letra da lei, certamente a desprezará em espírito. Mesmo com essa condição, deparei com um problema que talvez acabe se revelando insolúvel: precisamos achar uma pessoa que ninguém sentado nesta mesa conhece, mas que esteja tão convicta da necessidade de se levar Dom Pedro Martinez aos tribunais quanto todos vocês.

Embora ninguém houvesse dito nada, as palavras do advogado foram recebidas com semblantes de surpresa.

— Recomendei a meu pai, caso não consigamos achar esse tipo de pessoa — prosseguiu Arnold Hardcastle —, que abandone o projeto e dispense a todos vocês, mas estejam cientes de que talvez passem o resto de suas vidas em constante estado de alerta, sempre na incerteza de quando será a próxima vez que Pedro Martinez atacará. — O advogado fechou a pasta. — Alguma pergunta?

— Não tenho nenhuma — disse Harry —, mas não consigo ver como será possível achar esse tipo de pessoa, considerando as circunstâncias. Todas que conheço que tiveram algum contato com Martinez detestam o sujeito tanto quanto eu, e desconfio que tal deva ser o caso também de todos sentados a esta mesa.

— Concordo — retrucou Grace. — Aliás, eu ficaria muito feliz se tirássemos a sorte com palhinhas para decidir qual de nós deve matá-lo. Não me importaria em passar alguns anos presa se isso servisse para finalmente nos livrarmos daquela criatura asquerosa.

— Nesse caso, eu não poderia ajudá-la — advertiu Arnold. — Minha especialização é advocacia empresarial, não criminal. A senhora precisaria procurar outro advogado. Caso, porém, decida seguir esse caminho, tenho uma ou duas recomendações.

Emma riu pela primeira vez desde a morte de Jessica, mas Arnold Hardcastle não.

— Aposto que existe pelo menos uma dúzia de homens na Argentina que satisfaria esses requisitos — comentou Sebastian. — Mas como poderíamos achá-los se nem mesmo sabemos quem são?

— E, quando os achassem — argumentou Arnold —, vocês anulariam o objetivo do plano de meu pai, pois, se a operação acabar sendo levada aos tribunais, não poderiam alegar que não sabiam da existência deles.

Houve mais um momento de silêncio na sala, finalmente rompido por Giles, que não tinha falado até então.

— Acho que descobri por acaso um homem que pode servir — disse, prendendo a atenção de todos os presentes ao redor da mesa com uma única frase.

— Se for mesmo o caso, Sir Giles, precisarei fazer-lhe algumas perguntas a respeito dele — avisou Arnold. — E, legalmente falando, a única resposta aceitável será "não". Caso o senhor responda, ainda que a uma única de minhas perguntas, com "sim", então o homem não servirá para executar o plano de meu pai. Está claro?

Giles assentiu, levando o advogado a abrir sua pasta e Emma a cruzar os dedos.

— O senhor já teve algum tipo de contato com esse homem?
— Não.
— O senhor realizou algum tipo de transação comercial com ele, diretamente ou por intermédio de terceiros?
— Não.
— Já falou com ele por telefone?
— Não.
— Ou o contatou por carta?
— Não.
— O senhor o reconheceria se ele passasse pelo senhor na rua?
— Não.
— E, por fim, Sir Giles, ele já entrou em contato com o senhor em sua competência de parlamentar?
— Não.
— Obrigado, Sir Giles. O senhor foi aprovado na primeira parte do teste com nota máxima, mas passaremos agora a outra série de perguntas, todas igualmente importantes, mas, desta vez, a única resposta aceitável será "sim".
— Compreendo — afirmou Giles.
— Esse homem tem bons motivos para detestar Dom Pedro Martinez tanto quanto o senhor?
— Sim, acredito que sim.
— Ele é tão rico quanto Martinez?
— Com certeza.
— Ele tem fama de ser uma pessoa honesta e justa?
— Que eu saiba, sim.
— Por último, embora não menos importante, o senhor acha que ele estaria disposto a correr um grande risco?
— Sem dúvida.
— Como o senhor respondeu a todas as minhas perguntas satisfatoriamente, Sir Giles, peço-lhe que faça a gentileza de escrever o

nome desse cavalheiro no bloco de anotações na frente do senhor, sem deixar que ninguém mais na mesa saiba quem ele é.

Giles anotou o nome do homem, arrancou a folha do bloco, dobrou-a e entregou-a ao advogado, que, por sua vez, a repassou ao pai.

Cedric Hardcastle desdobrou a folha, rogando, com uma prece íntima, que jamais houvesse mantido algum tipo de contato com o sujeito na vida.

— O senhor conhece esse homem, papai?

— Somente por sua reputação — respondeu Cedric.

— Excelente. Então, se ele concordar em ir adiante com seu plano, ninguém nesta mesa estará infringindo a lei. Mas, Sir Giles — advertiu o advogado, voltando-se para o representante da zona portuária de Bristol no parlamento —, o senhor não deve jamais entrar em contato com esse homem e não pode revelar o nome dele a nenhum membro das famílias Barrington ou Clifton, principalmente se um deles for acionista da Barrington Shipping. Se o senhor fizer isso, o juiz poderá achar que estava em conluio com terceiros e, portanto, infringindo a lei. Entendeu bem?

— Sim — respondeu Giles.

— Obrigado, senhor — agradeceu o advogado enquanto recolhia os papéis. — E boa sorte, papai — disse baixinho, antes de fechar a pasta e se retirar da sala, sem dizer mais nada.

— Como você pode estar tão certo assim, Giles — perguntou Emma tão logo o advogado saiu e fechou a porta —, de que um homem que não conhece e com qual nunca teve contato aceitará participar do plano do senhor Hardcastle?

— Depois que Jessica foi enterrada, perguntei a um dos carregadores de caixão quem era o homem que tinha chorado durante a cerimônia inteira, como se tivesse perdido uma filha, e que depois se retirou às pressas do local. Esse foi o nome que ele me deu.

— Não existem provas de que Luis Martinez matou a garota — disse Sir Alan —, mas apenas de que destruiu os quadros dela.

— No entanto, as impressões digitais dele estavam no cabo do canivete — observou o coronel. — E isso é prova suficiente para mim.

— Como também as de Jessica. Portanto, um bom advogado conseguiria inocentá-lo.

— Mas ambos sabemos que Martinez foi responsável pela morte da jovem.

— Talvez. Mas eles não veem as coisas assim nos tribunais.

— Então, o senhor está me dizendo que não posso dar a ordem para assassiná-lo?

— Ainda não — respondeu o chefe de gabinete de ministros.

O coronel tomou um gole de cerveja e mudou de assunto.

— Eu soube que Martinez demitiu seu motorista particular.

— Ninguém demite Kevin Rafferty. Ele simplesmente vai embora quando termina o serviço ou quando não lhe pagam.

— Então, o que aconteceu desta vez?

— O serviço deve ter sido terminado. Do contrário, você não teria que se dar o trabalho de matar Martinez, pois Rafferty já teria feito o serviço.

— É possível que Martinez tenha perdido o interesse em destruir os Barrington?

— Não. Enquanto Fisher permanecer na diretoria, tenha certeza de que Martinez continuará a querer se vingar de todos os membros da família.

— E onde Lady Virginia se encaixa nisso tudo?

— Ela ainda não perdoou a Sir Giles por ele ter ficado do lado de seu amigo Harry Clifton na época da disputa em torno do testamento da mãe, quando Lady Barrington comparou a nora com sua gata siamesa, Cleópatra, dizendo que ambas eram "lindas, elegantes, mas predadoras fúteis e astutas". Memorável.

— Gostaria que eu ficasse de olho nela também?

— Não. Lady Virginia não infringe leis. Contrata alguém para fazer isso por ela.

— Então, está me dizendo que não posso fazer nada por enquanto, a não ser manter Martinez sob estrita vigilância e informar ao senhor os acontecimentos?

— Paciência, coronel. Pode ter certeza de que ele cometerá outro erro e, quando acontecer, sentirei imensa satisfação em aproveitar as habilidades especiais de seus colegas — assegurou Sir Alan, que ingeriu uma dose de gim-tônica, levantou-se e saiu discretamente do pub, sem nem mesmo apertar a mão do coronel ou se despedir dele. Em seguida, atravessou a Whitehall rapidamente e entrou na Downing Street. Cinco minutos depois, estava em sua mesa trabalhando.

Cedric Hardcastle verificou o número antes de discar. Não queria que sua secretária soubesse quem era a pessoa para a qual estava ligando. Pouco depois, ouviu o sinal de chamada e esperou.
— Bingham's Fish Paste. Posso ajudá-lo?
— Eu gostaria de falar com o senhor Bingham.
— Quem deseja falar com ele, por gentileza?
— Cedric Hardcastle, do Farthings Bank.
— Espere um momento, por favor.
Cedric ouviu um clique e, instantes depois, uma voz com um sotaque tão carregado quanto o dele.
— Se você cuidar bem das moedas, as notas cuidarão bem de si mesmas.
— Estou lisonjeado, senhor Bingham — retrucou Cedric.
— Não deveria. Afinal, você comanda mesmo um ótimo banco. É uma pena que esteja do outro lado do rio Humber.
— Senhor Bingham, preciso...
— Bob. Ninguém me chama de senhor Bingham, exceto o coletor de impostos e maitres em busca de uma gorjeta maior.
— Bob, preciso me encontrar com você para tratar de um assunto particular e teria imensa satisfação de viajar a Grimsby para isso.
— Deve ser algo sério, pois poucas pessoas sentiriam satisfação em viajar a Grimsby — observou Bob. — Como presumo que talvez não queira abrir uma conta para a fábrica de patê de peixe, poderia me dizer do que se trata?

O Cedric enfadonho e impassível teria dito que preferiria discutir o assunto pessoalmente a fazê-lo por telefone. Mas o novo Cedric, remodelado e arrojado, disse:

— Bob, o que você daria para humilhar Lady Virginia Fenwick e safar-se de qualquer consequência?

— Metade de toda a minha fortuna.

MAJOR ALEX FISHER

1964

27

Barclays Bank
Halton Road
Bristol
16 de junho de 1964

Prezado major Fisher:

Hoje de manhã, honramos dois cheques e uma ordem de pagamento permanente apresentados para liquidação por meio de sua conta bancária. O primeiro, no valor de 12 libras, 11 xelins e 6 pence, foi descontado pela West Country Building Society; o segundo, no valor de 3 libras, 4 xelins e 4 pence, foi sacado pela distribuidora de vinhos Harvey; e o terceiro título honrado por nós, no valor de 1 libra esterlina, foi referente a um pagamento em débito automático em favor da Sociedade dos Ex-Alunos do St. Bede.
 Como esses pagamentos fazem com que Vossa Senhoria ultrapasse seu limite de saque a descoberto de quinhentas libras esterlinas, sugerimos que não emita futuros cheques enquanto não houver fundos suficientes em sua conta bancária.

Fisher olhou para a correspondência matinal em cima da mesa e soltou um longo e profundo suspiro. Havia sobre o tampo mais envelopes pardos do que brancos, vários deles de comerciantes avisando que ele "deveria pagar suas dívidas num prazo de trinta dias", um deles lamentando ter sido obrigado a pôr o problema nas mãos de advogados. Não lhe ajudava que Susan se recusasse a devolver-lhe o valioso Jaguar, o que só aconteceria quando ele pusesse em dia as parcelas atrasadas da pensão. E pior ainda era que ele, não podendo sobreviver sem um carro, acabara comprando um Hillman Minx usado — mais uma despesa.

Ele colocou os finos envelopes pardos de lado e começou a abrir os brancos: um convite para participar de um jantar de gala com os colegas oficiais do Royal Wessex no refeitório do regimento, com a presença do orador e convidado especial marechal de campo Sir Claude Auchinleck; resolveu que aceitaria o convite em sua próxima remessa de correspondências; uma carta de Peter Maynard, presidente do Diretório do Partido Conservador local, perguntando se ele gostaria de ser um dos candidatos do partido nas eleições municipais. Horas incontáveis de campanha eleitoral e presença nos comícios de colegas para ouvi-los discursar em promoção dos próprios interesses, compromissos que resultavam em despesas cujo reembolso era sempre questionado e cuja única recompensa e honraria era ser chamado de "vereador". Não, obrigado. Responderia cordialmente que já havia assumido muitos compromissos. Estava abrindo o último envelope quando o telefone tocou.

— Major Fisher.

— Alex? — disse uma mulher com voz sussurrante, da qual ele nunca se esqueceria.

— Lady Virginia, que surpresa agradável.

— Me chame só de Virginia — pediu ela, o que significava que estava atrás de alguma coisa. — Fiquei pensando se você não teria planos para passar em Londres nas próximas semanas.

— Irei a Londres na terça-feira para encontrar-me com... Tenho um compromisso na Eaton Square, às 10 horas.

— Bem, como você sabe, moro logo depois de uma das esquinas da Cadogan Gardens. Por que não passa aqui para tomar um drinque? Que tal por volta do meio-dia? Tenho algo em mira que, além de interessar a nós dois, poderá ser muito bom para você.

— Tudo bem, ao meio-dia, na terça. Não vejo a hora de me encontrar com você de novo... Virginia.

—⁓—

— Você poderia explicar por que as ações da empresa vêm aumentando constantemente nos últimos trinta dias? — perguntou Martinez.

— É que o período das primeiras reservas para viagens no *Buckingham* está se revelando muito melhor do que o esperado — explicou Fisher. — E me disseram que os lugares para a viagem inaugural estão quase esgotados.

— Boa notícia, major, pois não quero que haja uma cabine vazia sequer nesse navio quando ele zarpar para Nova York. — Fisher estava prestes a perguntar por que, mas Martinez acrescentou: — E está tudo preparado para a cerimônia de batismo?

— Sim. Logo que a Harland & Wolff tiver concluído os testes em mar e fizer a entrega oficial do navio, anunciarão a data da cerimônia de lançamento. Aliás, melhor do que as coisas estão indo para a empresa atualmente seria impossível.

— Isso não vai durar muito — assegurou Martinez. — Todavia, major, é preciso que continue dando total apoio ao presidente, de forma que, quando a coisa estourar, ninguém suspeite de você — advertiu, levando Fisher a rir nervosamente. — E não deixe de me telefonar assim que a próxima reunião da diretoria terminar, pois só poderei prosseguir com meu plano quando souber a data da cerimônia.

— Por que a data é tão importante? — perguntou Fisher.

— Tudo a seu tempo, major. Assim que as coisas estiverem preparadas, você será o primeiro a ser informado — explicou Martinez, virando-se em seguida, pois ouviu alguém batendo à porta. Diego entrou na sala.

— Melhor eu voltar depois? — perguntou ele.

— Não. O major estava de saída. Ou há mais alguma coisa, Alex?

— Nada — respondeu Fisher, pensando se deveria contar a Dom Pedro seu encontro com Lady Virginia. Achou melhor calar-se. Afinal de contas, talvez não tivesse nada a ver com os Barrington ou os Clifton. — Telefonarei assim que souber a data.

— Não deixe de fazer isso, major.

— Ele faz ideia do que você está tramando? — perguntou Diego assim que Fisher saiu e fechou a porta.

— Nenhuma, mas prefiro que continue assim. Afinal, é improvável que se mostre muito disposto a cooperar quando descobrir que está prestes a perder o emprego. Mas vamos ao mais importante: você conseguiu o dinheiro extra de que preciso?

— Sim, mas terá um preço. O banco concordou em aumentar em mil libras o seu saque a descoberto. Porém, faz questão de exigir mais garantias enquanto as taxas de juros estiverem tão altas.

— E a garantia de minhas ações não é suficiente? Afinal, estão valendo quase tanto quanto paguei por elas.

— Mas não se esqueça de que o senhor teve de pagar ao motorista, o que acabou se revelando muito mais caro do que havíamos esperado.

— Aqueles filhos da mãe — protestou Martinez, que nunca havia contado a nenhum dos filhos a ameaça de Kevin Rafferty caso ele deixasse de pagar o que devia a tempo. — Mas ainda tenho meio milhão no cofre para emergências.

— Na última vez que verifiquei o saldo, vi que o senhor tinha apenas trezentas mil libras. E começo a me perguntar se vale mesmo a pena prosseguir com esta vingança contra os Barrington e os Clifton, quando existe a chance de irmos à falência.

— Não tenha medo — disse Dom Pedro. — Essa gente não terá coragem de me enfrentar quando for necessário um confronto decisivo, e não se esqueça de que já atacamos duas vezes — argumentou ele, sorrindo. — A morte de Jessica Clifton acabou se revelando um verdadeiro prêmio extra para nós e, assim que eu conseguir vender todas as minhas ações, terei condições de afundar a senhora Clifton, juntamente com o restante de sua valiosa família. É tudo uma questão de tempo, e sou eu que estou com o cronômetro

---

— Alex, há quanto tempo! Que bom que veio! Deixe-me pegar um drinque para você — disse Virginia, dirigindo-se ao bar. — Se me lembro bem, sua bebida favorita é gim-tônica, não é?

Alex ficou impressionado com o fato de ela se lembrar, considerando que não se viam desde a época em que Lady Virginia o fizera perder o cargo na diretoria da Barrington, cerca de nove anos antes. Mas ele mesmo não se esquecera da última coisa que ela lhe dissera antes de se separarem: "E quando digo adeus, é adeus mesmo."

— E como a família Barrington está se saindo, agora que você está de volta à diretoria?

— A empresa está quase superando os problemas pelos quais andou passando, e o primeiro período de reservas do *Buckingham* tem ido muito bem.

— Estava pensando em reservar uma suíte para a viagem inaugural até Nova York. Eles ficariam bem preocupados.

— Se fizer isso, não consigo imaginar que a convidarão para sentar-se com eles à mesa do capitão — observou Fisher, entusiasmando-se com a ideia.

— Quando atracarmos em Nova York, querido, a minha será a única mesa a que todos vão querer sentar-se — redarguiu ela, arrancando uma risada de Fisher.

— Foi para isso que me chamou aqui?

— Não, foi para algo muito mais importante — explicou Virginia, dando uns tapinhas numa parte do assento do sofá. — Sente-se aqui do meu lado. Preciso que me ajude num pequeno plano que venho preparando faz algum tempo, e você, major, com sua experiência militar e comercial, é a pessoa ideal para executá-lo.

Espantado, Alex ficou escutando, entre goles esporádicos da bebida, o que Virginia estava lhe propondo. Achava-se a ponto de rejeitar a ideia quando a viu abrir a bolsa, pegar um cheque de 250 libras e entregá-lo a ele. Por instantes tudo o que via à sua frente era uma pilha de envelopes pardos.

— Não acho que...

— E você receberá mais 250 assim que tiver concluído o serviço.

Alex, então, viu como se safar daquilo:

— Não, obrigado, Virginia — disse com firmeza. — Eu só aceitaria se recebesse tudo adiantado. Talvez você tenha se esquecido do que aconteceu na última vez que fizemos um negócio semelhante.

Virginia rasgou o cheque, e, embora Alex precisasse muito do dinheiro, ficou aliviado. No entanto, para surpresa dele, a mulher voltou a abrir a bolsa, pegou o talão e emitiu outro cheque, nominal ao major, no valor de quinhentas libras. Depois de assiná-lo, ela o deu a Alex.

Na viagem de volta para Bristol, o major cogitou rasgar o cheque, mas também não conseguia parar de pensar nas dívidas que tinha de pagar, com um dos credores ameaçando cobrá-las recorrendo a medidas legais, e nas parcelas de pensão atrasadas, além de nos envelopes pardos que ainda não tinha aberto e esperavam-no em cima da mesa.

Assim que havia descontado o cheque e pagado as contas, Alex soube que não tinha como voltar atrás. Passou os dois dias seguintes fazendo planos para executar a operação, como se fosse um oficial em campanha militar.

No primeiro dia, reconhecimento em Bath.

No segundo, preparativos em Bristol.

No terceiro, execução do plano em Bath.

No domingo, estava começando a se arrepender de ter-se envolvido no esquema, mas nem queria pensar na vingança que Virginia cometeria se ele a deixasse na mão no último minuto e não devolvesse o dinheiro.

Na segunda-feira de manhã, percorreu de carro os vinte quilômetros que o separavam de Bath. Lá chegando, deixou o veículo num estacionamento público, atravessou a ponte, passou pela área de lazer municipal e foi para o centro da cidade. Não precisou de mapa para orientar-se, pois havia passado a maior parte do fim de semana memorizando todas as vias do local, até que se sentisse capaz de percorrer a rota até mesmo vendado. Como costumava dizer seu antigo comandante, qualquer tempo gasto em preparativos raramente é tempo desperdiçado.

Alex iniciou sua jornada na principal rua da cidade, somente parando quando deparava com uma mercearia ou um dos novos supermercados do local. Assim que entrava num deles, estudava com cuidado as prateleiras e, se o produto visado estivesse à venda, comprava meia dúzia. Depois que completou a primeira parte da operação, Alex precisou visitar apenas um estabelecimento, o Angel Hotel, no qual procurou saber onde ficava o local das cabines telefônicas públicas. Satisfeito com os resultados, tornou a atravessar a ponte para retornar ao carro, onde pôs duas sacolas de compras no porta-malas e voltou para Bristol.

Ao chegar, estacionou o carro na garagem, tirando as sacolas de compras. Enquanto se alimentava de sopa de tomate Heinz e uma tortinha de salsicha, repassou muitas vezes o que teria de fazer no dia seguinte. E acordou muito durante a noite.

Após o café matinal, Alex sentou-se e leu a minuta da última reunião da diretoria, dizendo frequentes vezes a si mesmo que não podia seguir adiante com o plano.

Às 10h30, foi à cozinha, pegou uma garrafa de leite vazia no parapeito da janela e a lavou por dentro e por fora. Depois disso, envolveu-a com um pano de prato e a pôs na pia, em seguida pegando um martelo na primeira gaveta do armário. Então, começou a despedaçar a garrafa com o martelo, os cacos cada vez mais fragmentados, até que praticamente os pulverizasse, de tanto golpeá-los, e enchesse um pires com vidro em pó.

Quando concluiu a tarefa, exausto, como qualquer trabalhador que se respeitasse, fez uma pausa para descansar. Minutos depois, pegou um copo de cerveja, fez um sanduíche de queijo com tomate e sentou-se para ler o jornal matinal. O Vaticano exigia que se proibisse o uso da pílula anticoncepcional.

Passados quarenta minutos, reiniciou a tarefa. Pôs as duas sacolas de compras na bancada da pia, tirou delas os 38 potes pequenos e os alinhou caprichosamente em três fileiras, como se fossem soldados organizados para um desfile. Em seguida, desatarraxou a tampa de um dos primeiros potes e polvilhou uma pequena quantidade de pó de vidro nele, numa ação similar a colocar tempero num conteúdo. Voltou a tampar o pote e repetiu a operação mais 35 vezes, quando então repôs potes nas sacolas e as guardou no armário embaixo da pia.

Levou algum tempo lavando os restos de pó de vidro, fazendo-os escorrer pelo ralo da pia, até ter certeza de que não ficara nenhum vestígio no local. Pouco depois, saiu de casa, caminhou até o fim da rua, entrou na agência local do Barclays e trocou uma nota de uma libra por moedas de vinte xelins. No caminho de volta para o apartamento, comprou um exemplar do *Bristol Evening News*. Assim que chegou em casa, preparou uma xícara de chá, que levou para o escritório, onde se sentou à mesa e ligou para o auxílio à lista. Pediu à atendente informações sobre cinco telefones de Londres e um de Bath.

No dia seguinte, Alex pôs as sacolas de volta no porta-malas e partiu mais uma vez com destino a Bath. Depois que estacionou o carro num dos cantos da extremidade oposta do estacionamento público, tirou as sacolas e retornou ao centro da cidade, voltando a entrar em cada um dos estabelecimentos onde havia comprado os potes, e, discreto como um ladrão, repôs cada um nas prateleiras. Assim que terminou de repor o último pote na última loja, levou o único que mantivera consigo até o balcão de atendimento e pediu para falar com o gerente.

— Qual é o problema, senhor?

— Não quero fazer tempestade em copo d'água, colega — disse Alex —, mas comprei este pote de patê da Bingham um dia desses, que por sinal é o meu favorito, e, quando cheguei em casa e o abri, vi que havia vidro moído nele.

O gerente pareceu chocado quando Alex destampou o pote e pediu que ele mesmo examinasse de perto o conteúdo. O homem ficou ainda mais horrorizado ao enfiar o dedo e retirá-lo sangrando.

— Não sou o tipo de pessoa que adora reclamar — disse Alex —, mas talvez seja prudente verificar o restante do estoque e informar o ocorrido ao fornecedor.

— Farei isso imediatamente — prometeu o gerente, mostrando-se hesitante em seguida. — O senhor gostaria de apresentar uma queixa formal?

— Não, não. Tenho certeza de que é apenas um caso isolado e não quero causar problemas para você — respondeu Alex, depois apertando a mão de um gerente muito agradecido.

Estava prestes a partir quando o homem disse:

— O mínimo que podemos fazer, senhor, é lhe dar um reembolso.

Alex não queria demorar-se muito ali, temendo ficar gravado na memória deles, mas entendeu que, se fosse embora sem pegar o reembolso, talvez gerasse desconfiança. Quando se virou, o homem abriu a caixa registradora, pegou um xelim e o deu a ele.

— Obrigado — agradeceu Alex, embolsando o dinheiro e dirigindo-se para a porta em seguida.

— Desculpe incomodá-lo de novo, senhor, mas poderia fazer a gentileza de assinar um recibo?

Ainda que relutante, Alex virou-se mais uma vez, assinou "Samuel Oakshott", o primeiro nome que lhe ocorreu, de qualquer jeito na linha pontilhada e se retirou às pressas. Assim que ficou livre do gerente, voltou para o Angel Hotel por uma rota bem mais sinuosa do que aquela que havia planejado seguir originalmente. Quando chegou, olhou para trás, procurando ver se alguém o havia seguido. Satisfeito, entrou no hotel, foi direto para uma das cabines de telefone público e pôs vinte moedas de um xelim na prateleira. Em seguida, pegou uma folha de papel no bolso traseiro e ligou para o primeiro número da lista.

— *The Daily Mail* — respondeu a pessoa no outro lado da linha.
— Notícias ou anúncios?
— Notícias — respondeu Alex. A atendente solicitou que ele aguardasse que ia transferir a ligação para uma jornalista da redação.

Durante vários minutos, ele conversou com a jornalista sobre o lamentável incidente que tivera com um produto da Bingham's, que, por sinal, era seu favorito.

— O senhor vai processá-los? — perguntou ela.
— Ainda não decidi — respondeu Alex —, mas, com certeza, consultarei meu advogado.
— E qual é seu nome mesmo, senhor?
— Samuel Oakshott — repetiu sorrindo, imaginando como seu finado diretor de escola o teria censurado se descobrisse o que estava aprontando.

Alex ligou depois para o *The Daily Express*, o *The News Chronicle*, o *The Daily Telegraph*, o *The Times* e, só para garantir, para o *Bath Echo*. Antes de retornar para Bristol, telefonou à Lady Virginia, que disse:

— Eu sabia que podia confiar em você, major. Devemos nos encontrar de novo um dia desses, com certeza. É sempre muito divertido vê-lo.

Ele pôs no bolso os dois xelins que sobraram, saiu do hotel e voltou para o estacionamento. Na viagem de volta para Bristol, concluiu que talvez fosse bom não voltar a Bath tão cedo.

Na manhã do dia seguinte, Virginia mandou que comprassem um exemplar de todos os jornais, exceto do *The Daily Worker*.

Ela ficou exultante com a cobertura dada ao "Escândalo da Bingham's Fish Paste" (*The Daily Mail*). "O senhor Robert Bingham, presidente da empresa, publicou uma declaração confirmando que todos os estoques da Bingham's Fish Paste foram retirados da prateleira e que não serão substituídos até que tenha sido feita uma apuração cabal da ocorrência" (*The Times*).

"Uma autoridade do Ministério da Agricultura, Pesca e Alimentação assegurou ao público que será feita em breve uma inspeção das instalações da fábrica da Bingham's em Grimsby por agentes do setor de saúde pública e segurança no trabalho" (*The Daily Express*). "Ações da Bingham's se desvalorizam em cinco xelins nas primeiras negociações do dia" (*The Financial Times*).

Quando Virginia terminou de ler todos os jornais, só lhe restou torcer para que Robert Bingham conseguisse adivinhar quem tinha planejado toda a operação. Ficou pensando em como seria adorável tomar café em Mablethorpe Hall naquela manhã e ouvir as impressões de Priscilla sobre o incidente infeliz. Então, deu uma olhada no relógio e, certa de que Robert tinha ido para a fábrica, pegou o telefone e ligou para um número de Lincolnshire.

— Minha querida Priscilla — disse com fingida comoção —, estou ligando apenas para dizer que fiquei muito triste quando soube pelos jornais do lamentável incidente em Bath. Muito lamentável mesmo.

— Muita gentileza ter ligado, querida — retrucou Priscilla. — A gente vê quem são nossos amigos de verdade numa situação como esta.

— Bem, pode ter certeza de que, se algum dia você precisar de mim, estarei sempre à sua disposição do outro lado da linha. E, por favor, diga a Robert que mandei um abraço e meus mais sinceros sentimentos de solidariedade. Só espero que ele não fique muito triste com a probabilidade de não ser mais indicado para a concessão do título de cavaleiro.

28

Todos se levantaram quando Emma chegou e se dirigiu à cabeceira da mesa para sentar-se. Fazia algum tempo que ela vinha esperando ansiosamente esse momento.

— Cavalheiros, permitam-me iniciar a reunião informando à diretória que, ontem, o preço das ações da empresa voltou ao seu pico histórico e que nossos acionistas receberão dividendos pela primeira vez depois de anos.

O anúncio provocou murmúrios de aprovação ao redor da mesa, acompanhados por sorrisos de todos os diretores, exceto um.

— Agora que superamos esses tempos, avancemos para o futuro. Ontem, recebi um relatório preliminar do Departamento de Transportes sobre as condições de navegabilidade do *Buckingham*. Embora passível de algumas pequenas modificações e emissível somente após a conclusão dos testes de navegação, o departamento deve nos conceder um certificado de navegação definitivo até o fim do mês. Assim que o tivermos, o navio partirá de Belfast e seguirá para Avonmouth. Tenho a intenção, senhores, de realizar a próxima reunião da diretoria na ponte de comando do *Buckingham*, de forma que todos possamos fazer uma turnê de reconhecimento das instalações do navio e ver, em primeira mão, aquilo em que investimos o dinheiro de nossos acionistas.

"Sei que esta diretoria ficará também contente em saber que nosso diretor jurídico-administrativo recebeu, no início desta semana, um telefonema de Clarence House para informar que Sua Majestade, Elizabeth, a rainha-mãe, aceitou presidir à cerimônia de batismo do navio em 21 de setembro. Não seria exagero afirmar, senhores, que os próximos três meses serão os mais exigentes na história da empresa, pois, embora o primeiro período de reservas tenha sido um sucesso estrondoso, com apenas algumas cabines ainda vagas para a viagem inaugural, será o nosso trabalho de longo prazo que decidirá o futuro da empresa. E, com relação a esse assunto, terei a satisfação de responder a quaisquer perguntas. Almirante?"

— Presidente, permita que eu seja o primeiro a parabenizá-la e dizer que, mesmo com um bom caminho a percorrer para alcançarmos águas mais calmas, o dia de hoje é, com certeza, o mais feliz de que me recordo nestes meus 22 anos de serviços nesta diretoria. Mas permita também que eu passe logo a abordar o que, na Marinha, chamávamos de pontos de navegação. Os senhores já escolheram um capitão da lista de três candidatos aprovados pela diretoria?

— Sim, almirante, escolhemos. Nosso eleito foi o capitão Nicholas Turnbull, da Marinha Real Britânica, homem que até recentemente era o primeiro oficial do *Queen Mary*. Tivemos a felicidade de conseguir contratar os serviços de um oficial experiente, mas provavelmente o fato de ele ter nascido e sido criado em Bristol ajudou. Também já temos uma tripulação de oficiais completa, muitos dos quais serviram sob as ordens do capitão Turnbull, tanto na Marinha Real quanto, mais recentemente, sob o comando de Cunard.

— E quanto ao restante da tripulação? — perguntou Anscott. — Afinal de contas, trata-se de um transatlântico, e não de um cruzador de guerra.

— Bem observado, senhor Anscott. Acho que verá que estamos bem representados, desde a casa de máquinas até a churrascaria de bordo. Ainda precisamos preencher alguns cargos, mas, como estamos recebendo dez candidaturas para cada um, podemos ser extremamente seletivos.

— Qual é a proporção de passageiros em relação à tripulação? — perguntou Dobbs.

Pela primeira vez, Emma precisou consultar uma pasta com anotações à sua frente.

— A tripulação é formada por 25 oficiais, 250 marinheiros, trezentos comissários de bordo e funcionários do serviço de bufê, além do médico e da enfermeira. As acomodações do navio se dividem em três classes: primeira, segunda e turística. Temos acomodações para 102 passageiros de primeira classe, com os preços dos camarotes variando entre 45 e 60 libras para a cobertura na viagem inaugural a Nova York, bem como 242 acomodações na segunda classe, cujos ocupantes pagarão em torno de 30 libras por unidade, e 360 na classe turística, cuja taxa de ocupação é de 10 libras cada, com três pessoas por cabine. Se precisar de mais informações, doutor Dobbs, veja a seção dois de sua pasta azul.

— Uma vez que certamente a imprensa se interessará muito pela cerimônia de batismo, em 21 de setembro — disse Fisher —, bem como pela viagem inaugural para Nova York, no mês seguinte, quem cuidará da assessoria de imprensa e relações públicas?

— Delegamos essa tarefa a J. Walter Thompson, que fez até agora a melhor proposta de divulgação do projeto — respondeu Emma.

— Ela já providenciou para que uma equipe de filmagem da BBC esteja a bordo durante um dos testes marítimos e para que um perfil biográfico do capitão Turnbull seja publicado no *The Sunday Times*.

— Nunca fizeram algo assim no meu tempo — queixou-se o almirante, bufando.

— Mas por um bom motivo. Não queríamos que o inimigo soubesse onde o senhor estava; no entanto, no que se refere aos nossos passageiros, queremos não apenas que eles saibam onde estamos, mas também que sintam estar aos cuidados de mãos bastante seguras.

— Qual é a porcentagem de ocupação das cabines para recuperarmos o investimento? — perguntou Cedric Hardcastle, claramente mais interessado no resultado líquido do que nas relações públicas.

— Sessenta por cento, levando somente em conta as despesas operacionais. Porém, se quisermos recuperar o capital investido num prazo de dez anos, conforme previsto por Ross Buchanan quando estava na presidência, precisaremos de uma taxa de ocupação de 86% durante esse período. Portanto, não temos espaço para ficarmos acomodados, senhor Hardcastle.

Alex tomou nota de todas as datas e números que achou que seriam interessantes para Dom Pedro, mesmo não tendo a mínima ideia da razão pela qual eram tão importantes ou do que Dom Pedro quisera dizer com "quando a coisa estourar".

Emma continuou a responder a perguntas por mais uma hora, e para Alex foi doloroso ter de reconhecer, se bem que jamais fosse mencionar isto na frente de Dom Pedro, que, sem dúvida, ela estava se saindo muito bem.

Depois que Emma encerrou a reunião com as palavras "Vejo os senhores de novo em 24 de agosto na assembleia geral de acionistas", Alex se retirou do edifício às pressas. Da janela do último andar, Emma ficou observando o colega sair com o carro da sede da empresa, ciente de que não podia nunca baixar a guarda.

Alex estacionou na frente do Lord Nelson, saiu do carro e foi para a cabine telefônica, com quatro *pence* na mão.

— O navio será batizado com a participação da rainha-mãe em 21 de setembro, e a viagem inaugural para Nova York continua programada para 29 de outubro.

— Vejo você em meu escritório às 10 horas amanhã — disse Dom Pedro antes de desligar o telefone.

Bem que Alex gostaria de ter dito a ele, pelo menos uma vez: "Lamento dizer, colega, mas não poderei ir. Tenho um compromisso muito mais importante nesse mesmo horário", mas sabia que estaria diante da porta do número 44 da Eaton Square quando faltasse um minuto para as 10 horas da manhã seguinte.

24 Arcadia Mansions
Bridge Street
Bristol

Prezada senhora Clifton,

É com muito pesar que lhe apresento minha exoneração do cargo de diretor consultivo da Barrington Shipping. Na época em que meus colegas de diretoria votaram a favor do prosseguimento da construção do Buckingham, a senhora se manifestou firmemente contrária à ideia e votou de acordo. Vejo agora, embora reconheça tardiamente, que a senhora tinha razão. Conforme acentuado pela senhora na ocasião, arriscar uma parcela tão alta dos recursos financeiros da empresa num projeto desse porte poderia muito bem acabar se revelando uma decisão de que um dia talvez nos arrependêssemos.

Uma vez que, depois de vários contratempos, Ross Buchanan sentiu necessário exonerar-se do cargo — sábia decisão, em minha opinião — e a senhora assumiu o seu lugar, devo reconhecer que lutou valorosamente para que a empresa se mantivesse solvente. Contudo, quando informou à diretoria na semana passada que, se a taxa de ocupação das cabines não atingisse 86% nos próximos dez anos, não haveria chance de recuperarmos nosso investimento inicial, percebi que o projeto estava condenado ao fracasso e acho que, infelizmente, a empresa também.

Naturalmente, espero que o futuro prove meu erro nesse sentido, pois me entristeceria bastante ver uma empresa excelente e tradicional como a Barrington desvalorizar muito e — que Deus não permita que assim seja — acabar até falindo. Mas, como acredito que é grande a possibilidade de isso acontecer, prefiro manter-me fiel à minha responsabilidade maior, que deve ser para com os acionistas. Portanto, não me restou escolha que não demitir-me do cargo.

Atenciosamente,

Alex Fisher (Major Reformado)

— E você quer que eu envie esta carta à senhora Clifton em 21 de agosto, apenas três dias antes da assembleia geral de acionistas da empresa?

— Sim, exatamente — respondeu Martinez.

— Mas, se eu fizer isso, o preço das ações despencará, e a empresa pode até decretar falência.

— O senhor está entendendo bem rápido, major.

— Mas você tem mais de dois milhões de libras esterlinas investidas na Barrington e, portanto, perderá uma fortuna.

— Não se eu vender todas as minhas ações alguns dias antes de você divulgar esta carta — explicou Martinez, deixando Alex perplexo. — Ah — acrescentou ele —, agora a ficha caiu. Percebo que, pessoalmente falando, major, isto não é uma boa notícia para você, pois não apenas perderá sua única fonte de renda, mas também, levando em conta a sua idade, talvez não lhe seja fácil arranjar emprego.

— Mais do que isso — replicou Alex. — Depois que eu tiver enviado esta coisa — acrescentou ele, agitando a carta na frente de Dom Pedro —, nenhuma empresa jamais cogitará me convidar para integrar sua diretoria, e não terei como culpar nenhuma delas por isso.

— Então é justo — prosseguiu Dom Pedro, ignorando a indignação do major — que você seja devidamente recompensado por sua lealdade, sobretudo depois que passou por um processo de divórcio caro. Com isso em mente, major, pretendo dar-lhe cinco mil libras em dinheiro, das quais nem sua mulher nem seu coletor de impostos precisarão ficar sabendo.

— Muito generoso de sua parte — agradeceu Alex.

— Concordo. Todavia, o valor ficará na dependência de você entregar a carta ao presidente na sexta-feira, antes da assembleia geral de acionistas, considerando que me foi informado que os repórteres dos jornais de sábado e domingo ficarão ansiosos para fazer a cobertura do episódio. Além disso, precisará estar preparado para dar entrevistas na sexta-feira, nas quais vai manifestar sua ansiedade com relação ao futuro da Barrington, de modo que, quando a senhora Clifton iniciar a assembleia geral na segunda-feira de manhã, haverá apenas uma pergunta na pauta de todos os jornalistas.

— Por quanto tempo ainda a empresa conseguirá sobreviver? — perguntou Alex. — Em todo caso, considerando a situação atual, Dom Pedro, eu me pergunto se o senhor não estaria disposto a me dar alguns milhares de libras de adiantamento e pagar o restante depois que eu tiver enviado a carta e houver concedido as entrevistas à imprensa.

— Sem chance, major. Você ainda me deve as mil libras daquele voto da sua esposa.

— Está ciente, senhor Martinez, do prejuízo que isto causará à Barrington Shipping?

— Não lhe pago para me dar conselhos, senhor Ledbury, só para executar minhas ordens. Se o senhor acha que não conseguirá fazer isso, precisarei achar alguém que consiga.

— Mas é bem provável que o senhor perca muito dinheiro, caso eu cumpra as ordens à risca.

— É o meu dinheiro para perder, se eu quiser, e, de qualquer forma, como atualmente as ações da Barrington estão sendo negociadas acima do preço que paguei por elas, acredito que conseguirei recuperar a maior parte. Na pior das hipóteses, talvez perca algumas libras.

— Mas, se o senhor me permitisse administrar as ações por um período de tempo mais longo, digamos, seis semanas, ou até mesmo alguns meses, acho que conseguiria recuperar seu investimento original, talvez até obter um pequeno lucro.

— Gastarei meu dinheiro como eu achar melhor.

— Mas é meu dever de lealdade resguardar a posição do banco, sobretudo levando em conta que, atualmente, o senhor está com um saldo negativo de 1.735.000 libras.

— Isso será coberto pelo valor das ações, que, uma vez vendidas pelo preço atual, me darão mais de dois milhões de libras.

— Então, pelo menos me permita entrar em contato com a família Barrington para perguntar se...

— O senhor não deverá entrar em contato com nenhum membro das famílias Barrington ou Clifton em nenhuma hipótese! — ordenou Dom Pedro, aos gritos. — Só deverá pôr minhas ações à venda assim que a Bolsa de Valores abrir na segunda-feira, 17 de agosto, aceitando qualquer preço que oferecerem na ocasião. Minhas ordens não podem ser mais claras.

— Onde estará nesse dia caso eu precise entrar em contato com o senhor?

— Justamente onde se poderia achar qualquer cavalheiro: na Escócia, caçando tetrazes. Não haverá como me contatar, e justamente por isso escolhi esse lugar. É tão isolado que nem sequer entregam os jornais matinais ali.

— Se assim deseja, senhor Martinez, mandarei redigir um documento formalizando suas ordens, de forma que não haja mal-entendidos no futuro. Eu o enviarei para a Eaton Square por intermédio de um portador hoje à tarde para que o senhor o assine.

— Ficarei feliz em assiná-lo, senhor.

— E, logo que essa transação tiver sido concluída, senhor Martinez, talvez seja melhor pensar em transferir sua conta para outro banco.

— Se o senhor ainda estiver no cargo, farei isso.

29

Susan estacionou o carro numa rua vicinal, onde ficou esperando. Ela sabia que o convite solicitava que o convidado chegasse ao local até as 19h30, pois o jantar de gala com os oficiais do regimento começaria às oito, e, como o convidado de honra era um marechal de campo, tinha certeza de que Alex não se atrasaria.

Às 19h10, ela viu um táxi parar na frente de sua residência dos tempos de casada. Alex saiu de lá alguns instantes depois, usando um casaco de gala que ostentava três medalhas concedidas em campanha. Susan notou que a gravata-borboleta estava torta e que na camisa de gala faltava um botão. E não conseguiu deixar de rir ao vê-lo calçando um mocassim que certamente não duraria uma vida inteira. Alex sentou-se no banco traseiro do táxi, que, então, partiu na direção da Wellington Road.

Susan esperou alguns minutos antes que resolvesse estacionar o carro do outro lado da rua. Após fazê-lo, desceu e abriu a porta da garagem, onde estacionou o Jaguar Mark II. Conforme estipulado no acordo do divórcio, ela teria de devolver o motivo de orgulho e alegria do ex-marido, mas se recusara enquanto ele não pusesse em dia os pagamentos da pensão mensal. De manhã, Susan tinha conseguido descontar o último cheque que o ex-marido lhe dera, ainda se perguntando de onde o dinheiro poderia ter vindo. O advogado de Alex havia sugerido que ela devolvesse o carro enquanto seu ex-marido estivesse no jantar de gala. Foi uma das poucas coisas sobre a qual as duas partes concordaram.

Na garagem, ela saiu do carro, abriu o porta-malas e pegou uma faca e uma lata de tinta. Depois que pôs a lata no chão, Susan foi para a dianteira do veículo e enfiou a faca num dos pneus. Deu um passo atrás e ficou esperando o rasgo parar de chiar; então, fez a mesma coisa em cada um. Quando todos ficaram vazios, voltou a atenção para a lata de tinta.

Susan abriu a tampa e, pondo-se na ponta dos pés, derramou lentamente o espesso líquido sobre o teto do carro. Assim que teve certeza de que não restava mais nenhuma gota de tinta, recuou e ficou observando com satisfação filetes escorrerem lentamente por ambos os lados do veículo, bem como pelos vidros da frente e da traseira. Calculou que a tinta deveria estar seca bem antes de Alex retornar do jantar. Havia gastado um tempo considerável escolhendo a cor que mais combinaria com o verde-escuro do carro, finalmente optando pelo lilás. Concluiu que o resultado foi ainda mais satisfatório do que achara possível.

Fora a mãe de Susan quem passara horas lendo as letras miúdas do acordo de divórcio e apontado para ela que, embora tivesse concordado em devolver o carro, não havia especificado o estado em que ele se encontraria.

Susan levou algum tempo para se forçar a deixar a garagem e dirigir-se ao terceiro andar, onde pretendia deixar as chaves do carro na mesa do escritório de Alex. Sua única frustração era que não poderia ver a cara do ex-marido quando ele abrisse a porta da garagem de manhã.

Ela entrou no apartamento com sua antiga chave, contente por Alex não ter mudado a fechadura. Uma vez lá dentro, foi ao escritório e deixou as chaves do carro na mesa. Estava prestes a partir quando viu, em cima de um mata-borrão, uma carta redigida com a inconfundível letra do ex-marido. Vencida pela curiosidade, inclinou-se e leu rapidamente, então se sentou em seguida e a releu, devagar dessa vez. Achou difícil acreditar que Alex iria sacrificar seu cargo na diretoria da Barrington por uma questão de princípios. Afinal de contas, ele não tinha princípios, e, como era sua única fonte de renda, com exceção de uma pensão do exército simplesmente irrisória, como iria se sustentar? E, pior, como conseguiria pagar a pensão dela sem o salário fixo de diretor?

Susan leu a carta pela terceira vez, perguntando-se se havia algo que ela não tinha entendido bem. Não conseguia compreender por que estava com a data de 21 de agosto. Se a pessoa vai exonerar-se por uma questão de princípios, por que esperar quinze dias para divulgar sua decisão?

Quando Susan chegou em casa, em Burnham-on-Sea, Alex já estava alugando o ouvido do marechal de campo, mas ela ainda não havia conseguido desvendar o mistério.

Sebastian caminhou devagar pela Bond Street, apreciando os vários produtos expostos nas vitrines e perguntando-se se um dia teria condições de comprar alguns deles.

O senhor Hardcastle lhe dera recentemente um aumento; ele agora recebia vinte libras por semana, o que o colocava na categoria conhecida no centro financeiro como a dos "homem de mil libras por ano". Além disso, tinha um novo título, diretor adjunto, embora títulos não tivessem muita importância no mundo bancário, a menos que se tratasse de presidente da diretoria.

Sebastian viu ao longe uma placa balançando ao sabor da brisa, na qual se lia "Agnew's Fine Art Dealers, fundada em 1817". Sebastian nunca havia entrado numa galeria de artes privada antes e nem sequer sabia se era aberta ao público. Havia visitado a Royal Academy, a Tae e a National Gallery com Jessica, que falara sem parar enquanto o arrastava de uma sala de exposições para outra. Aquilo o costumava deixar louco às vezes. No entanto, como gostaria que ela estivesse ali com ele, deixando-o louco. Não passava um dia, nem uma hora sequer, que ele não sentisse falta dela.

Abriu a porta de acesso à galeria e entrou. Durante alguns instantes, ficou parado no lugar e então, após alguns passos, olhou embevecido de um lado para o outro do salão espaçoso, observando as paredes cobertas com as mais magníficas telas a óleo, algumas das quais ele reconhecia: quadros de Constable, Munnings, até uma obra de Stubbs. Então, de repente, ela apareceu como que do nada, ainda mais linda do que na primeira vez que a vira na Slade, quando Jessica ganhara todos os prêmios no dia da formatura.

Ao vê-la caminhando em sua direção, Sebastian sentiu a garganta seca. Como se deveria falar com uma deusa? Ela usava um vestido amarelo, simples, mas elegante, e os cabelos tinham um tom loiro natural que toda mulher, exceto talvez as suecas, pagaria uma fortuna para tentar imitar, e muitas pagavam mesmo. Hoje eles estavam presos num penteado formal e profissional, em vez de pendentes e ondulantes sobre os ombros desnudos, tal como haviam estado na última vez que a vira. Teve vontade de dizer a ela que não tinha ido ali admirar os quadros, e sim apenas para conhecê-la. Mas que cantada fraquinha; e nem ao menos era verdade.

— Posso ajudá-lo? — perguntou ela.

A primeira surpresa foi saber que era americana. Portanto, obviamente, não era filha do senhor Agnew, tal como havia presumido.

— Sim — respondeu ele. — Gostaria de saber se vocês têm quadros de uma artista chamada Jessica Clifton.

A jovem pareceu surpresa, mas sorriu e respondeu:

— Sim, temos. Queira me acompanhar, por gentileza.

Até o fim do mundo. Uma cantada ainda mais ridícula, que o fez dar graças a Deus por ter preferido se calar. Alguns homens acham que, mesmo quando vistas por trás, certas mulheres continuam lindas. Já Sebastian achou que, no caso dela, não fazia a mínima diferença. Continuou a segui-la pela escada abaixo, chegando a outro amplo salão, onde estavam expostos quadros igualmente fascinantes. Graças à Jessica, ele reconheceu um Manet, um Tissot e o artista favorito dela, Berthe Morisot. A irmã não teria conseguido manter a boca fechada ali.

A deusa destrancou uma porta que lhe tinha passado despercebida e que dava acesso a um salão lateral menor. Quando Sebastian entrou, viu que havia ali fileiras e mais fileiras de prateleiras deslizantes. A linda moça escolheu uma e, quando a puxou, ele viu que um dos lados se destinava a guardar os quadros a óleo de Jessica. Ficou olhando atentamente para os nove trabalhos premiados da exposição de obras dos graduandos da Slade, bem como para uma dúzia de desenhos e aquarelas que nunca tinha visto antes, todos igualmente fascinantes. Por alguns instantes, sentiu um regozijo imenso. Contudo, pouco depois, suas pernas bambearam, fazendo-o agarrar-se à prateleira para não cair.

— Está tudo bem com você? — perguntou ela, o tom profissional substituído por um suave e cheio de ternura.

— Desculpe.

— Por que não se senta? — sugeriu a jovem, pegando uma cadeira e pondo-a ao lado dele.

Quando Sebastian fez menção de sentar-se, ela o pegou pelo braço, como se ele fosse um homem idoso, e o que ele mais quis foi manter-se agarrado a ela. Por que os homens se entregam tão facilmente, tão depressa, enquanto as mulheres são mais cautelosas e sensatas?

— Espere que vou pegar um copo d'água — disse ela e, antes mesmo que ele respondesse, retirou-se.

Sebastian olhou para os quadros de Jessica mais uma vez, tentando ver qual poderia eleger seu favorito, e imaginando se, caso houvesse mesmo, teria dinheiro suficiente para comprá-lo. Porém, logo ela voltou, trazendo o copo d'água e acompanhada por um homem mais velho, que lembrou ter visto na noite de premiação na Slade.

— Bom dia, senhor Agnew — disse Sebastian enquanto se levantava da cadeira. O dono da galeria pareceu surpreso, dando sinais claros de que não conseguia lembrar-se de onde o conhecia. — Nós nos conhecemos na Slade, quando o senhor compareceu à cerimônia de formatura.

Agnew continuou aparentemente intrigado, até que, por fim, disse:

— Ah, sim, agora me lembro. Você é irmão de Jessica.

Sentindo-se um completo idiota, Sebastian voltou a sentar-se e, mais uma vez, mergulhou a cabeça entre as mãos. Ela se aproximou e colocou uma das mãos no ombro dele.

— Jessica foi uma das pessoas mais adoráveis que conheci — disse a moça. — Sinto muito.

— E eu lamento estar fazendo este papel ridículo. Só queria saber se vocês tinham quadros dela para vender.

— Tudo nesta galeria está à venda — observou Agnew, tentando mostrar-se mais simpático.

— E quanto custam?

— Todos?

— Todos.

— A bem da verdade, ainda não estabeleci preço para nenhum dos quadros de Jessica, pois esperávamos que se tornasse um dos artistas cujas obras são presença constante na galeria, mas, infelizmente... Sei quanto me custaram: 58 libras esterlinas.

— E quanto valem agora?

— Quanto as pessoas quiserem pagar por eles — respondeu Agnew.

— Eu daria cada centavo que tenho por eles.

— E quanto seria cada centavo, senhor Clifton? — perguntou Agnew, parecendo esperançoso.

— Hoje de manhã, como pretendia visitá-los, verifiquei meu saldo no banco — disse Sebastian, com ambos olhando fixamente para ele. — Tenho 46 libras, 12 xelins e seis *pence* em minha conta corrente, mas, como trabalho no banco, não tenho direito a saque a descoberto.

— Então, eu os vendo por 46 libras, 12 xelins e seis *pence*, senhor Clifton.

A única pessoa que pareceu ainda mais surpresa do que Sebastian foi a assistente, que nunca tinha visto o senhor Agnew vender um quadro por menos do que havia gastado ao comprá-lo.

— Mas só os venderei com uma condição.

Sebastian se perguntou se ele havia mudado de ideia.

— E que condição, senhor?

— Se um dia você decidir vender algum dos quadros de sua irmã, deverá oferecê-los primeiro a mim, pelo mesmo preço que pagou por eles.

— Negócio fechado — disse Sebastian enquanto os dois selavam o acordo com um aperto de mão. — Mas eu jamais os venderei — acrescentou. — Jamais.

— Nesse caso, pedirei à senhorita Sullivan que faça um recibo de 46 libras, 12 xelins e seis *pence* — disse Agnew. A assistente assentiu e se retirou. — Embora não queira fazê-lo chorar de novo, meu jovem, devo dizer que, em minha profissão, você pode se considerar uma pessoa de sorte quando conhece dois artistas, às vezes até três, tão talentosos quanto Jessica.

— Muito amável de sua parte dizer isso — agradeceu Sebastian quando a senhorita Sullivan retornava, trazendo um bloco de recibos.

— Agora, peço que me dê licença — disse o senhor Agnew —, pois irei inaugurar uma importante exposição na próxima semana e ainda não terminei de estabelecer os preços das obras.

— Sim, claro — retrucou Sebastian, que se sentou, fez um cheque no valor combinado, destacou-o do talão e o entregou à assistente.

— Se eu tivesse esse dinheiro — disse ela —, também os compraria. Ah, desculpe — acrescentou rapidamente assim que Sebastian baixou a cabeça. — Vai levá-los agora, senhor, ou voltará depois para pegá-los?

— Voltarei amanhã, se vocês abrirem aos sábados.

— Sim, abrimos — disse a jovem. — Mas, como vou tirar alguns dias de folga, pedirei à senhora Clark para atendê-lo.

— E quando voltará a trabalhar?

— Na quinta-feira.

— Então, virei aqui na quinta de manhã.

Ela sorriu de modo diferente, antes que subisse a escada com Sebastian. Foi então que ele viu a estátua pela primeira vez, exposta num dos cantos da extremidade oposta da galeria.

— *O pensador* — disse Sebastian, levando-a a concordar com um aceno de cabeça. — Alguns diriam que é uma das maiores obras de Rodin. Sabia que, no início, chamava-se *O poeta*? — indagou ele, vendo que a moça ficou surpresa. — E, se me lembro bem, caso seja uma peça fundida durante a vida do artista, deve ser uma obra de fundição de Alexis Rudier.

— Agora, você está se exibindo.

— É verdade — confessou Sebastian —, mas tenho boas razões para me lembrar dessa peça.

— Jessica?

— Não, não dessa vez. Posso saber o número da edição?

— Cinco, de nove.

Sebastian tentou manter-se calmo, pois precisava de respostas para mais algumas perguntas, mas não queria que ela ficasse desconfiada.

— Quem foi o proprietário anterior? — perguntou ele.

— Não faço ideia. A peça está apenas registrada no catálogo como pertencente a um cavalheiro.

— O que significa isso?

— O cavalheiro em questão não quer que saibam que está se desfazendo de sua coleção. Costumamos ter muitos desse tipo. São clientes que têm as obras vendidas por motivo de morte, divórcio ou dívidas. Mas saiba que não conseguirá convencer o senhor Agnew a lhe vender *O pensador* por 46 libras, 12 xelins e seis *pence*.

Sebastian riu.

— E por quanto está sendo vendida? — perguntou, tocando no braço direito dobrado da estátua.

— O senhor Agnew ainda não terminou de definir os preços da coleção, mas posso lhe dar um catálogo se quiser e um convite para comparecer a uma exposição particular em 17 de agosto.

— Obrigado — agradeceu Sebastian enquanto ela lhe entregava um catálogo. — Vou ficar ansioso para vê-la de novo na quinta — acrescentou, fazendo-a sorrir. — A menos que... — Fingiu-se de hesitante, mas ela não o ajudou. — A menos que queira jantar comigo amanhã à noite.

— Seria irresistível — respondeu ela —, mas é melhor me deixar escolher o restaurante.

— Por quê?

— Porque sei quanto você tem de saldo na conta bancária.

30

— Mas por que ele venderia sua coleção de obras de arte? — perguntou Cedric.
— Deve estar precisando de dinheiro.
— Isso é óbvio, Seb, mas o que não consigo entender é *por que* ele está precisando de dinheiro — explicou Cedric, ainda folheando as páginas do catálogo.
Continuou sem entender nada quando viu *Feira no Eremitério perto de Pontoise*, de Camille Pissarro, reproduzido na quarta capa.
— Talvez esteja na hora de eu cobrar um favor.
— O que tem em mente?
— Quem, não o quê — respondeu Cedric. — Um senhor chamado Stephen Ledbury, o gerente da filial do Midland Bank na St. James's.
— E o que ele tem de tão especial? — indagou Sebastian.
— É o gerente do banco de Martinez.
— Como o senhor sabe disso?
— Quando você se senta ao lado de alguém como o major Fisher em reuniões de diretoria por mais de cinco anos, é incrível o que consegue captar se tiver paciência e estiver disposto a escutar com atenção um homem solitário — explicou Cedric, contatando em seguida a secretária pelo interfone. — Ligue, por favor, para Stephen Ledbury, do Midland — solicitou, voltando-se em seguida para Sebastian. — Desde que descobri que o homem era o gerente de banco de Martinez, andei fazendo alguns favores para ele de vez em quando. Talvez agora esteja na hora de o sujeito retribuí-los.
O telefone na mesa de Cedric tocou.
— O senhor Ledbury está na linha.
— Obrigado — agradeceu Cedric, e ficou esperando que ela desligasse antes que apertasse o botão do alto-falante. — Boa tarde, Stephen.

— Boa tarde, Cedric. Em que posso ajudá-lo?

— Acho que seria melhor dizer o que posso fazer por você, velho amigo.

— Mais uma boa dica? — perguntou Ledbury, soando esperançoso.

— Seria uma coisa mais parecida com ajudá-lo a tirar o seu da reta. Fiquei sabendo que um de seus clientes menos respeitáveis está pondo à venda toda a própria coleção de obras de arte na Agnew's, na Bond Street. Como o catálogo informa apenas que é "propriedade de um cavalheiro", nome totalmente impróprio sob todos os aspectos para designar essa pessoa, presumi que, por alguma razão, ele não quer que você saiba disso.

— E por que acha que esse cavalheiro tem conta na agência do banco do centro de Londres?

— É que me sento ao lado de seu representante nas reuniões da diretoria da Barrington Shipping.

Houve uma longa pausa antes que Ledbury dissesse:

— Ah, então quer dizer que ele pôs mesmo à venda a coleção de obras de arte inteira na Agnew's?

— De Manet a Rodin. Estou dando uma olhada no catálogo agora e acho difícil acreditar que ele deixará algo pendurado em suas paredes na Eaton Square. Gostaria que lhe enviasse o catálogo?

— Não se incomode, Cedric. A Agnew's fica apenas a algumas centenas de metros daqui. Eu mesmo passarei lá e pegarei um. Foi muito gentil da sua parte me informar disso, embora vá aumentar a dívida que tenho com você. Se houver algo que eu possa fazer um dia para retribuir...

— Bem, agora que menciona, Stephen, tenho mesmo um favorzinho que gostaria de lhe pedir.

— É só falar.

— Caso seu "cavalheiro" decida um dia livrar-se das ações dele na Barrington Shipping, tenho um cliente que pode estar interessado.

Houve mais um longo silêncio antes que Ledbury perguntasse:

— E por acaso esse cliente seria membro das famílias Barrington e Clifton?

— Não. Não represento nenhuma delas. Acho que você poderá descobrir que elas têm conta no Barclays em Bristol, enquanto meu cliente vem do norte da Inglaterra.

Mais um longo silêncio.

— Onde você estará às nove horas da manhã de 17 de agosto, segunda-feira?

— À minha mesa — respondeu Cedric.

— Ótimo. É bem possível que lhe telefone logo depois das nove na manhã desse dia, quando, provavelmente, poderei retribuir vários de seus favores.

— Muita gentileza, Stephen. Agora, passando a tratar agora de assuntos mais importantes... Como está o seu *handicap* no golfe?

— É onze ainda, mas tenho o pressentimento de que será doze no início da próxima temporada. Estou envelhecendo.

— Estamos todos — observou Cedric. — Espero que tenha uma boa partida no fim de semana; ficarei esperando ansioso que me dê notícias — acrescentou ele, olhando o calendário — daqui a dez dias. — Terminada a conversa, apertou um botão num dos lados do telefone e olhou para seu mais jovem diretor adjunto, sentado diante dele à mesa. — Diga-me: o que conseguiu depreender disso, Seb?

— Que, muito provavelmente, Martinez porá suas ações da Barrington à venda às nove horas da manhã do dia 17 de agosto.

— Exatamente uma semana antes do dia em que sua mãe presidirá a assembleia geral de acionistas da empresa.

— Ah, diabos — exclamou Sebastian.

— Muito bom você ter entendido o que Martinez está aprontando. Mas nunca esqueça, Seb, que, em qualquer conversa, quase sempre justamente algo que parece insignificante lhe dá a informação que quer. O senhor Ledbury fez a gentileza de me dar duas dessas pequenas joias.

— Qual foi a primeira?

Cedric olhou para o bloco de anotações e leu em voz alta:

— "Não se incomode, Cedric. A Agnew's fica apenas a algumas centenas de metros daqui. Eu mesmo passarei lá e pegarei um." O que isso nos revela?

— Que ele não sabia que a coleção de obras de arte de Martinez está à venda.

— Sim, com certeza. Porém, o mais importante é que, por uma razão qualquer, o fato de que a coleção está à venda o preocupa, pois, do contrário, ele teria mandado um membro de sua equipe ir lá pegar o catálogo; no entanto, ele disse "eu mesmo passarei lá e pegarei um".

— E a segunda coisa?

— Ele perguntou se nosso banco representava os Clifton ou os Barrington.

— Por que isso é significativo?

— Porque, se eu tivesse dito que sim, a conversa teria sido encerrada imediatamente. Assim, tenho certeza de que Ledbury recebeu ordens para pôr as ações à venda no dia 17, mas elas não devem ser vendidas a nenhum membro da família.

— E por que isso é tão importante?

— Está claro que Martinez não quer que a família saiba o que ele anda tramando, além de ser óbvio que espera recuperar a maior parte de seu investimento poucos dias antes da assembleia geral de acionistas. Ele parece confiar que, então, o preço das ações terá sofrido uma queda vertiginosa, sem que perca uma parcela muito grande de dinheiro. Se ele fizer as coisas na hora certa, todos os corretores de valores tentarão se livrar de ações da Barrington, e a reunião será invadida por jornalistas querendo saber se a empresa está à beira da falência. Neste caso, na manhã seguinte, as manchetes de todos os jornais com certeza não será a notícia de que a cerimônia de lançamento do *Buckingham* será presidida pela rainha-mãe.

— Podemos fazer alguma coisa para impedir que isso aconteça? — perguntou Sebastian.

— Teremos de fazer tudo para que a coordenação e o tempo de execução de nossas ações sejam ainda melhores do que os de Martinez.

— Mas uma coisa ainda me parece estranha. Se Martinez vai mesmo recuperar a maior parte de seu dinheiro com a venda das ações, por que precisa vender também a coleção de obras de arte?

— Concordo que isso é um mistério. E tenho o pressentimento de que, assim que o desvendarmos, tudo mais fará sentido. É também possível que, se você fizer a pergunta certa à jovem que o levará para jantar amanhã, talvez consigamos encaixar mais uma ou duas peças no quebra-cabeça. Mas lembre-se do que acabei de lhe dizer: geralmente, um comentário impensado acaba se revelando tão valioso quanto uma resposta para uma pergunta direta. A propósito, qual é o nome da jovem?

— Não sei — respondeu Sebastian.

Susan Fisher sentou-se na quinta fileira de assentos de uma plateia lotada e ficou ouvindo atentamente o que Emma Clifton tinha a dizer como presidente de uma grande empresa de navegação, em seu discurso no encontro anual da Associação das Ex-Alunas das Red Maids. Susan viu que, embora Emma ainda fosse bonita, pequenas rugas haviam começado a aparecer ao redor dos olhos dela e, também, que os cabelos negros e densos que tinham sido motivo de inveja das colegas de turma agora precisavam de uma ajudinha para manter o esplendor da cor natural, devido às consequências que o peso do sofrimento e do estresse lhe causaram.

Susan sempre comparecia a reuniões das ex-alunas do internato e estivera particularmente ansiosa para aquela, considerando que era uma grande admiradora de Emma Barrington, o nome pelo qual a lembrava. Ela fora a chefe das monitoras da escola, havia conquistado uma vaga em Oxford e depois se tornara a primeira presidente de uma empresa de capital aberto.

Contudo, algo no discurso de Emma a deixou intrigada. Afinal, em sua carta de demissão, Alex insinuava que a empresa havia tomado uma série de decisões ruins e, por isso, podia estar a caminho da falência, mas Emma dava a impressão de que, como o primeiro período de reservas do *Buckingham* tinha sido um sucesso absoluto, a Barrington podia contar com um futuro brilhante. Não era possível que ambos tivessem razão. Susan sabia bem em qual dos dois queria acreditar.

Durante a festa que se seguiu ao discurso, foi impossível se aproximar da palestrante, cercada por velhos amigos e novos admiradores. Susan não quis se dar ao trabalho de entrar na fila, de modo que aproveitou para pôr a conversa em dia com alguns de seus contemporâneos. Sempre que o assunto vinha à baila, ela evitava responder a perguntas sobre Alex. Depois de uma hora na festa, achou melhor ir embora, visto que havia prometido voltar a tempo para Burnham-on-Sea, onde prepararia o jantar para a mãe. Estava quase saindo do salão quando ouviu alguém se dirigir a ela:

— Olá, Susan.

Quando olhou para trás, viu Emma Clifton caminhando em sua direção.

— Eu não teria conseguido fazer esse discurso se não fosse por você. Foi muita coragem de sua parte, pois só consigo imaginar o que Alex deve ter dito quando chegou em casa à tarde.

— Não fiquei esperando para ouvir o que ele poderia dizer — revelou Susan —, pois já havia decidido me separar dele. E, agora que sei que a empresa está indo muito bem, fico mais satisfeita ainda por ter votado em você.

— Ainda temos seis meses de provações pela frente — confessou Emma. — Se nos sairmos bem neles, ficarei muito mais confiante.

— Tenho certeza de que ficará — disse Susan. — Só lamento Alex estar pensando em demitir-se do cargo num momento tão importante da história da empresa.

Emma estacou, justamente no momento em que estava prestes a entrar no carro, e virou-se para encará-la.

— Alex está pensando em demitir-se? — perguntou.

— Achei que soubesse.

— Eu não tinha nem ideia — disse Emma. — Quando ele lhe contou?

— Não contou. É que, por acaso, vi a carta em que pedia demissão em cima da mesa dele, o que me surpreendeu, pois sei que Alex gosta muito de fazer parte da diretoria. Mas, como a carta está com a data de 21 de agosto, talvez ele ainda não tenha se decidido.

— Talvez seja melhor eu conversar com ele.

— Não, por favor. Não faça isso — implorou Susan. — Não era para eu ter visto a carta.

— Então, não vou dizer a ele uma palavra sobre isso. Mas você se lembra do motivo que ele dava?

— Não me lembro exatamente das palavras, mas parece algo relacionado com o principal dever de Alex ser para com os acionistas e, por uma questão de princípios, alguém precisava fazê-los saber que a empresa poderia estar a caminho da falência. Mas, agora que ouvi o seu discurso, nada disso faz sentido.

— Quando você se encontrará com Alex de novo?

— Espero que nunca mais — respondeu Susan.

— Então, podemos manter o assunto apenas entre nós duas?

— Sim, por favor. Não gostaria que ele soubesse que conversei com você a respeito da carta.

— Nem eu — disse Emma.

—

— Onde você estará às nove da manhã do dia 17, uma segunda-feira?

— No mesmo lugar que você pode me encontrar todas as manhãs: no chão da fábrica, de olho bem atento nos dois mil potes de patê de peixe, enquanto eles saem da linha de produção de hora em hora. Onde gostaria que eu estivesse?

— Perto de um telefone, pois ligarei para aconselhá-lo a fazer um considerável investimento numa empresa de navegação.

— Então o seu pequeno plano está começando a funcionar.

— Ainda não exatamente — respondeu Cedric. — Serão necessários uns ajustes e, mesmo então, precisarei coordenar minhas ações com precisão.

— Se você conseguir fazer isso, será que Lady Virginia ficará com raiva?

— Ficará pálida como um defunto, meu querido — respondeu Cedric, e Bingham riu.

— Então, ficarei plantado ao lado do telefone quando estiver faltando um minuto para as nove horas — prometeu ele, dando uma olhada em sua agenda — do dia 17 de agosto.

—

— Você escolheu o prato mais barato do cardápio só porque vou pagar a conta?

— Não, claro que não — respondeu Sebastian. — Sempre adorei sopa de tomate com alface.

— Então, vou tentar adivinhar sua segunda sopa favorita — disse Samantha, olhando para o garçom. — Nós dois vamos querer a San Daniele com melão, acompanhada por dois bifes.

— Como vai querer o bife, madame?

— Pouco mais que ao ponto, por favor.

— E o senhor?

— Como vou querer meu bife, madame? — arremedou Sebastian, sorrindo para ela.

— Pouco mais que ao ponto também.

— Então...

— Como...

— Não. Você primeiro — recomendou ela.

— Mas então o que faz uma jovem americana querer vir para Londres?

— Meu pai pertence ao corpo diplomático e, como foi transferido para cá recentemente, achei que seria interessante passar um ano em Londres.

— E sua mãe? O que ela faz, Samantha?

— Sam. Todos em minha família, exceto minha mãe, me chamam de Sam. Meu pai queria ter um menino.

— Bem, o fracasso dele foi espetacular.

— Você é um paquerador e tanto.

— Mas me fale mais de sua mãe — insistiu Sebastian.

— Ela é antiquada. Só pensa em cuidar de meu pai.

— Estou procurando uma pessoa assim para mim.

— Boa sorte.

— E por que uma galeria de arte?

— Concluí o curso da história da arte em Georgetown e resolvi tirar um ano de folga.

— O que pretende fazer agora?

— Iniciar o curso de doutorado em setembro.

— E qual será a tese?

— Rubens: artista ou diplomata?

— Ele não foi ambas as coisas?

— Você terá de esperar alguns anos para saber a resposta.

— E vai fazer esse curso em que universidade? — perguntou Sebastian, torcendo para que ela não fosse voltar para os Estados Unidos dali a algumas semanas.

— Londres ou Princeton. As duas me ofereceram uma vaga, mas ainda não me decidi. E você?

— Não me ofereceram vaga em nenhuma delas.

— Não, burrinho. O que você faz na vida?

— Entrei para o banco depois de ter ficado um ano parado — respondeu Sebastian. Então o garçom voltou e pôs dois pratos com fatias de presunto e melão diante deles.

— Então não foi para a universidade?

— É uma longa história — respondeu Sebastian. — Talvez seja melhor deixá-la para outra ocasião — acrescentou enquanto esperava que ela pegasse o garfo e a faca.

— Ah, então você está confiante de que haverá outra ocasião.

— Com certeza. Até porque terei que ir à galeria na quinta-feira para pegar os quadros de Jessica. Além do mais, você me convidou para comparecer à exposição inaugural da coleção de obras de arte do cavalheiro desconhecido, na segunda-feira. Ou será que agora sabemos quem é o sujeito?

— Não. Apenas o senhor Agnew sabe quem ele é. Tudo que posso lhe dizer é que ele não comparecerá à inauguração.

— Está claro que não quer que saibam quem é.

— Ou onde ele está — acrescentou Samantha. — Não podemos nem mesmo contatá-lo para informar como foi o primeiro dia da exposição, pois ele estará fora da cidade por alguns dias, caçando na Escócia.

— Cada vez mais intrigante — observou Sebastian, enquanto o garçom recolhia os pratos vazios.

— E o que seu pai faz?

— Ele é contador de histórias.

— E a maioria dos homens não é?

— Sim, mas ele é pago para isso.

— Então, deve ser um homem de grande sucesso.

— O primeiro da lista de best-sellers do *The New York Times* — disse Sebastian.

— Sim, claro, Harry Clifton!
— Leu os livros de meu pai?
— Não. Confesso que não, mas minha mãe simplesmente os devora. Aliás, dei a ela um exemplar de *William Warwick e a espada de dois gumes* no Natal — respondeu ela enquanto o garçom colocava um prato com dois bifes na mesa. — Ah! Esqueci o vinho.
— Só água já está ótimo — observou Sebastian.
— Meia garrafa de Fleurie — solicitou Samantha ao garçom, ignorando-o.
— Você é tão mandona...
— Por que vivem dizendo que uma mulher é mandona quando, se um homem faz a mesma coisa, ele é considerado uma pessoa decidida, imponente, cheio de liderança?
— Você é feminista!
— E por que não seria? — questionou Samantha. — Depois de tudo que vocês, homens, vêm fazendo nos últimos mil anos...
— Por acaso você leu *A megera domada*? — perguntou Seb com um sorriso.
— Obra escrita há quatrocentos anos, quando a mulher não tinha sequer permissão de ser protagonista nas peças. E, se Catarina ainda estivesse viva, provavelmente seria primeira-ministra.
Sebastian caiu na gargalhada.
— Você deveria conhecer minha mãe, Samantha. Ela é tão mandona... desculpe, tão decidida quanto você.
— Já falei: só minha mãe me chama de Samantha. Meu pai também, mas só quando está zangado comigo.
— Já estou gostando de sua mãe.
— E sua mãe?
— Adoro minha mãe.
— Não, tolinho. O que ela faz?
— Trabalha numa empresa de navegação.
— Parece interessante. Que tipo de trabalho?
— Ela trabalha no gabinete da presidência — respondeu ele enquanto Samantha provava o vinho.
— Exatamente o que ele queria — disse ela ao garçom, que encheu dois copos. Samantha levantou o dela. — Como dizem mesmo os ingleses?

— *Cheers* — respondeu Sebastian. — E os americanos?

— "Vamos virar o copo, garota."

— Se isso foi uma tentativa de imitação de Humphrey Bogart, foi simplesmente horrível.

— Mas fale-me a respeito de Jessica. O talento dela sempre foi óbvio para vocês?

— Não. Na verdade, não. Até porque não havia nenhuma pessoa com quem pudéssemos compará-la. Bem, pelo menos não até que ela foi estudar na Slade.

— Acho que, mesmo lá, continuou sendo impossível compará-la com alguém — observou Samantha.

— Você sempre se interessou por artes?

— No começo, queria ser artista, mas os deuses tinham outros planos para mim. Você sempre quis ser bancário?

— Não. Havia planejado entrar para a área de diplomacia, seguindo carreira na área assim como seu pai, mas não funcionou — explicou Sebastian, vendo o garçom retornar para a mesa.

— Vai querer sobremesa, madame? — perguntou o homem enquanto recolhia os pratos vazios.

— Não, obrigado — respondeu Sebastian. — Ela não poderia pagar.

— Mas eu gostaria...

— Gostaria de pedir a conta — disse Sebastian.

— Sim, senhor.

— E agora, quem está sendo mandão? — questionou Samantha.

— Não acha que conversas no primeiro encontro são estranhas?

— E isto é um primeiro encontro?

— Espero que sim — respondeu Sebastian, pensando se deveria tocar na mão dela.

Samantha sorriu com tanta doçura que ele se sentiu bastante confiante para indagar:

— Posso fazer uma pergunta íntima?

— Claro que sim, Seb.

— Você tem namorado?

— Sim, tenho — respondeu ela, num tom sério.

Sebastian não conseguiu esconder a própria frustração.

— Fale-me a respeito dele — disse o rapaz por fim, enquanto o garçom voltava com a conta.

— Ele vai à galeria na quinta-feira pegar alguns quadros, e eu o convidei para comparecer à inauguração da exposição das obras do cavalheiro misterioso na próxima segunda-feira. Só espero que, até lá — disse ela enquanto conferia a conta —, esse meu namorado tenha dinheiro em sua conta bancária para *me* levar para jantar.

Sebastian corou quando ela deu duas libras ao garçom e disse:

— Fique com o troco.

— Isso é inédito na minha vida — confessou Sebastian.

Samantha sorriu, inclinou-se sobre a mesa e segurou a mão dele.

— Na minha também.

SEBASTIAN CLIFTON

1964

31

Domingo à noite

Cedric passou os olhos pela mesa, mas só falou quando todos silenciaram.

— Peço que me desculpem por tê-los feito vir aqui tão em cima da hora, mas Martinez me deixou sem opção — explicou, pondo todos em estado de alerta. — Tenho boas razões para acreditar que Martinez está planejando desfazer-se de suas ações da Barrington quando a Bolsa de Valores abrir dentro de uma semana. Ele espera conseguir recuperar a maior parte de seu investimento original enquanto as ações estão valorizadas e, ao mesmo tempo, arruinar a empresa. E fará isso uma semana antes da assembleia geral de acionistas, no momento em que mais precisarmos que o público tenha confiança em nós. Se ele tiver êxito, a Barrington poderá ir à falência em uma questão de dias.

— E isso é lícito? — perguntou Harry.

Cedric virou-se para o filho, que estava sentado à sua direita.

— Ele só infringirá a lei — explicou Arnold — se quiser comprar as ações de volta por um preço menor. Mas está claro que isso não faz parte do plano.

— Mas o preço das ações poderia realmente ser afetado de forma tão grave assim? Afinal de contas, é só uma pessoa que vai pôr as ações à venda.

— Se qualquer acionista que tivesse um representante na diretoria da empresa pusesse mais de um milhão de suas ações à venda sem nenhum tipo de aviso ou explicação, o centro financeiro de Londres chegaria às piores conclusões acerca dessa decisão e, consequentemente, haveria uma corrida para se livrar das ações, cujo preço poderia cair pela metade em questão de horas e até de minutos. — Cedric esperou que as implicações do que dizia se assentassem antes de acrescentar: — Contudo, ainda não fomos vencidos, pois temos uma vantagem.

— E qual seria? — perguntou Emma, tentando manter-se calma.

— Como sabemos exatamente o que ele está tramando, poderemos vencê-lo com suas próprias armas. Porém, se optarmos por isso, vamos precisar agir rápido; só poderemos ter esperança de êxito se todos nesta mesa estiverem dispostos a aceitar minhas recomendações e a enfrentar os riscos inerentes a elas.

— Antes que nos conte qual é o seu plano — disse Emma —, devo adverti-lo de que isso não é a única coisa que Martinez pretende fazer nessa semana. — Cedric encostou-se à cadeira. — Alex Fisher pedirá demissão do cargo de diretor consultivo na sexta-feira, apenas três dias antes da assembleia geral de acionistas.

— E isso é algo tão ruim assim? — questionou Giles. — Afinal, Fisher nunca apoiou você ou a empresa.

— Numa situação normal, concordaria com você, Giles, mas eu soube que, na carta de demissão, que ainda não recebi, mas está datada de sexta-feira anterior à assembleia geral de acionistas, Fisher alega que só lhe restou a opção de exonerar-se do cargo, pois acredita na falência da empresa e, portanto, tem a responsabilidade de proteger os interesses dos acionistas.

— Seria inédito da parte dele — disse Giles. — Em todo caso, sabemos que simplesmente não é verdade e, portanto, deve ser fácil de refutar.

— Você pensa assim, Giles — disse Emma —, mas quantos de seus colegas na Câmara dos Comuns ainda acreditam que você teve um ataque cardíaco em Bruxelas, apesar de já ter negado mil vezes?

Giles não respondeu.

— Como a senhora sabe que Fisher pedirá demissão se ainda não recebeu a carta? — indagou Cedric.

— Não posso responder a essa pergunta, mas garanto aos senhores que minha fonte é confiável.

— Então, Martinez planeja nos atacar na segunda-feira da semana em que venderá suas ações — disse Cedric — e complementar o ataque na sexta-feira com a demissão de Fisher.

— O que me obrigaria — advertiu Emma — a adiar a cerimônia de lançamento com a participação da rainha-mãe, sem falar na data da viagem inaugural.

— É Martinez: serviço completo — comentou Sebastian.

— Mas então o que nos aconselha a fazer, Cedric? — perguntou Emma, ignorando o comentário do filho.

— Dar um chute no saco dele — gracejou Giles. — De preferência quando não estiver esperando.

— Eu não teria conseguido encontrar palavras melhores — comentou Cedric — e, sinceramente, é isso mesmo o que pretendo fazer. Suponhamos que Martinez esteja planejando pôr todas as suas ações à venda dentro de oito dias e, quatro dias depois, completar a operação com a demissão de Fisher, uma pancada dupla visando arruinar a empresa e provocar a exoneração de Emma. Para nos defendermos desse plano de agressão, devemos atacá-lo primeiro, e com um golpe inesperado. Com isso em mente, pretendo vender todas minhas 380 mil ações nesta sexta-feira mesmo, pelo preço que me oferecerem.

— Mas como isso poderá nos ajudar? — indagou Giles.

— Espero conseguir que o preço das ações sofra uma queda acentuada na próxima segunda-feira, de modo que, quando as ações de Martinez forem postas à venda, às nove da manhã, ele acabe perdendo uma fortuna. E será então que lhe darei um chute no saco, pois já tenho alguém esperando a oportunidade de comprar seus milhões de ações desvalorizadas. Portanto, elas não ficarão mais que alguns minutos em negociação no mercado.

— Esse é o homem que ninguém conhece, mas que odeia Martinez tanto quanto nós? — perguntou Harry.

Arnold Hardcastle pôs a mão no braço do pai e o aconselhou baixinho:

— Não responda a essa pergunta, papai.

— Mesmo que você consiga realizar essa arriscada tarefa — advertiu Emma —, terei que explicar à imprensa e aos acionistas na assembleia geral de acionistas, uma semana depois, por que o preço das ações sofreu uma queda tão grande.

— Não se eu retornar ao mercado assim que as ações de Martinez tiverem sido adquiridas e começar a comprar grandes parcelas desses títulos, somente parando quando o preço tiver voltado ao nível atual.

— Mas você nos disse que isso é ilegal.
— Quando disse "eu", quis dizer que...
— Não diga mais nada, papai — advertiu Arnold com firmeza.
— Mas se Martinez descobrisse o que você anda tramando... — observou Emma.
— Não descobrirá — afirmou Cedric —, pois trabalharemos com base na própria tabela de horários dele, como Sebastian nos explicará agora.

Sebastian se levantou e encarou a mais exigente das plateias em sua noite de estreia no centro financeiro de Londres.

— Martinez pretende viajar para a Escócia no fim de semana, onde participará de sessões de caça ao tetraz, e só voltará para Londres na manhã de terça-feira.

— Como sabe, Seb? — perguntou seu pai.

— Porque sua coleção de obras de arte inteira será posta à venda na Agnew's na segunda-feira à noite, e ele disse ao dono da galeria que não poderá estar presente, pois não terá voltado para Londres ainda.

— Acho estranho — disse Emma — ele não querer estar aqui justamente no dia em que se desfará de todas as suas ações da empresa e sua coleção de obras de arte será posta à venda.

— Simples de explicar — disse Cedric. — Martinez acha melhor que, quando a Barrington der a impressão de que está enfrentando problemas, ele esteja o mais longe possível daqui, de preferência num lugar onde ninguém consiga entrar em contato com ele, deixando para você a tarefa de enfrentar a exigência de respostas da imprensa e a ira dos acionistas.

— Alguém aqui sabe em que lugar da Escócia ele ficará? — perguntou Giles.

— Por enquanto, não — respondeu Cedric —, mas telefonei para Ross Buchanan ontem à noite. Ele também é um excelente caçador e me disse que existem apenas cerca de seis hotéis e pavilhões de caça ao norte da fronteira os quais Martinez consideraria bons o bastante para comemorar o glorioso dia da reabertura da temporada de caça. Ross visitará todos, até descobrir onde Martinez se hospedou.

— Existe alguma coisa que o restante de nós poderia fazer para ajudar? — perguntou Harry.

— Apenas agir normalmente. Sobretudo você, Emma, deve dar a impressão de que está se preparando para a assembleia geral de acionistas e a cerimônia de lançamento do *Buckingham*. Deixe que o Seb e eu cuidamos dos detalhes finais do restante da operação.

— Mas, mesmo que você consiga aplicar o golpe da compra antecipada das ações — observou Giles —, o problema da exoneração de Fisher não estará resolvido.

— Já providenciei um plano para lidar com Fisher — retrucou ele.

Todos aguardaram ansiosamente.

— Mas não vai nos contar o que está planejando, vai? — Emma decidiu perguntar, por fim.

— Não — respondeu Cedric. — Meu advogado — acrescentou ele, tocando o braço do filho — me aconselhou a não contar.

32

Terça-feira à tarde

Quando atendeu ao telefone, Cedric reconheceu imediatamente o ligeiro sotaque escocês.

— Martinez fez reservas na Glenleven Lodge, onde ficará hospedado do dia 14, sexta-feira, até o dia 17, segunda-feira.

— O lugar parece bem longe daqui.

— É no fim do mundo mesmo.

— O que mais você descobriu?

— Que ele e os dois filhos se hospedam no Glenleven duas vezes por ano, em março e agosto. Sempre reservam os mesmos três quartos do segundo andar e fazem as refeições na suíte de Dom Pedro, nunca no refeitório.

— Descobriu quando vão chegar?

— Sim. Eles embarcarão no trem-dormitório para Edimburgo nesta quinta-feira à noite, e o motorista do hotel os pegará no destino por volta das 5h30 da manhã seguinte. Da estação, serão levados para Glenleven a tempo de tomarem o café da manhã. Martinez gosta de arenque defumado, torradas e geleia de frutas cítricas.

— Impressionante. Quanto tempo levou para conseguir toda essa informação?

— O tempo que se leva para percorrer de carro quase quinhentos quilômetros das Highlands escocesas e se verificar, em vários hotéis e pousadas, em qual um hóspede fez reserva. E, depois de uns goles num bar do Glenleven, descobri até o coquetel favorito dele.

— Então, com um pouco de sorte, terei o caminho livre para agir do momento em que o motorista da pousada pegá-los na sexta-feira de manhã até chegarem a Londres, na próxima noite de terça-feira.

— A não ser que ocorra algum imprevisto.

— Isso sempre acontece, e não existe motivo para crermos que será diferente desta vez.

— Você tem toda a razão — concordou Ross. — É por isso que estarei na estação de Waverley na sexta-feira de manhã e, assim que os três partirem para Glenleven, telefonarei para você. Então, bastará que espere a Bolsa de Valores abrir, às nove da manhã, para iniciar as transações.

— Você voltará ao Glenleven?

— Sim. Reservei um quarto na pousada, mas Jean e eu só faremos o registro de entrada na sexta-feira à tarde, quando espero que tenhamos um fim de semana tranquilo nas Highlands. Apenas lhe telefonarei em caso de emergência. Do contrário, você só terá notícias minhas de novo na terça-feira de manhã, e somente depois que eu tiver visto os três embarcarem no trem de volta para Londres.

— E aí será muito tarde para que Martinez faça algo para remediar a situação.

— Bem, esse é o plano A.

Manhã de quarta-feira

— Consideremos, por um momento, o que poderia dar errado — sugeriu Diego, olhando para o pai.

— E o que você acha que poderia dar errado? — perguntou Dom Pedro.

— Pode ser que, de algum jeito, nossos adversários tenham descoberto o que estamos tramando e estejam só esperando que nos embrenhemos na Escócia, sem comunicação externa, para que se aproveitem da sua ausência.

— Mas nossos planos são conhecidos somente pelos membros da família — observou Luis.

— Ledbury não é da família e sabe que venderemos nossas ações na segunda-feira. Fisher também não é da família e não achará que tem algum tipo de obrigação para conosco assim que entregar a carta de demissão.

— Tem certeza de que está não exagerando? — perguntou Dom Pedro.

— Talvez. Mas, ainda assim, prefiro juntar-me a vocês no Glenleven um dia depois. Desse modo, saberei o preço das ações da Barrington quando a Bolsa de Valores fechar na sexta-feira à noite. Se elas continuarem acima do preço que pagamos, ficarei mais tranquilo para pôr mais de um milhão de nossas ações à venda na segunda-feira de manhã.

— Mas você perderá um dia de caçada.

— É preferível perder um dia de caçada a perder dois milhões de libras esterlinas.

— Tudo bem. Vou mandar o motorista pegá-lo na estação de Waverley de manhã cedo no sábado.

— Por que não tratamos de nos precaver de todas as formas possíveis — propôs Diego — para evitar que nos passem uma rasteira?

— E o que sugere?

— Que telefonemos para o banco e digamos a Ledbury que você mudou de ideia e não vai mais vender suas ações na segunda-feira.

— Mas não me resta escolha, se eu quiser que meu plano tenha alguma chance de dar certo.

— Não deixaremos de vender as ações. Encarregarei outro corretor de valores de vendê-las para nós antes de partir para a Escócia na noite de sexta-feira, mas dando ordens para que as venda somente se o preço não baixar. Dessa forma, não perderemos nada.

Manhã de quinta-feira

Tom estacionou o Daimler na frente da Agnew's, na Bond Street.

Cedric tinha dado a Sebastian uma hora de folga para pegar os quadros de Jessica, permitindo até que ele usasse o carro do banco e, assim, pudesse logo estar de volta no escritório. O rapaz entrou na galeria quase correndo.

— Bom dia, senhor.

— Bom dia, senhor? Você não é a garota com quem jantei no sábado à noite?

— Sim, mas é norma da galeria — explicou Samantha baixinho. — O senhor Agnew não permite que os funcionários tratem os clientes com intimidade.

— Bom dia, senhorita Sullivan. Vim buscar meus quadros — disse Sebastian, tentando parecer apenas um cliente.

— Sim, claro, senhor. Venha comigo, por favor.

Ele desceu a escada com Samantha e só voltou a falar quando ela destrancou a porta do depósito, onde embrulhos benfeitos jaziam encostados na parede. A jovem pegou dois, e Sebastian, três. Logo depois, subiram, saíram da galeria e puseram os pacotes no porta-malas do carro. Quando retornaram à galeria, Agnew saiu do escritório.

— Bom dia, senhor Clifton.

— Bom dia. Só vim pegar os quadros.

Agnew assentiu com a cabeça, e Sebastian voltou a descer a escada na companhia de Samantha. Quando conseguiu alcançá-la, ela já estava carregando mais dois embrulhos. Havia ainda mais dois, mas Sebastian pegou só um, pois queria ter uma desculpa para voltar a descer ao depósito com ela. Assim que alcançaram o térreo, viram que não havia nem sinal de Agnew.

— Não teve força para pegar os dois últimos? — perguntou Samantha. — Mas que fracote...

— Não, deixei um lá — respondeu Sebastian, sorrindo.

— Então, acho melhor eu ir buscá-lo.

— E acho melhor ajudá-la.

— Muita gentileza, senhor.

— O prazer é meu, senhorita Sullivan.

Assim que voltaram para o estoque, Sebastian fechou a porta.

— Estaria disponível para jantar comigo hoje?

— Sim, mas você terá de vir me buscar aqui. Como ainda não terminamos de pendurar as obras da exposição da próxima segunda-feira, não poderei deixar a galeria muito antes das oito.

— Ficarei esperando do lado de fora às oito — disse ele enquanto a enlaçava pela cintura com um dos braços, ficando bem colado a ela...

— Senhorita Sullivan?

— Pois não, senhor — respondeu Samantha, que abriu rapidamente a porta e subiu a escada correndo.

Sebastian a seguiu, procurando aparentar naturalidade, e depois se lembrou de que nenhum dos dois tinha pegado o último quadro. Assim, desceu a escada correndo, pegou-o e, tão logo terminou de subir apressado a escada, deparou com Agnew conversando com Sam, que nem sequer o olhou quando ele passou por ela.

— Talvez pudéssemos fazer depois uma verificação da lista, assim que você terminar de atender nosso cliente.

— Sim, senhor.

Tom estava pondo o último quadro no porta-malas quando Samantha se aproximou de Sebastian na calçada.

— Gostei do carrão — comentou ela. — E com motorista e tudo. Nada mau para um homem que não tem dinheiro para levar uma vendedora para jantar.

Tom sorriu e bateu continência de mentirinha para ela antes de entrar no carro.

— Infelizmente, nada disso é meu — disse Sebastian. — O carro é do meu patrão, que só o emprestou porque eu lhe disse que tinha um encontro com uma linda mulher.

— Não foi bem um encontro — refutou ela.

— Vou me esforçar um pouco mais para que seja um hoje à noite — prometeu ele.

— Ficarei ansiosa para que chegue logo a hora, senhor.

— Só queria que pudesse ter sido antes, mas esta semana... — lamentou-se, sem dar mais explicações, enquanto fechava o porta-malas. — Obrigado pela ajuda, senhorita Sullivan.

— Foi um prazer, senhor. Esperamos vê-lo novamente.

Manhã de quinta-feira

— Cedric, é Stephen Ledbury, do Midland.

— Bom dia, Stephen.

— Bom dia. Acabei de receber um telefonema daquele cavalheiro em questão para informar que mudou de ideia: não venderá mais as ações.

— Ele deu algum motivo? — perguntou Cedric.

— Só me disse que agora acredita no futuro da empresa a longo prazo e prefere não se desfazer das ações.

— Obrigado, Stephen. Por favor, se houver alguma mudança, ligue para informar.

— Com certeza, pois ainda não saldei minha dívida com você.

— Ah, saldou, sim — assegurou-lhe Cedric sem maiores explicações. Ele repôs o fone no gancho e anotou as palavras que lhe diziam tudo de que precisava saber.

Manhã de quinta-feira

Sebastian chegou à estação da King's Cross logo após as sete da noite. Subiu a escada de acesso ao primeiro pavimento e posicionou-se à sombra do grande relógio quadrilateral, de onde podia ter uma visão panorâmica do *The Night Scotsman*, parado na plataforma cinco, esperando para transportar 130 passageiros para Edimburgo durante a noite.

Cedric dissera que precisava ter certeza de que os três homens embarcariam mesmo no trem antes de se arriscar a pôr suas próprias ações à venda. Sebastian observou Dom Pedro Martinez, com toda a arrogância de um potentado do Oriente Médio, entrar na plataforma acompanhado do filho Luis, poucos minutos antes da hora de o trem partir. Ambos caminharam para o fim da composição, onde se acomodaram no vagão da primeira classe. Mas por que Diego não estaria com eles?

Alguns minutos depois, o guarda soprou duas vezes o apito e agitou a bandeira verde com um movimento vigoroso, e o *The Night Scotsman* partiu para o norte com apenas dois dos Martinez a bordo. Assim que Sebastian não conseguiu ver mais o penacho de fumaça esbranquiçada saindo pela chaminé do trem, foi correndo até a cabine mais próxima e ligou para o telefone particular do senhor Hardcastle.

— Diego não embarcou no trem.

— O segundo erro dele — observou Cedric. — Preciso que você volte para o escritório imediatamente. Aconteceu uma coisa aqui também.

Sebastian gostaria de ter dito a Cedric que tinha um encontro com uma linda mulher, mas achou que aquele não era o momento de sugerir que poderia ter uma vida social. Então, telefonou para a galeria, pôs quatro moedas no telefone, apertou o botão A e ficou esperando, até que ouviu a voz inconfundível do senhor Agnew do outro lado da linha.

— Posso falar com a senhorita Sullivan?
— A senhorita Sullivan não trabalha mais aqui.

Quinta-feira à noite

Sebastian não conseguia pensar em outra coisa enquanto o motorista retornava com ele de carro para o banco. O que o senhor Agnew quisera dizer com "A senhorita Sullivan não trabalha mais aqui"? E por que Sam sairia de um emprego de que gostava tanto? Teria sido demitida? Talvez estivesse doente, mas ela ainda estivera na galeria de manhã. Sebastian não havia solucionado o mistério quando Tom estacionou na frente da sede do Farthings. E o pior era que não tinha como entrar em contato com ela.

No saguão, Sebastian entrou no elevador, apertou o botão do último andar e, lá chegando, foi direto para o gabinete do presidente. Bateu, entrou e viu que estavam fazendo uma espécie de reunião.

— Desculpe, eu...
— Não. Entre, Seb — disse Cedric. — Acho que você se lembra de meu filho — acrescentou, enquanto Arnold Hardcastle caminhava resolutamente em direção ao jovem.

Quando se apertaram as mãos, Arnold sussurrou:
— Trate apenas de responder às perguntas que lhe fizerem. Não diga nada espontaneamente. — Sebastian olhou para os outros dois homens presentes no gabinete. Nunca os tinha visto. E não estenderam as mãos para cumprimentá-lo.

— Arnold está aqui para representá-lo — explicou Cedric. — Eu já disse ao inspetor de polícia que tenho certeza de que deve haver uma explicação simples para tudo isto.

Sebastian não imaginava a que Cedric estava se referindo.

O mais velho dos dois estranhos deu um passo à frente para se apresentar.

— Sou o inspetor Rossindale. Trabalho na delegacia de polícia de Savile Row e gostaria de fazer-lhe algumas perguntas, senhor Clifton.

Sebastian sabia, com base nos livros do pai, que inspetores de polícia não participavam da investigação de crimes de menor importância. Assim, apenas assentiu com a cabeça e, procurando seguir as instruções de Arnold, não disse nada.

— Você esteve na Agnew's Gallery, na Bond Street, hoje, horas atrás?
— Sim, estive.
— E qual foi o objetivo dessa visita?
— Pegar alguns quadros que comprei na semana passada.
— E foi ajudado por uma senhorita Sullivan?
— Sim.
— E onde estão esses quadros agora?
— Estão no porta-malas do carro do senhor Hardcastle. Eu pretendia levá-los para meu apartamento mais tarde, à noite.
— É mesmo? E onde está o carro agora?
— Estacionado na frente do edifício do banco.
— Poderia emprestar-me as chaves do veículo, senhor? — solicitou o inspetor, virando-se para Cedric Hardcastle.

Cedric olhou de relance para Arnold, que reagiu com um aceno afirmativo da cabeça.

— Meu motorista está com elas — respondeu o presidente do banco. — Ele deve estar lá embaixo, esperando para me levar até minha casa.

— Com sua permissão, senhor, vou lá verificar se a origem dos quadros confere com o que disse o senhor Clifton.

— Não temos nenhuma objeção — atalhou Arnold.

— Sargento Webber, espere aqui — ordenou Rossindale — e não deixe que o senhor Clifton saia desta sala — acrescentou, recebendo como resposta um meneio afirmativo da cabeça do jovem policial.

— Mas que diabos está acontecendo? — perguntou Sebastian depois que o inspetor saiu do gabinete.

— Você está se saindo bem — observou Arnold. — Mas acho aconselhável, levando em conta a situação, que não diga mais nada — acrescentou o advogado, olhando diretamente para o jovem policial.

— Todavia — disse Cedric, pondo-se entre o policial e Sebastian —, eu gostaria de pedir ao gênio do crime que confirme se apenas duas pessoas mesmo embarcaram no trem.

— Sim, Dom Pedro e Luis. Não vi nem sinal de Diego.

— Eles estão fazendo o nosso jogo — observou Cedric enquanto o inspetor Rossindale voltava, carregando três embrulhos. Instantes depois, entraram no gabinete também um sargento e outro policial, carregando outros seis embrulhos, que deixaram encostados à parede.

— Estes são os nove pacotes que você trouxe da galeria com a ajuda da senhorita Sullivan? — perguntou o inspetor.

— Sim — respondeu Sebastian sem hesitar.

— Será que poderíamos abri-los?

— Claro.

Os três policiais começaram a tirar o papel pardo usado nos quadros. De repente, assustado, Sebastian inspirou forte e, apontando para um deles, disse:

— Minha irmã não pintou isso.

— É magnífico — disse Arnold.

— Essa parte não é comigo, senhor — disse Rossindale —, mas posso confirmar — continuou, examinando o rótulo na parte de trás — que não foi pintado por Jessica Clifton, e sim por alguém chamado Rafael, cuja obra vale, de acordo com o senhor Agnew, pelo menos cem mil libras. — Sebastian pareceu confuso, mas não disse nada. — E temos razões para acreditar — prosseguiu Rossindale, olhando diretamente para Sebastian — que você, em colaboração com a senhorita Sullivan, lançou mão do pretexto de que precisava pegar os quadros de sua irmã para roubar esta valiosa obra de arte.

— Mas isso não faz sentido — refutou Arnold, antes que Sebastian tivesse chance de responder.

— Não entendi, senhor.

— Pense bem, inspetor. Se, de acordo com o senhor, meu cliente, com a ajuda da senhorita Sullivan, roubou o quadro de Rafael na Agnew's, seria razoável esperar que estivesse no porta-malas do carro de seu empregado várias horas depois? Ou será que o senhor pretende insinuar que o motorista do presidente está igualmente envolvido nessa situação, quem sabe até mesmo o próprio presidente?

— Senhor Clifton — observou Rossindale, examinando suas anotações — confessou que pretendia levar os quadros para seu apartamento à noite.

— Mas não acha possível que um quadro de Rafael não combine muito com o ambiente do apartamento de um jovem solteiro em Fulham?

— Não é momento para brincadeiras. O senhor Agnew, que denunciou o roubo à polícia, é um negociante de obras de arte muito respeitado em Londres, e...

— Não houve roubo, inspetor, a não ser que o senhor consiga provar que o quadro foi tirado de lá com a intenção de defraudá-lo mesmo de seu legítimo dono. E, como nem sequer pediu a meu cliente que relatasse a sua versão da história, não consigo entender como é possível que tenha chegado a essa conclusão.

O policial se virou para Sebastian, que estava contando os quadros.

— Sou mesmo culpado — confessou Sebastian, levando o detetive a abrir um sorriso. — Não pelo roubo, mas pela cegueira provocada por uma paixão.

— Explique-se melhor, por favor.

— Na exposição dos graduandos da Slade, havia nove quadros de minha irmã, mas, aqui, só temos oito. Portanto, se o outro ainda estiver na galeria, a culpa é minha, pois peguei o quadro errado e peço desculpas pelo equívoco.

— Um equívoco de cem mil libras — observou Rossindale.

— Se me permite, inspetor — ponderou Arnold —, gostaria de observar, sem que me acusem de leviandade, que não é comum um criminoso tarimbado deixar provas na cena do crime que sirvam para incriminá-lo.

— Até onde sabemos, não é bem o caso, senhor Hardcastle.

— Então, recomendo que façamos uma visita à galeria para ver se o quadro de Jessica Clifton, obra que é propriedade de meu cliente, ainda está lá.

— Precisarei de algo mais consistente do que isso para me convencer da inocência dele — advertiu Rossindale.

Em seguida, pegou Sebastian firme pelo braço, saiu do gabinete com ele e apenas soltou o braço do rapaz quando estava na traseira da viatura, na companhia de dois robustos policiais, cada um sentado num dos lados dele.

Sebastian só conseguia pensar no que Samantha devia estar enfrentando. A caminho da galeria, ele perguntou ao detetive se ela estava lá.

— A senhorita Sullivan está na delegacia de Savile Row, sendo interrogada por um de nossos colegas.

— Mas ela é inocente — protestou Sebastian. — Se existe algum culpado nesta história, sou eu.

— Devo lembrar-lhe, senhor, que um quadro de cem mil libras desapareceu da galeria em que ela trabalhava, achado depois no porta-malas onde o senhor o pôs.

Sebastian lembrou-se do conselho de Arnold e não disse mais nada. Vinte minutos depois, a viatura da polícia parou na frente da Agnew's, com o carro do presidente vindo não muito atrás, transportando Cedric e Arnold no banco de trás.

O inspetor saiu do carro segurando firme a obra de Rafael, enquanto outro policial tocou a campainha. O senhor Agnew atendeu rapidamente e, depois que abriu a porta, fitou com ternura a obra-prima, como se estivesse reencontrando um filho perdido.

Quando Sebastian explicou o que podia ter acontecido, Agnew disse:

— De qualquer forma, isso não deve ser muito difícil de provar. — Sem mais nenhuma palavra, ele desceu com o rapaz para o subsolo e destrancou a porta do depósito, onde havia vários quadros embrulhados, prontos para serem entregues.

Sebastian ficou aguardando ansiosamente enquanto Agnew examinava cada um dos rótulos com cuidado, até que, por fim, achou o que estava assinalado com o nome de Jessica Clifton.

— O senhor poderia fazer a gentileza de desembrulhá-lo? — solicitou Rossindale.

— Claro — respondeu Agnew, que retirou com extremo cuidado o papel pardo que envolvia o quadro, finalmente revelando que se tratava de um retrato de Sebastian.

Arnold não conseguia parar de rir.

— Aposto que deve estar intitulado *Retrato de um gênio do crime*.

Até o próprio inspetor de polícia sorriu com ironia, mas advertiu Arnold:

— Não devemos nos esquecer de que o senhor Agnew prestou queixa.

— E, é claro, eu a retirarei, agora que vejo que não houve intenção de se roubar nada. Aliás — disse ele, virando-se para Sebastian —, devo desculpas a você e a Sam.

— Isso quer dizer que ela recuperará o emprego?

— De jeito nenhum — respondeu Agnew com firmeza. — Reconheço que ela não praticou nenhum crime, mas é culpada ou de negligência ou de burrice. E ambos sabemos, senhor Clifton, que burra ela não é.

— Mas fui eu que peguei o quadro errado.

— E foi ela que permitiu que o levasse por engano.

Sebastian franziu a testa.

— Posso ir com o senhor até a delegacia, inspetor? Prometi levar Samantha para jantar hoje à noite

— Não vejo por que não poderia.

— Obrigado pela ajuda, Arnold — agradeceu Sebastian, dando um forte aperto de mão no conselheiro da rainha. Depois, virando-se para Cedric, acrescentou: — Peço que me desculpe por lhe ter causado tantos problemas, senhor.

— Só quero que esteja de volta ao escritório às sete horas amanhã, pois, como bem sabe, será um dia muito importante para todos nós. Cá entre nós, Seb, você poderia ter escolhido uma semana melhor para roubar um quadro de Rafael.

Todos riram com a observação espirituosa, exceto o senhor Agnew, que continuava segurando a obra-prima com firmeza. Ele a guardou no depósito, deu duas voltas na chave e subiu com eles para o térreo.

— Muito obrigado, inspetor — agradeceu ele enquanto Rossindale ia saindo da galeria.

— Foi um prazer. Fico feliz que tudo tenha acabado bem.

Quando Sebastian entrou na parte de trás da viatura, o inspetor Rossindale disse:

— Vou contar por que eu estava tão convicto de que você tinha roubado o quadro, meu jovem. Sua namorada assumiu a culpa, o que geralmente significa que a pessoa está tentando proteger alguém.

— Não tenho certeza se ela continuará minha namorada depois de tudo que a fiz passar.

— Vou mandar que a soltem o mais rápido possível — prometeu Rossindale. — Depois de providenciada a papelada de sempre — acrescentou com um suspiro enquanto o carro parava na frente da delegacia de Savile Row.

Sebastian entrou com o policial na unidade.

— Leve o senhor Clifton lá embaixo nas celas enquanto providencio os documentos.

O jovem sargento conduziu Sebastian por um lance de escada, destrancou a porta de uma cela e pôs-se de lado para permitir que entrasse. Samantha estava encolhida na extremidade de um colchão fino, com os joelhos quase encostando no queixo.

— Seb! Eles o prenderam também?!

— Não — respondeu ele, tomando-a nos braços pela primeira vez. — Não acho que deixariam que ficássemos na mesma cela se achassem que somos a versão londrina de Bonnie e Clyde. Assim que o senhor Agnew achou o quadro de Jessica no depósito, reconheceu que eu tinha apenas me equivocado e pegado por engano o embrulho errado, então retirou a queixa. Mas lamento dizer que você perdeu o emprego, e isso por minha culpa.

— Não posso culpá-lo — disse Samantha. — Eu deveria ter me mantido atenta ao meu trabalho, em vez de ficar flertando. Mas começo a me perguntar até onde você é capaz de ir para evitar levar-me para jantar.

Sebastian a soltou, olhou bem nos olhos dela e a beijou delicadamente.

— Dizem que a mulher sempre se lembra do primeiro beijo do homem pelo qual ela se apaixona, e reconheço que será muito difícil me esquecer deste — observou Sam, bem quando abriam a porta da cela.

— Está liberada, senhorita — disse o jovem sargento. — Peço desculpas pelo mal-entendido.

— Você não tem culpa — retrucou Samantha. O sargento os levou para o térreo e manteve aberta a porta principal da delegacia para que saíssem.

Já na rua, Sebastian pegou Samantha pela mão, praticamente no mesmo instante em que um Cadillac azul-escuro parou diante da delegacia.

— Ah, droga — disse ela. — Eu me esqueci. A polícia deixou que eu fizesse um telefonema e liguei para a embaixada, onde me informaram que meus pais estavam na ópera, mas lhes pediriam que saíssem do espetáculo no intervalo. — Ah, droga — repetiu ao ver os Sullivan saírem do carro.

— O que está acontecendo, Samantha? — perguntou-lhe o pai depois de tê-la beijado no rosto. — Sua mãe e eu ficamos loucos de preocupação.

— Sinto muito, papai — respondeu Sam. — Foi tudo um grande mal-entendido.

— Que alívio — disse a mãe e, olhando para o jovem que segurava a mão de sua filha, perguntou: — E quem é esse rapaz?

— Ah, é Sebastian Clifton. O homem com quem vou me casar.

33

Manhã de sexta-feira

— Você tinha razão. Diego embarcará no trem-dormitório na King's Cross hoje à noite e se juntará ao pai e a seu irmão Luis na Glenleven Lodge amanhã de manhã.

— Como tem tanta certeza disso?

— A recepcionista disse à minha esposa que um carro o pegaria de manhã, quando ele chegasse, e o levaria direto para a pousada, a tempo para tomar o café da manhã com a família. Eu poderia ir de carro a Edimburgo amanhã para confirmar tudo pessoalmente.

— Não é necessário. Seb irá à King's Cross hoje à noite para ver se Diego vai embarcar mesmo no trem. Isso se o jovem Clifton não for preso por roubar um quadro de Rafael.

— Será que ouvi bem? — perguntou Ross.

— Depois explico, pois ainda estou tentando preparar o plano B.

— Bem, você não pode se arriscar a vender todas as suas ações enquanto Diego ainda estiver em Londres, pois, se o preço cair muito, de uma hora para outra, Dom Pedro acabará descobrindo o que você está tramando e, assim, não colocará as ações dele à venda.

— Então, perdemos o jogo, considerando não fazer sentido comprar as ações dele valorizadas. E nada poderia ser melhor para Dom Pedro se isso acontecesse.

— Não perdemos o jogo. Andei pensando em algumas coisas que gostaria que você analisasse, isto é, se ainda estiver disposto a correr um grande risco.

— Pode mandar que estou ouvindo — disse Cedric, pegando uma caneta e abrindo o bloco de anotações.

— Às 8 da manhã de segunda-feira, uma hora antes de a Bolsa de Valores abrir, você poderia entrar em contato com todos os principais corretores do centro financeiro de Londres para informar que está interessado em comprar ações da Barrington. Quando Martinez puser seus milhões de ações à venda, a primeira pessoa que contatarão será você, pois a comissão de um negócio desse tamanho é enorme.

— Mas, se as ações ainda estiverem muito valorizadas, a única pessoa que ganhará será Martinez.

— Eu disse que tinha algumas ideias — redarguiu Ross.

— Desculpe — disse Cedric.

— A Bolsa de Valores encerra o expediente às quatro da tarde às sextas-feiras, mas é possível continuar as negociações. A de Nova York ainda estará aberta por mais cinco horas, e a de Los Angeles, por mais oito. E, se você ainda não houver se desfeito de todas as ações após decorrido esse tempo, considere que, para nós, o pregão em Sydney começa à meia-noite de domingo. E se, depois de tudo isso, você ainda tiver algumas ações para vender, o pessoal de Hong Kong terá imensa satisfação em ajudá-lo a se livrar delas. Portanto, quando a Bolsa abrir em Londres às nove horas de segunda-feira, aposto que as ações da Barrington estarão sendo negociadas mais ou menos pela metade do preço com que vinham sendo comercializadas no encerramento das transações na Bolsa hoje.

— Brilhante — disse Cedric. — O problema é que não conheço nenhum corretor em Nova York, Los Angeles, Sydney ou Hong Kong.

— Você só precisará de um — observou Ross. — Abe Cohen, da Cohen, Cohen & Yablon. Assim como Sinatra, ele só trabalha à noite. Bastará lhe dizer que você tem 380 mil ações da Barrington e quer se ver livre delas até segunda-feira de manhã, pela hora local de Londres, e, acredite, ele ficará acordado o fim de semana inteiro trabalhando para ganhar essa comissão. Mas, veja bem, se Martinez descobrir o que você está tramando e não puser os milhões de ações à venda na segunda-feira de manhã, você poderá perder uma pequena fortuna, e ele terá conseguido mais uma vitória.

— Sei que Martinez as porá à venda na segunda-feira — asseverou Cedric —, pois disse a Stephen Ledbury que não queria mais vendê-las porque, agora, acreditava no "futuro de longo prazo" da empresa, e tenho certeza de que isso é mentira.

— Em todo caso, não é um tipo de risco que todo escocês que se preza estaria disposto a correr.

— Mas é um risco que um cidadão de Yorkshire cauteloso, enfadonho e impassível decidiu correr.

Sexta-feira à noite

Sebastian não tinha nem certeza se conseguiria reconhecê-lo. Afinal de contas, haviam se passado mais de sete anos desde a última vez que tivera contato com Diego em Buenos Aires. Ele lembrava que o sujeito era alguns centímetros mais alto do que Bruno e, com certeza, mais magro do que Luis, a quem vira mais recentemente. Sabia, porém, que Diego se vestia com elegância: ternos sob medida com fileiras de botões duplas de lojas de luxo da Savile Row, largas gravatas de seda coloridas e cabelos empastados de brilhantina.

O jovem Clifton chegou à King's Cross uma hora antes de o trem partir e, mais uma vez, ficou a postos à sombra do grande relógio quadrilateral.

O *The Night Scotsman* estava parado na plataforma, esperando o embarque de seus passageiros noturnos. Alguns já tinham chegado, bem poucos, aqueles que preferem chegar cedo a correr o risco de perder o trem. Diego, desconfiava Sebastian, era do tipo que preferia chegar em cima da hora, pois não gostava de gastar tempo à toa.

Enquanto aguardava, ele pensou em Samantha e na semana que fora a mais feliz de sua vida. Como alguém poderia ter tanta sorte assim?, perguntava-se. Sorria toda vez que pensava na moça. Eles, na companhia dos pais dela, tinham ido jantar naquela noite, e, mais uma vez, ele não pagara a conta; viram-se em um requintado restaurante na Mayfair chamado Scott's, no qual o cardápio dos convidados não indicava preços. Mas, por outro lado, os Sullivan haviam deixado claro que queriam conhecer o homem com quem a filha lhes dissera que se casaria, ainda que Samantha estivesse apenas os provocando.

No início, Sebastian ficou nervoso. Afinal de contas, em menos de uma semana, Samantha fora presa e demitida por causa dele. Contudo, quando serviram a sobremesa, e ele não teve como dispensá-la, todo o episódio do "mal-entendido", tal como estava sendo chamado, tinha passado da categoria de tragédia dramática para a de comédia ordinária.

Sebastian começou a relaxar quando a senhora Sullivan lhe disse que nutria grande esperança de visitar Bristol um dia, querendo conhecer a cidade onde o sargento investigador William Warwick trabalhava. Ele prometeu levá-la à famosa "Calçada de Warwick" e, quando a noite foi chegando ao fim, Sebastian não tinha mais dúvidas de que a senhora Sullivan estava muito mais familiarizada com as obras do pai do que ele. Depois de terem se despedido dos Sullivan, os dois caminharam até o apartamento de Samantha em Pimlico, tal como fazem os enamorados quando não querem que a noite termine.

Sebastian continuava à sombra do grande relógio quando começou a soar a hora.

— O trem na plataforma três vai direto para Edimburgo, sem paradas, às 22h35 — anunciou então um homem com uma voz abafada, dando a impressão de que estava se esforçando muito num teste para âncora da BBC. — A primeira classe fica na dianteira da composição; a terceira, na traseira; e o vagão-restaurante, no meio do trem.

Sebastian não tinha dúvida da classe em que Diego viajaria. Procurou tirar Sam do pensamento por um momento e tratou de concentrar-se no trabalho, tarefa nada fácil. Cinco, dez, quinze minutos se passaram, e apesar do fluxo constante de passageiros chegando à plataforma três, não havia nem sinal de Diego. Sebastian sabia que Cedric estava esperando impacientemente que o telefone tocasse para receber a confirmação de que Diego tinha embarcado. Somente quando isso acontecesse, ele poderia dar o sinal verde a Abe Cohen.

Cedric já havia decidido que, caso Diego não aparecesse, não valeria a pena tentar a manobra. Não podia arriscar-se colocando todas as suas ações à venda enquanto Diego permanecesse em Londres, pois, se fizesse isso, seria Martinez quem ganharia o jogo.

Já haviam se passado vinte minutos e, embora a plataforma estivesse lotada de passageiros recém-chegados, com carregadores ao lado arrastando pesadas bagagens nos carrinhos, o señor Diego Martinez ainda não tinha dado as caras. Sebastian começava a perder a esperança ao notar o guarda sair do último vagão, com a bandeira verde numa das mãos e o apito na outra. Seb resolveu olhar para o enorme ponteiro negro de minutos do relógio, que avançava um pouco a cada sessenta segundos: 22h22. Será que todo o trabalho que Cedric dedicara ao plano acabaria se mostrando inútil? Ele havia dito a Sebastian certa vez que, quando a pessoa se decide a iniciar uma ação arriscada, tem de estar disposta a aceitar que, quase sempre, a proporção de chance de sucesso de uma em cada cinco é normal. Será que esse acabaria caindo em um dos quatro? De repente, lembrou-se também de Ross Buchanan. Teria ele ido à toa para a Glenleven Lodge, onde ficaria esperando alguém que não iria aparecer? Depois, começou a pensar na mãe, que tinha muito mais a perder do que todos eles.

Mas, aí, apareceu um homem na plataforma que lhe chamou a atenção. Estava com uma mala, mas Sebastian não teve certeza se era Diego, pois o elegante chapéu de feltro marrom vincado no meio da copa e o colarinho de veludo levantado do sobretudo preto escondia-lhe o rosto. O homem passou direto pelos vagões da terceira classe, dirigindo-se para a dianteira do trem, o que deu um pouco mais de esperança a Sebastian.

Um carregador caminhava pela plataforma na direção do sujeito, fechando, uma após a outra, as portas dos vagões da primeira classe. Quando o funcionário da estação viu o homem, parou e manteve uma porta aberta para o retardatário. Nesse momento, Sebastian saiu da sombra proporcionada pelo relógio, na tentativa de ver sua presa com mais nitidez. O homem da mala estava prestes a embarcar no trem quando, de repente, decidiu virar-se para dar uma olhada no relógio. Ele hesitou. Sebastian ficou paralisado no lugar, e o homem, enfim, embarcou, com o carregador fechando a porta logo em seguida.

Diego fora um dos últimos passageiros a entrar no trem, mas Sebastian não arredou pé, observando o *The Night Scotsman* sair vagarosamente da estação, ganhando velocidade à medida que ia avançando pela via da longa viagem para Edimburgo.

Sebastian sentiu um frio na espinha, tomado de súbita apreensão. É claro que Diego não poderia tê-lo visto àquela distância e, em todo caso, era Seb que o estava procurando, e não o contrário. Sem mais nada a fazer ali, caminhou lentamente até as cabines telefônicas situadas na extremidade oposta do saguão, já segurando as moedas. Discou para um número que estabelecia uma ligação direta com o telefone na mesa do presidente. Após uma única chamada, ouviu a voz baixa e rouca de Cedric na linha.

— Ele quase perdeu o trem, chegou em cima da hora. Mas está a caminho de Edimburgo agora — relatou Sebastian, ouvindo o presidente soltar um suspiro de alívio.

— Tenha um bom fim de semana, meu rapaz — disse Cedric. — Você merece. Mas quero que esteja em meu gabinete às oito da manhã de segunda-feira, pois tenho um serviço especial para você. E tente ficar longe de toda e qualquer galeria de arte no fim de semana.

Sebastian riu, repôs o fone no gancho e se permitiu voltar a pensar em Sam.

Assim que desligou o telefone, Cedric ligou para o número que Ross Buchanan lhe tinha dado.

— Cohen — respondeu a pessoa do outro lado da linha.

— A venda está de pé. Qual era o preço das ações no fechamento das operações na Bolsa?

— Duas libras e oito xelins — respondeu Cohen. — Subiu um xelim durante o dia.

— Ótimo. Então, vou pôr as 380 mil ações à venda, mas quero que alcancem o melhor preço possível; lembre-se de que preciso estar livre delas quando a Bolsa de Valores de Londres abrir na segunda-feira.

— Entendido, senhor Hardcastle. Com que frequência gostaria que lhe comunicasse o andamento da operação durante o fim de semana?

— Faça isso às oito da manhã no sábado, e nesse mesmo horário na segunda feira.

— Ainda bem que não sou judeu ortodoxo — observou Cohen.

34

Sábado

Aquela seria uma noite de novas experiências.

Sebastian levou Sam para um restaurante chinês no Soho e fez questão de pagar a conta. Após o jantar, foram a pé para a Leicester Square, onde entraram na fila do cinema. Samantha adorou o filme escolhido por ele e, quando saíram do Odeon, confessou que, antes de ter vindo para a Inglaterra, nunca tinha ouvido falar em Ian Fleming, Sean Connery e nem sequer em James Bond.

— Mas onde você esteve a vida inteira? — zombou Sebastian.

— Nos Estados Unidos, com Katharine Hepburn, Jimmy Stewart e um jovem ator que está arrebatando mentes e corações dos fãs de Hollywood com a força de um furacão, chamado Steve McQueen.

— Nunca ouvi falar dele — confessou Sebastian enquanto pegava a mão da jovem. — Será que temos algo em comum?

— Jessica — respondeu ela com delicadeza.

Sebastian sorriu, com ambos conversando enquanto caminhavam, de mãos dadas, para o apartamento dela em Pimlico.

— Já ouviu falar dos Beatles?

— Sim, claro. John, Paul, George e Ringo.

— E no The Goons?

— Não.

— Então, você nunca teve algum tipo de contato com Bluebottle ou Moriarty?

— Achei que o professor Moriarty era o maior inimigo de Sherlock Holmes, não?

— Não, ele é o oposto de Bluebottle.

— Mas você ouviu falar em Little Richard? — perguntou ela.

— Não, mas sei alguma coisa sobre Cliff Richard.

De vez em quando, eles paravam para se beijar e, ao finalmente chegarem à portaria do edifício de Sam, ela pegou a chave e o beijou com suavidade de novo; um simples beijo de boa noite.

Sebastian gostaria de ter sido convidado para tomar um café, mas ela disse apenas:

— A gente se vê amanhã.

Pela primeira vez na vida, Sebastian não teve pressa.

Dom Pedro e Luis estavam no campo caçando quando Diego chegou à Glenleven Lodge. Ele não percebeu um senhor idoso trajando saia escocesa sentado numa cadeira de espaldar alto forrado de couro, lendo *The Scotsman* e dando a impressão de que fazia parte da mobília.

Uma hora mais tarde, depois de ter desfeito a mala, tomado um banho e trocado de roupa, Diego desceu para o térreo de culotes, botas de couro marrom e chapéu de caçador, nitidamente tentando parecer mais inglês do que os próprios ingleses. Um Land Rover estava esperando para levá-lo às montanhas, de modo que se reunisse com o pai e o irmão para a caçada do dia. Quando o argentino deixou a pousada, Ross ainda estava sentado na cadeira de espaldar alto. Se Diego fosse um pouco mais observador, teria notado que ele continuava a ler a mesma página do mesmo jornal.

— Qual era o preço das ações da Barrington no fechamento da Bolsa de Valores? — perguntou Dom Pedro quando o filho saiu do carro para unir-se a eles na caçada.

— Duas libras e oito xelins.

— Subiu um xelim. Pelo visto, você poderia ter vindo ontem mesmo.

— Geralmente, o preço das ações não sobe às sextas-feiras — limitou-se a dizer Diego antes que o carregador lhe desse uma arma.

Emma passou a maior parte da manhã de sábado preparando o primeiro rascunho de um discurso que ainda esperava fazer na assembleia geral de acionistas dali a nove dias. Ela deixou vários espaços em branco, que só poderiam ser preenchidos de acordo com os desdobramentos dos fatos no fim de semana e, num ou noutro caso, apenas horas antes que fosse anunciado o início da reunião.

Sentia-se grata por tudo que Cedric estava fazendo, mas não gostava do fato de não ter como participar mais ativa e diretamente no episódio que vinha se desdobrando em Londres e na Escócia.

Harry tinha saído de manhã à procura de elementos para sua nova trama. Enquanto, no inverno, outros homens passavam o sábado assistindo a jogos de futebol e, no verão, a partidas de críquete, ele fazia longas caminhadas pela propriedade em busca de inspiração para continuar seu enredo, de forma que, na segunda-feira de manhã, quando voltasse a pegar a caneta para retomar seus escritos, tivesse imaginado uma forma de fazer William Warwick solucionar um crime. À noite, Harry e Emma jantaram na Manor House e foram dormir logo depois de terem assistido ao último episódio de *Dr. Finlay's Casebook* pela BBC. Emma ainda estava ensaiando as linhas de seu discurso quando, por fim, acabou dormindo.

Já Giles, no sábado de manhã, realizou sua sessão de audiências semanais, nas quais ouviu as queixas de dezoito de seus eleitores sobre questões que iam desde a negligência da prefeitura para com a necessidade de esvaziar uma caçamba de lixo até como um alguém da laia de Sir Alec Douglas-Home, um ricaço e ex-aluno do caríssimo Eton College, poderia ter condições de pelo menos começar a entender os problemas de um trabalhador.

Depois que o último desses eleitores deixou a sala de audiências, o chefe de campanha eleitoral de Giles o levou para o Nova Scotia, o pub eleito da semana, para juntos tomarem uma caneca de cerveja, saborearem uma torta de carne de legumes e serem vistos pelos eleitores. No pub, pelo menos outros vinte eleitores acharam que tinham o dever sagrado de externar suas opiniões perante o representante da cidade no parlamento, tagarelando sobre uma miríade de questões, as mais díspares, antes que ele e Griff conseguissem deixar o local e seguissem para o Ashton Gate, onde pretendiam assistir a um amistoso de pré-temporada entre o Bristol City e o Bristol Rovers, que terminou num empate sem gols e que não foi tão amistoso assim.

Mais de seis mil torcedores assistiram à partida e, mesmo quando o árbitro deu o apito final, eles deixaram o estádio sem nenhuma dúvida do time para o qual Sir Giles torcia, pois ele estava usando um cachecol de lã vermelho e branco listrado bastante chamativo. Mas, também, Griff vivia dizendo a ele que noventa por cento de seus eleitores torciam para o Bristol City.

Quando saíram do estádio, ouviram torcedores clamando opiniões aqui e ali, nem sempre elogiosas, até que, por fim, Griff se despediu do amigo dizendo:

— Até mais tarde.

Giles voltou de carro para a Barrington Hall, onde jantou com Gwyneth, cuja barriga estava enorme por conta de uma gravidez. Nenhum dos dois falou sobre política. Apesar de Giles não querer sair de perto dela, logo depois das nove da noite ele ouviu um carro chegando pela via de acesso à mansão. Então beijou a esposa e, quando abriu a porta principal da residência, deparou com seu chefe de campanha parado na entrada.

Griff partiu com ele às pressas para o clube dos trabalhadores das docas, onde jogou algumas partidas de sinuca e uma de lançamento de dardos, que ele perdeu. Pagou várias rodadas de bebidas, mas, como a data da próxima eleição geral ainda não tinha sido anunciada, não poderia ser acusado de suborno.

Finalmente, Griff levou Giles de volta para a Barrington Hall naquela noite e lembrou ao amigo e membro do parlamento que ele teria de assistir a três missas na manhã seguinte, sentando-se entre eleitores que não tinham participado da sessão de audiências no sábado de manhã, assistido à corrida de cavalos no hipódromo local ou ido ao clube dos trabalhadores das docas. Foi para a cama pouco antes da meia-noite e encontrou Gwyneth profundamente adormecida.

Grace passou o sábado lendo artigos escritos por seus alunos, alguns dos quais haviam, enfim, percebido que se veriam frente a frente com a banca avaliadora em menos de um ano. Uma de suas alunas mais promissoras, Emily Gallier, que tinha feito somente o suficiente para passar, estava agora em pânico: esperava cobrir o conteúdo de três anos em três semestres. Grace não lhe reservava nenhuma comiseração. Passou para o artigo seguinte, escrito por Elizabeth Rutledge, outra moça muito inteligente, que não havia parado de se esforçar desde o momento em que pusera os pés em Cambridge.

Ela também estava em pânico, pois receava não conseguir formar-se com as maiores honras, como todos esperavam dela. Grace lhe reservava muita comiseração. Afinal, tivera o mesmo medo em seu último ano de curso.

Deitou-se na cama pouco depois da uma hora da madrugada, após avaliar o último artigo, e dormiu muito bem.

Fazia mais de uma hora que Cedric estava à mesa quando o telefone tocou. Assim que atendeu, não se surpreendeu com Abe Cohen do outro lado da linha, telefonando justamente no instante em que relógios em todo o centro financeiro de Londres começaram a soar uma série de oito badaladas.

— Consegui me desfazer de 186 mil ações em Nova York e Los Angeles, e o preço caiu de duas libras e oito xelins para uma libra e dezoito xelins.

— Um começo nada mau, senhor Cohen.

— Baixaram duas. Faltam duas. Telefonarei para o senhor por volta das oito da manhã de segunda para informar quantas os australianos compraram.

Cedric saiu do escritório pouco depois da meia-noite e, quando chegou em casa, nem tentou dar um boa-noite a Beryl, visto que, àquela altura, ela estaria em sono profundo. Havia muito que a mulher se conformara com o fato de que a única amante do marido era a senhorita Farthings Bank. Já o presidente não conseguiu dormir. Ficou se virando de um lado para o outro na cama, pensando nos possíveis acontecimentos das 36 horas seguintes, e entendeu por que, ao longo dos quarenta anos anteriores, nunca correra riscos.

Ross e Jean Buchanan fizeram uma longa caminhada pelas Highlands após o almoço.

Voltaram por volta das cinco da tarde, quando Ross tornou a assumir seu posto de "sentinela". A única diferença foi que, dessa vez, ele ficou lendo uma edição da *Country Life*. E não arredou pé do posto enquanto não viu Dom Pedro e os dois filhos voltarem da caçada. Pareciam muito satisfeitos, exceto Diego, aparentemente emburrado e pensativo. Os três subiram para a suíte do pai e não foram vistos mais naquela noite.

Ross e Jean jantaram no refeitório e resolveram subir para o quarto por volta das 21h40, quando, tal como sempre faziam, leram durante meia hora: ela, Georgett Heyer, ele, Alistair MacLean. Quando finalmente apagou a luz, com o costumeiro "Boa noite, querida", Ross caiu em sono profundo. Afinal de contas, ele não tinha mais nada a fazer além de impedir a família Martinez de partir para Londres antes da manhã de segunda-feira.

Quando Dom Pedro e os filhos se sentaram para jantar na suíte naquela noite, Diego se manteve estranhamente calado.

— Você está aborrecido porque matou menos pássaros do que eu? — indagou o pai, em tom de provocação.

— Sinto que há alguma errada — respondeu ele —, mas não consigo descobrir o quê.

— Bem, vamos torcer para que descubra até amanhã de manhã, para aproveitarmos um bom dia de caçada.

Pouco após as 21h30, depois do jantar, Diego se retirou para o quarto. Deitado, ficou tentando lembrar-se bem do momento em que chegara à King's Cross, revendo-o quadro após quadro, como se fosse um filme em preto e branco. Mas estava tão cansado que logo caiu num sono profundo.

Acordou às 6h25, sobressaltado, com um único quadro em seu pensamento.

35

Domingo à noite

Quando Ross voltou da caminhada com Jean no fim da tarde de domingo, estava ansioso para tomar um banho de banheira quentinho e uma xícara de chá com biscoitos amanteigados, antes que retornasse a seu posto de vigilante.

Enquanto se aproximavam da Glenleven, não se surpreendeu ao ver o motorista da pousada pôr uma mala no porta-bagagem de um carro. Afinal, vários hóspedes costumavam mesmo ir embora depois de uma caçada no fim de semana. Ross estava interessado apenas num dos hóspedes e, como este só iria deixar a pousada na terça-feira, não deu muita importância à partida prestes a acontecer.

Eles estavam subindo a escada para voltar ao quarto no primeiro andar, quando Diego Martinez passou correndo pelo casal, descendo a escada de dois em dois degraus, como se estivesse atrasado para uma reunião.

— Ah, deixei o jornal na mesa do salão — disse Ross. — Suba, Jean, que estarei de volta num minuto.

Ross virou-se e tornou a descer a escada, tentando não fixar o olhar em Diego enquanto o argentino conversava com a recepcionista. Dirigindo-se lentamente para a sala de chá, viu Diego sair impaciente da pousada e sentar-se no banco traseiro do carro à sua espera. Alarmado, Ross mudou subitamente de direção e acelerou o passo, tratando de seguir rápido e direto para a porta principal do estabelecimento, onde chegou a tempo de vê-los desaparecer pela via de acesso. Logo depois, entrou correndo na pousada e foi até a recepção, onde uma jovem o recebeu com um sorriso.

— Boa tarde, senhor Buchanan. Posso ajudá-lo?

Achando o momento impróprio para amenidades, foi logo dizendo:

— Acabei de ver o senhor Diego Martinez deixando o estabelecimento. Estava pensando em convidá-lo para jantar comigo e minha esposa esta noite. Sabe dizer se ele vai voltar hoje mesmo?

— Não vai, senhor. Bruce o está levando para Edimburgo, onde o cliente pegará o trem-dormitório para Londres. Mas, como Dom Pedro e o senhor Luis Martinez ficarão conosco até terça-feira, se quiser jantar com eles...

— Preciso fazer um telefonema urgente.

— Infelizmente, estamos sem telefone, senhor Buchanan, e, tal como expliquei ao senhor Martinez, talvez o serviço não seja normalizado antes de amanhã...

Ross, normalmente educado, virou-se de repente e disparou em direção à porta sem dizer mais nada. Saiu correndo das dependências da pousada, entrou apressado no carro e partiu numa viagem não programada. Não fez nenhuma tentativa de acelerar a ponto de alcançar o carro de Diego, pois não queria que ele percebesse que estava sendo seguido.

A mente de Ross, no entanto, estava a mil por hora. Primeiramente, pensou nos possíveis problemas práticos. Pararia em algum lugar e telefonaria para Cedric, informando-o do que aconteceu? Achou melhor não; afinal, o mais importante era não perder o trem para Londres. Caso tivesse tempo quando chegasse à estação de Waverley, de lá telefonaria para Cedric e avisaria que Diego estava voltando para Londres um dia antes do esperado.

Em seguida, pensou em tirar proveito do fato de que ele pertencia à diretoria da British Railways para providenciar que a central de venda de passagens se recusasse a vender um bilhete a Diego. Concluiu, contudo, que não faria sentido, pois então o argentino se hospedaria num hotel de Edimburgo e telefonaria para o corretor de valores antes que a Bolsa abrisse de manhã, quando descobriria que o preço das ações da Barrington havia sofrido uma tremenda queda no fim de semana, mas ainda disporia de tempo suficiente para cancelar qualquer plano de pôr as ações do pai à venda. Achou melhor, portanto, deixar que ele embarcasse e pensar depois no que deveria fazer, mesmo sem a menor ideia de que atitude poderia tomar.

Assim que entrou na principal estrada para Edimburgo, Ross se manteve sob constantes 100 km/h. Ele não teria dificuldade em conseguir uma cabine-leito no trem, pois sempre deixavam uma à disposição de diretores da empresa. Restava-lhe apenas torcer para que nenhum dos colegas de diretoria estivesse viajando para Londres naquela noite.

Praguejou quando se viu forçado a fazer um contorno pela Firth of Forth Road Bridge, que ficaria interditada por mais uma semana. Ao alcançar a periferia da cidade, ainda não havia se decidido como lidaria com Diego assim que estivesse a bordo do trem. Desejou que Harry Clifton estivesse ao seu lado no carro, pois, àquela altura, já teria proposto pelo menos uma dúzia de situações para enfrentar o problema. Mas também, se aquilo fosse um romance, ele simplesmente daria cabo de Diego.

Seu devaneio foi bruscamente interrompido quando sentiu o motor chacoalhar e olhou para o indicador de combustível, onde uma luz vermelha piscava. Praguejou mais uma vez, golpeou o volante com força e começou a procurar um posto de gasolina. Quase dois quilômetros depois, as chacoalhadas do motor deram lugar a uma série de estalos abafados, e o carro começou a perder velocidade; por fim, sem mais impulso, acabou parando no acostamento. Preocupado, Ross deu uma olhada no relógio. Verificando que tinha apenas quarenta minutos até o trem partir para Londres, saiu às pressas do carro e começou a correr, até perder o fôlego e parar ao lado de uma placa que informava: *Centro da Cidade a 5 km*. Os dias em que conseguia correr cinco quilômetros em quarenta minutos tinham ficado muitos anos para trás.

Resolveu manter-se à beira da estrada e pedir carona. Sem êxito. Devia causar estranheza, pois usava um típico casaco sarjado verde, saia escocesa e meias compridas e verdes, fazendo algo que não fazia desde os tempos do curso na St. Andrews University, quando também não se saíra muito bem naquele tipo de situação.

Achou melhor mudar de estratégia e procurar um táxi, outra tarefa ingrata numa noite de domingo, naquela parte da cidade. Foi então que viu sua tábua de salvação: um ônibus vermelho vindo em sua direção com um vistoso letreiro informando: CENTRO DA CIDADE.

Ao ver o veículo se aproximando barulhento e rangente, ele disparou na direção do ponto, correndo como nunca havia feito na vida antes, torcendo e rezando para que o motorista se compadecesse e o esperasse. Suas preces foram atendidas, e entrou no ônibus, desabando no assento da frente.

— Vai saltar onde, senhor? — perguntou o motorista.

— Estação de Waverley — respondeu Ross, esbaforido.

— São seis *pence*.

Ross pegou a carteira e deu ao motorista uma nota de dez xelins.

— Não tenho troco.

Enfiando as mãos nos bolsos para ver se achava dinheiro trocado, Ross descobriu que tinha deixado seus trocados na Glenleven Lodge. E não foram a única coisa que deixara lá.

— Fique com o troco — disse ele.

Embora espantado, o motorista tratou de pôr logo a nota no bolso, preferindo não dar ao passageiro a chance de mudar de ideia. Afinal de contas, ninguém costuma dar presente de Natal em agosto.

O ônibus tinha percorrido apenas algumas centenas de metros quando Ross avistou um posto de gasolina da Macphersons, aberto 24 horas por dia, e praguejou outra vez. Praguejou de novo ao se lembrar de que ônibus fazem paradas frequentes, em vez de levarem a pessoa direto para onde ela deseja ir. Ele olhava para o relógio toda vez que o ônibus parava num ponto, e também em todo sinal fechado, embora isso nem servisse para atrasar o relógio nem para adiantar o ônibus. Quando finalmente avistou a estação, restavam-lhe oito minutos. Não teria como ligar para Cedric. Assim que saltou do ônibus, o motorista bateu continência, como se ele fosse um general em visita à cidade.

Ross caminhou às pressas para a estação e, chegando, dirigiu-se para um trem em que tinha viajado muitas vezes antes. Havia feito tal viagem tantas vezes que já conseguia jantar, tomar um drinque sem pressa e depois dormir profunda e tranquilamente durante os mais de quinhentos quilômetros de um percurso barulhento. Porém, naquele momento, tinha o pressentimento de que não conseguiria dormir.

Ao alcançar a cancela, foi saudado com uma continência ainda mais elegante. Os fiscais da estação de Waverley se orgulham da capacidade de reconhecer qualquer um dos diretores da empresa, ainda que a trinta metros de distância.

— Boa noite, senhor Buchanan — disse o fiscal. — Não sabia que o senhor viajaria conosco esta noite.

Ross sentiu vontade de dizer que não tivera mesmo a intenção de fazê-lo, mas preferiu apenas retribuir a saudação, caminhar para o fim da plataforma e embarcar no trem, quando faltavam apenas alguns minutos para a partida.

Enquanto avançava pelo corredor rumo à cabine dos diretores, viu o chefe dos comissários vindo em sua direção.

— Boa noite, Angus — cumprimentou Ross.

— Boa noite. Não vi o nome do senhor na lista dos passageiros de honra da primeira classe.

— Não — confirmou Ross. — Foi uma decisão de última hora.

— Lamento informar-lhe que a cabine do diretor — começou a explicar o funcionário, despejando um balde de desânimo em Ross — não foi preparada, mas, se o senhor quiser tomar um drinque no vagão-restaurante, mandarei que o providenciem imediatamente.

— Obrigado, Angus. É justamente o que vou querer.

A primeira pessoa que Ross viu quando entrou no vagão-restaurante foi uma jovem atraente sentada no bar, uma feição que lhe pareceu vagamente familiar. Ele pediu uma dose de uísque com soda e sentou-se no banquinho ao lado dela, lembrando-se então de Jean e sentindo um peso na consciência por tê-la abandonado. Só poderia contatá-la no dia seguinte, pois naquele instante não tinha como informá-la do local onde estava. E de repente se lembrou também de algo mais que tinha abandonado. O pior era que não havia anotado o nome da rua em que largara o carro.

— Boa noite, senhor Buchanan — disse a mulher, surpreendendo Ross, que a olhou sem reconhecê-la. — Meu nome é Kitty — apresentou-se ela, estendendo a mão enluvada para cumprimentá-lo. — Eu o vejo com frequência neste trem, mas, também, o senhor é diretor da British Railways.

Ross sorriu e tomou um gole da bebida.

— Mas então o que você faz na vida para ir a Londres e voltar com tanta frequência?

— Sou uma profissional autônoma — respondeu Kitty.
— E qual sua profissão? — perguntou Ross enquanto o chefe dos comissários se posicionava ao lado dele.
— Sua cabine está pronta, senhor. Não gostaria de me acompanhar?
— Foi um prazer conhecê-la, Kitty — disse Ross, deixando o copo de bebida no balcão.
— O prazer foi meu, senhor Buchanan.
— Que jovem encantadora, Angus — observou Ross enquanto acompanhava o chefe dos comissários até a cabine. — Ela estava prestes a me dizer por que viaja com tanta frequência no trem.
— Não sei mesmo, senhor.
— Tenho certeza de que sabe, Angus, pois não há nada a respeito do *The Night Scotsman* que não saiba.
— Bem, digamos que a jovem é muito conhecida entre nossos clientes assíduos.
— Está querendo dizer...?
— Sim, senhor. Ela faz viagens de ida e volta três vezes por semana. Muito discreta e...
— Angus! Isto aqui é o *The Night Scotsman*, não um inferninho.
— Senhor, todos precisamos ganhar nosso sustento e, se as coisas vão bem para Kitty, todos se beneficiam.
Ross caiu na gargalhada.
— Algum dos outros diretores sabe da existência de Kitty?
— Um ou dois. Ela faz um preço especial para eles.
— Angus, tome jeito, homem.
— Desculpe, senhor.
— Tudo bem. Mas vamos cuidar do trabalho. Quero ver as reservas de todos os passageiros da primeira classe. Talvez haja alguém aqui cuja companhia me agradaria jantar.
— Claro, senhor — retrucou Angus, tirando uma folha de papel da prancheta e entregando-a a Buchanan. — Mantive reservada para o jantar sua mesa de sempre.
Ross correu o dedo pela lista e descobriu que o senhor D. Martinez estava no vagão número quatro.
— Gostaria de ter uma palavra com Kitty — disse ele enquanto devolvia a lista a Angus. — E sem que ninguém mais saiba disso.

— Discrição é comigo mesmo — comentou Angus, abafando um sorriso.

— Não é o que está pensando.

— Nunca é, senhor.

— E quero que reserve minha mesa no vagão-restaurante para o senhor Martinez, que está numa cabine no vagão quatro.

— Sim, senhor — afirmou Angus, totalmente confuso.

— Guardarei seu segredinho, Angus, se você guardar o meu.

— Eu faria isso, senhor, se tivesse ideia de qual é o seu.

— Terá quando chegarmos a Londres.

— Vou buscar Kitty, senhor.

Ross tentou organizar as ideias enquanto esperava Kitty chegar. Pensava apenas numa estratégia para ganhar tempo, de modo que pudesse criar um plano mais eficaz. De repente, viu abrirem a porta de sua cabine e Kitty entrar logo em seguida.

— Que bom revê-lo, senhor Buchanan — disse a jovem enquanto se sentava de frente para ele e cruzava as pernas, revelando a parte mais íntima das meias. — Posso ser útil em alguma coisa?

— Espero que sim — respondeu Ross. — Quanto você cobra?

— Depende um pouco daquilo que o senhor esteja querendo — respondeu Kitty, então Ross lhe explicou com exatidão o que estava querendo. — Isso lhe custará cinco libras, senhor, com tudo incluído.

Ross pegou a carteira, tirou uma nota de cinco libras e entregou a ela.

— Darei o melhor de mim — prometeu Kitty enquanto levantava a saia e enfiava o dinheiro no alto de uma das pernas das meias, antes de se retirar tão discretamente quanto chegara.

Ross apertou um botão vermelho ao lado da porta e, instantes depois, o chefe dos comissários voltou para atendê-lo.

— Reservou minha mesa para Martinez?

— Sim, e consegui um lugar para o senhor na outra extremidade do vagão-restaurante.

— Obrigado, Angus. Agora, devemos providenciar para que Kitty se sente de frente para o senhor Martinez, e tudo que ela comer ou beber deverá ser posto em minha conta.

— Tudo bem, senhor. Mas e quanto a Martinez?

— Deverão servir-lhe os vinhos e os licores mais finos, e tem de ficar claro para ele que todas as bebidas serão por conta da casa.

— E o valor deve ser posto em sua conta também, senhor?

— Sim, mas ele não deve saber, pois espero conseguir que o senhor Martinez tenha um sono profundo esta noite.

— Acho que estou começando a entender.

Depois que o chefe dos comissários foi embora, Ross ficou se perguntando se Kitty seria capaz de realizar a tarefa. Se ela conseguisse deixar Martinez bêbado a ponto de permanecer na cabine até as nove da manhã seguinte, teria cumprido sua missão e Ross de lhe daria mais cinco libras com imenso prazer. Ele gostou muito da ideia dela de algemá-lo aos quatro cantos da cama e depois pendurar a placa de *Favor não incomodar* na porta. Ninguém desconfiaria de nada, pois os passageiros podiam ficar no trem até as 9h30. Além do mais, muitos deles gostavam de permanecer por mais tempo na cama, antes de seguirem para o vagão-restaurante, onde saboreariam um café da manhã tardio com o hadoque defumado de Arbroath.

Ross deixou a cabine pouco depois das oito da noite e foi para o vagão-restaurante, onde passou direto por Kitty, sentada na frente de Diego Martinez. Ao fazê-lo, ouviu o chefe dos sommeliers falando-lhes a respeito dos vinhos do cardápio.

Angus tinha arranjado um lugar para Ross na extremidade oposta do vagão, onde ele ficou de costas para Martinez e, embora sentindo, mais de uma vez, muita vontade de virar-se para olhar, conseguiu resistir à tentação, ao contrário da esposa de Ló. Depois que acabou de tomar o café e rejeitou a costumeira taça de conhaque, Ross assinou a conta e se levantou para retornar à cabine. Assim que passou pela mesa em que costumava jantar, ficou feliz ao constatar que não estava mais ocupada. Sentindo-se satisfeito consigo mesmo, voltou orgulhoso e quase saltitante para o próprio vagão.

A sensação de vitória evaporou-se, contudo, assim que abriu a porta da cabine e viu Kitty sentada, esperando por ele.

— O que está fazendo aqui? Achei...

— Não houve nenhum interesse da parte dele, senhor Buchanan — explicou ela. — E tentei de tudo, desde algemas até bata de estudante inglesa. Além do mais, ele não bebe. Parece que tem algo a ver com religião. E, muito antes de chegarmos ao prato principal, ficou claro que não são mulheres que o excitam. Sinto muito, senhor, mas obrigada pelo jantar.

— Obrigado, Kitty. Sou-lhe extremamente grato — disse ele enquanto se sentava pesadamente no assento diante dela.

Nesse instante, Kitty levantou a saia, pegou a cédula de cinco libras que deixara presa na bainha da meia e a devolveu.

— De jeito nenhum — disse ele com firmeza. — Você fez por merecer.

— Eu poderia também... — começou a jovem, enfiando a mão por baixo da saia de Ross e movendo os dedos lentamente pela coxa do homem.

— Não, obrigado — protestou ele, revirando os olhos para cima, fingindo-se de escandalizado.

Foi quando teve mais uma ideia e devolveu a nota de cinco libras a Kitty.

— O senhor não é um daqueles esquisitões, é, senhor Buchanan?

— Devo confessar, Kitty, que estou prestes a propor algo realmente muito esquisito.

Ela ouviu atentamente o tipo de serviço que deveria prestar.

— Quando o senhor quer que eu faça isso?

— Entre 3 e 3h30 da madrugada.

— Onde?

— Talvez seja melhor na toalete.

— E quantas vezes?

— Acho que uma será suficiente.

— Mas não vou me meter em encrenca, vou, senhor Buchanan? Aquele sujeito parece um figurão, e a maioria dos cavalheiros da primeira classe não é muito exigente.

— Prometo que não, Kitty. Será feito uma única vez, e ninguém precisará saber que você se envolveu.

— O senhor é um cavalheiro — observou ela, dando-lhe um beijo no rosto e retirando-se discretamente da cabine em seguida.

Ross ficou imaginando o que poderia ter acontecido se Kitty permanecesse mais um ou dois minutos ali. Então, apertou o botão da campainha para chamar o chefe dos comissários e ficou esperando Angus chegar.

— Espero que tenha dado tudo certo, senhor.
— Não tenho certeza ainda.
— Há mais alguma coisa que eu poderia fazer pelo senhor?
— Sim, Angus. Preciso de uma cópia das normas e do estatuto da empresa.
— Vou ver se consigo uma, senhor — respondeu Angus, parecendo perplexo.

Vinte minutos depois, ele voltou carregando um grosso livro vermelho cujas páginas davam a impressão de que não eram folheadas com frequência. Ross acomodou-se na cabine para a leitura atenta de algumas partes do calhamaço. Primeiro, examinou o índice, identificando três seções que precisava consultar com o máximo de atenção, como se houvesse voltado à St. Andrews, preparando-se para as provas. Por volta das três horas, ele tinha lido e destacado os trechos de todas as páginas relevantes. E passou os trinta minutos seguintes tentando memorizar o conteúdo.

Às 3h30, fechou o grosso volume, recostou-se na cama e ficou esperando. Jamais lhe passou pela cabeça que Kitty iria decepcioná-lo. Olhou para o relógio às 3h30, às 3h35 e pela terceira vez às 3h45, quando foi surpreendido por um forte solavanco, provocado por uma freada violenta que quase o arrancou do assento, acompanhada por um intenso chiado das rodas atritando contra os trilhos, enquanto o trem perdia velocidade rapidamente, até que, por fim, parou de vez. Ross saiu ao corredor, onde viu o chefe dos comissários vindo às pressas em sua direção.

— Algum problema, Angus?
— Com o perdão da palavra, senhor, algum filho da mãe puxou o cordão de emergência.
— Mantenha-me informado.
— Sim, senhor.

Ross ficou olhando para o relógio a intervalos de alguns minutos, torcendo para que o tempo passasse logo. Alguns passageiros circulavam pelo corredor, tentando saber o que estava acontecendo, mas somente quatorze minutos depois o chefe dos comissários voltou a aparecer.

— A pessoa que puxou o cordão de emergência agiu no banheiro, senhor Buchanan. Com certeza o confundiu com o cordel da descarga. Mas nenhum problema sério, senhor, desde que também retomemos a viagem dentro de vinte minutos.

— Por que vinte minutos? — perguntou Ross, fingindo não saber de nada.

— Se ficarmos mais tempo parados aqui, o *The Newcastle Flyer* nos ultrapassará e nos atrasará.

— Por quê?

— Porque teremos de seguir viagem atrás dele e com certeza isso nos atrasará, pois o trem para em oito estações entre o local em que estamos e Londres. A mesma coisa aconteceu também alguns anos atrás, quando uma criança puxou o cordão e nos fez chegar à King's Cross uma hora atrasados.

— Apenas uma hora?

— Sim, chegamos a Londres pouco depois das 8h40 da manhã. Mas não vamos deixar que aconteça de novo, não é, senhor? Portanto, com sua permissão, vou providenciar para que reiniciemos a viagem.

— Espere, Angus. Você identificou a pessoa que puxou o cordão?

— Não, senhor. Deve ter fugido assim que se deu conta do equívoco.

— Bem, lamento informar, Angus, que a norma 43b do estatuto da empresa determina que devemos não só procurar saber quem foi a pessoa que puxou o cordão, mas também por que fez isso, antes que o trem reinicie a viagem.

— Mas isso poderia levar um tempão, senhor, e duvido que descobríssemos o responsável.

— Se não houve um motivo válido para que o cordão fosse puxado, o culpado receberá uma multa de cinco libras e será denunciado às autoridades — advertiu Ross, continuando a citar trechos do estatuto quase textualmente.

— Deixe-me tentar adivinhar, senhor.

— Norma 47c.

— O senhor me permite dizer como admiro sua previdência, senhor, solicitando o livro das normas e do estatuto da empresa poucas horas antes do incidente do acionamento do cordão de emergência?

— Sim, foi muita sorte, não acha? Contudo, tenho certeza de que a diretoria espera que ajamos de acordo com as normas da empresa, por mais inconveniente que seja.

— Se acha mesmo que devemos agir assim, senhor.

— Sim, acho.

Ross ficou olhando para fora o tempo todo e apenas sorriu quando, vinte minutos depois, viu o *The Newcastle Flyer* passar velozmente por eles, com a locomotiva soando dois longos apitos como saudação. Mesmo assim, calculou que, se chegassem à King's Cross por volta das 8h40, conforme previsto por Angus, Diego ainda teria tempo mais que suficiente para dirigir-se a uma cabine telefônica na estação, telefonar para seu corretor e cancelar a venda das ações do pai, antes que a Bolsa de Valores abrisse, às nove horas.

— Pronto, senhor — disse Angus. — Posso dizer ao maquinista que devemos partir? Um dos passageiros está ameaçando processar a British Railways se o trem não chegar a Londres antes das nove.

Ross nem precisou perguntar o nome do passageiro responsável pela ameaça.

— Vá em frente, Angus — ordenou com relutância, antes de fechar a porta da cabine, sem saber ao certo o que mais poderia fazer para manter o trem parado por mais vinte minutos.

O *The Night Scotsman* fez várias outras paradas não programadas quando o *The Newcastle Flyer* parou para deixar que passageiros desembarcassem e outros mais embarcassem em Durham, Darlington, York e Doncaster.

De repente, Ross ouviu alguém bater à porta e, logo em seguida, o chefe dos comissários entrou na cabine.

— O que foi agora, Angus?

— O homem que vinha se queixando tanto da possibilidade de chegarmos atrasados a Londres está perguntando se pode desembarcar do trem quando o *Flyer* parar em Peterborough.

— Não. Não pode — respondeu Ross —, pois este trem não para em Peterborough. De qualquer forma, ficaremos um tanto afastados da estação e, com isso, colocaremos a vida dele em risco caso lhe permitamos saltar lá.

— Norma 49c?

— Portanto, se ele tentar saltar do trem, é o seu dever impedi-lo, nem que seja com o uso da força. Norma 49f. Afinal de contas — acrescentou Ross —, não podemos correr o risco de deixar que o sujeito sofra um acidental fatal.

— Claro que não, senhor.

— E quantas paradas ainda teremos depois de Peterborough?

— Nenhuma, senhor.

— A que horas acha que chegaremos à King's Cross?

— Por volta das 8h40. Ou das 8h45, no máximo.

Ross suspirou fundo.

— Tão perto e, ao mesmo tempo, tão longe — disse baixinho.

— Desculpe-me por perguntar, senhor — comentou Angus —, mas a que horas o senhor *gostaria* que o trem chegasse a Londres?

— Alguns minutos após as nove seria perfeito — respondeu Ross, reprimindo um sorriso.

— Vou ver o que posso fazer, senhor — prometeu o chefe dos comissários antes de se retirar de novo.

Durante o restante da viagem, o trem avançou sob velocidade constante, mas, de repente, sem nenhum aviso, foi perdendo-a até parar, com pequenos trancos, apenas a alguns metros da estação da King's Cross.

— Senhores passageiros, sou o chefe dos comissários — informou Angus pelo sistema de interfonia de bordo. — Pedimos desculpas pelo atraso do *The Night Scotsman*, por problemas que estão além de nosso controle. Esperamos autorizar o desembarque dentro de alguns minutos.

A Buchanan restou apenas perguntar-se como Angus tinha conseguido fazer o trem demorar mais trinta minutos para completar a viagem. Quando ele saiu para o corredor, viu que o colega tentava acalmar um grupo de passageiros indignados com o atraso.

— Como conseguiu fazer isso, Angus? — perguntou ele baixinho.

— Parece que temos outro trem esperando em nossa plataforma, e lamento informar que, como ele só partirá para Durham às 9h05, não poderemos permitir aos passageiros que desembarquem muito antes das 9h15. Peço que nos desculpe pela inconveniência, senhor — disse num tom de voz mais alto.

— Muito obrigado, Angus.

— Disponha, senhor. Ó, não! — exclamou Angus, disparando numa ligeira corrida rente à janela. — É ele!

Quando Ross olhou para fora, viu Diego Martinez nos trilhos, correndo em disparada rumo à estação. Logo depois, deu uma olhada no relógio. Eram 8h53.

Segunda de manhã

Naquela manhã, Cedric havia chegado ao gabinete pouco antes das sete horas e começado imediatamente a andar de um lado para o outro enquanto esperava o telefone tocar. Mas só ligaram às oito. Era Abe Cohen.

— Consegui me desfazer do lote restante, senhor Hardcastle — informou Cohen. — As últimas ações foram vendidas em Hong Kong. Sinceramente, ninguém está entendendo por que o preço está tão baixo.

— Qual o preço atual delas? — perguntou Cedric.

— Uma libra e oito xelins.

— Ótimo, Abe. Ross tinha razão. Você é simplesmente o melhor.

— Obrigado, senhor. Só espero que o senhor tenha um bom motivo para perder todo esse dinheiro de propósito. — E, antes que Cedric pudesse responder, acrescentou: — Agora, vou parar para dormir um pouco.

Cedric olhou para o relógio. A Bolsa de Valores abriria dali a 45 minutos. De repente, ouviu alguém bater de leve à porta e viu Sebastian entrar, trazendo uma bandeja com café e biscoitos. O rapaz sentou-se à mesa de frente para o presidente.

— Como se saiu? — perguntou Cedric.

— Telefonei para quatorze dos mais destacados corretores de valores para lhes informar que, se as ações da Barrington forem postas à venda, queremos comprá-las.

— Ótimo — observou Cedric, olhando para o relógio mais uma vez. — Como Ross não telefonou, ainda devemos estar no páreo.

Tomou um gole de café, olhando de relance para o relógio a cada alguns minutos.

Quando pelo menos uma centena de relógios espalhados pelo centro de Londres começou a anunciar nove horas, Cedric se levantou e saudou o hino da capital. Sebastian continuou sentado, olhando fixamente para o telefone, torcendo para que tocasse logo. Às 9h03, alguém pareceu obedecer ao seu comando. Cedric atendeu às pressas, atrapalhando-se todo com o aparelho e quase o deixando cair no chão.

— É o pessoal da Capels na linha, senhor — informou sua secretária. — Devo passar a ligação?

— Imediatamente.

— Bom dia, senhor Hardcastle. É David Alexander, da Capels. Sei que não somos os corretores com que o senhor costuma trabalhar, mas, segundo informações que circulam pelo mercado, parece que está interessado em comprar ações da Barrington. Portanto, achei que deveria informar-lhe que temos uma solicitação de venda de um grande lote de ações, com ordem de nosso cliente para que as vendêssemos ao preço do dia assim que a Bolsa abrisse hoje de manhã. Gostaria de saber se o senhor ainda está interessado.

— Talvez esteja — disse Cedric, torcendo para conseguir passar a impressão de calma.

— Porém, existe uma condição para a venda dessas ações, senhor — avisou Alexander.

— E qual seria? — perguntou Cedric, embora soubesse muito bem qual era.

— Não estamos autorizados a vendê-las a ninguém que represente as famílias Barrington e Clifton.

— Meu cliente é de Lincolnshire, e posso lhe assegurar que ele não tem qualquer ligação passada ou atual com nenhuma dessas famílias.

— Então, eu teria grande satisfação em negociá-las com o senhor.

Cedric sentiu-se como um adolescente tentando fechar a primeira transação.

— E qual é o preço atual delas, senhor Alexander? — perguntou ele, aliviado com o fato de o corretor da Capels não ver o suor escorrendo-lhe pela testa.

— Uma libra e nove xelins. O preço subiu um xelim desde a abertura da Bolsa.

— Quantas ações tem para vender?
— Temos um milhão e duzentas mil em nossos registros, senhor.
— Vou comprar o lote inteiro.
— Será que ouvi bem?
— Com certeza.
— Então, o senhor acabou de emitir uma ordem de compra de um milhão e duzentas mil ações da Barrington Shipping no valor de uma libra e nove xelins a unidade. Podemos fechar a transação, senhor?
— Sim, é claro — confirmou o presidente do Farthings Bank, tentando parecer solene aos ouvidos do interlocutor.
— Então, negócio fechado, senhor. As ações pertencem agora ao Farthings Bank. Enviarei os documentos para que o senhor os assine ainda hoje de manhã — afirmou o corretor, desligando o telefone em seguida.

Cedric levantou-se de um pulo, desferindo socos no ar com o braço um tanto flexionado, como se o Huddersfield Town tivesse acabado de ganhar a Copa da Inglaterra. Sebastian teria participado da comemoração também, mas o telefone tocou de novo.

Ele atendeu num ímpeto, procurou saber quem era e passou o fone rapidamente para Cedric.

— É David Alexander. Diz que é urgente.

DIEGO MARTINEZ

1964

36

Segunda-feira, 8h53 da manhã

Quando deu uma última verificada no relógio, Diego Martinez concluiu que não podia esperar mais. Olhou para ambos os lados do corredor para ver se o chefe dos comissários estava por perto. Em seguida, baixou o vidro da janela, pôs o braço para fora, a fim de alcançar a maçaneta, e conseguiu abrir a porta. Saltando do trem, foi parar bem no meio dos trilhos.

Alguém gritou:

— O senhor não pode fazer isso!

Ele não se deu ao trabalho de apontar que já o tinha feito.

Diego desatou a correr na direção da estação bem iluminada, percorrendo pelo menos algumas centenas de metros antes que a plataforma surgisse adiante. Nem chegou a ver os semblantes de assombro dos passageiros que o observavam das janelas enquanto passava correndo.

— Deve ser uma questão de vida ou morte — comentou um deles.

Diego continuou correndo até alcançar a extremidade oposta da plataforma. Tirou a carteira do bolso enquanto ainda estava correndo e, desse modo, já havia pegado a passagem muito antes de chegar à cancela. O fiscal olhou para ele e disse:

— Tinham me informado que o *The Night Scotsman* só chegaria daqui a uns quinze minutos.

— Onde fica a cabine telefônica mais perto daqui?! — perguntou Diego, praticamente aos gritos.

— Logo ali — respondeu o fiscal, apontando para uma fileira de cabines vermelhas. — Não há como errar.

Diego atravessou correndo o saguão lotado, tentando pegar algumas moedas no bolso das calças. Só parou quando chegou ao local da fileira de seis cabines telefônicas. Vendo três ocupadas, abriu a porta de uma delas e contou os trocados que tinha, mas constatou não dispor dos quatro *pence* necessários; faltava um.

— Leiam as notícias!

Desesperado, virou-se bruscamente, viu um vendedor de jornais ambulante e disparou para a frente de uma longa fila, dando ao rapaz meia coroa e dizendo:

— Preciso de uma moeda.

— Claro, chefe — concordou o vendedor de jornais, achando que o argentino estava precisando ir ao banheiro com urgência e assim rapidamente lhe dando um penny.

Diego voltou correndo para as cabines telefônicas, sem sequer ouvir o garoto dizer:

— Olha o troco, senhor! — E também: — E o seu jornal?

Diego abriu a porta de uma das cabines, deparou com o aviso *Com defeito* e correu para a seguinte justamente no momento em que uma mulher, assustada, estava abrindo a porta. Ele pegou o telefone, enfiou as moedas na caixa preta e discou CITY 416. Instantes depois, ouviu o sinal de chamada.

— Atenda, atenda, atenda! — gritou no fone. Por fim, ouviu uma voz dizer do outro lado da linha:

— Capel & Company. Em que podemos ajudá-lo?

Diego apertou o botão A e escutou as moedas caindo pelo interior da caixa.

— Quero falar com o senhor Alexander.

— Qual deles: A., D. ou W.?

— Espere um momento — solicitou Diego, que, pondo o fone em cima da caixa telefônica, puxou a carteira, tirou dela o cartão do senhor Alexander e, pegando rapidamente o telefone de novo, disse: — Alô, está me ouvindo?

— Sim, senhor.

— David Alexander.

— Ele está impossibilitado de atender no momento. Posso transferir a ligação para outro corretor?

— Não. Transfira a ligação para David Alexander imediatamente — exigiu Diego.

— Mas ele está numa ligação, falando com outro cliente.
— Então, corte a ligação, isso é uma emergência!
— Não tenho permissão para isso, senhor.
— Tem sim, e você o interromperá, garota estúpida, se ainda quiser estar trabalhando aí amanhã!
— Quem gostaria de falar com ele? — perguntou a jovem, com voz trêmula.
— Trate apenas de transferir a ligação! — clamou Diego, ouvindo um clique em seguida.
— Ainda está aí, senhor Hardcastle?
— Não, não está mais. É Diego Martinez falando, senhor Alexander.
— Ah, bom dia, senhor Martinez. O senhor não poderia ter ligado numa hora melhor.
— Diga-me que você não vendeu as ações da Barrington de meu pai.
— Sim, vendi; na verdade, acabei de fazê-lo. Tenho certeza de que ficará muito contente em saber que nosso cliente comprou todo o lote de um milhão e duzentas mil ações; numa situação normal, poderíamos levar duas, talvez até três semanas para nos desfazermos de todas. E até consegui vendê-las por um xelim acima do preço que vigorava na abertura da Bolsa.
— Por quanto as vendeu?
— Por uma libra e nove xelins a unidade. Estou com a ordem de compra na minha frente.
— Mas elas estavam valendo duas libras e oito xelins a unidade quando a Bolsa fechou na sexta-feira à tarde.
— Isso mesmo, mas parece que houve muitas transações com essas ações durante o fim de semana. Achei que o senhor estivesse ciente da situação, e também por isso fiquei muito contente por ter conseguido tirá-las de nossos registros de oferta tão rapidamente.
— Por que não tentou entrar em contato com meu pai para avisá-lo de que o preço das ações tinha despencado?! — perguntou Diego aos gritos.
— Seu pai deixou claro que não seria possível entrar em contato com ele durante o fim de semana e que só voltaria para Londres amanhã de manhã.

— Mas, quando você viu que o preço das ações tinha sofrido uma queda tão acentuada, por que não usou de bom senso e aguardou uma oportunidade para falar com ele?!

— Estou com as ordens de seu pai bem na minha frente, senhor Martinez, e não poderiam ser mais claras. De acordo com elas, o lote inteiro das ações da Barrington de seu pai deveria ser posto à venda quando a Bolsa abrisse hoje de manhã.

— Escute aqui, Alexander, com bastante atenção. Estou ordenando que cancele a venda e recupere as ações!

— Infelizmente, não posso, senhor. Assim que a transação é feita, não há como revertê-la.

— Os documentos já foram assinados?

— Não, senhor, mas estarão antes do efetivo fechamento do negócio hoje à noite.

— Então, não feche o negócio. Diga à pessoa que comprou as ações que houve um engano.

— O centro financeiro não funciona assim, senhor Martinez. Uma vez que se aceita a transação, não há como voltar atrás; se não fosse assim, o mercado viveria num estado de confusão perpétua.

— Ouça o que eu digo, Alexander: você desfará essa venda, pois, do contrário, processarei sua empresa por negligência!

— E ouça o que digo também, senhor Martinez: se eu fizesse isso, seria levado perante o conselho administrativo da Bolsa de Valores e perderia minha licença de corretor.

Diego resolveu mudar de estratégia.

— As ações foram compradas por um membro das famílias Barrington ou Clifton?

— Não. Não foram, senhor. Executamos as ordens de seu pai à risca.

— Então, quem as comprou?

— O presidente de um banco com sede em Yorkshire, em nome de um de seus clientes.

Diego resolveu lançar mão de outro recurso, um que nunca o deixara na mão.

— Se você der um jeito de "extraviar" essa transação, senhor Alexander, eu lhe darei cem mil libras.

— Se eu fizesse isso, não só perderia minha licença, como também acabaria na prisão.

— Mas ninguém ficaria sabendo de nada; será dinheiro vivo.

— Eu ficaria — redarguiu Alexander — e relatarei esta conversa a meu pai e a meu irmão na próxima reunião dos sócios da empresa. Devo deixar algo claro, senhor Martinez: esta empresa não fará mais negócios com o senhor nem com nenhum membro de sua família no futuro. Tenha um bom dia, senhor.

A ligação foi encerrada.

— Gostaria que lhe desse primeiro a boa ou a má notícia?

— Como sou otimista, prefiro que comece pela boa.

— Conseguimos executar o plano. Agora, você pode dizer com orgulho que é dono de um milhão e duzentas mil ações da Barrington Shipping Company.

— E a má notícia?

— Preciso de um cheque de 1.740 milhão de libras, mas você ficará contente em saber que, como o preço das ações subiu quatro xelins desde o momento em que as compramos, já obteve um lucro considerável.

— Agradeço muito, Cedric. E, conforme combinado, cobrirei todas as despesas que você teve no fim de semana. É justo. E o que faremos agora?

— Enviarei um de nossos diretores adjuntos, Sebastian Clifton, a Grimsby amanhã com os documentos para você assinar. Com uma soma tão grande envolvida, prefiro não confiar a entrega às imprevisibilidades do serviço postal.

— Se ele é o irmão de Jessica, não vejo a hora de conhecê-lo.

— Certamente é. Deverá chegar aí por volta do meio-dia amanhã e, assim que você tiver assinado todos os documentos, ele os trará de volta para Londres.

— Diga-lhe que, como você, ele está prestes a experimentar o melhor peixe com fritas do mundo, comidas quentinhas sobre uma edição de ontem do *Grimsby Evening Telegraph*. Com certeza não o levarei a um restaurante chique, com mesas cobertas com panos e pratos elegantes.

— Se foi bom para mim, será bom para ele também. Ficarei ansioso para revê-lo na próxima segunda-feira, na assembleia geral de acionistas.

— Ainda temos vários outros problemas — informou Sebastian assim que o presidente desligou o telefone.

— E quais seriam?

— Embora o preço das ações da Barrington já tenha começado a subir novamente, não devemos nos esquecer de que a carta de exoneração de Fisher será entregue à imprensa na sexta-feira. A insinuação de um membro da diretoria de que a empresa talvez esteja a caminho da falência poderá fazer o preço das ações sofrer mais uma queda vertiginosa.

— Essa é uma das razões pelas quais você irá até Grimsby amanhã — redarguiu Cedric. — Fisher terá um encontro comigo aqui ao meio-dia, ocasião em que você estará saboreando o prato de peixe com fritas mais saboroso do país, com um acompanhamento de creme de ervilhas.

— E qual é a outra razão? — perguntou Sebastian.

— Preciso que você esteja longe daqui quando eu me encontrar com Fisher. Sua presença só serviria para lembrá-lo de quem são meus verdadeiros aliados.

— Ele é páreo duro numa briga — advertiu Seb —, como meu tio Giles pôde constatar em mais de uma ocasião.

— Mas não pretendo brigar com ele — asseverou Cedric. — Ao contrário, pretendo apenas dar-lhe uma ajuda. Mais algum problema?

— Na verdade, três: Dom Pedro Martinez, Diego Martinez e, até certo ponto, Luis Martinez.

— Uma fonte confiável me informou que esses três estão acabados. Dom Pedro se acha à beira da falência; Diego pode ser preso a qualquer momento por tentativa de suborno; e Luis não tem condições nem de assoar o nariz sem que o pai lhe dê um lenço. Não. Acho que não vai demorar muito para que esses sujeitos façam uma viagem só de ida para a Argentina.

— Mas ainda tenho o pressentimento de que Dom Pedro tentará um último ato de vingança antes de partir.

— Acho que, no momento, ele não ousaria nem se aproximar de membros das famílias Barrington e Clifton.
— Eu não estava pensando em ninguém de minha família.
— Não se preocupe comigo — disse Cedric. — Sei me cuidar.
— Também não estava pensando no senhor.
— Mas então em quem?
— Samantha Sullivan.
— Acho que é um risco que ele nem sequer pensaria em correr.
— Martinez não pensa como o senhor...

Segunda-feira à noite

Dom Pedro ficou com tanta raiva que precisou esperar algum tempo para conseguir sequer falar.
— Mas como eles conseguiram fazer isso?!
— Assim que a Bolsa de Valores fechou na sexta-feira e eu parti para a Escócia — explicou Diego —, alguém começou a vender um grande número de ações da Barrington em Nova York e Los Angeles. E depois mais ainda, quando a Bolsa de Sydney abriu hoje de manhã, até conseguir por fim desfazer-se de tudo o que restava em Hong Kong, enquanto estávamos dormindo.
— Em todos os sentidos da palavra — observou Dom Pedro. Seguiu-se outra longa pausa, e, mais uma vez, nenhum dos irmãos sequer pensou em interrompê-lo. — Então, quanto perdi?
— Mais de um milhão de libras.
— Você descobriu quem vendeu as ações? — perguntou Dom Pedro com raiva. — Aposto que foi a mesma pessoa que as comprou pela metade do preço hoje de manhã.
— Acho que deve ter sido um tal de Hardcastle, que estava na linha quando interrompi a ligação de David Alexander.
— Cedric Hardcastle — afirmou Dom Pedro. — É um banqueiro de Yorkshire que faz parte da diretoria da Barrington e sempre apoia a presidente. Ele vai se arrepender disso.
— Papai, não estamos na Argentina. O senhor já perdeu quase tudo, e sabemos que as autoridades estão à procura de um pretexto

para deportá-lo. Talvez tenha chegado a hora de abandonarmos esta vingança.

Diego viu a mão aberta vindo em sua direção, mas nem tentou recuar.

— Não diga a seu pai o que ele pode ou não fazer! Partirei quando quiser e não antes! Está entendido?! — Diego assentiu com a cabeça.

— Mais alguma coisa?

— Não tenho certeza absoluta, mas acho que vi Sebastian Clifton na King's Cross antes de embarcar no trem, se bem que ele estivesse a uma distância considerável.

— E por que não foi verificar?

— Porque o trem estava prestes a partir, e...

— Então eles chegaram à conclusão de que não poderiam seguir com o plano se você não embarcasse. Muito espertos — comentou Dom Pedro. — Devem ter postado alguém em Glenleven para vigiar todos os nossos movimentos, pois, do contrário, como saberiam que você estava voltando para Londres?

— Tenho certeza de que ninguém me seguiu quando deixei o hotel. Verifiquei muitas vezes.

— Mas alguém devia saber que você estava naquele trem. Afinal, é coincidência demais o fato de que, bem na noite em que *você* viajou no *The Night Scotsman*, o trem tivesse chegado ao destino atrasado em uma hora e meia pela primeira vez em anos. Você se lembra de algo estranho ter acontecido durante a viagem?

— Uma prostituta chamada Kitty tentou me seduzir, e depois alguém puxou o cordão de emergência do trem...

— Coincidências demais.

— Depois eu a vi cochichando algo no ouvido do chefe dos comissários, que sorriu e se retirou.

— Uma prostituta e um comissário não podem ter feito sozinhos o *The Night Scotsman* se atrasar uma hora e meia. Não. Alguém com poder de decisão estava naquele trem, coordenando tudo — concluiu Dom Pedro, fazendo mais uma longa pausa. — Acho que alguém previu o que pretendíamos fazer, mas vou fazer de tudo para que não prevejam a revanche. Para isso, precisaremos ser tão organizados quanto eles.

Diego não se atreveu a opinar enquanto o pai prosseguia em seu monólogo.

— Quanto dinheiro ainda tenho?

— Pelo que verifiquei da última vez, cerca de trezentas mil libras — respondeu Karl.

— E minha coleção de obras de arte foi posta à venda na Bond Street ontem à noite. Agnew me assegurou que eu conseguiria mais de um milhão com a venda. Portanto, ainda tenho recursos financeiros para me vingar deles. Nunca se esqueça: não importa se você perder algumas batalhas, se, no fim, ganhar a guerra.

Diego achou que não era o momento propício para advertir o pai sobre qual dos dois generais havia dito isso em Waterloo.

Dom Pedro fechou os olhos, recostou-se na cadeira e calou-se. Mais uma vez, ninguém tentou interrompê-lo enquanto ele pensava. De repente, voltou a abrir os olhos, empertigando-se abruptamente na cadeira.

— Agora, escutem com toda atenção — ordenou ele, olhando fixamente para o filho caçula. — Luis, você se encarregará de atualizar o dossiê de Sebastian Clifton.

— Papai — começou Diego —, fomos advertidos...

— Cale-se! Se não quiser fazer parte de minha equipe, retire-se agora! — avisou o pai. Diego nem se mexeu, mas achou o insulto mais doloroso do que o tapa. Dom Pedro tornou a centrar a atenção em Luis. — Quero saber onde ele mora, onde trabalha e quem são seus amigos. Acha que consegue fazer isso?

— Sim, papai — respondeu Luis.

Diego não teve dúvida, caso seu irmão tivesse uma cauda, de que a estaria abanando naquele momento.

— Diego — ordenou Dom Pedro, voltando a fixar o olhar no filho mais velho —, vá a Bristol e faça uma visita a Fisher. Não deixe que ele saiba que você está indo; é melhor pegá-lo de surpresa. Agora é mais importante do que nunca que ele entregue a carta de demissão à senhora Clifton na sexta-feira de manhã e divulgue isso aos membros da imprensa. Quero que os editores comerciais de todos os jornais de alcance nacional recebam uma cópia da carta e espero que Fisher esteja preparado para atender a todo jornalista que queira entrevistá-lo.

Leve mil libras com você. Nada faz Fisher se concentrar mais no que precisa fazer do que dinheiro.

— Talvez eles o tenham subornado também.

— Então, leve duas mil libras. E Karl — disse ele, virando-se para seu aliado de maior confiança —, reservei o melhor para você. Faça uma reserva naquele trem-dormitório para Edimburgo e ache aquela prostituta. Quando conseguir, faça-a ter uma noite de que não se esqueça nunca mais. Não importa como vai descobrir quem foi o responsável pelo atraso de uma hora e meia daquele trem. Nós nos encontraremos de novo amanhã à noite. Até lá, terei uma chance de fazer uma visita à Agnew's para saber como a venda das obras está indo. — Dom Pedro silenciou durante algum tempo antes de acrescentar: — Tenho o pressentimento de que precisaremos de uma grande quantia em dinheiro vivo para executar meu plano.

37

Terça-feira de manhã

— Tenho um presente para você.
— Deixe-me tentar adivinhar.
— Não, você terá de esperar pra ver.
— Ah, então é um presente pra-esperar-pra-ver?
— Sim. Na verdade, ainda não estou com ele, mas...
— Mas, agora que fez sexo comigo, você me diz que o presente é mais *pra-esperar* do que pra-ver?
— Você está começando a entender. Mas, em minha defesa, esclareço que ainda espero pegá-lo hoje na...
— Tiffany's?
— Bem, não. Não...
— Asprey's?
— Não exatamente.
— Cartier?
— Minha segunda opção.
— E qual seria a primeira opção?
— Bingham's.
— Bingham's da Bond Street?
— Não. Bingham's de Grimsby.
— E qual a razão da fama desse Bingham's? Diamantes? Casacos de pele? Perfumes? — perguntou ela cheia de esperança.
— Patê de peixe.
— Um ou dois potes?
— Para começar, um, considerando que ainda preciso saber como esse relacionamento vai se desenvolver.

— Bem, acho que isso é o máximo que uma jovem vendedora de loja desempregada pode esperar mesmo — observou Samantha, enquanto se levantava da cama. — E eu achando que poderia ser uma amante com alto padrão de vida.

— Isso virá depois, quando eu me tornar presidente do banco — prometeu Sebastian, entrando atrás dela no banheiro.

— Talvez eu não queira esperar tanto tempo assim — replicou Samantha, entrando no chuveiro. Ia fechar a cortina quando Sebastian entrou no boxe também.

— Não há espaço suficiente aqui para nós dois — queixou-se ela.

— Você já fez amor no chuveiro?

— Espere pra ver.

—

— Major, agradeço por arranjar tempo para vir encontrar-se comigo.

— De forma alguma, Hardcastle. Como eu estava em Londres a negócios, até que foi relativamente fácil achar um tempinho na agenda.

— Gostaria de tomar um café, velho amigo?

— Puro e sem açúcar, por favor — respondeu Fisher enquanto se sentava à mesa do presidente, de frente para ele.

Cedric apertou um botão no telefone.

— Senhorita Clough, dois cafés puros, por favor, e sem açúcar. Se possível, com alguns biscoitos. Estamos vivendo momentos emocionantes, não acha, Fisher?

— A que exatamente está se referindo?

— Ao batismo do *Buckingham* pela rainha-mãe na cerimônia de lançamento no mês que vem, claro, bem como à viagem inaugural. Tudo isso deve fazer a empresa entrar em uma nova era de prosperidade.

— Vamos torcer para que sim — retrucou Fisher. — Se bem que ainda existam muitos obstáculos a superar antes que me sinta plenamente convicto disso.

— E foi justamente por essa razão que quis ter uma conversa com você, camarada.

Então, ouviram bater de leve à porta e, logo em seguida, viram a senhorita Clough entrar, carregando uma bandeja com duas xícaras de café. Ela pôs uma na frente do major e a outra ao lado do presidente, além de um prato de biscoitos entre ambos.

— Permita-me ir logo dizendo que lamento muito o fato de o senhor Martinez ter decidido vender todo o lote dele de ações da Barrington. Fiquei pensando se você não me ajudaria a entender o que esteve por trás disso.

Fisher baixou com tal força a xícara sobre o pires que respingaram algumas gotas de café.

— Eu nem tinha ideia de que ele pretendia vendê-las — disse Fisher baixinho, como se estivesse verbalizando um pensamento.

— Lamento, Alex. Achei que ele o teria colocado a par dos acontecimentos antes de tomar uma decisão tão irreversível.

— Quando isso aconteceu?

— Ontem de manhã, logo que a Bolsa de Valores abriu, e foi por isso que lhe telefonei — respondeu Hardcastle, fazendo Fisher parecer uma raposa assustada, surpreendida no meio da estrada pelas fortes luzes dos faróis de um carro. — Como pode ver, tenho algo importante para tratar com você — acrescentou o presidente. Fisher continuou mudo, permitindo que Cedric prolongasse um pouco mais a agonia que o atormentava. — Farei 65 anos em outubro e, embora não planeje me aposentar do cargo de presidente do banco, pretendo desonerar-me de algumas de minhas obrigações e interesses secundários, incluindo o cargo de diretor da Barrington — explicou o presidente, fazendo Fisher esquecer o café e passar a escutar com o máximo de atenção cada palavra de Cedric. — Com isso em mente, resolvi me desligar da diretoria e abrir caminho para alguém mais jovem.

— É uma pena — comentou Fisher. — Sempre achei que você dava uma contribuição de sabedoria e seriedade a nossas discussões.

— Muita gentileza, major. Aliás, foi por isso que desejei esta reunião — explicou Cedric, levando Fisher a sorrir e a se perguntar se era possível que... — Tenho observado muito o seu comportamento nos últimos cincos anos, e o que mais me impressionou foi seu total apoio à nossa presidente, principalmente considerando que, quando disputou a presidência com ela, só foi derrotado por causa do voto de Minerva do presidente prestes a deixar o cargo.

— Nunca devemos permitir que nossos sentimentos interfiram naquilo que pode ser o melhor para a empresa.

— Eu não conseguiria definir melhor a situação, Alex, e por isso torço para conseguir persuadi-lo a assumir o meu lugar na diretoria, agora que não representará mais os interesses do senhor Martinez.

— Proposta muito generosa, Cedric.

— Não. Na verdade, muito egoísta, pois, se você achar que tem condições de me substituir, isso ajudará a garantir estabilidade e continuidade representativa e administrativa tanto para a Barrington quanto para o Farthings Bank.

— Sim, entendo.

— Além das mil libras que você recebe atualmente como diretor, o Farthings lhe pagaria mais mil libras para representar os interesses do banco. Afinal de contas, precisarei ser mantido inteiramente a par das discussões e deliberações de todas as reuniões da diretoria, o que exigirá que venha a Londres e pernoite aqui. Logicamente, todas as despesas serão cobertas pelo banco.

— Muita generosidade, Cedric, mas precisarei de algum tempo para pensar na proposta — disse o major, claramente em conflito com alguma questão.

— Claro que sim, Alex — concordou Cedric, embora soubesse muito bem qual era a questão.

— Até quando poderei lhe dar uma resposta?

— Até o fim de semana. Gostaria de estar com essa questão resolvida antes da assembleia geral de acionistas da Barrington, na próxima segunda-feira. Havia pensado antes em pedir a meu filho Arnold que me substituísse na diretoria, mas isso foi antes de me ocorrer que talvez você estivesse livre e disposto a assumir o cargo.

— Darei a resposta até sexta-feira.

— Agradeço, Alex. Redigirei uma carta imediatamente formalizando a proposta e mandarei que lhe seja enviada ainda hoje à noite.

— Agradeço também, Cedric. Com certeza, estudarei com carinho a proposta.

— Ótimo. Acho que não posso retê-lo mais aqui, pois, se bem me lembro, você disse que tinha uma reunião em Westminster.

— Sim, claro — confirmou Fisher, levantando-se devagar e apertando a mão de Cedric, que o acompanhou até a porta.

Depois, o presidente voltou para a mesa, sentou-se e começou a redigir a proposta que enviaria a Alex, imaginando se seria mais tentadora do que aquela que Martinez certamente estava prestes a fazer.

―

O Rolls-Royce vermelho parou na frente da Agnew's. Quando Dom Pedro pôs os pés na calçada e olhou para a vitrine, viu um retrato de corpo inteiro de Kathleen Newton, a bela amante de Tissot. Sorriu ao notar o ponto vermelho ao lado da peça.

Um sorriso ainda maior surgiu em seu rosto assim que entrou na galeria. Não foi a exposição de tantos quadros e esculturas magníficas que o fez sorrir, mas o grande número de pontos vermelhos que havia ao lado deles.

— Posso ajudá-lo, senhor? — perguntou uma mulher de meia-idade

Dom Pedro se perguntou o que teria acontecido com a bela jovem que o tinha atendido na última vez que visitara a galeria.

— Quero falar com o senhor Agnew.

— Não sei se ele poderá atendê-lo no momento. Talvez eu mesma possa ajudá-lo?

— Ele poderá me atender — asseverou Dom Pedro. — Afinal de contas, esta exposição é minha — explicou, levantando bem os braços, como se estivesse abençoando uma congregação de fieis.

A atendente mudou rapidamente de atitude e, sem dizer mais nada, foi bater à porta do escritório de Agnew, desaparecendo no recinto. Instantes depois, o dono da galeria apareceu.

— Boa tarde, senhor Martinez — disse ele com certa formalidade, que Dom Pedro interpretou como o comportamento reservado típico dos ingleses.

— Vejo que a venda das peças está indo muito bem. Quanto o senhor conseguiu até agora?

— Acho melhor irmos até o meu escritório, onde teremos um pouco mais de privacidade.

Dom Pedro atravessou a galeria na companhia de Agnew, contando pelo caminho os pontos vermelhos ao lado das peças, mas esperou a porta do escritório ser fechada para repetir a pergunta:

— Quanto o senhor conseguiu até agora?

— Um pouco mais de 170 mil libras na noite de abertura, e, hoje de manhã, um cavalheiro telefonou para fazer a reserva de compra de mais duas peças, a de Bonnard e uma de Utrillo, as quais nos renderão facilmente mais de duzentas mil libras. Recebemos também uma consulta da National Gallery acerca da peça de Rafael.

— Ótimo, pois preciso já de cem mil libras.

— Infelizmente, não será possível, senhor Martinez.

— Por que não? O dinheiro é meu.

— Tenho tentado entrar em contato com o senhor há vários dias, mas estava fora da cidade, caçando na Escócia.

— Mas por que não posso receber meu dinheiro?! — demandou Martinez, num tom de voz ameaçador.

— Na última sexta-feira, tivemos uma visita de um tal de senhor Ledbury, do Midland Bank, na St. James's. Ele veio acompanhado pelo advogado da instituição, que nos disse que deveríamos transferir toda quantia conseguida com a venda das peças diretamente para o banco.

— Ele não tem autoridade para isso! Esta coleção me pertence!

— Eles apresentaram documentos legais para provar que o senhor tinha dado a coleção inteira, com todas as peças individualmente discriminadas, como garantia de um empréstimo.

— Mas paguei o empréstimo ontem!

— Pouco antes da abertura da exposição ontem à noite, o advogado retornou com uma ordem judicial proibindo-me de transferir o dinheiro obtido com a venda das peças a qualquer outra entidade que não fosse o banco. Acho que devo acentuar, senhor Martinez, que não é assim que gostamos de fazer negócios na Agnew's.

— Vou requisitar uma carta de transferência de propriedade imediatamente. Quando voltar, espero que você tenha um cheque de cem mil libras esterlinas esperando por mim.

— Ficarei no aguardo, senhor Martinez.

Dom Pedro deixou o local sem mais uma palavra ou sequer um aperto de mão. Partiu pisando duro na direção da área da St. James's, com o motorista seguindo-o no Rolls-Royce alguns metros atrás. Quando chegou ao banco, seguiu direto para o escritório do gerente, antes que alguém tivesse a oportunidade de perguntar quem ele era ou com quem desejava falar. Assim que alcançou o fim do corredor, sem bater à porta, simplesmente irrompeu no recinto, onde deparou com Ledbury sentado à mesa, ditando algo à secretária.

— Boa tarde, senhor Martinez — saudou-o Ledbury, quase como se o estivesse esperando.

— Saia! — ordenou Dom Pedro, apontando para a secretária, que se retirou depressa da sala, sem nem mesmo olhar de relance para o gerente. — Que espécie de jogo você acha que está fazendo, Ledbury?! Acabei de vir da Agnew's. O dono está se recusando a me repassar qualquer quantia obtida com a venda das peças de minha coleção de arte e afirma que o culpado é você.

— Lamento dizer que a coleção não pertence mais ao senhor — retrucou Ledbury. — Aliás, não pertence faz um bom tempo. Está claro que se esqueceu de que a transferiu legalmente para o banco depois que aumentamos seu saque a descoberto mais uma vez — explicou o gerente, que destrancou a gaveta de cima de um pequeno fichário verde, de onde tirou uma pasta.

— Mas e quanto ao dinheiro da venda de minhas ações da Barrington? Isso me rendeu mais de três milhões de libras.

— Valor que ainda o deixa com um saque a descoberto — observou o gerente, folheando algumas páginas do documento na pasta — de 772.450 libras no encerramento do expediente ontem à noite. Permita-me lembrar-lhe, para que não passe por este constrangimento outra vez, que o senhor assinou outro documento de garantia recentemente, que inclui sua casa no campo e a do número 44 da Eaton Square. E devo avisá-lo também de que, caso o dinheiro da venda das peças de sua coleção de obras de arte não seja suficiente para cobrir o saldo a descoberto atual, perguntaremos ao senhor de que propriedade deseja se desfazer primeiro.

— Você não pode fazer isso!

— Posso, senhor Martinez. E, se for necessário, farei. Na próxima vez que quiser falar comigo — avisou Ledbury enquanto caminhava em direção à porta —, talvez seja melhor fazer a gentileza de primeiro marcar uma hora com minha secretária. Permita-me observar: isto aqui é um banco, não um cassino. — Ele abriu a porta. — Bom dia, senhor.

Martinez saiu do escritório do gerente, retirando-se discretamente pelo corredor e depois atravessando retraído o saguão para alcançar a rua, onde viu seu Rolls-Royce estacionado na frente do prédio, esperando por ele. Perguntou-se se pelo menos o carro ainda lhe pertencia.

— Me leve para casa — ordenou.

Assim que alcançou a extremidade oposta da St. James's, o motorista dobrou à esquerda, seguiu pela Piccadilly e passou pela estação do Green Park, da qual saíam rios de gente. Entre essas pessoas, estava um rapaz que atravessou a rua, virou à esquerda e rumou para a Albemarle Street.

Quando Sebastian entrou na galeria Agnew's pela terceira vez em menos de uma semana, pretendia ficar ali por alguns instantes, apenas para pegar o quadro de Jessica. Poderia ter levado a obra consigo quando a polícia voltara com ele à galeria, mas estivera distraído demais, pensando em Samantha, trancafiada numa cela.

Dessa vez viu-se distraído novamente, embora não com a ideia de livrar uma jovem de apuros, mas com a qualidade das obras de arte em exposição. Deteve-se para apreciar *La Madonna de Bogotá*, de Rafael, que estivera em seu poder por algumas horas, e tentou imaginar qual seria a sensação de emitir um cheque de cem mil libras, sabendo que não seria devolvido por falta de fundos.

Achou engraçado ver que *O pensador*, de Rodin, estava sendo vendido por 150 mil libras. Afinal, lembrava-se muito bem de que Dom Pedro tinha comprado a obra na Sotheby's por 120 mil libras, um recorde para uma peça de Rodin na época. Mas, por outro lado, Dom Pedro achara que na estátua havia oito milhões de libras em cédulas falsas. Foi nessa ocasião que começaram os problemas de Sebastian.

— Bem-vindo mais uma vez, senhor Clifton.

— Desculpe-me por incomodá-lo de novo. É que me esqueci de pegar o último quadro de minha irmã.

— Claro. Acabei de pedir à minha assistente que fosse buscá-lo.

— Obrigado, senhor — agradeceu Sebastian enquanto a substituta de Samantha retornava, trazendo um embrulho volumoso e entregando-o ao senhor Agnew, que verificou o rótulo da peça, antes de repassá-la a Sebastian.

— Vamos torcer para que não seja um Rembrandt desta vez — brincou Sebastian, incapaz de esconder um sorriso.

Nem Agnew nem sua assistente, porém, retribuíram o sorriso. Na verdade, o homem disse apenas:

— E não se esqueça de nosso acordo.

— Se eu não vender um dos quadros, mas o der de presente a uma pessoa, terei infringido o acordo?

— A quem está pensando em dá-lo?

— A Samantha. Minha forma de me desculpar com ela.

— Não vejo nenhum problema nisso — retrucou Agnew. — Assim como você, tenho certeza de que a senhorita Sullivan jamais pensaria em vendê-lo.

— Obrigado, senhor — agradeceu Sebastian. Depois, olhando para o quadro de Rafael, disse: — Serei dono desse quadro um dia.

— Espero que sim — comentou Agnew —, pois é desse modo que ganhamos dinheiro aqui.

Quando Sebastian saiu da galeria, achou a noite tão agradável que resolveu ir a pé a Pimlico, onde pretendia dar a Samantha seu presente de esperar-pra-ver. Enquanto atravessava o St. James's Park, pensou na visita que fizera a Grimsby horas antes. Ele gostara do senhor Bingham, bem como da fábrica do empresário e até dos funcionários, aqueles a quem Cedric chamava de pessoas de verdade trabalhando pra valer.

O senhor Bingham levara apenas uns cinco minutos para assinar todos os certificados de transferência das ações, e foram necessários mais trinta minutos para que eles devorassem duas porções do melhor peixe e das mais saborosas batatas fritas do universo, comidas sobre as páginas da edição do dia anterior do *Grimsby Evening Telegraph*. Pouco antes que Sebastian partisse, Bingham lhe dera de presente um pote de patê de peixe e o convidara para passar a noite em Mablethorpe Hall.

— Muita gentileza, mas o senhor Hardcastle espera que estes certificados estejam de volta em sua mesa ainda hoje, antes do encerramento do expediente.

— Tudo bem, mas tenho o pressentimento de que nos veremos mais vezes, agora que farei parte da diretoria da Barrington.

— O senhor entrará para a diretoria?

— É uma longa história. Eu lhe contarei tudo quando o conhecer melhor.

Foi então que Sebastian percebeu que Bob Bingham era o tal homem misterioso, cujo nome não poderia ter sido mencionado até que a transação fosse fechada.

Já de volta a Londres, não via a hora de dar o presente a Samantha. Quando alcançou a portaria do bloco de apartamentos da namorada, Seb abriu a porta com a chave que ela lhe entregara de manhã.

Um homem escondido nas sombras do outro lado da rua tomou nota do endereço. Como Clifton entrara no edifício com a própria chave, o sujeito presumiu que era ali que o rapaz morava. Durante o jantar, ele diria ao pai quem havia comprado as ações da Barrington, o nome do banco de Yorkshire que se incumbira da transação, onde Sebastian Clifton morava e até do que constara o almoço do jovem. Fez sinal para um táxi e pediu ao motorista que o levasse para a Eaton Square.

— Pare! — ordenou Luis quando viu o cartaz; saindo do carro às pressas, correu até o jornaleiro ambulante e comprou afobado uma edição do *The London Evening News*. Antes que retornasse para o táxi, sorriu ao ler a manchete *Mulher em coma depois de saltar do The Night Scotsman*. Ficava claro que mais alguém tinha executado as ordens de seu pai também.

38

Quarta-feira à noite

O chefe do gabinete de ministros havia analisado todas as possibilidades e achava que tinha finalmente descoberto a melhor forma de lidar com os quatro sujeitos com um único golpe de mestre.

Sir Alan Redmayne acreditava no império da lei. Afinal de contas, era o princípio basilar de toda democracia. Sempre que o questionavam sobre assunto, Sir Alan se dizia de acordo com Churchill, segundo o qual, como forma de governo, o regime democrático tinha algumas desvantagens, mas, de um modo geral, era a melhor alternativa. Todavia, se lhe dessem plenos poderes para instituir um tipo de governo, ele optaria por uma ditadura com um governante benevolente. Mas achava que o problema se centrava no fato de que ditadores, por sua própria natureza, não são nada benevolentes. Aquilo era simplesmente incompatível com as atribuições do cargo. Na opinião dele, a coisa mais próxima que a Grã-Bretanha tinha de um ditador benevolente era o chefe do gabinete de ministros.

Se seu país fosse a Argentina, ele simplesmente ordenaria ao coronel Scott-Hopkins que matasse Dom Pedro Martinez, Diego Martinez, Luis Martinez e, com certeza, Karl Lunsdorf, antes de dar o caso por encerrado. No entanto, assim como vários chefes de gabinete antes dele, teria de abrir mão das preferências e se contentar com um sequestro, duas deportações e a falência de um sujeito que não teria escolha, a não ser retornar para sua terra natal e nunca mais pensar em voltar à Inglaterra.

Em circunstâncias normais, Sir Alan teria aguardado o desfecho do devido processo legal. Mas, infelizmente, ninguém menos do que a rainha-mãe o forçara a antecipar a execução de seu plano.

Ele havia lido de manhã, numa circular emitida pela casa real, que Sua Majestade se dignara a aceitar o convite da presidente da Barrington Shipping, senhora Emma Clifton, para presidir a cerimônia de batismo do *Buckingham* em 21 de setembro, uma segunda-feira, ao meio-dia. Tal decisão o deixou com apenas algumas semanas para pôr seu plano em prática, pois não alimentava dúvidas de que Dom Pedro pretendia executar algum plano no dia da cerimônia.

Sua primeira providência no que se mostraria um punhado de dias bastante movimentados seria garantir que Karl Lunsdorf estivesse fora da jogada. Afinal, fora abominável o último de seus crimes imperdoáveis, perpetrado no *The Night Scotsman*, mesmo para os padrões de um facínora. Já Diego e Luis Martinez poderiam esperar sua vez de receber o merecido castigo, considerando-se que ele tinha provas para mandar prender os dois. E estava confiante de que, assim que os dois filhos do mafioso argentino fossem soltos sob fiança, para que aguardassem em liberdade o julgamento, fugiriam do país em questão de dias. A polícia receberia ordens de não prendê-los quando eles aparecessem no aeroporto, visto que estariam bem cientes de que jamais poderiam retornar à Grã-Bretanha, a não ser que estivessem dispostos a cumprir uma pena bem longa.

Aqueles dois poderiam esperar. Já Karl Otto Lunsdorf, chamando-o pelo nome completo, esse não poderia.

Embora tivesse ficado claro, com base no relato apresentado pelo chefe dos comissários do *The Night Scotsman*, que Lunsdorf fora o homem que lançara — chefe de gabinete virou a página do arquivo — Kitty Parsons, uma prostituta muito conhecida, do trem no meio da noite, não havia a mínima chance de ele conseguir um veredicto inabalável contra o ex-oficial da SS enquanto a pobrezinha continuasse em coma. Apesar disso, o aparato da justiça estava prestes a ser acionado.

Sir Alan não ligava muito para festas e, mesmo recebendo uma dúzia de convites por dia para comparecer ou assistir a todo tipo de eventos, desde festas ao ar livre com a presença da rainha a partidas de tênis em Wimbledon vistas do camarote real, escrevia a palavra *Não* no canto superior direito em nove de cada dez convites recebidos, deixando à sua secretária a tarefa de arranjar uma desculpa convincente. Todavia, quando recebeu um convite do Ministério das Relações Exteriores para participar de uma festa de boas-vindas ao embaixador israelense, Sir Alan grafara "Sim, se disponível" no canto superior direito do convite.

Afinal, o chefe do gabinete de ministros não tinha nenhum desejo especial de conhecer o novo embaixador, com quem cruzara em certas situações, como membro de várias delegações no passado. No entanto, haveria um convidado com quem tinha enorme desejo de conversar.

Desse modo, Sir Alan deixou o gabinete na Downing Street pouco depois das seis e foi a pé para o Ministério das Relações Exteriores. Depois que deu os parabéns ao novo embaixador e trocou algumas amenidades com vários outros que queriam bajulá-lo, foi se desviando habilmente dos convivas no salão lotado, com o copo na mão, até que, por fim, conseguiu avistar sua presa.

Simon Wiesenthal estava conversando com o rabino-mor quando Sir Alan se aproximou deles. O chefe de gabinete aguardou pacientemente a Sir Israel Brodie começar a conversar com a esposa do embaixador antes de se virar de costas para o público da festa, deixando claro que não queria ser interrompido.

— Doutor Wiesenthal, permita-me dizer-lhe que admiro muito sua campanha para caçar os nazistas que participaram do Holocausto. — Wiesenthal fez uma curta mesura. — Estive pensando — disse Sir Alan, baixando a voz — se o nome Karl Otto Lunsdorf significa alguma coisa para o senhor?

— O tenente Lunsdorf foi um dos assistentes mais próximos de Himmler — respondeu Wiesenthal. — Ele trabalhou como oficial de interrogatórios em sua equipe de assessores íntimos. Tenho inúmeros documentos sobre ele, Sir Alan, mas, infelizmente, o homem fugiu da Alemanha alguns dias antes da entrada dos Aliados em Berlim. As últimas notícias de Lunsdorf diziam que estava morando em Buenos Aires.

— Acho que gostará de saber que ele está um pouco mais perto do que isso — informou Sir Alan baixinho, levando Wiesenthal a se aproximar, abaixar a cabeça e escutar com grande interesse.

— Obrigado, Sir Alan — agradeceu o sujeito depois que o chefe de gabinete de ministros britânico lhe repassou as informações relevantes. — Vou agir imediatamente.

— Se houver algo que eu possa fazer para ajudar, de forma extraoficial, é claro, o senhor sabe onde me achar — sugeriu ele enquanto o presidente do movimento Amigos de Israel se aproximava.

Sir Alan pôs o copo vazio na bandeja de um garçom, recusou um espetinho de salsicha que lhe ofereceram, despediu-se do novo embaixador e retornou para a Downing Street. Lá chegando, sentou-se à mesa do gabinete para fazer uma revisão no esquema do plano mais uma vez, verificando se não deixara de considerar nenhum detalhe. Estava ciente de que o maior problema seria a devida coordenação das ações e o momento certo para agir, principalmente se quisesse que ambos os irmãos fossem presos no dia seguinte ao desaparecimento de Lunsdorf.

Quando, após a meia-noite, finalmente assentou o último detalhe do plano, o chefe de gabinete chegou à conclusão de que, considerando tudo, ele preferia mesmo uma ditadura com governantes benevolentes.

O major Alex pôs as duas cartas em cima da mesa, uma ao lado da outra: a carta de demissão da diretoria da Barrington ao lado de uma carta enviada por Cedric Hardcastle, recebida por ele de manhã, na qual o presidente lhe oferecia a chance de continuar no cargo de diretor consultivo da empresa. Segundo ele, uma transição agradável e tranquila, com perspectivas de ganho e prosperidade de longo prazo.

Alex continuava indeciso, procurando ainda avaliar os prós e os contras das opções. Deveria aceitar a generosa proposta de Cedric, preservando assim seu cargo na diretoria, que lhe daria uma renda anual de duas mil libras esterlinas, além de todo tipo de despesas pagas pelo banqueiro e todas as oportunidades possíveis para se dedicar a outros interesses?

Contudo, Dom Pedro havia lhe prometido uma recompensa de cinco mil libras em dinheiro vivo caso ele se exonerasse do cargo.

De um modo geral, a proposta de Hardcastle era uma opção mais atraente. Contudo, havia a questão da possível vingança que Dom Pedro perpetraria se ele desistisse do cumprimento do acordo em cima da hora, como Kitty Parsons provara recentemente.

De repente, Alex ouviu alguém batendo à porta, fato um tanto surpreendente, pois não estava esperando ninguém. Ficou ainda mais surpreso quando, assim que a abriu, deparou com Diego Martinez.

— Bom dia — disse Alex, como se estivesse esperando o argentino.

— Entre — acrescentou, sem saber ao certo o que dizer em seguida.

Foi com Diego para a cozinha, sem querer que ele visse as duas cartas sobre a mesa do escritório.

— O que o trás a Bristol? — perguntou e, lembrando-se de que Diego não bebia, encheu uma chaleira de água e a pôs para ferver.

— Meu pai pediu que lhe desse isto — respondeu o argentino, colocando um grosso envelope em cima da mesa da cozinha. — Não precisa contar. São as duas mil libras que pediu como adiantamento. Você receberá o restante na segunda-feira, depois de entregar sua carta de demissão.

Alex tomou uma decisão ali mesmo: o medo venceu a ganância. Pegou o envelope e o enfiou num bolso, mas não agradeceu.

— Meu pai pediu que o lembrasse de que, depois de apresentar a carta de demissão, na sexta-feira de manhã, ele espera que esteja à disposição para ser entrevistado pela imprensa.

— Claro — concordou Alex. — Assim que eu entregar a carta à senhora Clifton — ele ainda achava difícil chamá-la de presidente —, enviarei os telegramas, conforme combinado, voltarei para casa e ficarei sentado à mesa do escritório, aguardando telefonemas.

— Ótimo — disse Diego enquanto a chaleira continuava no fogo.

— Então nos veremos na segunda-feira à tarde na Eaton Square e, se a cobertura da assembleia geral de acionistas por parte da imprensa for favorável, ou melhor, desfavorável — acrescentou, sorrindo —, você receberá as três mil libras restantes.

— Não gostaria de tomar uma xícara de café?

— Não. Entreguei o dinheiro e transmiti a mensagem de meu pai. Ele só queria ter certeza de que você não mudou de ideia.

— E por que mudaria?

— Não sei — respondeu Diego. — Mas lembre-se de que — acrescentou, baixando a cabeça e olhando para uma fotografia da senhorita Kitty Parsons na primeira página do *The Telegraph* —, se algo der errado, não serei eu quem estará no próximo trem para Bristol.

Depois que Diego foi embora, Alex voltou para o escritório, rasgou a carta de Cedric Hardcastle e jogou os pedaços na lixeira. Não havia necessidade de enviar uma resposta; Hardcastle a teria no sábado, quando lesse a carta de demissão, que seria publicada nos veículos da imprensa nacional.

Pouco depois, saiu, deu-se o luxo de almoçar no Carwardine's e passou o resto da tarde saldando pequenas dívidas com vários comerciantes locais, algumas das quais bem antigas. Quando voltou para casa, contou o dinheiro que sobrara no envelope e viu que ainda possuía 1.265 libras em notas de cinco libras novinhas em folha, sabendo que ganharia mais três mil na segunda-feira se a impressa demonstrasse interesse pela história. Continuou acordado, ensaiando algumas declarações com as quais esperava atiçar os jornalistas. *Lamento dizer que o Buckingham terá afundado antes mesmo de zarpar em sua viagem inaugural. Acho que a decisão de terem escolhido uma mulher para a presidência foi uma medida imprudente, da qual a empresa jamais se recuperará. Vendi todas as minhas ações, é claro, pois preferi um pequeno prejuízo agora a um imenso depois.*

Na manhã do dia seguinte, após uma noite insone, Alex telefonou para o gabinete da presidente e marcou hora para um encontro com ela na sexta-feira, às 10 horas da manhã. Ficou o resto do dia pensando se tinha mesmo tomado a decisão certa, mas também sabia que, se resolvesse voltar atrás após ter aceitado o dinheiro sujo de Martinez, a próxima pessoa que bateria à sua porta seria Karl, que não teria vindo a Bristol para entregar a Alex as três mil libras restantes.

Apesar disso, o major estava começando a pensar que talvez houvesse cometido o maior erro de sua vida. Deveria ter estudado mais as coisas. Afinal, depois que sua carta fosse publicada em qualquer um dos jornais da nação, seriam nulas as chances de ele receber uma proposta para integrar a diretoria de outra empresa.

Seria tarde demais para mudar de ideia? Se ele contasse tudo a Hardcastle, será que ele lhe daria mil libras de adiantamento, de forma que pudesse devolver o dinheiro de Martinez? Decidiu que telefonaria para o presidente de manhã cedo. Em seguida, pôs a chaleira no fogo e ligou o rádio, ao qual não ficou prestando muita atenção, até que citaram o nome de Kitty Parsons. Quando aumentou o volume, ouviu o noticiarista anunciar: "Um porta-voz da British Railways confirmou que a senhorita Parsons morreu hoje à noite, sem ter saído do estado de coma."

39

Quinta-feira de manhã

Os quatro sabiam que não poderiam ir adiante com a operação se não estivesse chovendo. Sabiam também que não havia necessidade de segui-lo, pois quinta-feira era o dia em que ele costumava fazer compras na Harrods, rotina que nunca mudava.

Se estivesse chovendo na quinta-feira, ele deixaria a capa e o guarda-chuva no guarda-volumes da loja, situado no térreo. Depois disso, visitaria dois departamentos: a tabacaria, onde compraria uma caixa de charutos Montecristo, os favoritos de Dom Pedro, e o de alimentos, onde compraria os mantimentos para o fim de semana. Embora eles tivessem feito uma investigação completa, tudo precisava funcionar com precisão perfeita. Contudo, eles tinham uma vantagem: sempre se podia contar com a precisão cronometrada de um alemão.

Lunsdorf saiu do número 44 na Eaton Square pouco depois das 10 horas. Estava usando uma longa capa de chuva preta e levando um guarda-chuva, que abriu logo depois de ter olhado para o céu. Com passos firmes, seguiu direto para Knightsbridge, visto que o dia não estava bom para ficar olhando vitrines. Lunsdorf já havia decidido, inclusive, voltar de táxi para Eaton Square, após ter comprado tudo o que fosse necessário. Mas eles estavam preparados para isso também.

Assim que entrou na Harrods, ele foi direto para o guarda-volumes, onde entregou o guarda-chuva e a capa à balconista e recebeu em troca um pequeno disco numerado. Em seguida, atravessou os setores de perfumaria e joalheria e foi parar na tabacaria. Ninguém o seguiu. Depois que comprou a caixa de charutos de sempre, caminhou até o setor de alimentos, onde passou quarenta minutos enchendo várias sacolas de compras. Retornou ao guarda-volumes quando passava um pouco das onze horas e, após espiar através da janela, viu que chovia pesadamente. Perguntou-se se o porteiro da loja de departamentos conseguiria chamar um táxi. Então, colocou as sacolas no chão e entregou o disco de latão à atendente do guarda-volumes, que desapareceu por um recinto nos fundos e, instantes depois, voltou trazendo uma sombrinha rosa.

— Não é minha — disse Lunsdorf.

— Desculpe, senhor — retrucou a atendente nervosa e confusa, retornando rapidamente ao recinto nos fundos. Quando enfim apareceu, veio trazendo uma manta com pele de raposa.

— Acha mesmo que isso é meu? — questionou Lunsdorf com rispidez.

A jovem voltou a sumir, mas levou algum tempo para retornar, carregando uma capa de chuva de marinheiro de um amarelo vivo.

— Por acaso você é estúpida?! — exclamou Lunsdorf.

A atendente corou de vergonha, paralisada no lugar. Uma mulher mais velha apareceu e se adiantou.

— Peço que nos desculpe, senhor. Talvez seja melhor o senhor entrar e mostrar-me qual é sua capa e seu guarda-chuva — sugeriu a funcionária, que abriu o balcão que separava os clientes dos funcionários. Ele deveria ter percebido o deslize dela.

Lunsdorf entrou no recinto, onde precisou de apenas alguns segundos para achar a capa de chuva, pendurada no meio do cabide. Estava prestes a curvar-se para pegar o guarda-chuva quando sentiu um forte golpe na nuca. As pernas dele bambearam e, tão logo desabou no chão, três homens saíram da traseira de um cabideiro de capas de chuva. O cabo Crann agarrou os braços de Lunsdorf e os amarrou rapidamente nas costas, enquanto o sargento Roberts o amordaçava e o capitão Hartley o atava na altura dos tornozelos.

Instantes depois, o coronel Scott-Hopkins apareceu no local, trajando um casaco de linho verde e trazendo uma grande cesta de vime, cuja tampa manteve aberta para que os outros homens pusessem Lunsdorf em seu interior. Mesmo com o corpo dobrado, ele quase não coube lá dentro. Em seguida, assim que o capitão Hartley enfiou a capa de chuva e o guarda-chuva na cesta, Crann tratou de fechar logo a tampa e apertou bem os fechos afivelados.

— Obrigado, Rachel — agradeceu o coronel enquanto a encarregada do guarda-volumes matinha aberto o portão-basculante do balcão para a deixá-lo sair.

O cabo Crann foi o primeiro a deixar a loja e alcançar a Brompton Road, com Roberts seguindo apenas alguns passos atrás. O coronel não parou uma vez sequer enquanto tratava de levar a cesta no carrinho para um furgão da Harrods estacionado na entrada da loja, com as portas traseiras abertas. Hartley e Roberts levantaram a cesta, que estava mais pesada do que tinham previsto, e a puseram na traseira do furgão. Logo em seguida, o coronel foi sentar-se no banco da frente, com Crann ao volante, enquanto Hartley e Roberts subiam na traseira do veículo e fechavam as portas.

— Vamos embora — ordenou o coronel.

Crann deu a partida e entrou devagar com o furgão na faixa do meio da pista, onde se misturou ao trânsito matinal, fluindo lentamente pela Brompton Road em direção à A4. Ele sabia exatamente para onde estava indo, pois tinha ensaiado tudo no dia anterior, algo que o coronel sempre exigia que seus homens fizessem.

Quarenta minutos depois, Crann piscou os faróis duas vezes à medida que se aproximava da cerca de um aeródromo abandonado. Não precisou diminuir muito a velocidade para que o portão fosse aberto, permitindo-lhe seguir direto para a pista, onde um avião cargueiro os esperava, com a rampa de carga e descarga arriada ostentando o conhecido emblema nacional azul e branco.

A essa altura, antes mesmo que o cabo houvesse desligado o motor, Hartley e Roberts tinham aberto as portas traseiras do furgão e estavam na pista, preparando-se para agir. Assim, tiraram a cesta da traseira do veículo, subiram a rampa do cargueiro arrastando-a no carrinho e despejaram a carga na barriga do avião. Logo depois, Hartley e Roberts deixaram calmamente a aeronave, entraram no furgão e fecharam com um movimento rápido as portas.

Durante toda a operação, o coronel assistira atentamente a tudo que acontecia no local e, graças ao chefe do gabinete de ministros, não precisaria explicar ao vigilante chefe da alfândega o que havia na cesta ou para onde ela estava sendo levada. Terminada a missão, ele voltou para o furgão, onde retomou seu assento ao lado do motorista. Com o motor ainda ligado, Crann acelerou forte assim que fecharam as portas.

O furgão chegou ao portão principal no exato momento em que a rampa de carga e descarga do avião começou a ser recolhida, e já havia alcançado a estrada principal quando a aeronave começou a taxiar pela pista. Eles não viram a decolagem, pois estavam indo para o leste, enquanto o avião se dirigia para o sul. Quarenta minutos depois, o furgão da Harrods tinha voltado para o mesmo lugar em que ficara estacionado, pouco antes, na frente da loja. A operação inteira durara pouco mais de uma hora e meia. O verdadeiro motorista do furgão estava na calçada, aguardando a devolução do veículo. Embora estivesse atrasado, iria compensar o tempo perdido no turno da tarde, sem que o chefe soubesse de nada.

Crann saiu do veículo e lhe entregou as chaves.

— Obrigado, Joseph — agradeceu, apertando a mão do ex-colega do SAS.

Hartley, Crann e Roberts voltaram para o quartel-general por caminhos diferentes, enquanto o coronel Scott-Hopkins tornou a entrar na Harrods, onde seguiu direto para o guarda-volumes. As duas atendentes continuavam atrás do balcão.

— Obrigado, Rachel — agradeceu ele, tirando em seguida o casaco da Harrods, que depois dobrou e pôs em cima do balcão.

— Foi um prazer, coronel — respondeu a responsável pelo guarda--volumes.

— E posso saber o que você fez com as compras do cavalheiro?

— Rebeca entregou todas as sacolas dele ao pessoal do departamento de achados e perdidos; é a política da empresa quando não sabemos se o cliente vai voltar para buscar as coisas. Mas separamos isto para você — disse ela, pegando uma caixa guardada embaixo do balcão.

— Muita gentileza, Rachel — agradeceu quando a mulher lhe deu uma caixa de charutos Montecristo.

O avião foi recebido por um comitê de recepção, cujos membros esperaram pacientemente que a rampa fosse baixada.

Quatro jovens soldados marcharam até a aeronave, desceram a rampa transportando a cesta de roupas sem nenhuma cerimônia e a deixaram diante do chefe do comitê de recepção. Logo depois, uma autoridade do governo deu alguns passos à frente, abriu os fechos afivelados e, destampando-a, revelou um homem com marcas de pancadas e contusões pelo corpo, as mãos e as pernas amarradas.

— Tire a mordaça dele e desamarre-o — ordenou um sujeito que tinha esperado quase vinte anos por esse momento. Ele só voltou a falar depois que o capturado havia se recuperado o suficiente para conseguir sair da cesta e ficar em pé na pista. — Nós não nos conhecemos, tenente Lunsdorf — disse Simon Wiesenthal —, mas tenho a satisfação de ser o primeiro a lhe dar as boas-vindas a Israel.

Não se apertaram as mãos.

40

Sexta-feira de manhã

Dom Pedro ainda estava confuso. Muita coisa havia acontecido em bem pouco tempo.

Ele tinha sido acordado às cinco da manhã por alguém batendo à porta com força e persistência, intrigado com o fato de Karl não haver atendido. Presumiu que um dos filhos devia ter chegado tarde em casa e esquecido a chave de novo. Assim, saiu da cama, pôs um roupão e desceu para o térreo, tencionando dizer a Diego ou a Luis o que pensava de ser acordado àquela hora da manhã.

No entanto, ao abrir a porta, seis policiais irromperam pela casa, subiram a escada correndo e prenderam Diego e Luis, ambos ainda na cama. Os dois tiveram permissão para se vestir e, assim que o fizeram, foram levados embora numa viatura. Por que Karl não estaria ali para ajudá-lo? Ou será que o teriam prendido também?

Dom Pedro subiu a escada correndo e, abrindo a porta do quarto de Karl com força, viu que a cama não fora usada. Em seguida, desceu a escada devagar e foi para o escritório, de onde ligou para a casa do advogado, praguejando e socando com frequência a mesa enquanto esperava que alguém atendesse ao telefone.

Por fim, ouviu uma voz sonolenta do outro lado da linha. O advogado ouviu com cuidado seu cliente relatar, de forma incoerente, o que tinha acabado de acontecer. No fim do relato, o senhor Everard estava plenamente desperto, já com um pé no chão.

— Telefonarei assim que souber para onde foram levados — prometeu o homem — e do que foram acusados. Não diga nada a ninguém até que eu entre em contato com você.

Dom Pedro continuou a golpear a mesa com o punho cerrado e a cuspir obscenidades a plenos pulmões, mas ninguém se importou nem um pouco com isso.

O primeiro a telefonar para a mansão do argentino foi um jornalista do *The Evening Standard*.

— Nada a declarar! — vociferou Dom Pedro, desligando o telefone com força.

E continuou a seguir o conselho do advogado, repetindo a mesma resposta curta e grossa ao pessoal do *Daily Mail*, do *Mirror*, do *Express* e do *The Times*. Ele não teria nem mesmo atendido ao telefone se não estivesse desesperado para saber o que Everard diria. O advogado só retornou a ligação pouco depois das oito, para lhe contar onde Diego e Luis estavam detidos, e passou os minutos seguintes procurando deixar clara a gravidade das acusações.

— Vou tentar soltá-los sob fiança — informou o advogado —, embora confesse que não estou muito otimista.

— E quanto a Karl? — demandou Dom Pedro, como se exigindo resposta. — Disseram onde ele está e do que foi acusado?

— Eles negam saber qualquer coisa sobre o paradeiro de Karl.

— Continue a investigar — ordenou Dom Pedro. — Alguém deve saber onde ele está.

Às nove horas, Fisher vestiu um terno listrado de duas fileiras de botões, uma gravata da farda do regimento e sapatos novos em folha. Em seguida, desceu para o escritório, onde leu a carta de demissão mais uma vez, antes de selar o envelope e endereçá-lo à senhora Emma Clifton, Barrington Shipping Company, Bristol.

Ficou pensando no que precisaria fazer nos dias seguintes para cumprir o acordo com Dom Pedro e garantir o recebimento das três mil libras restantes. Primeiro, teria de passar no escritório da Barrington Shipping às 10 horas para entregar a carta à senhora Clifton. Depois, faria uma visita aos dois jornais locais, o *Bristol Evening Post* e o *Bristol Evening World*, onde entregaria cópias da carta aos editores. Não seria a primeira vez que uma de suas cartas viraria notícia de primeira página.

A parada seguinte seria na agência do correio, de onde enviaria telegramas para os editores de todos os jornais de alcance nacional, com uma mensagem bem simples: "Major Alex Fisher se demite do cargo de diretor da Barrington Shipping e recomenda providências para a exoneração da presidente, receando a possibilidade de a empresa estar a caminho da falência." Por fim, voltaria para casa, onde ficaria aguardando telefonemas e teria respostas, previamente elaboradas, para todas as presumíveis perguntas que achava que lhe fariam.

Alex deixou o apartamento pouco depois das 9h30 e foi de carro à zona portuária, lentamente abrindo caminho pelo trânsito movimentado. Embora não estivesse nem um pouco ansioso por entregar a carta de demissão à senhora Clifton, agiria como um oficial de justiça ao entregar documentos de divórcio: seria discreto e se retiraria depressa.

Já tinha decidido se atrasar alguns minutos e, com isso, deixá-la esperando. Quando atravessou os portões do pátio de acesso à sede da empresa, percebeu, de repente, como sentiria falta do lugar. Ligou o rádio para ouvir o resumo das principais notícias da BBC. Soube que a polícia tinha prendido 37 jovens da turma dos mods e rockers em Brighton, por perturbação da ordem pública; que Nelson Mandela tinha começado a cumprir prisão perpétua num presídio da África do Sul; e que dois homens haviam sido presos no número 44 da Eaton... Ele desligou o rádio quando ia entrando na vaga no estacionamento. Número 44 da Eaton...? Tornou a ligar o rádio às pressas, mas a notícia já fora transmitida, obrigando-o a entupir-se apenas de mais detalhes sobre os conflitos de rua que haviam acontecido na praia de Brighton entre os moderninhos e os roqueiros. Alex culpava o governo por esse tipo de coisa, por haver acabado com o serviço militar obrigatório. "Nelson Mandela, o líder do Congresso Nacional Africano, começou a cumprir pena de prisão perpétua por envolvimento em atos de sabotagem e conspiração para derrubar o governo da África do Sul."

— Esse filho da mãe está acabado — comentou Alex, convicto.

"A polícia metropolitana invadiu uma casa na Eaton Square nas primeiras horas desta manhã e prendeu dois homens com passaportes argentinos. Eles serão levados ao juizado de Chelsea ainda hoje..."

Quando, pouco depois das 9h30, Dom Pedro deixou o número 44 da Eaton Square, foi surpreendido por uma chuva de flashes que quase lhe turvaram totalmente a visão enquanto ele buscava a relativa privacidade de um táxi.

Quinze minutos depois, quando o carro chegou ao juizado de Chelsea, foi recebido por mais jornalistas armados de câmeras, através dos quais o argentino foi abrindo caminho até a sala de audiência de número quatro, sem parar para responder às perguntas.

Quando Dom Pedro entrou no tribunal, Everard atravessou a sala às pressas para falar com ele e começou a lhe explicar o processo que estava prestes a começar. Em seguida, expôs detalhadamente as acusações que pesavam sobre os filhos, confessando que não estava confiante de que conseguiria soltá-los sob fiança.

— Alguma notícia de Karl? — perguntou o argentino.

— Não — respondeu Everard baixinho. — Ninguém o viu nem teve notícias dele desde ontem, quando foi à Harrods.

Dom Pedro franziu o semblante e sentou-se na primeira fileira de cadeiras, enquanto Everard voltou para o lugar do advogado de defesa. Na outra extremidade do banco, um jovem inexperiente, usando uma toga preta curta, examinava alguns documentos. Dom Pedro achou que, se o rapaz era o melhor de que a acusação podia dispor, então havia motivo para sentir-se um pouco mais confiante.

Ainda assim, nervoso e exausto, vagueou o olhar em torno da sala de audiências, quase vazia. Viu, num dos lados, pelo menos uma dúzia de jornalistas, com os blocos abertos e as canetas preparadas, como se fossem uma matilha de lobos aguardando o momento para se banquetear nas carnes de uma raposa ferida. Avistou também, atrás dele, nos fundos do tribunal, quatro homens sentados, que ele conhecia de vista. Desconfiou que sabiam exatamente onde Karl estava.

Dom Pedro voltou a fixar o olhar na principal parte da sala de audiências quando, agitados, alguns funcionários do juizado começaram a movimentar-se pelo local para verificar se estava tudo em ordem, antes que chegasse ao recinto a pessoa que iniciaria a abertura do processo. Quando o relógio soou 10 horas, um homem esguio de longa toga negra entrou na sala. Os dois advogados se levantaram imediatamente e o saudaram com uma mesura respeitosa. O juiz retribuiu o cumprimento antes de se sentar no centro da tribuna.

Assim que se acomodou, passou os olhos vagarosamente pelo tribunal. Se ficou surpreso com o número extraordinário de jornalistas na sala de audiências daquela manhã, não deu nenhuma indicação. Em seguida, sinalizou para o escrivão com um meneio de cabeça, recostou-se na cadeira e ficou esperando. Instantes depois, subiram com o primeiro dos acusados para o tribunal, onde o fizeram sentar-se no banco dos réus. Dom Pedro ficou olhando fixamente para Luis, decidindo o que seria necessário fazer caso o filho conseguisse ser solto sob fiança.

— Por favor, leia a acusação em voz alta — ordenou o magistrado, olhando para o escrivão.

O funcionário saudou o juiz com uma ligeira inclinação do corpo, virou-se para encarar o acusado e disse bem alto:

— Segundo a acusação constante nos autos, o senhor Luis Martinez arrombou e invadiu uma residência, a saber o apartamento de número quatro, na rua Glebe, 12, do distrito de Londres, na noite de 6 de junho de 1964, ocasião em que destruiu vários pertences de uma jovem chamada Jessica Clifton. O senhor se considera inocente ou culpado?

— Inocente — respondeu o acusado em voz baixa.

O magistrado anotava duas palavras no bloco quando o advogado de defesa se levantou.

— Pois não, senhor Everard — disse o juiz.

— Meritíssimo, meu cliente é um homem de caráter e reputação impolutos e, como se trata de réu primário e que, portanto, nunca foi condenado judicialmente, requisitamos que seja solto sob fiança.

— Senhor Duffield — começou o magistrado, voltando a atenção para um jovem sentado na outra extremidade do banco. — Tem alguma objeção relativa à solicitação do advogado de defesa?

— Nenhuma, meritíssimo — respondeu o advogado de acusação, praticamente nem se levantando do banco.

— Então, determino um pagamento de fiança de mil libras esterlinas, senhor Everard — sentenciou o juiz, em seguida fazendo mais uma anotação no bloco. — Seu cliente deverá retornar ao tribunal para responder às acusações em 22 de outubro, às 10 horas. Fui claro, senhor Everard?

— Sim, meritíssimo, e agradeço — respondeu o advogado, cumprimentando o juiz com uma leve mesura.

Luis saiu do banco dos réus, dando claros sinais de que não sabia o que fazer a seguir. Everard olhou para ele e movimentou a cabeça na direção do pai do rapaz, ao lado de quem Luis se sentou, na primeira fileira da assistência. Nenhum dos dois disse nada. Momentos depois, foi a vez de Diego subir para a sala de audiências acompanhado por um policial. Ele se sentou no banco dos réus e ficou esperando que lessem a acusação.

— Conforme a acusação constante nos autos, o senhor Diego Martinez tentou subornar um corretor de valores do centro financeiro de Londres e, com isso, cometeu crime contra a administração da Justiça. O senhor se considera inocente ou culpado?

— Inocente — respondeu Diego com firmeza.

Everard se pôs de pé rapidamente.

— Meritíssimo, este é mais um caso de réu primário, sem, pois, antecedentes criminais. Portanto, mais uma vez, não hesito em solicitar que seja solto sob fiança.

De novo, o senhor Duffield se levantou da outra extremidade do banco e, antes mesmo que o magistrado pudesse inquiri-lo, anunciou:

— O poder real não tem nenhuma objeção contra a concessão de soltura sob fiança nesta ocasião.

Everard ficou intrigado. Por que o poder real não estaria se opondo à soltura do acusado sob tais condições? Achou tudo fácil demais. Ou será que ele não teria percebido ou entendido algo?

— Então, determino que se pague uma fiança de duas mil libras esterlinas — decretou o magistrado — e transferirei o andamento deste processo para o Supremo Tribunal de Justiça. Será marcado o dia do julgamento quando uma data apropriada na agenda de compromissos do tribunal for encontrada.

— Obrigado, meritíssimo — agradeceu Everard. Diego saiu do banco dos réus e atravessou a sala para juntar-se ao pai e ao irmão. Sem a troca de uma palavra sequer entre os três, eles deixaram a sala de audiências rapidamente.

Dom Pedro e os filhos tiveram de passar pela multidão de fotógrafos abrindo caminho à força, enquanto procuravam alcançar a rua, com nenhum deles demonstrando a mínima propensão para responder às insistentes perguntas dos jornalistas. Diego fez sinal para um táxi e, quando o veículo parou, entraram em silêncio no banco traseiro. Nenhum dos três disse uma palavra enquanto não entraram na residência do número 44 da Eaton Square, onde Dom Pedro fechou a porta e se recolheu com os rapazes no escritório.

Passaram as horas seguintes conversando a respeito das opções que ainda lhes restavam. Somente após o meio-dia, chegaram à conclusão da decisão que deveriam tomar, concordando em agir imediatamente.

—

Alex saiu às pressas do carro e entrou quase correndo na sede da Barrington. Pegou o elevador e se dirigiu rapidamente para o gabinete da presidente. Uma secretária, demonstrando que o estava esperando, conduziu-o diretamente à presidência.

— Sinto muito pelo atraso, presidente — desculpou-se Alex, um tanto ofegante.

— Bom dia, major — disse Emma, sem se levantar da cadeira. — Minha secretária me disse depois que o senhor telefonou ontem que desejava um encontro comigo para tratar de um importante assunto pessoal. Naturalmente, fiquei pensando no que poderia ser.

— Não é nada preocupante — retrucou Alex. — Simplesmente achei que deveria dizer à senhora que, embora tenhamos enfrentado algumas discordâncias no passado, a diretoria não poderia ter uma presidente melhor durante estes tempos difíceis; estou orgulhoso de haver trabalhado sob seu comando.

Emma não respondeu imediatamente, tentando entender por que ele havia mudado de ideia.

— Sem dúvida, como tivemos algumas discordâncias no passado, major — disse Emma, sem ainda convidá-lo a sentar-se —, lamento dizer que, daqui por diante, acho que a diretoria terá que seguir em frente sem o senhor.

— Talvez não — replicou Alex, sorrindo cordialmente. — Parece que a senhora não soube da notícia.

— Que notícia?

— Como Cedric Hardcastle pediu que eu o substituísse na diretoria, na verdade as coisas não mudaram muito.

— Então, devo avisá-lo de que não está a par das últimas — retrucou ela. — Recentemente, Cedric vendeu todas as suas ações da empresa e se exonerou do cargo de diretor. Portanto, ele não tem mais condições de ocupar esse cargo.

— Mas ele me disse... — gaguejou Alex.

— Aceitei com tristeza o pedido de exoneração e vou enviar uma carta a ele expressando minha gratidão pela lealdade e generosidade com que se dedicou à empresa, acrescentando que será muito difícil achar alguém para substituí-lo na diretoria. E, num pós-escrito, direi que espero que ele compareça à cerimônia de batismo do *Buckingham* e faça a viagem inaugural para Nova York conosco.

— Mas... — tentou Alex mais uma vez.

— Já no seu caso, major Fisher — prosseguiu Emma —, uma vez que Dom Martinez vendeu também todas as ações dele, só lhe resta exonerar-se do cargo de diretor, mas, ao contrário de Cedric, aceitarei a sua exoneração com imensa satisfação. Considero que, ao longo dos anos, sua contribuição à empresa foi, na verdade, uma série de retribuições de vingança, intromissão e ações prejudiciais. Por isso, talvez deva acrescentar que não tenho a mínima vontade de contar com sua presença na cerimônia de batismo e, com certeza, também não será convidado para participar da viagem inaugural conosco. Enfim, sinceramente, a empresa ficará muito melhor sem o senhor.

— Mas eu... — tentou insistir o major.

— E, se sua carta de exoneração não estiver em minha mesa por volta das cinco da tarde de hoje, não terei escolha que não divulgar uma declaração deixando claro os motivos pelos quais o senhor não mais integra a diretoria.

Dom Pedro atravessou a sala para dirigir-se a um cofre que não ficava mais oculto por um quadro. Depois que informou um código de seis dígitos ao mecanismo de segurança, girou o disco e abriu a porta pesada e maciça. Tirou de lá dois passaportes que não tinham uma carimbada sequer ainda, bem como um grosso maço de notas de cinco libras novinhas, o qual dividiu em partes iguais entre os dois filhos. Logo depois das cinco horas, Diego e Luis partiram de casa separadamente, mas seguindo rumos distintos, sabendo que, se continuassem ali, acabariam se reencontrando atrás das grades ou, caso tratassem de deixar logo o território britânico, em Buenos Aires.

Dom Pedro permaneceu sentado sozinho no escritório, analisando as opções que ainda lhe restavam. Às seis da noite, resolveu ligar a televisão para assistir ao noticiário da noitinha, tomado pela expectativa de sofrer a humilhação de ver a si mesmo e aos dois filhos saindo às pressas do tribunal, cercados por jornalistas importunos e insistentes. Todavia, a principal notícia não provinha de Chelsea, e sim de Tel Aviv. Além do mais, o alvo da matéria não era Diego e Luis, mas o ex-tenente da SS Karl Lunsdorf, exibido em frente das câmeras de televisão com uniforme de presidiário e uma plaqueta de identificação pendendo do pescoço.

— Vocês ainda não me venceram, seus filhos da mãe! — exclamou Dom Pedro, cheio de raiva e indignação.

Seus gritos foram interrompidos por alguém batendo forte à porta, o que o levou a olhar para o relógio. Viu que fazia quase meia hora que os filhos tinham partido. Um deles já teria sido preso? Em caso positivo, ele sabia qual dos rapazes possivelmente fora levado. Saiu do escritório, atravessou o corredor e, embora hesitante, abriu a porta da frente da residência.

— Deveria ter seguido meu conselho, senhor Martinez — lembrou-lhe o coronel Scott-Hopkins. — Mas não seguiu, e agora o tenente Lunsdorf será levado a julgamento por crimes de guerra. Portanto, se eu fosse o senhor, não visitaria Tel Aviv, mesmo considerando que lá poderia ser uma testemunha de defesa bem interessante.

"Seus filhos estão a caminho de Buenos Aires e, para o próprio bem deles, espero que não ponham os pés neste país nunca mais, pois, se cometerem tamanha tolice, tenha certeza de que não faremos vista grossa de novo. E, quanto ao senhor, Dom Martinez, francamente já abusou demais da nossa hospitalidade. Portanto, acho que está na hora de ir para casa também. Que tal dentro de 28 dias? Estamos combinados? Se deixar de seguir o meu conselho pela segunda vez... Bem, vamos torcer para não nos encontrarmos de novo — advertiu o coronel, antes que se virasse e desaparecesse em meio à escuridão.

Dom Pedro fechou a porta com força e voltou para o escritório. Ficou sentado lá por mais de uma hora, até decidir pegar o telefone e ligar para um número que não lhe tinham dado permissão de anotar e ao qual só poderia recorrer uma única vez.

Quando, na terceira chamada, atenderam a ligação, Dom Pedro não se surpreendeu com o fato de ninguém falar nada do outro lado da linha. Tudo que disse foi:

— Preciso de um motorista.

HARRY E EMMA

1964

41

— Ontem à noite, li o discurso feito por Joshua Barrington na primeira assembleia geral da empresa, então recém-formada, em 1849. Na época, a rainha Vitória estava no trono, e o sol nunca se punha no Império Britânico. Ele disse aos 37 presentes em Temperance Hall, em Bristol, que o faturamento da Barrington Shipping em seu primeiro ano de vida fora de 420 libras, dez xelins e quatro *pence* e, com isso, anunciou que obteve um lucro de 33 libras, dez xelins e dois *pence*. E prometeu aos acionistas que conseguiria melhores negócios e maiores lucros no ano seguinte.

"Hoje, apresento-me para discursar na 125º assembleia geral de acionistas da Barrington, perante mais de mil acionistas, em Colston Hall. Este ano, nosso faturamento foi de 21.422.760 milhões de libras, e tivemos um lucro de 691.472 libras. Agora, é a rainha Elizabeth II que está no trono e, embora não mais imperemos sobre metade do mundo, a Barrington continua a navegar pelos altos-mares. Contudo, assim como Sir Joshua, pretendo conseguir lucros ainda maiores no próximo ano.

"A empresa ainda tira o seu sustento do transporte de passageiros e mercadorias singrando os mares de todas as partes do globo. Continuamos a fazer negócios de leste a oeste. Sobrevivemos a duas guerras mundiais e estamos achando nosso lugar ao sol na nova ordem mundial. Logicamente, devemos nos orgulhar dos nossos dias de império colonial, mas, ao mesmo tempo, nos dispormos a enfrentar com ânimo as dificuldades que nos permitam abraçar as oportunidades que se nos apresentarem."

Enquanto o discurso prosseguia, Harry, sentado na fileira da frente, divertiu-se ao avistar Giles anotando as palavras da irmã, perguntando-se quando ele as repetiria num discurso na Câmara dos Comuns.

— Seis anos atrás, meu antecessor, Ross Buchanan, abraçou esta oportunidade, quando, com o apoio da diretoria, decidiu que a Barrington deveria encomendar a construção de nosso transatlântico de luxo, o *Buckingham*, o primeiro de uma frota a ser conhecida como Palace Line. Apesar da necessidade de superarmos vários obstáculos pelo caminho, estamos agora apenas a algumas semanas da cerimônia de batismo de um navio magnífico.

A presidente se virou para ficar de frente para uma grande tela estendida atrás dela, onde, segundos depois, foi projetada uma grande imagem do *Buckingham*, recebida inicialmente pelos presentes com um forte suspiro de espanto, mas seguida por uma demorada salva de palmas. Emma conseguiu relaxar pela primeira vez desde o início da reunião e olhou de relance para o discurso sobre o leitoril, até que, por fim, os aplausos cessaram.

— E é com imensa satisfação que anuncio que Sua Majestade, rainha Elizabeth, a rainha-mãe, aceitou ser madrinha da cerimônia de lançamento do *Buckingham* em 21 de setembro, em sua visita a Amonmouth. Agora, se os senhores fizerem a gentileza de olhar sob os assentos, acharão um folheto com informações detalhadas sobre esse navio incrível. Talvez me permitam apontar algumas de suas características mais notáveis para que possam ponderá-las.

"A diretoria escolheu a Harland & Wolff para a construção do *Buckingham*, sob a direção de um eminente engenheiro naval, senhor Rupert Cameron, que trabalhou em equipe com os engenheiros de Sir John Biles e seus associados, tudo em colaboração com a empresa dinamarquesa Burmeister & Wain. O resultado dessa combinação de esforços foi o primeiro navio do mundo movido a diesel.

"O *Buckingham* conta com dois motores, mede 182 metros de comprimento e quase 24 metros de largura e consegue atingir uma velocidade próxima a 60 km/h. Acomoda 102 passageiros na primeira classe, 142 na segunda e sessenta na classe turística. Ainda terá um espaço considerável nos porões para o transporte de carros de passageiros, bem como para carga comercial, dependendo do destino. A tripulação, formada por 577 membros, juntamente com o gato Perseu, o mascote da marinhagem, ficará sob o comando do capitão Nicholas Turnbull, oficial da Marinha Real.

"Gostaria também de destacar uma inovação de que somente os passageiros do *Buckingham* poderão desfrutar, a qual, com certeza, despertará a inveja de nossos concorrentes. O *Buckingham* não terá, tal como em outros transatlânticos, simples conveses abertos, apropriados a climas quentes. Para nós, isso é coisa do passado, pois mandamos construir o primeiro solário com uma piscina e dois restaurantes diferentes. — O slide exibido a seguir foi recebido com mais uma salva de aplausos. — Agora, não posso fingir, senhores — prosseguiu Emma —, que construir um navio desta qualidade não foi caro. Na verdade, o custo final passará um pouco das 18 milhões de libras esterlinas, quantia que, como souberam por meio de meu relatório do ano passado, consumiu uma grande parcela de nossos recursos financeiros. Contudo, graças à visão de Ross Buchanan, foi assinado um novo contrato com a Harland & Wolff para a construção de um navio irmão, o navio a vapor *Balmoral*, ao custo de 17 milhões de libras esterlinas, com a condição de que a execução do projeto seja confirmada dentro de doze meses após a obtenção do certificado de navegação do *Buckingham*.

"Recebemos o *Buckingham* duas semanas atrás, o que nos deixa com cinquenta semanas para decidirmos se abraçaremos ou não essa opção. Até lá, deveremos ter chegado à conclusão de se é melhor pararmos por aqui ou se esse navio será o primeiro de outras naves da Palace Line. Todavia, acho, sinceramente, que essa decisão não será tomada pela diretoria, tampouco pelos acionistas, mas, assim como acontece em todos os empreendimentos comerciais, pelo público. Somente ele poderá decidir o futuro da Palace Line.

"Permitam-me fazer agora meu próximo anúncio: hoje, ao meio-dia, a Thomas Cook abrirá o segundo período de reservas da viagem inaugural no *Buckingham*. — Emma fez uma pausa, observando o semblante de alguns ouvintes. — Mas estas não poderão ser feitas pelo público em geral. Considerando que nos últimos três anos os senhores, acionistas, não receberam os dividendos a que estavam acostumados no passado, decidi aproveitar a oportunidade para agradecer sua lealdade e seu apoio constante. Portanto, a qualquer pessoa que houver sido dona de ações da empresa por mais de um ano não apenas será dada prioridade na reserva de acomodações para a viagem inaugural, mas também um desconto de dez por cento para qualquer viagem que fizer num dos navios da Barrington no futuro."

A demorada salva de aplausos que veio a seguir permitiu a Emma que desse mais uma olhada nas anotações.

— A Thomas Cook advertiu que eu não me entusiasmasse muito com o grande número de passageiros que já fizeram reservas de acomodações para a viagem inaugural. Eles afirmam que todas as cabines terão sido vendidas bem antes de o navio zarpar, mas, tal como acontece em toda noite de estreia no Old Vic, cujos ingressos sempre se esgotam, teremos de contar com clientes assíduos, além de frequentes pedidos de reservas, durante um largo período de tempo, como um teatro. Os fatos são simples: não podemos permitir que nossa taxa de ocupação caia abaixo de sessenta por cento, pois até mesmo esse porcentual fará com que apenas equilibremos nossas contas, sem lucro nem prejuízo. Já uma taxa maior de ocupação nos garantirá um pequeno lucro, ao passo que, se quisermos recuperar nosso investimento de capital no projeto num prazo de dez anos, precisaremos de uma taxa de ocupação de 86 por cento, como eram os planos de Ross Buchanan. E, até lá, desconfio que todos os navios de nossos concorrentes terão um solário e, por isso, estaremos em busca de novas ideias para atrair ainda mais clientes de um público exigente e requintado.

"Portanto, senhores, os próximos doze meses serão decisivos para o futuro da Barrington. Faremos história ou seremos deixados para trás? Não. Podem estar certos, senhores, de que nossos diretores trabalharão incansavelmente em nome dos acionistas, que depositaram sua confiança em nós, para prestarmos um serviço que seja o padrão de excelência do mundo dos transportes marítimos de luxo. E agora peço-lhes que me permitam terminar meu discurso tal como o iniciei. Assim como meu bisavô, pretendo obter lucros maiores não só no ano que vem, mas no seguinte, e assim ano após ano."

Quando Emma se sentou, a plateia se pôs de pé, como se a noite tivesse sido a de estreia de um grande espetáculo. Ela fechou os olhos e lembrou-se das palavras do avô: *Se você tiver mesmo capacidade de assumir o cargo de presidente da empresa, ser mulher não fará a menor diferença.*

— Parabéns — disse baixinho o almirante Summers, inclinando-se para ela e acrescentando logo depois: — Perguntas?
— Desculpem — disse Emma, levantando-se de súbito. — Eu me esqueci. Claro, terei imenso prazer em responder a todas as perguntas — acrescentou, e um homem elegantemente vestido, sentado na segunda fileira, se levantou com rapidez.
— A senhora disse que, recentemente, o preço das ações alcançou uma alta histórica, mas poderia explicar por que, nas últimas semanas, ocorreram fortes aumentos e quedas acentuadas, fatos que, para uma pessoa leiga no assunto como eu, parecem inexplicáveis, para não dizer preocupantes?
— Eu mesma não tenho condições de explicar isso a contento — admitiu Emma. — Mas posso dizer que um ex-acionista pôs à venda os 22,5% de suas ações da empresa sem a gentileza de me informar suas intenções, embora tivesse um representante na diretoria. Felizmente para a Barrington, o corretor de valores envolvido na transação teve a perspicácia de oferecer as ações a um de nossos ex-diretores, Cedric Hardcastle, que também é banqueiro. O senhor Hardcastle conseguiu, por sua vez, vender o lote de ações inteiro a um destacado empresário do norte da Inglaterra, que vinha querendo comprar uma parcela considerável das ações da empresa fazia algum tempo. Desse modo, elas ficaram à venda durante apenas alguns minutos, causando assim o mínimo de transtornos aos nossos interesses e, inclusive, alguns dias depois, seu preço voltou ao bom nível anterior.
Emma viu levantar-se de um dos assentos do meio da quarta fileira uma mulher usando um chapéu com ampla aba amarela, que teria ficado melhor se ela estivesse no hipódromo de Ascot, mas resolveu ignorá-la, preferindo apontar para um homem sentado algumas fileiras atrás dela e dar-lhe a chance de perguntar:
— O *Buckingham* só navegará pela rota de transatlânticos ou a empresa tem planos para fazê-lo visitar outros destinos no futuro?
— Boa pergunta — respondeu Emma, seguindo o conselho do irmão, que a ensinara a dizer isso, principalmente quando era mentira. — O *Buckingham* não conseguiria gerar lucros se restringíssemos suas viagens a cidades da costa leste dos Estados Unidos, principalmente porque nossos concorrentes, sobretudo os americanos, têm

dominado essa rota por quase um século. Não. Precisamos identificar a existência de uma nova geração de passageiros que não achem que o único objetivo dessas viagens é simplesmente ir do ponto A ao B. O *Buckingham* deve ser como um hotel de luxo flutuante, no qual os passageiros durmam à noite, enquanto, durante o dia, sejam levados a países que jamais imaginariam visitar. Com isso em mente, o *Buckingham* fará viagens regulares ao Caribe e às Bahamas e, no verão, realizará cruzeiros pelo Mediterrâneo e costeará o litoral da Itália. E quem poderá dizer que outras partes do mundo será possível visitar nos próximos vinte anos?

A mulher se levantou mais uma vez e, de novo, Emma evitou dar-lhe a chance de perguntar, apontando para um homem sentado numa das fileiras da frente.

— A senhora está preocupada com o número de passageiros que está preferindo viajar de avião a fazê-lo em transatlânticos? A Boac, por exemplo, anda anunciando que consegue levar seus passageiros para Nova York em menos de oito horas, enquanto o *Buckingham* levará pelo menos quatro dias para fazer a mesma viagem.

— O senhor tem razão — respondeu Emma —, e é por isso que, em nossas propagandas, concentramos esforços em apresentar uma visão diferente de viagens marítimas a nossos passageiros, oferecendo-lhes uma experiência com a qual eles jamais poderiam sonhar em viagens aéreas. Qual avião pode oferecer aos passageiros um teatro, lojas, um cinema, uma biblioteca e restaurantes com o melhor da culinária internacional, sem falar num solário e até numa piscina? Porém, na verdade, se a pessoa estiver com pressa, não deve reservar uma cabine no *Buckingham*, pois ele é um verdadeiro palácio flutuante, ao qual ela desejará voltar muitas vezes. Mas existe também uma coisa que podemos prometer: quando um passageiro nosso voltar para casa, não sofrerá de *jet lag*.

A mulher sentada na quarta fileira de assentos tinha se levantado de novo e acenava com a mão para a presidente.

— A senhora está me evitando, presidente? — perguntou ela, em voz bem alta.

Giles achou que reconheceu aquela voz e, quando olhou ao redor, viu se confirmarem seus piores receios.

— De forma alguma, madame, mas, como a senhora não é acionista nem jornalista, não lhe dei prioridade. Queira fazer sua pergunta agora, por favor.

— É verdade que um de seus diretores vendeu um grande lote de ações no fim de semana, na tentativa de levar a empresa à falência?

— Não, Lady Virginia, não foi esse o caso. Talvez a senhora esteja se referindo aos 22,5% que Dom Pedro Martinez detinha das ações da empresa, as quais ele pôs à venda sem nada informar à diretoria, mas, felizmente, eu diria que, usando uma expressão moderna, foi muito fácil passar a perna nele.

Apesar da tremenda explosão de risos no auditório, Virginia não desistiu das alfinetadas.

— Se um de seus diretores estivesse envolvido numa operação dessas, ele não deveria exonerar-se do cargo na diretoria?

— Se a senhora está se referindo ao major Fisher, eu lhe pedi que se exonerasse na última sexta-feira, quando veio me visitar no escritório, mas tenho certeza de que sabe disso, Lady Virginia.

— O que está insinuando?

— Que em várias ocasiões, quando o major Fisher *a* representava na diretoria, a senhora permitiu que ele vendesse todas as suas ações num fim de semana e, depois de ter obtido um lucro considerável com isso, as recomprou dentro do prazo convencionado de três semanas para efetivar a transação. Quando houve uma recuperação no preço das ações, com os títulos atingindo uma nova alta histórica, a senhora autorizou a realização da mesma operação pela segunda vez, conseguindo um lucro ainda maior. Se com isso pretendeu arruinar a empresa, Lady Virginia, então, como vê, assim como Martinez, a senhora fracassou e de forma abominável, pois foi derrotada por pessoas comuns, porém decentes, que querem o sucesso desta empresa.

Mais uma intensa salva de aplausos soou pelo auditório inteiro enquanto Lady Virginia tratava de se retirar, forçando passagem por entre as fileiras cheias, sem se importar com os pés em que ia pisando nessa retirada movida a indignação. Quando ela alcançou o corredor, levantou a cabeça na direção do palco e clamou:

— A senhora receberá uma notificação de meu advogado!

— Espero que sim — redarguiu Emma —, visto que, desse modo, o major Fisher poderá dizer ao júri quem ele estava representando quando comprou e vendeu suas ações.

O golpe final provocou a salva de aplausos mais fervorosa do dia. Emma teve tempo até para olhar de relance para a primeira fileira e lançar uma piscadela para Cedric Hardcastle.

Ela passou os trinta minutos seguintes respondendo a uma longa série de perguntas dos acionistas, de analistas do centro financeiro de Londres e de jornalistas, com uma confiança e uma autoridade que Harry tinha visto pouquíssimas vezes. Depois que respondeu à última pergunta, Emma encerrou a reunião com as seguintes palavras:

— Espero que muitos dos senhores possam me fazer companhia na viagem inaugural para Nova York dentro de alguns meses, pois tenho certeza de que será uma experiência de que jamais se esquecerão.

— Isso eu posso lhe garantir — disse baixinho um homem com um elegante sotaque de irlandês educado, que se mantivera sentado nos fundos do auditório. Ele se retirou discretamente enquanto Emma agradecia à plateia, que ainda a aplaudia de pé.

42

— Bom dia. Thomas Cook & Son. Em que posso ajudá-lo?
— Sou Lorde MacIntyre. Estive pensando se o senhor não poderia ajudar-me com relação a um assunto pessoal.
— Farei o melhor que puder, senhor.
— Sou um amigo das famílias Barrington e Clifton, e disse a Harry Clifton que, infelizmente, em razão de meus compromissos comerciais, não poderia acompanhá-los na viagem inaugural do *Buckingham* a Nova York. Acontece que tais compromissos foram cancelados e, assim, achei que seria um tanto divertido não dizer a eles que eu estaria a bordo. Uma espécie de surpresa, se é que me entende.
— Claro que entendo, milorde.
— Portanto, telefonei para saber se seria possível conseguir a reserva de uma cabine em algum lugar perto das acomodações da família.
— Vou ver o que posso fazer; por gentileza, aguarde uns instantes. — O homem do outro lado da linha tomou um gole de seu Jameson, uísque irlandês, e esperou um pouco. — Milorde, ainda temos duas cabines na primeira classe no convés superior. São as de número três e cinco.
— Gostaria de ficar o mais próximo possível da família.
— O senhor Giles Barrington ficará na cabine número dois.
— E Emma?
— Emma?
— Desculpe. A senhora Clifton.
— Ela ficará na cabine um.
— Então, vou ficar na cabine três. Agradeço muito a sua ajuda.

— Foi um prazer, senhor. Espero que faça uma boa viagem. Para onde gostaria que as passagens fossem enviadas?

— Não se incomode. Mandarei meu motorista passar aí para pegá-las.

—

Dom Pedro abriu o cofre do escritório e retirou de lá o que restava de seu dinheiro. Ele pôs maços de notas de cinco libras em cima da mesa, agrupando-as em pilhas de dez mil libras caprichosamente arrumadas, até que ocupassem o tampo inteiro. Em seguida, repôs no cofre as 23.645 libras que restaram da quantia deixada sobre a mesa antes de colocar na mochila fornecida por eles o dinheiro que acabara de separar: 250 mil libras. Depois, sentou-se, pegou o jornal matinal e ficou esperando.

O motorista havia retornado sua ligação em dez dias, para informar que a operação fora autorizada, mas somente se ele estivesse disposto a pagar meio milhão de libras. Quando ele questionou por que haviam pedido uma quantia tão alta, disseram que seriam grandes os riscos envolvidos na operação, pois, se algum dos participantes fosse capturado, provavelmente passaria o resto da vida no presídio da Crumlin Road ou coisa pior.

Ele nem se deu o trabalho de pechinchar. Afinal, não pretendia pagar a segunda parcela, considerando que não havia muitos simpatizantes do IRA em Buenos Aires.

—

— Thomas Cook & Son. Bom dia.

— Gostaria de reservar uma cabine na primeira classe para a viagem inaugural do *Buckingham* a Nova York.

— Claro, madame. Vou transferir a ligação.

— Reservas da primeira classe. Como posso ajudar?

— Sou Lady Virginia Fenwick. Gostaria de reservar uma cabine para participar da viagem inaugural.

— A senhora poderia repetir seu nome, por favor?

— Lady Virginia Fenwick — repetiu ela devagar, como se estivesse se dirigindo a um estrangeiro.

Seguiu-se um longo silêncio, e Virginia presumiu que o atendente estava verificando a disponibilidade de acomodações.

— Sinto muito, Lady Virginia, mas, infelizmente, as acomodações da primeira classe estão esgotadas. Gostaria que a transferisse para o setor de vendas de passagens da segunda classe?

— Claro que não. Será que ainda não sabe com quem está falando?

Bem que o atendente gostaria de ter dito: "Sim, sei exatamente quem a senhora é, pois faz um mês que seu nome está no quadro de avisos, juntamente com instruções claras, dirigidas a todos os atendentes, sobre como agir se certa madame telefonasse para fazer uma reserva", mas, em vez disso, ele se manteve fiel ao roteiro:

— Sinto muito, mas não há nada que eu possa fazer.

— Mas sou amiga pessoal da presidente da Barrington Shipping — argumentou Virginia. — Certamente, isso faz diferença, não?

— Com certeza — respondeu o vendedor de passagens. — Nós temos, sim, uma cabine vaga na primeira classe, mas ela só pode ser liberada para reserva com ordem expressa da presidente. Portanto, se a senhora puder fazer a gentileza de telefonar para a senhora Clifton, deixarei a cabine provisoriamente reservada em seu nome e a liberarei quando receber um retorno dela.

Eles nunca receberam um retorno dela.

—

Quando Dom Pedro ouviu um carro buzinar lá fora, dobrou o jornal e o pôs em cima da mesa. Em seguida, pegou a mochila e saiu de casa.

— Bom dia, senhor — disse o motorista, tocando a ponta do chapéu como se batesse continência, antes de acomodar a mochila no porta-malas do Mercedes.

Dom Pedro sentou-se no banco traseiro do veículo, fechou a porta e ficou esperando. Quando o motorista assumiu o volante, não perguntou a Dom Pedro aonde queria ir, pois ele mesmo havia escolhido o trajeto. Eles saíram da Eaton Square e seguiram na direção da Hyde Park Corner.

— Presumo que a quantia combinada esteja na mochila — disse o motorista enquanto passavam pelo hospital na esquina do Hyde Park.

— Sim: 250 mil libras em dinheiro — respondeu Dom Pedro.

— E esperamos receber integralmente as outras 250 mil libras num prazo de 24 horas após o cumprimento de nossa parte do acordo.

— Foi o que combinamos — confirmou Dom Pedro, pensando, ao mesmo tempo, nas 23.645 libras restantes deixadas no cofre, todo o dinheiro que lhe restava, considerando que nem mesmo a casa estava mais em seu nome.

— Está ciente das consequências se não pagar a segunda parcela?

— Você já deixou tudo bem claro várias vezes — disse Dom Pedro enquanto o carro seguia pela Park Lane, sem exceder o limite de velocidade de 65 km/h.

— Em outras circunstâncias, caso você deixasse de pagar a tempo o que nos deve, mataríamos um de seus filhos, mas, como estão ambos seguramente refugiados em Buenos Aires agora e Herr Lunsdorf não está mais conosco, só nos resta você — advertiu o motorista enquanto contornava o Marble Arch.

Dom Pedro permaneceu calado à medida que percorriam a outra parte da Park Lane, parando em seguida diante de um conjunto de semáforos.

— Mas e se vocês não cumprirem a sua parte do acordo? — questionou ele.

— Aí, você não terá de pagar as 250 mil libras restantes, não acha? — respondeu o motorista enquanto parava na frente do Dorchester.

Um porteiro trajando um longo casaco verde aproximou-se rapidamente do carro e abriu a porta para Dom Pedro, que disse, enquanto o motorista se retirava com o carro e se misturava ao trânsito da Park Lane:

— Preciso de um táxi.

— Sim, senhor — retrucou o porteiro, levantando o braço e assobiando forte.

— Quarenta e quatro da Eaton Square — informou Dom Pedro assim que entrou no táxi, deixando o porteiro perplexo.

Por que aquele cavalheiro precisava de um táxi quando tinha um motorista particular?

— Thomas Cook & Son. Em que posso ajudá-lo?
— Gostaria de reservar quatro cabines no *Buckingham* para fazer a viagem inaugural a Nova York.
— Primeira ou segunda classe, senhor?
— Segunda.
— Vou transferir a ligação.
— Bom dia. Setor de reservas de cabines da segunda classe do *Buckingham*.
— Gostaria de reservar quatro cabines de solteiros para a viagem inaugural do navio a Nova York, em 29 de outubro.
— O senhor poderia informar os nomes dos passageiros?
O coronel Scott-Hopkins informou o próprio nome ao atendente, bem como os de seus três colegas.
— A passagem custa 32 libras cada uma. Para onde devo enviar a cobrança, senhor?
Ele poderia ter respondido que a enviasse para o quartel-general do SAS em Chelsea, na King's Road, Londres, pois eles pagariam a conta, mas, em vez disso, deu simplesmente o endereço de sua casa.

43

— Gostaria de iniciar a reunião de hoje dando as boas-vindas ao senhor Bob Bingham, nosso novo colega de diretoria — anunciou Emma. — Bob é presidente da Bingham's Fish Paste e, uma vez que, recentemente, adquiriu 22,5% das ações da Barrington, não precisa convencer ninguém de sua convicção acerca do futuro da empresa. Informo também que recebemos cartas de demissão de outros dois membros da diretoria: do senhor Cedric Hardcastle, de cujo aconselhamento arguto e sábio sentiremos muita falta, e do major Fisher, do qual não sentiremos tanta falta assim.

Quando ouviu a observação, o almirante Summers deixou escapar um sorrisinho irônico.

— Como restam apenas dez dias para a cerimônia de batismo do *Buckingham*, talvez seja melhor iniciarmos de fato a reunião procurando, de minha parte, pô-los inteiramente a par dos preparativos em torno da realização do evento — prosseguiu Emma, que abriu uma pasta vermelha diante dela e examinou com cuidado os itens na agenda de compromissos. — A rainha-mãe chegará à estação de Temple Meads no trem real às 9h35 da manhã, em 21 de setembro. Ela será recebida na plataforma pelo governador do condado e da cidade de Bristol, bem como pelo prefeito. De lá, Sua Majestade será levada de carro para o Liceu de Bristol, onde será recebida pelo diretor da instituição, que a acompanhará na apresentação das dependências do novo laboratório de ciência do liceu, que ela inaugurará às 10h10. Ainda na escola, a rainha-mãe terá um encontro com um seleto grupo de alunos e funcionários da instituição, antes de deixar o local, às onze horas. Dali, será levada para Avonmouth, chegando ao estaleiro às 11h17. — Emma levantou a cabeça antes de prosseguir: — Minha vida seria muito mais fácil se eu sempre soubesse o instante exato em que chegaria a determinado lugar. Eu me encontrarei com Sua Majestade quando ela chegar a Avonmouth — continuou, voltando a olhar para a agenda de compromissos — e darei as boas-vindas a ela em nome da empresa, antes de apresentá-la aos membros da diretoria. Às 11h29, eu a acompanharei numa visita à doca norte, onde ela conhecerá o técnico responsável pelo projeto do navio, nosso engenheiro naval e o presidente da Harland & Wolff.

"Às 11h57, darei as boas-vindas oficiais à nossa convidada de honra. Meu discurso durará três minutos e, quando o relógio soar a primeira badalada do meio-dia, Sua Majestade batizará o *Buckingham* com a tradicional quebra de uma garrafa de champanhe, lançando-a contra o casco."

— E o que acontecerá se a garrafa não quebrar? — perguntou Clive Anscott, rindo.

Ninguém mais riu.

— Não tenho nada em meus documentos falando sobre isso — respondeu Emma. — Quando for 12h30, Sua Majestade partirá com destino à Royal West of England Academy, onde almoçará com os funcionários da empresa, antes de inaugurar a nova galeria de artes, às três horas. Às quatro, será levada de carro de volta para a Temple Meads, acompanhada pelo governador do condado, e embarcará no trem real, que partirá para Paddington dez minutos depois do embarque.

Emma fechou a pasta, soltou um suspiro e recebeu uma salva de aplausos fingidos dos colegas de diretoria.

— Quando eu era criança — acrescentou ela —, sempre quis ser uma princesa, mas devo dizer aos senhores que, depois disso, mudei de ideia.

A salva de aplausos que se seguiu foi legítima.

— Como saberemos onde deveremos estar em dado momento? — perguntou Andy Dobbs.

— Todos os membros da diretoria receberão cópia da tabela de horários, e que Deus ajude a pessoa que não estiver no lugar certo na hora certa. Agora passemos a um assunto igualmente importante, o da viagem inaugural do *Buckingham*, a qual, tal como os senhores sabem muito bem, começará em 29 de outubro. A diretoria ficará contente em saber que todas as cabines foram reservadas e, mais ainda, que estão esgotadas também as passagens para a viagem de volta.

— Esgotadas é um termo bem interessante — observou Bob Bingham. — Quantos passageiros são pagantes de fato e quantos são convidados?

— Convidados? — repetiu o almirante.

— Passageiros que não pagarão passagens — explicou Bob.

— Bem, existem várias pessoas que têm o direito...

— De viajar de graça. Se me permite que lhe dê um conselho, presidente, não deixe que se acostumem com isso.

— O senhor incluiria os membros da diretoria e seus familiares nessa categoria, senhor Bingham? — perguntou Emma.

— Não numa viagem inaugural, mas, no futuro, com certeza, por uma questão de princípios. Um palácio flutuante é muito sedutor quando a pessoa não precisa pagar as despesas de acomodação numa cabine, sem falar nos gastos com bebida e comida.

— Então me diga, senhor Bingham: sempre paga pelo próprio patê de peixe que consome?

— Sempre, almirante, para que, assim, meus funcionários não acabem achando que têm direito a amostras grátis para os familiares e amigos.

— Então, em todas as futuras viagens — prometeu Emma —, sempre pagarei as cabines que eu reservar e jamais viajarei de graça enquanto for presidente desta empresa.

Um ou dois membros da diretoria mudaram de posição na cadeira, pouco à vontade.

— Só espero — disse David Dixon — que isso não impeça que os Barrington e os Clifton sejam bem representados nessa viagem histórica.

— A maior parte de minha família me acompanhará — disse Emma —, com exceção de minha irmã Grace, que somente participará da cerimônia de batismo, visto que a viagem coincidirá com a primeira semana do ano letivo e, portanto, ela precisará voltar para Cambridge imediatamente após o evento.

— E Sir Giles? — perguntou Anscott.

— Isso dependerá da decisão do primeiro-ministro de convocar ou não uma nova eleição geral. Contudo, meu filho Sebastian certamente nos acompanhará, junto com Samantha, sua namorada, mas ambos ficarão numa cabine da segunda classe. E, antes que pergunte, senhor Bingham, eu comprei as passagens deles.

— Se esse é o jovem que foi à minha fábrica algumas semanas atrás, acho melhor ficar de olhos bem abertos, presidente, pois tenho a impressão de que está querendo tomar o seu lugar.

— Mas Sebastian tem apenas 24 anos — observou Emma.

— Isso não será impedimento para ele. Afinal, eu mesmo me tornei presidente da Bingham aos 27 anos.

— Então, ainda tenho três anos pela frente.

— Você e Cedric — disse Bob —, dependendo de qual de vocês dois ele resolver substituir.

— Não acho que Bingham esteja brincando, presidente — comentou o almirante. — Não vejo a hora de conhecer o rapaz.

— Algum dos ex-diretores foi convidado para nos acompanhar na viagem a Nova York? — perguntou Andy Dobbs. — Pensei em Ross Buchanan.

— Sim — respondeu Emma. — Confesso que convidei Ross e Jean a nos acompanharem como convidados da empresa. Isso se o senhor Bingham aprovar a ideia.

— Eu não estaria nesta diretoria se não fosse por Ross Buchanan e, depois do que Cedric Hardcastle me falou sobre o que ele fez no *The Night Scotsman* para nos ajudar, Ross mais do que merece as passagens.

— Concordo plenamente — disse Jim Knowles. — Mas isso nos leva à pergunta acerca do que devemos fazer com relação a Fisher e Hardcastle.

— Nem considerei convidar o major Fisher — disse Emma. — Já Cedric Hardcastle ponderou que talvez não seja prudente comparecer à cerimônia de lançamento, pouco depois do velado ataque lançado por Lady Virginia contra ele na assembleia geral de acionistas.

— Mas aquela mulher cometeu a estupidez de cumprir a ameaça de abrir um processo contra você? — perguntou Dobbs, indignado.

— Sim — respondeu Emma. — Por difamação e calúnia.

— Difamação até compreendo — comentou Dobbs —, mas como pode alegar calúnia?

— Porque fiz questão de dizer que todas as palavras de nossa conversa tinham sido registradas na ata da assembleia geral de acionistas.

— Então, vamos torcer para que ela seja estúpida o suficiente para levar o processo ao Supremo Tribunal de Justiça.

— Ela não é estúpida — redarguiu Bingham —, mas, com certeza, é bastante arrogante, embora eu tenha o pressentimento de que, enquanto Fisher estiver à disposição para apresentar evidências, ela não se arriscará a fazer isso.

— Podemos voltar a tratar do assunto em pauta agora? — perguntou o almirante. — Talvez eu esteja morto quando esse caso chegar aos tribunais — observou, provocando o riso de Emma.

— Tem alguma pergunta que gostaria de fazer, almirante?

— Qual o tempo previsto para a duração da viagem a Nova York?

— Pouco mais de quatro dias, um tempo um pouco melhor que o da concorrência.

— Mas, como o *Buckingham* está equipado com o primeiro bimotor a diesel, certamente existe a possibilidade de conquistarmos a Flâmula Azul pelo recorde da travessia mais rápida num transatlântico, não?

— Se as condições meteorológicas forem perfeitas, e geralmente são muito boas nesta época do ano, teremos uma pequena chance, mas basta mencionar as palavras "Flâmula Azul" para as pessoas se lembrarem do *Titanic*. Portanto, é melhor nem mencionarmos a possibilidade até vermos a Estátua da Liberdade no horizonte.

— Presidente, espera-se o comparecimento de quantas pessoas à cerimônia de batismo do navio?

— O comandante da polícia me informou que esse número pode chegar a três ou talvez até quatro mil pessoas.

— E quem ficará encarregado do esquema de segurança?

— A polícia se responsabilizará pela manutenção da ordem e da segurança pública.

— Enquanto nós pagaremos a conta.

— Tal como numa partida de futebol — observou Knowles.

— Vamos torcer para que não seja como uma — disse Emma. — Se ninguém tiver mais perguntas, gostaria de propor que realizemos nossa próxima reunião de diretoria na suíte Walter Barrington do *Buckingham* na viagem de volta de Nova York. Até lá, ficarei ansiosa por vê-los reunidos mais uma vez no dia 21, às 10 horas em ponto.

— Mas isso será uma hora antes da chegada da prezada madame ao local — advertiu Bob Bingham.

— O povo do sudoeste da Inglaterra acorda cedo, senhor Bingham. Afinal, Deus ajuda a quem cedo madruga.

44

— Vossa Majestade, permita-me que lhe apresente a senhora Clifton, presidente da Barrington Shipping — disse o governador do condado.

Emma fez uma reverência e ficou esperando a rainha-mãe dizer algo, visto que um resumo das instruções do protocolo deixava claro que a pessoa só podia falar quando a monarca lhe dirigisse a palavra e nunca devia fazer perguntas.

— Como Sir Walter teria ficado contente com este dia, senhora Clifton.

Emma permaneceu muda, pois sabia que seu avô havia se encontrado com a rainha-mãe apenas uma vez e, embora ele sempre se referisse à ocasião e tivesse até uma fotografia no escritório para lembrar a todos daquilo, ela não esperava que Sua Majestade fosse também lembrar-se da ocasião.

— Permita-me que lhe apresente o almirante Summers — disse Emma, assumindo o lugar do governador nas apresentações —, um oficial que faz parte da diretoria da Barrington há mais de vinte anos.

— A última vez em que nos encontramos, almirante, o senhor fez a gentileza de apresentar-me seu contratorpedeiro *Chevron*.

— Se me permite, madame, na verdade era o contratorpedeiro do rei. Só o comandei, temporariamente.

— Muito bem observado, almirante — elogiou a monarca, seguindo adiante, conduzida por Emma na apresentação dos colegas da empresa, enquanto a presidente se perguntava o que Sua Majestade acharia do último recruta da diretoria.

— Senhor Bingham, o senhor foi banido do palácio — avisou a rainha. Bob Bingham ficou boquiaberto, mas palavra nenhuma saiu. — Na verdade, não exatamente o senhor, mas seu patê de peixe.

— Mas por quê, madame? — questionou Bob, ignorando as instruções no protocolo.

— Porque meu neto, o príncipe Andrew, vive enfiando o dedo no pote, imitando o garotinho do rótulo.

Bob não disse mais uma palavra quando a rainha-mãe passou adiante, para falar com o engenheiro naval responsável pelo projeto do navio.

— Na última vez que nos encontramos...

Emma deu uma olhada no relógio enquanto a rainha conversava com o presidente da Harland & Wolff.

— E qual é o seu próximo projeto, senhor Baillie?

— Por enquanto, ainda preferimos mantê-lo sob grande sigilo, madame. Tudo que posso dizer é que as iniciais "HMS", simbolizando "Navio de Sua Majestade", serão antepostas ao nome nas laterais, e o projeto passará muito tempo sob as águas.

A rainha-mãe sorriu enquanto se retirava, sendo conduzida pelo governador do condado na direção de uma confortável cadeira, posta logo atrás da tribuna.

Emma esperou que ela se sentasse antes de se dirigir ao público, onde faria um discurso em que não precisaria consultar anotações, pois o sabia de cor. Segurou firme os lados do leitoril, respirou fundo, tal como Giles a aconselhara, e ficou olhando por instantes para a multidão muito maior do que as quatro mil pessoas previstas pela polícia. Estavam todos em silêncio, dominados por expectativa.

— Vossa Majestade, esta é sua terceira visita ao estaleiro da Barrington. A primeira vez que veio aqui, na condição de nossa rainha, foi em 1939, por ocasião da comemoração do centenário da empresa, quando meu avô era o presidente. Depois, a senhora nos fez uma segunda visita em 1942, para ver pessoalmente os estragos causados pelos bombardeios aéreos durante a guerra. Hoje nos honra com um retorno muito bem-vindo, para ser a madrinha da cerimônia de batismo de um transatlântico cujo nome é uma homenagem à residência onde a senhora mora há 16 anos. Aliás, se a senhora precisar de um bom quarto para passar a noite — a proposta de Emma foi recebida com intensas risadas de simpatia —, temos 292 à sua disposição, embora precise lhe informar que a senhora perdeu a chance de nos acompanhar na viagem inaugural, pois as passagens estão esgotadas.

As risadas e os aplausos da multidão ajudaram Emma a relaxar e sentir-se mais confiante.

— E, se me permite acrescentar, madame, sua presença aqui hoje transformou este momento numa ocasião histérica...

De repente, soou pela multidão um engasgo de assombro coletivo, dando lugar rapidamente a um silêncio constrangedor. Emma desejou que o chão se abrisse sob seus pés e a engolisse de súbito, mas a rainha-mãe caiu na gargalhada, levando a multidão inteira a começar a ovacionar e assobiar, com os assistentes jogando para cima os próprios chapéus, tamanho o regozijo. Já Emma sentiu as bochechas abrasarem, de tanta vergonha, mas, assim que se recuperou, conseguiu dizer:

— Tenho a honra, madame, de convidá-la a batizar o *Buckingham*.

Emma deu um passo atrás para deixar que a rainha-mãe assumisse o seu lugar. Havia chegado o momento que ela mais temia. Lembrava-se se que, certa vez, Ross Buchanan lhe falara a respeito de uma notória ocasião em que tudo dera errado e o navio fora não apenas alvo de uma humilhação pública, mas também tanto seus tripulantes quanto o público se recusaram a viajar nele, convictos de que a embarcação estava amaldiçoada.

O público silenciou e esperou com nervosismo, enquanto o mesmo receio passava pelas mentes de todos os trabalhadores do estaleiro, de cabeças erguidas e olhos fixos na visitante real. Vários dos mais supersticiosos, incluindo Emma, cruzaram os dedos quando soou a primeira badalada do relógio do estaleiro, indicando a chegada do meio-dia, e o governador do condado entregou a garrafa de champanhe à rainha-mãe.

— Batizo este navio com o nome de *Buckingham* — clamou ela com voz firme —, e que traga alegria e felicidade a todos os que navegarem nele. Faço votos de que tenha uma vida longa e próspera nos altos-mares.

A rainha-mãe levantou a garrafa de champanhe, fez uma pausa e a lançou. Emma teve vontade de fechar os olhos quando viu a garrafa começar a descrever no ar um amplo arco descendente em direção ao casco do navio. Quando o atingiu, a garrafa espatifou-se em milhares de pedaços, com bolhas de champanhe escorrendo pelo costado, levando a multidão a explodir com a ovação mais estrondosa do dia.

— Não consigo imaginar uma situação em que as coisas poderiam ter sido melhores — comentou Giles enquanto observavam o carro da rainha-mãe sair do estaleiro e, por fim, sumir de vista.

— Mas bem que eu gostaria de não ter passado pelo constrangimento da ocasião histérica — disse Emma.

— Não concordo — replicou Harry. — Ficou claro que a rainha-mãe achou muita graça de sua gafe, e os trabalhadores do estaleiro a contarão aos netos com satisfação. Pelo menos desta vez, você mostrou que é passível de cometer erros também.

— Muito gentil de sua parte — agradeceu Emma —, mas temos muito trabalho até o dia da viagem inaugural, e não posso me dar o luxo de passar por outro incidente histérico — acrescentou enquanto sua irmã vinha chegando.

— Estou muito feliz por ter podido comparecer ao evento — disse Grace. — Mas seria possível você não escolher um dia do período letivo quando realizar a cerimônia de lançamento de seu próximo navio? E, se minha irmãzona permite, tenho mais um conselho: procure encarar essa viagem inaugural como um festejo, um período de férias, e não apenas como mais uma semana de trabalho no escritório — recomendou ela, beijando o irmão e a irmã nos dois lados do rosto antes de ir embora. — A propósito, adorei aquele momento engraçado.

— Ela tem razão — concordou Giles enquanto ambos observavam Grace caminhar na direção do ponto de ônibus mais próximo.

— Você deveria saborear mesmo cada minuto desta ocasião, pois garanto que é justamente isso o que farei.

— Talvez você não consiga.

— Por que não?

— É que, até lá, talvez já tenha se tornado ministro.

— Tenho primeiro que procurar manter meu lugar no parlamento, e o partido precisa vencer a eleição para que eu possa ser ministro.

— E quando acha que será a eleição?

— Se eu tivesse que palpitar, diria que em outubro, pouco depois das conferências do partido. Portanto, você me verá muito ainda em Bristol nas próximas semanas.

— E espero que a Gwyneth também.

— Pode apostar que sim, embora eu esteja torcendo para que a criança nasça durante a campanha. Isso deve valer uns mil votos, de acordo com Griff.

— Você é um charlatão, Giles Barrington.

— Não. Sou um político lutando para preservar a cadeira de um distrito eleitoral insignificante e imprevisível. Se eu vencer lá, acho que chego ao gabinete de ministros.

— Cuidado com o que deseja.

45

Giles ficou agradavelmente surpreso com o nível de civilidade que testemunhou na campanha da eleição geral, principalmente porque Jeremy Fordyce, seu oponente do Partido Conservador, um jovem inteligente do Diretório Central, nunca deu a impressão de que acreditava mesmo que poderia conquistar o cargo e, com certeza, não se envolveu nas costumeiras práticas escusas de que Alex Fisher lançara mão quando fora seu rival.

Já Reginald Ellsworthy, o eterno candidato dos liberais, pretendia apenas aumentar o número de votos conquistados, e até Lady Virginia se eximira de tentar prejudicá-lo, de forma ética ou não, porque, possivelmente, ainda estava se recuperando do golpe desferido por Emma na assembleia geral de acionistas da Barrington.

Assim, quando o agente do governo anunciou: "Eu, presidente da junta eleitoral do distrito eleitoral da zona portuária de Bristol, informo a seguir o total de votos recebidos por cada um dos candidatos:

Sir Giles Barrington	21.114
Sr. Reginald Ellsworthy	4.109
Sr. Jeremy Fordyce	17.346

Portanto, declaro Sir Giles Barrington membro legitimamente eleito do parlamento pelo distrito eleitoral da zona portuária de Bristol", ninguém pareceu surpreso.

Embora a disputa eleitoral no distrito não tivesse sido acirrada, o pleito para decidir quem deveria governar o país foi, como disse Robin Day, o chefe de pesquisas da BBC, acirradíssima. Somente depois que o resultado final da eleição foi anunciado em Mulgelrie, às 15h34, um dia após a eleição, a nação começou a se preparar para o primeiro governo Trabalhista desde a administração de Clement Attlee, treze anos antes.

Giles foi para Londres no dia seguinte, mas só depois de fazer, com Gwyneth e o pequeno Walter Barrington, de cinco semanas, uma espécie de turnê pelo distrito eleitoral, visando agradecer a funcionários e voluntários do partido por tê-lo ajudado a conseguir a mais expressiva maioria de votos conquistada por ele em sua carreira.

"Boa sorte na segunda-feira" foi uma frase ouvida muitas vezes por Giles enquanto percorria o distrito eleitoral em seu esforço de agradecimento, pois todos sabiam que aquele seria o dia em que o novo primeiro-ministro decidiria quem faria parte de seu gabinete.

Giles passou o fim de semana ouvindo as opiniões dos colegas por telefone e lendo a colunas especializadas dos principais correspondentes da área política, mas na verdade apenas um homem sabia quem seriam os escolhidos; o resto não passava de especulação.

Na segunda-feira de manhã, Giles viu pela televisão quando Harold foi levado de carro ao palácio para que a rainha lhe perguntasse se ele poderia formar um governo. Quarenta minutos depois, ele saiu de lá como primeiro-ministro e foi levado de carro até a Downing Street, para convidar 22 de seus colegas a compor o gabinete.

Giles continuou sentado à mesa do café da manhã, fingindo que estava lendo os jornais matinais, às vezes, grudando os olhos no telefone, torcendo para que tocasse. Na verdade, o aparelho tocou várias vezes, mas, em todas as ligações, ou era um membro da família ou um dos amigos para felicitá-lo pela conquista de uma ampliada maioria de votos ou para lhe desejar boa sorte para ser convidado a integrar o governo. Ele teve vontade de dizer: "Dá pra desocupar a linha?". Afinal, pensou, como o primeiro-ministro poderia lhe telefonar com a linha o tempo todo ocupada? Então veio a ligação.

— Sou a telefonista da Downing Street, Sir Giles. O primeiro-ministro gostaria de saber se o senhor poderia encontrar-se com ele na residência oficial hoje às 15h30.

Giles sentiu vontade de dizer: "Diga a ele que talvez eu arrume um tempinho na agenda".

— Sim, claro — respondeu, desligando o telefone logo em seguida. A que cargo deve corresponder, na escala da ordem de importância política, as 15h30?

Se fosse 10h, seria ministro da Fazenda, ministro das Relações Exteriores ou ministro do Interior. Esses cargos já tinham sido preenchidos por Jim Callaghan, Patrick Gordon Walker e Frank Soskice. Já ao meio-dia foi a vez de Michael Stewart, escolhido como ministro da Educação, e Barbara Castle, como ministra do Trabalho. Já 15h30 deveria corresponder ao primeiro degrau do escalão inferior. Ansioso, imaginou se, afinal, faria mesmo parte do gabinete ou lhe proporiam que passasse por um período de experiência como ministro de Estado.

Giles teria preparado algo para almoçar se o telefone parasse de tocar de dois em dois minutos. Colegas querendo contar-lhe que cargo tinham conseguido, colegas telefonando para dizer que o primeiro-ministro ainda não havia ligado para eles e colegas desejando saber o horário em que ele solicitara que Giles aparecesse. Ninguém parecia ter certeza do significado de um encontro às 15h30.

Como o sol estava radiante com a vitória dos Trabalhistas, Giles resolveu ir a pé para a Downing Street. Deixou seu apartamento na Smith Square pouco depois das três horas, seguiu pela Marginal Norte do Tâmisa e passou pela Câmara dos Comuns e pela dos Lordes no caminho para a Whitehall. Atravessou a larga via quando o Big Ben indicou as 15h15 e, seguindo em frente, passou pelo Ministério das Relações Exteriores e da Comunidade das Nações, antes de entrar na Downing Street, onde encontrou uma matilha de jornalistas bastante agressivos, isolados por cercas provisórias.

— Que cargo o senhor espera ocupar? — perguntou um deles em voz alta.

Bem que eu gostaria de saber, quis dizer Giles enquanto era quase cegado com os flashes incessantes.

— O senhor tem esperança de fazer parte do gabinete de ministros, Sir Giles? — perguntou outro, quase como exigindo resposta.

Claro que sim, idiota. Mas nem moveu os lábios.

— Como o senhor acha que o governo conseguirá sobreviver com tão pequena maioria de votos?

Por pouco tempo, Giles não quis admitir, embora assim pensasse.

E continuaram a cobri-lo de perguntas enquanto ele prosseguia na caminhada pela Downing Street, embora todos os jornalistas soubessem que não havia a mínima chance de conseguirem uma resposta durante o percurso, nem nada mais que um simples aceno e talvez um sorriso quando ele saísse.

Giles estava a uns três passos da porta principal quando ela se abriu e, pela primeira vez na vida, ele entrou na residência do primeiro-ministro.

— Boa tarde, Sir Giles — disse o chefe do gabinete, como se não se conhecessem. — O primeiro-ministro está numa reunião com um de seus colegas no momento, de modo que peço ao senhor que faça a gentileza de esperar na antessala até que ele possa atendê-lo.

Giles percebeu que Sir Alan já sabia qual cargo estavam prestes a oferecer-lhe, mas o mandarim insondável não deixou escapar nem mesmo uma piscadela reveladora antes que se retirasse.

O parlamentar sentou-se numa cadeira na pequena antessala, onde se dizia que Wellington e Nelson tinham ficado esperando para falar com o primeiro-ministro William Pitt, o Novo, sem que nenhum dos dois percebesse quem era o outro ali consigo. Nervoso, Giles esfregou as mãos nos lados das calças, mesmo sabendo que não trocaria um aperto de mão com o primeiro-ministro, visto que, tradicionalmente, colegas parlamentares nunca fazem isso. Naquele momento, somente o relógio sobre a cornija da lareira estava batendo mais forte que o coração dele. Algum tempo depois, finalmente a porta se abriu, e Sir Alan reapareceu. Mas tudo o que ele disse foi:

— O primeiro-ministro o receberá agora, senhor.

Giles se levantou e iniciou o que se conhece como a longa caminhada para a forca.

Quando ele entrou no gabinete dos ministros, Harold Wilson estava sentado próximo ao meio de uma extensa mesa oval, rodeada por 21 cadeiras vazias. Assim que viu Giles, ele se levantou do assento situado na frente de um retrato de Robert Peel e comentou:

— Grande resultado na zona portuária de Bristol, Giles. Parabéns.

— Obrigado, primeiro-ministro — agradeceu Giles, voltando à tradição de não se dirigir ao homem pelo nome de batismo.

— Sente-se — sugeriu Wilson enquanto reabastecia o cachimbo.

Giles estava prestes a sentar-se ao lado do primeiro-ministro quando este disse:

— Não. Aí não. Esse lugar é de George; talvez algum dia, mas hoje não. Por que não se senta ali — sugeriu, apontando para uma cadeira com espaldar de couro verde na extremidade oposta da mesa. — Afinal de contas, é ali que o ministro dos Assuntos Europeus se sentará todas as quintas-feiras, quando os membros do gabinete se reunirem.

46

— Imagine só quantas coisas poderão dar errado — observou Emma, caminhando de um lado para o outro do quarto.

— Não acha melhor se concentrar nas coisas que darão certo — perguntou Harry — e seguir o conselho de Grace? Digo, tentar relaxar e encarar esta ocasião como uma viagem de férias?

— Só lamento que ela não possa nos acompanhar na viagem.

— Grace jamais tiraria duas semanas de folga durante um período letivo de oito semanas.

— Já Giles parece que vai conseguir uns dias de folga.

— Só uma semana — observou Harry. — E foi bastante ardiloso nisso, pois pretende visitar a sede das Nações Unidas enquanto estiver em Nova York, de onde seguirá até Washington para um encontro com sua contraparte americana.

— Deixando Gwyneth e o bebê em casa.

— Uma sábia decisão, levando em conta as circunstâncias. Não teria sido bem uma viagem de férias para nenhum dos dois com o pequenino Walter chorando sem parar, dia e noite, incomodando-os.

— E você? Está com as malas prontas? — perguntou Emma.

— Sim, estou, presidente. E já faz algum tempo.

Emma riu, lançando os braços em torno do pescoço do marido.

— Às vezes, eu me esqueço de dizer obrigada.

— Não é hora de ficar toda emocional. Você ainda tem um trabalho a fazer. O que acha de irmos agora?

Emma parecia ansiosa para partir, embora isso os fosse obrigar a ficar horas à toa a bordo, até que o capitão desse a ordem para soltar as amarras e zarpar para Nova York. Mas Harry sabia que seria ainda pior se eles ficassem em casa.

— Veja que lindo — disse Emma com orgulho enquanto o carro se aproximava do porto e o *Buckingham* ia avultando adiante deles.
— Sim, uma visão muito histérica.
— Ah, pelo amor! — rogou Emma. — Será que vou conseguir me recuperar dessa gafe um dia?
— Tomara que não — respondeu Harry.

— Isso tudo é tão emocionante! — disse Sam, quando Sebastian saiu da A4 e dirigiu orientando-se pelas placas indicando o caminho para o porto. — Nunca estive num transatlântico antes.
— E olhe que não é um naviozinho qualquer não — comentou Sebastian. — Tem um solário, um cinema, dois restaurantes e uma piscina. Está mais para uma cidade flutuante.
— Acho estranho haver uma piscina a bordo quando estamos cercados de água.
— Água, água por todos os lados.
— Mais um de seus modestos poetas ingleses? — perguntou Samantha.
— E vocês têm grandes poetas americanos?
— Temos um que compôs um poema com o qual você poderia aprender algo: "As alturas por grandes homens conquistadas não lhes foram de súbito concedidas; eles, enquanto dormiam seus irmãos de jornada, laboravam noite adentro em sua subida."
— Quem escreveu isso? — indagou Sebastian.

— Quantos de sua equipe já estão a bordo? — perguntou Lorde MacIntyre, tentando se manter no personagem enquanto o carro saía de Bristol e seguia para o porto.
— Três carregadores e alguns garçons, um deles na churrascaria, outro na segunda classe e mais um trabalhando como mensageiro.
— Poderemos confiar neles para manter o bico fechado caso forem interrogados e pressionados?

— Dois dos carregadores e um dos garçons foram escolhidos a dedo. O mensageiro ficará a bordo só por alguns minutos; assim que tiver entregado as flores, dará no pé imediatamente e voltará para Belfast.

— Depois que tivermos embarcado, Brendan, vá à minha cabine às nove horas. A essa altura, a maioria dos passageiros da primeira classe estará jantando, o que lhe dará tempo para montar o aparelho.

— Montá-lo não será problema — disse Brendan. — O que me preocupa é como vamos embarcar com aquele baú enorme sem que ninguém desconfie de nada.

— Dois dos carregadores sabem o número da placa deste carro — informou o motorista — e ambos ficarão atentos para nos ajudar quando necessário.

— Como acha que está o meu sotaque? — perguntou MacIntyre.

— Você conseguiria me enganar, mas não sou inglês. E torçamos para que ninguém a bordo conheça o verdadeiro Lorde MacIntyre.

— É pouco provável. Afinal, o homem tem mais de 80 anos e não é visto em público desde que sua esposa morreu, dez anos atrás.

— Mas ele não é parente distante dos Barrington? — perguntou Brendan.

— Foi por isso que o escolhi. Se o SAS tiver algum de seus membros a bordo, ele consultará o *Who's Who* e presumirá que sou da família.

— Mas e se você topar com um membro da família?

— Não vou *topar* com nenhum deles. Vou é atropelar todos — comentou o motorista, soltando uma risada. — Agora me diga uma coisa: como passarei para minha outra cabine depois que ligar o interruptor?

— Eu lhe darei a chave às nove. Você se lembra de onde fica o banheiro no convés seis? Será lá que trocará de roupa assim que tiver saído de sua cabine pela última vez.

— Fica na extremidade oposta da sala de estar da primeira classe. A propósito, velho amigo, na verdade é um lavabo, não um banheiro — observou Lorde MacIntyre. — É o tipo de erro banal que pode fazer com que desconfiem de mim e acabem descobrindo meu disfarce. Não devemos esquecer que este navio é típico da sociedade inglesa. Os membros da classe alta não se misturam com os passageiros da segunda classe, e os desta nem pensam na possibilidade de dirigir a palavra aos da classe turística. Portanto, talvez não seja tão fácil assim conseguirmos entrar em contato uns com os outros.

— Mas li no jornal que este é o primeiro transatlântico com telefone em todos os quartos — observou Brendan. — Portanto, se houver uma emergência, basta você discar 712. Se eu não atender, o nosso parceiro garçom da churrascaria se chama Jimmy, e ele...

O coronel Scott-Hopkins não estava com os olhos voltados para o *Buckingham*. Ele e seus homens observavam a multidão no cais do porto, em busca de qualquer sinal indicando a presença de um irlandês. Até pouco tempo atrás, ele não tinha visto ninguém que conseguisse reconhecer. O capitão Hartley e o sargento Roberts, que haviam servido na Irlanda do Norte como membros do SAS, também não tinham avistado nenhum suspeito. Foi o cabo Crann que localizou o sujeito.

— Um pouco à esquerda, em pé sozinho, na parte de trás da multidão. Ele não está olhando para o navio, mas apenas para os passageiros.

— Que diabos o homem está fazendo lá?

— Talvez a mesma coisa que nós: procurando alguém. Mas quem?

— Não sei — respondeu Scott-Hopkins —, mas, Crann, não o perca de vista e, se ele falar com alguém ou tentar embarcar, quero que me informem imediatamente.

— Sim, senhor — disse Crann, que começou a atravessar a multidão para aproximar-se do suspeito.

— Um pouco mais à esquerda — disse o capitão Hartley.

O coronel se virou para o ponto indicado.

— Meu Deus, era só o que me faltava...

— Assim que eu sair do carro, Brendan, trate de sumir e sempre presuma que existem pessoas na multidão à sua procura — ordenou Lorde MacIntyre. — Faça tudo para estar em minha cabine às nove.

— Acabei de localizar Cormac e Declan — avisou o motorista, que piscou os faróis uma vez, fazendo-os partir às pressas na direção deles, ignorando vários outros passageiros que precisavam de assistência.

— Não saia do carro — ordenou MacIntyre ao motorista.

Foi necessário que os dois carregadores juntassem esforços para tirar o pesado baú do porta-malas e pô-lo com todo cuidado num carrinho de bagagem, como se estivessem lidando com um frágil recém-nascido. Depois que um deles fechou com força o porta-malas, MacIntyre ordenou:

— Quando você voltar para Londres, Kevin, fique de olho em Eaton Square, pois, agora que Martinez vendeu o Rolls-Royce, tenho o pressentimento de que pode estar querendo nos passar a perna e fugir — explicou ele, virando-se para Brendan em seguida. — Vejo você às 9 — acrescentou, saindo do carro logo depois e misturando-se à multidão.

— Quando devo entregar os lírios? — perguntou baixinho um rapaz que havia se posicionado discretamente ao lado de Lorde MacIntyre.

— Uns trinta minutos antes que o navio esteja pronto para zarpar. Depois, faça de tudo para que não nos encontremos de novo, a não ser em Belfast.

―

Dom Pedro estava de pé na retaguarda da multidão, observando, quando notou um carro conhecido parar a alguma distância do navio.

Não se surpreendeu ao ver que o motorista não saiu do veículo assim que alguns carregadores apareceram como num passe de mágica, abriram o porta-malas, tiraram de lá um grande baú, puseram-no num carrinho de bagagem e começaram a empurrá-lo devagar em direção ao navio. De repente, viu também dois homens, um deles relativamente idoso e outro na faixa dos 30 anos, saírem da traseira do carro. O mais velho, que Dom Pedro nunca tinha visto, supervisionou o descarregamento da bagagem enquanto conversava com os carregadores. Dom Pedro relanceou o olhar por ali à procura do outro homem, mas ele havia desaparecido em meio à multidão.

Instantes depois, o carro fez meia-volta e foi embora. Geralmente, motoristas abrem a porta traseira para os passageiros, ajudando-os a descarregar a bagagem, e depois ficam aguardando ordens. Mas aquele não, que claramente não queria ficar ali por tempo o bastante para ser reconhecido, principalmente com a presença de um grande número de policiais no porto.

Dom Pedro teve certeza de que, independentemente do que o IRA houvesse planejado, era mais provável que a operação fosse executada durante a viagem do que antes que o *Buckingham* zarpasse. Assim que o carro sumiu de vista, Dom Pedro entrou numa longa fila para pegar um táxi. Afinal, ele não tinha mais motorista nem carro. E ainda estava amargando o mau negócio que fizera com o Rolls-Royce após insistir em receber à vista e em dinheiro vivo.

Quando, finalmente, chegou sua vez de ser atendido, pediu ao motorista que o levasse para a estação de Temple Meads. Durante a viagem de volta para Paddington, ficou pensando nos planos para o dia seguinte. Não tinha nenhuma intenção de pagar a segunda parcela de 250 mil libras esterlinas, principalmente porque não possuía essa quantia. Contudo, ainda tinha 23 mil libras no cofre, além dos quatro mil obtidos com a venda do Rolls-Royce. Achou que, se conseguisse sair de Londres antes que o IRA tivesse cumprido sua parte do acordo, era improvável que alguém o seguisse na viagem para a Argentina.

— Era ele? — perguntou o coronel.

— Talvez sim, mas não tenho certeza — respondeu Hartley. — Há muitos motoristas com chapéu e óculos escuros aqui hoje e, quando me aproximei e consegui observar bem, ele já estava se dirigindo para o portão.

— Viu quem ele veio deixar?

— Olhe ao redor, senhor. Poderia ser qualquer um dos inúmeros passageiros prestes a embarcar no navio — respondeu Hartley quando, de repente, alguém passou apressado por eles, esbarrando de leve no coronel.

— Perdão — disse Lorde MacIntyre, levantando o chapéu em sinal de desculpa e sorrindo para o coronel antes que começasse a subir a prancha de embarque e, por fim, entrasse no navio.

— Bela cabine — observou Samantha, enquanto saía do chuveiro envolta numa toalha. — Eles pensaram em tudo que as jovens precisam.
— Isso porque minha mãe deve ter inspecionado todos os quartos.
— Todos? — perguntou Sam, surpresa.
— Pode acreditar. É uma pena que ela não tenha pensado em tudo que os rapazes precisam.
— E o que mais você poderia querer?
— Uma cama de casal, para início de conversa. Não acha que ainda está cedo no nosso relacionamento para dormirmos em camas separadas?
— Deixe de ser fraco, Seb. É só juntá-las.
— Gostaria que fosse assim tão fácil, mas elas estão aparafusadas no piso.
— Então por que não tira os colchões — sugeriu Sam, falando bem devagar —, e os coloca um ao lado do outro para dormirmos juntos no chão?
— Já tentei isso, mas não há espaço nem para um colchão no chão, quanto mais dois.
— Se você ganhasse o bastante para que pudéssemos viajar numa cabine de primeira classe, isso não seria problema — disse ela, suspirando com exagero.
— Quando eu estiver endinheirado assim, provavelmente já estaremos dormindo em camas separadas.
— De jeito nenhum — replicou Samantha, deixando a toalha cair no chão.

— Bom dia, milorde. Meu nome é Braithwaite e sou o chefe dos camaroteiros deste convés. É um prazer tê-lo a bordo. Se o senhor precisar de algo, de dia ou de noite, basta pegar o telefone e discar o número 100 que alguém virá atendê-lo imediatamente.

— Obrigado, Braithwaite.

— Gostaria que eu desfizesse suas malas enquanto estiver jantando, milorde?

— Não. É muita gentileza, mas, como tive uma viagem um tanto cansativa da Escócia para cá, vou repousar e provavelmente ficar sem jantar essa noite.

— Como quiser, milorde.

— Aliás — disse Lorde MacIntyre, tirando uma nota de cinco libras da carteira —, você poderia providenciar que ninguém venha me incomodar pelo menos até as sete da manhã, quando eu gostaria de tomar uma xícara de chá e algumas torradas com geleia de laranja?

— Pão comum ou integral, milorde?

— Integral será ótimo, Braithwaite.

— Porei a placa de *Não perturbe* nesta porta para que o senhor tenha um bom descanso. Boa noite, milorde.

Os quatro se encontraram na capela do navio logo depois de terem se instalado em suas cabines.

— Acho que não vamos conseguir dormir muito nos próximos dias — disse Scott-Hopkins. — Depois que vimos aquele carro, é praticamente certo que existe uma equipe do IRA a bordo.

— Mas por que o IRA se interessaria pelo *Buckingham* quando tem problemas suficientes em seu próprio país? — perguntou o cabo Crann.

— Porque, se seus homens conseguissem realizar a façanha de afundar o *Buckingham*, fariam todos no país se esquecerem dos problemas por lá.

— Mas o senhor acha mesmo que... — Hartley começou a perguntar, porém, nem precisou concluir a frase.

— É sempre melhor esperarmos ter de lidar com a pior situação possível e presumir que é justamente isso que eles têm em mente.

— Como conseguiriam o dinheiro para financiar uma operação como esta?

— Com o homem que vocês viram na zona portuária.

— Mas ele nem pôs os pés no navio; logo pegou o trem, indo direto para Londres — observou Roberts.

— Você embarcaria no navio se soubesse o que eles tinham planejado?

— Se ele estiver interessado apenas nas famílias Barrington e Clifton, pelo menos isso reduzirá muito o alvo, pois ambas estão no mesmo convés.

— Nem tanto assim — refutou Roberts. — Sebastian Clifton e a namorada estão na cabine 728. Eles também poderiam ser alvo dos planos.

— Acho que não — disse o coronel. — Se o IRA matasse a filha de um diplomata americano, pode ter certeza de que a fonte de todo dinheiro que estivesse vindo dos Estados Unidos secaria da noite para o dia. Acho que devemos nos concentrar nas cabines da primeira classe do convés um, pois, se eles conseguissem matar a senhora Clifton, juntamente com um ou dois dos outros membros da família, o *Buckingham* faria não apenas sua primeira viagem, mas também a última. Considerando tal situação — prosseguiu o coronel —, faremos um patrulhamento até o fim do cruzeiro, revezando-nos a cada quatro horas. Hartley, você ficará vigiando as cabines da primeira classe até as duas horas da manhã. Então o substituirei e depois o acordarei pouco antes das seis. Crann e Roberts farão a mesma coisa nas cabines da segunda classe, pois acho que lá descobriremos o alojamento da célula dessa organização.

— Quantos deles imagina que deveremos ficar procurando?

— Devem ter pelo menos três ou quatro agentes a bordo, disfarçados de passageiros ou de membros da tripulação. Portanto, se vocês localizarem alguém que já viram nas ruas da Irlanda do Norte, não será coincidência. E não deixem de me informar imediatamente. Aliás, procuraram saber os nomes dos passageiros que reservaram as duas últimas cabines de primeira classe no convés número um?

— Sim, senhor — respondeu Hartley. — Foram o senhor e a senhora Asprey, donos da Asprey International, cabine cinco.

— Uma loja onde eu não deixaria minha esposa entrar, a menos que fosse na companhia de outro homem.

— E Lorde MacIntyre está na cabine três. Eu soube algo a respeito deles pelo *Who's Who*. Ele tem 82 anos e, como foi casado com a irmã de Lorde Harvey, deve ser o tio-avô da presidente.

— Por que ele pôs uma placa de *Não perturbe* na porta? — perguntou o coronel.

— Ele disse ao chefe dos camaroteiros que estava exausto depois da longa viagem da Escócia para cá.

— E ainda está? — questionou o coronel. — Em todo caso, acho melhor ficarmos de olho nele, embora eu não consiga imaginar como o IRA poderia utilizar um senhor de 82 anos.

De repente, alguém abriu a porta e, quando eles se viraram, viram o capelão entrar. O homem sorriu para os quatro, ajoelhados e com um livro de orações nas mãos.

— Posso ajudá-los? — perguntou o capelão conforme caminhava pela nave na direção deles.

— Não, obrigado, padre — respondeu o coronel. — Já estávamos de saída.

47

— Será que precisarei usar traje a rigor hoje à noite? — perguntou Harry depois que terminou de desfazer as malas.

— Não. Segundo os ditames da norma de vestuário, as roupas são sempre informais na primeira e na última noite.

— E o que isso significa? Parece que muda a cada geração.

— No seu caso, só terno e gravata.

— Alguém jantará conosco? — perguntou Harry enquanto tirava seu único terno do guarda-roupa.

— Giles, Seb e Sam. Portanto, só membros da família.

— Mas então Sam já é considerada membro da família?

— Parece que o Seb acha que sim.

— Então, ele é um rapaz de sorte, embora eu não veja a hora de conhecer Bob Bingham melhor. Espero que jantemos com ele e sua esposa um dia desses. Qual o nome dela?

— Priscilla. Mas esteja avisado: eles são muito diferentes.

— O que quer dizer com isso?

— Não vou dizer nada enquanto você não conhecê-la, então poderá julgar por si mesmo.

— Parece intrigante, embora seu "esteja avisado" deva ser uma pista. Em todo caso, já decidi que Bob ocupará várias páginas de meu próximo livro.

— Como herói ou vilão?

— Ainda não sei.

— Qual é a premissa do livro? — perguntou Emma enquanto abria o guarda-roupa.

— William Warwick e a esposa estão de férias a bordo de um transatlântico de luxo.

— E quem assassina quem?

— O pobre e oprimido marido da presidente da empresa de navegação assassina a esposa e foge com a cozinheira do navio.

— Mas William Warwick teria solucionado o crime muito antes que eles chegassem ao porto, e o marido perverso passaria o resto da vida na prisão.

— Não passaria, não — rebateu Harry enquanto decidia qual das duas gravatas usaria no jantar. — Como Warwick não tem autoridade para prendê-lo a bordo do navio, o marido acaba se safando de uma punição imediata.

— Mas, se o navio for inglês, o marido estaria sujeito às leis inglesas.

— Ah, mas é aí que está a surpresa. Para evitar o pagamento de impostos, o navio navega sob uma bandeira de conveniência. Da Libéria, neste caso. Portanto, basta que suborne o chefe de polícia local para que o caso nunca chegue aos tribunais.

— Brilhante — disse Emma. — Por que não pensei nisso? Solucionaria todos os meus problemas.

— Você acha que, se eu a assassinasse, isso resolveria todos os seus problemas?

— Não, tolinho. Mas não precisar pagar impostos, sim. Acho que vou colocar você na diretoria.

— Se você fizesse isso, eu a assassinaria — disse Harry, tomando-a nos braços.

— Uma bandeira de conveniência — repetiu Emma. — Fico pensando em como a diretoria reagiria a essa ideia. — Ela tirou os dois vestidos do armário e os segurou com os braços levantados. — Qual deles? O vermelho ou o preto?

— Achei que você tinha dito que a noite seria informal.

— Para a presidente, nunca é informal — comentou ela quando ouviram alguém bater à porta.

— Claro que não — concordou Harry, dando alguns passos em direção à porta para atender e acabando por encontrar o chefe dos camaroteiros.

— Boa noite, senhor. Sua Majestade, a rainha-mãe Elizabeth, enviou flores para a presidente — disse Braithwaite, como se isso acontecesse todos os dias.

— Lírios, com certeza — observou Harry.

— Como você sabe? — perguntou Emma enquanto um rapaz muito musculoso entrava carregando um grande vaso de lírios.

— Foram as primeiras flores que o duque de York lhe deu, muito antes de ela se tornar rainha.

— Poderia colocá-las em cima da mesa, no centro da cabine, por favor? — pediu Emma ao rapaz enquanto dava uma olhada no cartão que veio com as flores. Estava prestes a agradecer, mas viu que o jovem já havia se retirado.

— O que diz o cartão? — perguntou Harry.

— "Obrigada por um dia memorável em Bristol. Espero que minha segunda casa tenha uma ótima viagem inaugural."

— Mas que cumprimento antiquado — comentou Harry.

— Muito gentil da parte dela — retrucou Emma. — Acho que as flores estarão murchas quando chegarmos a Nova York, Braithwaite, mas eu gostaria de ficar com o vaso. Como uma espécie de lembrança.

— Eu poderia substituir os lírios enquanto a senhora estivesse em terra firme em Nova York, presidente.

— Muito gentil, Braithwaite. Obrigada.

— Emma me disse que você quer ser o próximo presidente da diretoria — disse Giles, sentando-se numa cadeira do bar.

— Mas a que diretoria ela se refere? — perguntou Sebastian.

— Acho que a da Barrington.

— Não. Mamãe ainda tem muita lenha para queimar. Mas, se ela me pedisse, eu até pensaria em entrar para a diretoria.

— Seria muito bondoso de sua parte — provocou Giles enquanto o atendente punha um copo de uísque com soda diante dele.

— Mas estou mais interessado no Farthings.

— Não acha que alguém com 24 anos talvez seja jovem demais para assumir a presidência de um banco?

— Talvez, e é por isso que estou tentando persuadir o senhor Hardcastle a só se aposentar depois dos 70 anos.

— Mas você ainda teria apenas 29.

— Ou seja, quatro anos mais velho do que o senhor quando ocupou uma cadeira no parlamento pela primeira vez.

— É verdade, mas só me tornei ministro aos 44 anos.

— E isso só porque o senhor se filiou ao partido errado — observou Sebastian, arrancando uma risada de Giles.

— Talvez você acabe na Câmara dos Comuns um dia, não, Seb?

— Se isso acontecer, tio Giles, o senhor precisará olhar para as bancadas do lado oposto do parlamento se quiser me ver, pois farei parte do outro partido. E, de qualquer forma, pretendo acumular uma fortuna antes de pensar em escalar esse pau de sebo.

— E quem é esta linda criatura? — perguntou Giles, saindo do banquinho do bar enquanto Sam se aproximava.

— Essa é Sam, minha namorada — respondeu Sebastian, incapaz de esconder o próprio orgulho.

— Você poderia ter conseguido algo melhor, moça — comentou Giles, em tom de brincadeira, sorrindo para ela.

— Eu sei — retrucou Sam —, mas uma pobre garota imigrante não pode se dar o luxo de ser muito exigente.

— Ah, você é americana — observou Giles.

— Sim. E acho que o senhor conhece meu pai, Patrick Sullivan.

— Claro que conheço o Pat, pessoa que admiro muito. Aliás, sempre achei que Londres não passa de um trampolim para um grande salto em sua brilhante carreira.

— É justamente isso o que penso de Sebastian — disse Samantha, pegando a mão do namorado e provocando risadas em Giles enquanto Emma e Harry entravam na churrascaria.

— Qual é a piada? — perguntou Emma.

— Sam acabou de pôr seu filho no devido lugar. *E só por essa pilhéria inteligente eu poderia até casar-me com esta jovem* — disse Giles, cumprimentando Sam com uma mesura, imitando um personagem shakespeariano.

— Ah, não acho que Sebastian se pareça nem um pouco com Sir Toby Belch — rebateu Samantha. — Aliás, ele está mais para Sebastian, da mesma peça.

— *Então, eu poderia casar-me com ela também* — disse Emma, entrando na brincadeira.

— Não — interveio Harry. — *Eu é que poderia me casar com ela. E não pediria nenhum outro dote, mas apenas que ela fizesse mais uma pilhéria.*

— Estou boiando — disse Sebastian.

— Como eu disse, Samantha, você poderia ter conseguido coisa melhor. Mas tenho certeza de que explicará tudo isso ao Seb depois. A propósito, Emma — comentou Giles —, seu vestido é maravilhoso. Você fica bem de vermelho.

— Obrigada, Giles. Como vestirei azul amanhã, você precisará pensar em outro elogio.

— Posso oferecer-lhe um drinque, presidente? — provocou Harry, louco para tomar um gim-tônica.

— Não, obrigada, querido. Estou faminta. Vamos procurar uma mesa.

— Bem que o avisei — advertiu Giles, piscando para Harry —, quando você tinha 12 anos, que ficasse longe das mulheres, mas decidiu ignorar meu conselho.

Enquanto se dirigiam para uma mesa no centro do salão, Emma parou para falar com Ross e Jean Buchanan.

— Vejo que conseguiu recuperar a esposa, Ross, mas e o carro?

— Quando alguns dias depois voltei a Edimburgo para pegá-lo — explicou Ross, levantando-se da mesa —, descobri que estava retido num depósito da polícia. Gastei uma fortuna para tirá-lo de lá.

— Mas nem tanto quanto para comprar isto aqui — comentou Jean, tocando no colar de pérolas.

— Um presente para me livrar de uma enrascada — explicou Ross.

— Mas, com isso, você também conseguiu tirar a empresa de uma enrascada — observou Emma. — E lhe seremos eternamente gratos.

— Não agradeça a mim — objetou Ross. — Agradeça a Cedric.

— Gostaria que ele tivesse podido nos acompanhar na viagem — lamentou Emma.

— O senhor queria um menino ou uma menina? — perguntou Samantha quando o maitre puxava uma cadeira para ela.

— Não dei escolha a Gwyneth — respondeu Giles. — Disse a ela que tinha de ser menino.

— Por quê?

— Simplesmente por uma questão de praticidade. Meninas não podem herdar títulos de nobreza. Na Inglaterra, tudo passa pela linha de descendência masculina.

— Mas que antiquado — observou Samantha. — E sempre achei que os britânicos eram um povo tão civilizado...

— Não quando se trata de primogenitura — explicou Giles.

Os três homens se levantaram quando Emma chegou.

— Mas a senhora Clifton é presidente da diretoria da Barrington.

— E temos uma rainha no trono — completou Emma. — Mas não se preocupe, Samantha, pois derrotaremos esses velhos reacionários no fim de tudo.

— Não se o meu partido voltar ao poder — refutou Sebastian.

— Só se for quando os dinossauros tiverem ressuscitado e andarem à solta por aí — ironizou Giles, olhando para ele.

— Quem disse isso? — perguntou Sam.

— O homem que me derrotou.

Brendan não bateu à porta. Apenas girou a maçaneta e entrou discretamente, olhando para trás para ter certeza de que ninguém o tinha visto. Ele não queria ter de explicar o que um rapaz viajando na segunda classe estava fazendo na cabine da primeira classe de um nobre idoso àquela hora da noite. Não que alguém teria comentado algo, caso o visse.

— Acha que alguém poderá nos interromper? — perguntou Brendan assim que fechou a porta.

— Ninguém nos incomodará até as sete horas de amanhã, e a essa altura não haverá mais nada aqui para ser incomodado.

— Ótimo — disse Brendan, que se ajoelhou, destrancou o grande baú, abriu a tampa e ficou examinando o complexo aparelho que havia levado mais de um mês para construir. Então passou os trinta minutos seguintes verificando se havia algum fio solto, se os mostradores estavam ajustados corretamente e se o temporizador funcionava mesmo com o simples acionar de um interruptor. Só quando achou que estava tudo em perfeita ordem, voltou a levantar-se.

— Está tudo pronto — informou ele. — Quando quer que ela seja detonada?

— Às três da madrugada. E precisarei de trinta minutos para tirar tudo isto daqui — disse MacIntyre, tocando a papada postiça do disfarce —, além de tempo para chegar à minha outra cabine.

Brendan voltou a mexer no aparelho dentro do baú, onde ajustou o temporizador para as três.

— Você só precisará ligar o interruptor antes de sair e verificar se o ponteiro dos segundos está se movendo.

— E o que pode dar errado?

— Se os lírios ainda estiverem na cabine, nada. Ninguém neste corredor e talvez ninguém no convés de baixo terá chance de sobrevivência. Pusemos quase dois quilos e meio de dinamite no meio da terra embaixo daquelas flores, muito mais do que a quantidade de que precisávamos, mas, dessa forma, temos certeza de que conseguiremos receber a outra parte do dinheiro.

— Você pegou minha chave?

— Sim — respondeu Brendan. — Cabine 706. Seu novo passaporte e sua passagem estão embaixo do travesseiro.

— Há mais alguma coisa com que deveria me preocupar?

— Não. Apenas faça questão de verificar se o ponteiro dos segundos está se movendo quando você partir.

— A gente se vê em Belfast — disse MacIntyre, sorrindo. — E, se por acaso acabarmos parando no mesmo bote salva-vidas, só me ignore.

Após um balanço afirmativo da cabeça, Brendan se dirigiu para a porta e, depois de tê-la aberto com cuidado, deu em seguida uma espiada no corredor antes de sair. Como não viu sinal de ninguém retornando do jantar para as cabines, caminhou rapidamente para o fim do corredor e abriu uma porta com o aviso *Só usar em caso de emergência*. Fechou a porta devagar e desceu pela barulhenta escada de degraus metálicos, sem cruzar com ninguém pelo caminho, imaginando que, dentro de cerca de cinco horas, aqueles degraus estariam cheios de pessoas em pânico perguntando-se se o navio tinha se chocado com um iceberg.

Quando chegou ao convés de número sete, ele abriu a porta de emergência e, mais uma vez, teve o cuidado de ver se havia alguém por perto. Como não viu ninguém, atravessou o estreito corredor e voltou para a cabine. Chegou a ver algumas pessoas retornando para as cabines após o jantar, mas ninguém demonstrou o menor interesse por ele. Afinal, com o passar dos anos, Brendan havia transformado sua capacidade de se manter anônimo numa forma de arte. Ele destrancou a porta da cabine e, assim que entrou, se atirou na cama, com a sensação do dever cumprido. Logo depois, deu uma olhada no relógio: 21h50. Haveria uma longa espera pela frente.

— Alguém entrou na cabine de Lorde MacIntyre pouco depois das nove — informou Hartley —, mas não vi a pessoa sair de lá ainda.

— Poderia ser o camaroteiro.

— Pouco provável, coronel, pois a porta estava com a placa de *Não perturbe* e, em todo caso, a pessoa nem bateu antes de entrar. Aliás, entrou como se fosse sua própria cabine.

— Então, é melhor você ficar de olho nessa porta e, se uma pessoa sair de lá, trate de não perdê-la de vista. Vou ver como estão as coisas com o Crann lá embaixo na segunda classe e procurar saber se ele tem alguma informação. Se não tiver, tentarei dormir algumas horas. Substituirei você às 2 da madrugada. Se acontecer alguma coisa estranha ou suspeita, não hesite em me acordar.

— Então, que planos você tem para nós dois quando chegarmos a Nova York? — perguntou Sebastian.

— Como vamos ficar na Big Apple por só 36 horas — respondeu Samantha —, não teremos tempo a perder. De manhã, podemos visitar o Metropolitan, depois fazer um rápido passeio pelo Central Park e almoçar no Sardi. À tarde, iremos à Frick e, à noite, assistirmos à peça *Hello, Dolly!*, com Carol Channing, pois papai conseguiu alguns ingressos para nós.

— Então não teremos tempo para compras?

— Eu vou levar você até a Quinta Avenida, mas só para olharmos vitrines. Afinal, você não teria condições nem de comprar uma caixa de presente vazia da Tiffany, e muito menos o que eu gostaria que pusesse dentro dela. Mas, se quiser uma lembrancinha da visita, poderemos ir à Macy's, na West Thirty-fourth Street, onde poderá escolher alguma coisa entre os mais de mil produtos vendidos a menos de um dólar a unidade.

— Parece que está dentro de minhas possibilidades de consumo. A propósito, o que é essa tal de Frick?

— A galeria de artes favorita de sua irmã.

— Mas Jessica nunca foi a Nova York.

— Isso não a deve ter impedido de conhecer os quadros de todas as salas de exposição. Você verá o quadro favorito dela.

— Vermeer, com seu *A lição de música interropida*.

— Nada mau — elogiou Samantha.

— Mais uma pergunta antes que eu apague a luz: quem é Sebastian, daquela tal peça?

— Bem, ele não é a protagonista.

※

— Sam é uma jovem e tanto, não acha? — indagou Emma enquanto saía da churrascaria na companhia de Harry, subindo a escada de gala de acesso às cabines da primeira classe, no convés principal.

— E Seb deve ser grato a Jessica por isso — observou Harry, segurando a mão da esposa em seguida.

— Gostaria que ela estivesse conosco no navio. A esta altura, já teria feito o retrato de todos a bordo, do capitão ao pessoal da ponte de comando, passando por Braithwaite servindo chá à tarde e incluindo até o gato Perseu.

O semblante de Harry se contraiu enquanto eles atravessavam o corredor em silêncio. Não havia um dia sequer em que não se repreendia por não ter contado a Jessica a verdade sobre o pai dela.

— Por acaso você cruzou com o cavalheiro da cabine três? — perguntou Emma, interrompendo os pensamentos do marido.

— Lorde MacIntyre? Não, mas vi o nome dele na lista de passageiros.
— Seria Piers MacIntyre, que se casou com minha tia-avó Isobel?
— Talvez. Estivemos com ele uma vez quando nos hospedamos no castelo de seu avô na Escócia. Um homem muito gentil. Ele deve estar com 80 e poucos anos agora.
— Fico me perguntando por que ele resolveu participar da viagem inaugural e não nos disse nada.
— Provavelmente não queria incomodá-la. Vamos convidá-lo para jantar amanhã. Afinal de contas, ele é o último elo dessa geração.
— Boa ideia, querido — concordou Emma. — Vou escrever um bilhete e pôr debaixo da porta dele de manhã cedo. — Harry abriu a porta da cabine e se afastou para que a esposa entrasse. — Estou morta de cansaço — disse Emma, curvando-se para cheirar os lírios. — Não sei como a rainha-mãe consegue trocá-los de dois em dois dias.
— É o que ela faz mesmo, e é boa nisso, mas aposto que ficaria exausta se experimentasse exercer por alguns dias o cargo de presidente da Barrington.
— Ainda assim, prefiro o meu trabalho ao dela — disse Emma, que tirou o vestido e, depois de tê-lo pendurado no guarda-roupa, desapareceu banheiro adentro.

Enquanto isso, Harry resolveu ler o cartão enviado por "Sua Alteza, a rainha-mãe". Achou muito pessoal o teor da mensagem. Em todo casso, Emma já havia decidido que poria o vaso em seu gabinete quando voltassem para Bristol, mandando que o enchessem de lírios todas as manhãs de segunda-feira. Harry sorriu ao lembrar-se da ideia de Emma. E por que não?

Quando Emma saiu do banheiro, Harry entrou e fechou a porta. Ela tirou o roupão e foi deitar-se, cansada demais até para pensar na em ler algumas páginas de *O espião que saiu do frio*, obra de um autor cuja leitura Harry lhe tinha recomendado. Então, apagou a luz ao lado da cama.

— Boa noite, querido — disse, embora soubesse que Harry não podia ouvi-la do banheiro com a porta fechada.

Quando ele saiu do banheiro, Emma já estava num sono profundo. Ele ajeitou as cobertas dela, como se ninasse uma criança, e deu-lhe um beijo na testa.

— Boa noite, querida — disse baixinho, achando graça no suave ronco da mulher. Jamais sonharia em insinuar que ela roncava.

Permaneceu acordado, muito orgulhoso de Emma. A cerimônia de lançamento não poderia ter sido melhor. Pouco depois, virou-se para o lado, pensando que logo adormeceria, mas, embora seus olhos estivessem pesados de sono e o cansaço fosse grande, não conseguiu dormir. Havia algo errado.

48

Dom Pedro se levantou logo depois das duas horas, e não porque não conseguia dormir.

Assim que terminou de se vestir, arrumou uma maleta de pernoite e desceu para o escritório, onde abriu o cofre, retirou as 23.645 libras restantes e as pôs na maleta. O banco agora era dono da casa e de tudo que havia nela, instalações e objetos de decoração. Se esse banco achava que ele iria saldar o restante da dívida, que o senhor Ledbury fizesse uma viagem a Buenos Aires, onde receberia uma resposta com três curtas palavras.

Pouco depois, resolveu ouvir pelo rádio as notícias das primeiras horas da manhã, mas não havia nenhuma menção ao *Buckingham* nos títulos dos principais acontecimentos do dia. Estava confiante em sua capacidade de deixar o país muito antes de eles perceberem que tinha desaparecido. De repente, olhou pela janela e praguejou quando viu os pingos de uma chuva intensa e constante na calçada, receando que talvez levasse algum tempo para conseguir um táxi.

Apagou as luzes, saiu e fechou a porta de sua casa na Eaton Square pela última vez. Depois que olhou para ambos os lados da rua sem muito otimismo, alegrou-se ao ver um táxi que tinha acabado de acender o luminoso de *Livre*. Dom Pedro levantou o braço e correu debaixo de chuva para o veículo, onde entrou às pressas no banco traseiro. Quando fechou a porta, ouviu um clique.

— Aeroporto de Londres — pediu Dom Pedro, recostando-se no banco.

— De jeito nenhum — disse o motorista.

Outro homem, acomodado numa cabine situada apenas a duas da de Harry, estava acordado também, mas, ao contrário do escritor, não tentava pegar no sono. Na verdade, via-se prestes a começar seu trabalho.

Ele saiu da cama às 2h59 e, perfeitamente descansado e desperto, caminhou até o grande baú no centro do cômodo e levantou a tampa. Embora tivesse hesitado por alguns instantes, ligou por fim o interruptor, tal como lhe disseram que fizesse, desencadeando um processo que seria impossível reverter. Depois de verificar que o ponteiro dos segundos estava se movendo, indicando 29:59, 29:58 e assim por diante, ele apertou um botão num dos lados de seu relógio e fechou a tampa do baú. Em seguida, pegou a pequena sacola de compras próxima da cama, na qual havia tudo de que precisava, apagou a luz, abriu a porta da cabine devagar e correu o olhar pelo corredor parcamente iluminado. Esperou um pouco, até que seus olhos se acostumassem com a falta de luz. Quando teve certeza de que não havia ninguém por perto, saiu e fechou a porta, procurando não fazer barulho.

Deu o primeiro passo no piso acarpetado azul-real e caminhou a passos macios, aguçando os ouvidos para captar qualquer ruído estranho. Mas não ouviu nada além do abafado e suave ronco do motor do navio avançando em velocidade constante por águas tranquilas. Parou ao chegar à escadaria principal, cujos degraus estavam um pouco mais iluminados, mas ainda assim não viu ninguém por perto. Ele sabia que o salão de gala ficava no convés de baixo e que, num canto da extremidade oposta do recinto, havia uma placa discreta indicando a localização do banheiro masculino.

Não cruzou com ninguém pelo caminho ao descer a escada, mas, assim que entrou no salão, notou imediatamente a presença de um homem musculoso esparramado numa cadeira confortável, com as pernas pendendo desengonçadas para um dos lados, parecendo ter aproveitado ao máximo as bebidas fornecidas gratuitamente aos passageiros da primeira classe na noite que abria a viagem inaugural.

Passou de mansinho pelo passageiro entorpecido, que, roncando satisfeito num sono profundo, nem se mexeu, e prosseguiu em direção à placa situada no outro lado do salão. Quando entrou no "lavabo" — já estava começando a pensar como os ingleses —, uma luz se acendeu, surpreendendo-o. Hesitou por alguns instantes, mas logo depois se lembrou de que era mais uma das magníficas inovações do navio sobre as quais havia lido no prospecto lustroso. Dirigiu-se para a bancada de mármore com uma série de pias, onde pôs a sacola de compras, abrindo-a em seguida e tirando dela várias loções, poções e os acessórios que removeriam o disfarce em seu rosto. Uma garrafa de óleo, uma navalha, uma tesoura, um pente e um pote de creme facial da marca Pond contribuiriam para o baixar das cortinas naquela noite de estreia.

Olhou para o relógio. Ainda lhe restava 27 minutos e três segundos até que se levantassem as cortinas do próximo espetáculo; quando isso acontecesse, ele seria apenas mais um em uma multidão em pânico. Desatarraxou a tampa do frasco de óleo e esfregou o produto no rosto, no pescoço e na testa. Alguns instantes depois, experimentou a sensação de queimação da qual o especialista em caracterização teatral lhe avisara. Em seguida, removeu devagar a peruca de cabelos grisalhos com o couro cabeludo sintético encalvecente e a pôs ao lado da pia, fazendo uma pausa para olhar-se no espelho, contente ao se ver de novo com sua densa juba de cabelos ruivos e ondulados. Depois, como se estivesse retirando um curativo de uma ferida recém-cicatrizada, livrou-se das bochechas postiças ruborizadas. Por fim, com a ajuda da tesoura, desfez a papada artificial da qual o especialista tanto se orgulhara.

Encheu a pia com água quente e a usou para esfregar o rosto, procurando remover todo sinal de pele artificial, cola ou substância corante que havia teimosamente se recusado a sair. Depois de algum esforço, enxugou o rosto e, sentindo a pele um pouco rugosa em algumas partes, aplicou nela uma camada do creme Pond, refrescante, para completar a transformação.

Quando se olhou no espelho, Liam Doherty viu que tinha rejuvenescido cinquenta anos em menos de vinte minutos; o sonho de qualquer mulher. Pegando o pente, restaurou seu costumeiro topete ruivo, guardou o que restara do disfarce de Lorde MacIntyre na sacola e começou a despir-se da vestimenta do nobre.

Começou desprendendo a abotoadura no colarinho branco e engomado da camisa Van Heusen, que lhe deixara uma fina marca vermelha em torno do pescoço. Arrancou a gravata-borboleta Old Etonian em seguida e jogou tudo na bolsa. Substituiu a camisa de seda branca por uma de algodão cinza e um laço de cordão à guisa de gravata, como todos os jovens da Falls Road vinham usando. Despiu-se dos suspensórios amarelos em seguida, deixando que as largas calças cinzas se amontoassem no piso junto com a barriga artificial, que, na verdade, era uma simples almofada. Agachou-se para desamarrar os sapatos de couro preto de MacIntyre, livrou-se deles com sacudidas dos pés e os colocou na bolsa, de onde tirou uma apertada calça jeans da moda, sem conseguir evitar um sorriso ao vesti-la: nada de suspensórios para essa, só um cinto fino de couro, comprado na Carnaby Street durante outro serviço em Londres. Por fim, enfiou os pés num mocassim de camurça marrom que jamais teriam pisado sobre um carpete de primeira classe. Deu uma última olhada no espelho e, agora, via a si mesmo.

Então, olhou de relance para o relógio. Viu que lhe restavam 11 minutos e 41 segundos para alcançar o porto seguro de seus novos aposentos. Sabia que não tinha tempo a perder, pois, se a bomba explodisse enquanto ele ainda estivesse na primeira classe, haveria um único suspeito.

Repôs as loções e poções na sacola, fechando-a bem, e dirigiu-se às pressas para a porta, que abriu com todo cuidado, espiando o salão antes de sair do banheiro. Não havia ninguém em nenhum dos lados do recinto; até o bêbado tinha desaparecido. Passou apressado pela cadeira de antes, onde somente uma marca profunda indicava que houvera alguém ali anteriormente.

Doherty atravessou rapidamente o salão até a escadaria; era um passageiro de segunda classe no ambiente da primeira. Só parou quando alcançou o patamar da escada no terceiro convés, a zona demarcatória. Assim que passou por cima da corrente vermelha que separava a área dos oficiais da parte usada pela marinhagem, relaxou pela primeira vez; ainda não estava totalmente seguro, mas com certeza já saíra da zona de combate. Mais adiante, alcançou uma área forrada com um carpete verde e desceu às pressas três lances de uma escada mais estreita, até chegar ao convés em que se localizava a sua cabine, número 706.

Saiu à procura dela. Tinha acabado de passar pela 726 e depois pela 724 quando viu um homem que, voltando da farra de madrugada, tentava enfiar a chave numa fechadura, sem muito sucesso. Seria aquela porta sequer a da cabine certa? Doherty virou a cabeça para o outro lado quando passou pelo homem, pois não queria que o farrista nem ninguém mais fosse capaz de identificá-lo depois que o alarme soasse.

Quando finalmente chegou à cabine 706, abriu a porta e entrou logo. Olhou para o relógio e viu que faltavam sete minutos e 43 segundos para que todos fossem forçosamente acordados, não importava quão profundamente estivessem dormindo. Aproximou-se da cama e, levantando o travesseiro, viu um passaporte nunca usado e uma nova passagem que o transformavam de Lorde MacIntyre a Dave Roscoe, residente no número 47 da Napier Drive, Watford. Profissão: pintor e decorador.

Desabou na cama e deu mais uma olhada no relógio: seis minutos e dezenove segundos, dezoito, dezessete... Tempo mais que suficiente. Naquele instante, três de seus comparsas estariam também plenamente acordados, à espera, mas só voltariam a falar uns com os outros quando se encontrassem no Volunteer, na Falls Road, onde tomariam várias canecas de Guinness para comemorar. E jamais conversariam sobre o que ocorrera naquela noite em público, pois a ausência do grupo dos lugares que costumavam frequentar em Belfast devia ter sido notada, e isso faria que os vissem como suspeitos durante meses ou talvez até durante anos. De repente, ouviu o barulho de uma forte pancada no corredor e presumiu que o farrista tinha finalmente desistido de entrar na cabine.

Seis minutos e vinte e um segundos...

Sempre a mesma ansiedade quando se precisa esperar. Teria deixado alguma pista que pudesse indicar claramente sua participação na operação? Teria cometido erros que causariam o fracasso do plano e o tornariam alvo de chacota em sua terra natal? Achou que só conseguiria relaxar quando estivesse num bote salva-vidas e, melhor ainda, em outro navio, rumando para outro porto.

Cinco minutos e quatorze segundos...

Sabia que seus compatriotas, soldados em luta pela mesma causa, estariam tão nervosos quanto ele. A espera era sempre a pior parte, pois não podiam controlá-la e não tinham como fazer nada.

Quatro minutos e onze segundos...

Concluiu que a espera era pior do que uma partida de futebol em que seu time está vencendo por 1 a 0, mas sabe que a equipe adversária é mais forte e pode muito bem marcar na prorrogação. Então se lembrou das ordens do comandante regional: assim que o alarme soar, faça questão de estar entre os primeiros passageiros no convés, bem como entre os primeiros a embarcar nos botes salva--vidas, pois, a essa hora amanhã, as autoridades estarão à procura de qualquer um com menos de 35 anos e sotaque irlandês. Portanto, bico fechado, rapazes.

Três minutos e quarenta segundos... trinta e nove...

Fixou o olhar na porta da cabine e tentou imaginar a pior coisa que poderia acontecer. A bomba não explodiria, então a porta seria aberta com violência e uma dúzia de policiais brutamontes, talvez mais, irromperiam brandindo cassetetes para todo lado, sem se importar com quantas vezes o acertassem. Tudo o que ouvia, contudo, era o ronco cadenciado do motor, enquanto o *Buckingham* prosseguia sua viagem tranquila através do Atlântico, a caminho de Nova York... uma cidade a qual nunca chegaria.

Dois minutos e trinta e quatro segundos... trinta e três...

Começou a imaginar como seriam as coisas quando estivesse de volta à Falls Road. Jovens de bermuda ficariam olhando-o com assombro quando passasse por eles na rua, jovens cuja única ambição seria virarem alguém como ele quando crescessem. O herói que havia explodido o *Buckingham* apenas algumas semanas depois de o navio ter sido batizado pela rainha-mãe. E não haveria nenhum comentário da perda de vidas inocentes; não há vidas inocentes quando se acredita numa causa. Aliás, ele nunca tivera nenhum tipo de contato com nenhum dos passageiros das cabines dos conveses superiores. Mas leria tudo sobre eles nos jornais do dia seguinte, e se tivesse feito um bom trabalho, não haveria nenhuma menção a seu nome.

Um minuto e vinte e dois segundos... vinte e um...

O que poderia dar errado a essa altura? O artefato, construído num quarto do andar superior da propriedade dos Dungannon, o deixaria na mão no último minuto? Estaria ele prestes a sofrer o silêncio do fracasso?

Sessenta segundos...

Então começou a fazer a contagem regressiva em voz baixa:

— Cinquenta e nove, cinquenta e oito, cinquenta e sete...

Estaria o bêbado esparramado na cadeira do salão de gala esperando por ele o tempo todo? Estariam as autoridades se dirigindo para a sua cabine naquele exato momento?

— Quarenta e nove, quarenta e oito, quarenta e sete, quarenta e seis...

Teriam substituído os lírios? Ou jogado fora? Levado embora? E se a senhora Clifton tivesse alergia a pólen?

— Trinta e nove, trinta e oito, trinta e sete, trinta e seis...

Talvez houvessem entrado na cabine de Lorde MacIntyre e achado o baú aberto?

— Vinte e nove, vinte e oito, vinte e sete, vinte e seis...

Estariam já realizando buscas pelo navio, à procura do suspeito que tinha saído do banheiro no saguão da primeira classe?

— Dezenove, dezoito, dezessete, dezesseis...

Seria possível que eles... Achou melhor agarrar-se às beiradas da cama. Fechou os olhos e recomeçou a contagem regressiva em voz alta:

— Nove, oito, sete, seis, cinco, quatro, três, dois, um...

Parou de contar e abriu os olhos. Nada. Apenas o silêncio sinistro que sempre acompanha o fracasso. Ele baixou a cabeça e fez uma súplica a um Deus em que não acreditava e, logo em seguida, houve uma explosão tão forte que ele foi atirado contra uma das paredes da cabine, como uma folha arrebatada por uma tempestade. Ele se colocou de pé, zonzo, e sorriu ao ouvir os gritos. Só poderia imaginar quantos passageiros no convés superior teriam sobrevivido.

Impresso no Brasil pelo
Sistema Cameron da Divisão Gráfica da
DISTRIBUIDORA RECORD DE SERVIÇOS DE IMPRENSA S.A.
Rua Argentina, 171 – Rio de Janeiro, RJ – 20921-380 – Tel.: (21)2585-2000